JUAN GÓMEZ-JURADO
Die Rache – Sie haben nichts zu verlieren

GOLDMANN

Buch

Aura Reyes führte bis vor Kurzem ein privilegiertes
Leben – bis ihr Mann ermordet und sie selbst wegen
millionenfachen Betrugs verurteilt wurde. In wenigen
Tagen muss sie ihre mehrjährige Haftstrafe antreten.
Doch was passiert dann mit ihren über alles geliebten
Zwillingstöchtern? Auras einzige Chance, die Haftstrafe
zu umgehen: Sie muss eine Kaution von einer halben
Million Euro auftreiben.
In ihrer Verzweiflung heckt Aura einen tollkühnen Plan
aus, der zum Scheitern verurteilt scheint. Hilfe bekommt
sie dabei von zwei Frauen, die ebenso wenig zu verlieren haben wie sie selbst: der Ex-Elitesoldatin Mari Paz,
die ein Alkoholproblem hat und in ihrem Auto lebt,
und der Informatikerin Sere, die vor Kurzem ihren Job
und ihre gesamte Familie verloren hat. Die drei Frauen
haben eines gemeinsam: Sie fürchten sich vor nichts
und nicmandem mehr ...

Weitere Informationen zu Juan Gómez-Jurado
sowie zu lieferbaren Titeln des Autors
finden Sie am Ende des Buches.

JUAN GÓMEZ-JURADO

Die Rache

Sie haben nichts zu verlieren

Thriller

Aus dem Spanischen
von Sybille Martin

GOLDMANN

Die spanische Originalausgabe erschien 2022 unter dem Titel »Todo arde«
bei Ediciones B, Penguin Random House Grupo Editorial, Barcelona.

Die Übersetzung dieses Werkes wurde gefördert durch
Acción Cultural Española, AC/E.

Penguin Random House Verlagsgruppe FSC® N001967

1. Auflage
Deutsche Erstveröffentlichung Juli 2024
Copyright © der Originalausgabe 2022 by Juan Gómez-Jurado
Copyright © der deutschsprachigen Ausgabe 2024 by
Wilhelm Goldmann Verlag, München, in der Penguin Random House
Verlagsgruppe GmbH, Neumarkter Str. 28, 81673 München
Umschlaggestaltung: UNO Werbeagentur GmbH
Umschlagmotiv: © FinePic®, München
Redaktion: Ann-Catherine Geuder
LS · Herstellung: ik
Satz: Uhl + Massopust, Aalen
Druck und Bindung: GGP Media GmbH, Pößneck
Printed in Germany
ISBN: 978-3-442-49492-7

www.goldmann-verlag.de

Für Babs

Erster Teil

Aura

Es gibt Jahrzehnte,
in denen nichts geschieht,
und es gibt Wochen,
in denen sich Jahrzehnte abspielen.
Lenin

So weit sind wir gekommen.
Los Chichos

1

Ein Beginn

Alles, was geschehen wird – die Toten, die Flut der Schlagzeilen, die Veränderung, die das Land auf den Kopf stellt –, beginnt auf prosaische Weise.

Das ist nichts Ungewöhnliches. Die besten Geschichten beginnen harmlos. Ein Apfel ist verboten, ein anderer fällt einem Physiker auf den Kopf, und ein weiterer wird zum Logo für einen Computer. Kaum hast du dichs versehen, wurdest du aus dem Paradies vertrieben, hast das Gravitationsgesetz entdeckt oder eine milliardenschwere Firma gegründet.

Diese Geschichte beginnt nicht mit einem Apfel.

Diese Geschichte beginnt mit einer Shampoo-Flasche aus dem Mercadona-Supermarkt. Und nichts wird mehr sein wie vorher.

Einer Shampoo-Flasche – genauer zwei Flaschen – in den Händen von Aura Reyes.

11

Fünfundvierzig Jahre alt, Witwe, Mutter zweier wunderbarer, wirklich wun-der-ba-rer Mädchen. Im Begriff, eine folgenschwere Entdeckung zu machen.

Eine gewaltige sogar.

Eine derartige Entdeckung macht von einer Million Menschen nur einer in seinem ganzen Leben.

Aura ereilt sie unter der Dusche, als ihr das Wasser übers Haar läuft. Es ist so heiß, dass sich ihr Rücken langsam rot färbt. Aura starrt auf die beiden Flaschen und begreift, dass sich ihr Blick auf das Leben soeben für immer verändert hat.

Was kaum drei Stunden später zu einer Katastrophe von epischen Ausmaßen führen wird.

2

Eine Motorhaube

Als Aura mit dem Gesicht auf die Motorhaube des Streifenwagens schlägt, verwandelt sich ihre Wut in Angst.

Es ist nicht nur der heftige Aufschlag. Es ist das Zusammenspiel.

Auf ihrem Rücken das Gewicht des Polizisten, der sie auf die Karosserie drückt.

Sein Geruch, eine Mischung aus sportlichem Herrenduft, Automatenkaffee und noch etwas anderem (in wenigen Tagen wird Aura erfahren, dass es sich um Waffenöl handelt, aber dazu später mehr).

Die Kälte der Handschellen, das Geräusch beim Zuschnappen, ein doppeltes Knacken. Der Druck des Stahls auf den Knochen, schmerzhaft und unausweichlich.

Die Hitze des laufenden Motors steigt ihr in die Wangen. Der Druck der Motorhaube, die nur wenig nachgegeben hat, aber dringend wieder ihren ursprünglichen Zustand einnehmen möchte.

Die Scheinwerfer, die sich in den Schaufenstern spiegeln. Die Handy-Blitzlichter der Passanten auf der Calle Serrano, die grell in der Abenddämmerung aufleuchten, direkt in Auras weit aufgerissene Augen.

Die heisere Stimme des zweiten Polizisten, die Aura aus dem Chaos herausfiltern kann.

»Ihren Ausweis, Señora«, wiederholt er.

Mit wenig Luft in der Lunge, einem Knoten der Angst in der Kehle und einem staubtrockenen Mund ringt Aura nach Worten.

Dann hört sie sich ganz leise und mit fremd klingender Stimme sagen: »In meiner Handtasche.«

Die noch über ihrer Schulter hängt, weshalb der Polizist kurz eine Handschelle lösen muss, um sie ihr abzunehmen. Aus purem Fluchtinstinkt ballt Aura die Fäuste. Der Druck des Polizisten wird stärker. Kleine Erinnerung an ihre Wehrlosigkeit.

Das Leder der Tasche – eine echte Prada Tote Bag, Herbst-Winter-Kollektion 2019 – verursacht ein dumpfes Geräusch, als sie auf der nassen Motorhaube landet. Der Polizist hat keine Eile und ist sehr darauf bedacht, dass die Verhaftete sieht, wie er in ihren persönlichen Dingen herumwühlt.

Demokratie fünf, Würde sechs, denkt Aura.

Ein Lippenstift kullert – mit rasendem Dior-Logo – direkt an ihrer Nase vorbei und fällt zu Boden.

Aura will schon protestieren – mehr bleibt ihr nicht –, aber die Stimme des zweiten Polizisten hindert sie daran.

»Señora, wir haben Ihre Identität überprüft und festgestellt, dass ein Haftbefehl gegen Sie vorliegt.«

Der Polizist lockert seinen Griff und hilft ihr, sich aufzurichten. Als hätte die Tatsache, dass sie eine strafrechtlich verfolgte Kriminelle ist, ihre unmittelbare Gefährlichkeit verringert. Wie wenn du einen Nespresso-Laden betrittst und siehst, wie der Gesichtsausdruck der Verkäuferin sich verändert, wenn du ihr deine Kundenkarte hinhältst. *Sie will keinen Gratiskaffee, sie ist Stammkundin.*

Mit dem Polizisten geschieht das Gleiche. Er zieht ihr sogar die Jacke glatt, die sich durch seinen Griff auf dem Rücken zusammengeschoben hatte. Und er ist so aufmerksam, ihren Lippenstift aufzuheben.

Aura dreht sich um und versucht, sich zu beruhigen, mit ihnen zu reden. Schließlich ist es ihre große Stärke, Menschen zu überzeugen.

»Das Geld wird in den nächsten drei Wochen überwiesen«, sagt sie, auf den Wagen gestützt.

Sie streckt den Rücken durch und versucht – vergeblich –, das Bild einer vorbildlichen Bürgerin abzugeben.

Der Polizist, der sie auf den Wagen gedrückt hat, ist ein großer junger Mann mit Kindergesicht. Er dreht sich um und betritt den Laden, im Zickzack, um die Glasscherben herum. Der andere, klein und korpulent, lässt Aura nicht aus den Augen, wobei er auf ihren Ausweis klopft.

»Können Sie mir erklären, was da drin passiert ist, Señora?«

15

Aura wirft einen Blick auf das kaputte Schaufenster, als würde sie es zum ersten Mal sehen.

Eine der Neonleuchten flackert schwach, dann reißt das letzte Kabel, und sie landet krachend auf dem Bürgersteig.

»Ein Missverständnis, Señor.«

Der Polizist nickt und schüttelt die Glassplitter von seinem Stiefel. Kann jedem mal passieren, sagt sein Gesicht. Das zwar nicht freundlich, aber verständnisvoll wirkt. Ein Schulterzucken, im Sinne von: Es regnet in Madrid, aber alles nimmt seinen gewohnten Lauf.

»Soso. Na, das können Sie dann dem Richter erklären.«

Die Sonne ist bereits untergegangen, und die Straßenlaternen sind an, nicht unbedingt der richtige Zeitpunkt, einem Richter vorgeführt zu werden. Das weiß Aura, der Polizist ebenfalls. Und genau das macht Aura Angst. Wegen der sehr realen Handschellen und der Waffe am Gürtel des Polizisten. Wegen der Stroboskoplichter, die sie blenden und ihre Gedanken nur auf eines fokussieren.

Was auch immer geschieht, ich darf diese Nacht nicht im Knast verbringen.

»Ich habe nichts getan.«

Der Polizist nickt erneut. Ein weiteres Schulterzucken, im Sinne von: Meine Liebe, ich weiß nicht, was ich sagen oder tun soll, um dich wieder glücklich zu machen.

»Das höre ich zum ersten Mal, Señora.«

Er ergreift ihren Arm. Dieser unvermittelte Körperkontakt verschlägt ihr die Sprache und steigert die Angst.

Sie sagt nichts.

Sie erklärt nichts. Sie argumentiert nicht.

Sie windet sich, kämpft und schreit.

»Meine Töchter! Meine Töchter!«

Mehr Blitzlichtgewitter, mehr Gelächter. Endlich haben sie ihr Spektakel, ihr Foto für die WhatsApp-Gruppe, ihre Story auf Instagram. Hashtag #Serrano. Hashtag #BekloppteTussi.

Am meisten beklatscht wird der Moment, als man sie am Nacken packt, damit sie sich beim Einsteigen nicht den Kopf stößt.

Erfolglos.

Kraftlos und mit verschwommenem Blick sackt Aura auf dem Rücksitz in sich zusammen. Das Türzuschlagen, das ihr Schicksal besiegelt, ist das Letzte, was sie hört, bevor sie das Bewusstsein verliert.

3

Eine Überstellung

Wenige Minuten später kommt sie wieder zu sich. Im Rückfenster zeichnet sich kurz der mächtige Schatten der Puerta de Alcalá ab, bevor der Streifenwagen wieder losfährt und nur noch der schwarze Himmel von Madrid zu sehen ist. Unterbrochen von der einen oder anderen Straßenlaterne, während sie die Calle de Alcalá Richtung Paseo de Recoletos fahren.

»Sind Sie in Ordnung?«

Der Polizist hat sich mit echtem Interesse zu ihr umgedreht. Vielleicht fühlt er sich schlecht, weil er ihren Kopf auf die Motorhaube gedrückt hat. Obwohl das auch ihre Schuld gewesen ist, denn sie hatte sich wie eine Besessene gewunden.

»Wo bringen Sie mich hin?«

»Das wissen Sie.«

»Nein, das weiß ich nicht.«

Und das ist die Wahrheit. Sosehr die Polizisten auch

davon überzeugt sein mögen, dass sie eine Kriminelle ist, handelt es sich doch um Auras erste Verhaftung. Sie hat keinerlei Erfahrung, was sie tun soll, wie sie sich verhalten soll oder, was noch viel nötiger wäre, wie sie die Ruhe bewahren soll.

Mach nicht denselben Fehler wie vorhin, denkt sie. Von den Mädchen dürfen sie nichts erfahren.

Tief einatmen. Das innere Gleichgewicht finden. Die Worte gehen ihr durch den Kopf, direkt von einem Mindfulness-Video, das sie auf YouTube gesehen hat.

Problematisch wird es, als die Achtsamkeit übertönt wird von der lauten Stimme des Polizisten, der auf einen Funkspruch reagiert.

»Verstanden, Zentrale. Wir sind auf dem Weg zur Plaza Castilla. Ein kurzer Zwischenstopp ist kein Problem.«

»Danke, Z-50. Ende der Durchsage«, verabschiedet sich eine Frauenstimme.

Auf dem Rücksitz nimmt Auras Gehirn die Information auf, wie man einen unerwünschten Gast empfängt. Eine Cousine, die mitten in der Nacht klitschnass vor der Tür steht und die man auf dem neuen Sofa übernachten lassen muss.

»Ich kann nicht ins Gefängnis«, flüstert sie.

Die Polizisten scheinen sie nicht zu hören. Also wiederholt Aura den Satz lauter. Und drückt ihr schweißnasses Gesicht an die Scheibe, die sie von den Vordersitzen trennt.

Der große Polizist dreht sich um und klopft gegen

das Glas, um Aura auf einen rot-schwarzen Aufkleber aufmerksam zu machen.

Dieser Wagen verfügt über Spezialsitze.
Undurchlässig für Erbrochenes, Blut, Urin
oder andere Flüssigkeiten. Danke.

»Legen Sie es nicht darauf an, Señora. Denn das müssen *wir* saubermachen.«

Aura muss an den Kauf ihrer Mikrowelle denken. Beim Lesen der Bedienungsanleitung blieb ihr Blick zufällig an einem Satz hängen: *Es wird dringend davor gewarnt, lebende Katzen in das Gerät zu stecken.*

Als sie das gelesen hatte, musste sie dieselbe Übung machen, zu der sie sich jetzt gezwungen sieht. Sie liest die vierzehn Wörter und nimmt sich einen Augenblick Zeit, um einzuschätzen, in welcher Abteilung des Universums ein solcher Hinweis nötig ist. Welche Art von Menschen auf diesem Rücksitz landen. Mit wem die Personen auf den Vordersitzen gewöhnlich zu tun haben.

Die Antwort ist entmutigend.

Nichts, was sie zu den Polizisten sagt, wird deren Meinung ändern. Nichts wird sie anhalten und Aura aussteigen lassen. Nichts wird sie daran hindern, sie in ein Kommissariat zu bringen, um ihre Aussage aufzunehmen (was im Rechtsstaat bedeutet, absolut gar nichts zu machen).

Nein, nichts wird sie daran hindern, sie vor Gericht zu

bringen, wo sie weiß Gott wie lange in Untersuchungshaft sitzen wird.

»Señora, sind Sie in Ordnung?«

Wieder dieser aufrichtig besorgte Blick des Beamten.
Aura fühlt sich betrogen. Es wäre einfacher, wenn der
Polizist ein fieser, boshafter Mann wäre, der sie verächt-
lich und grausam behandelte. Es würde helfen, die Welt
in zwei komfortable Hälften einzuteilen und sich selbst
auf der richtigen Seite der gut sichtbaren Linie zu wäh-
nen.

»Frag sie, ob wir jemanden benachrichtigen sollen«,
sagt der Kollege, der kleinere und erfahrenere, der sie im
Rückspiegel beobachtet.

»Sie hat vorhin ihre Töchter erwähnt. Sind Ihre Töchter gut versorgt, Señora Reyes?«

Die Augen des älteren Polizisten im Rückspiegel
verengen sich leicht. Aura ist sich des Schweigens, das
sich im Wagen ausbreitet, schmerzlich bewusst, untermalt vom Brummen des Motors. Sie stehen im Sams-
tagabendstau auf dem Paseo de la Castellana, und die
anderen Fahrer starren neugierig in den Streifenwagen.
Aura spürt Hunderte auf sie geheftete Blicke, die auf
eine Antwort warten.

»Ja, natürlich. Sie sind bei meiner Mutter.«

Die Lüge kommt ihr leicht und spontan über die Lippen. Ein Abglanz der alten Aura, bevor geschah, was
geschehen ist. Mit einer Stimme voller Wärme und
Überzeugung, die dich dazu bewegen könnte, mit einer

21

einzigen Unterschrift deinen gesamten Besitz und das Blut deines Erstgeborenen aufs Spiel zu setzen.

Nicht annähernd so gut wie die alte Aura. Aber gut genug, wie es scheint.

»Wollen Sie sie nicht anrufen?«, fragt der junge Polizist. »Ich kann Ihnen mein Handy leihen.«

»Rodríguez!«, ermahnt ihn der ältere.

»Was denn, es ist doch nur ein Anruf.«

»Das kann sie auch nach ihrer Ankunft machen; dafür gibt es schließlich Vorschriften.«

»Ich habe eine Flatrate.«

Der Ältere schnaubt, was seine Meinung über Flatrates – im Allgemeinen – und über Rodríguez' Angebot – im Besonderen – kundtut.

Aura nutzt die kleine Ablenkung, um sich zurückzulehnen und auszuatmen, weil sie die Luft angehalten hat. Ganz, ganz langsam. Während sich ihre Lunge entleert, brüllt Aura innerlich, was sie um jeden Preis verheimlichen will.

Nämlich:

Dass die Mädchen *allein* zu Hause sind. Dass die Großmutter eher eine *Gefahr* denn eine Hilfe darstellen würde, wenn sie bei ihnen wäre. Dass sie erst neun Jahre alt sind, dass sie schon eine Weile auf sie warten, um gebadet zu werden und ihr Abendessen zu bekommen. Dass sie ihnen gesagt hat, sie würde nur kurz was besorgen. Dass sie inzwischen halb tot vor Angst sein dürften. Dass es unverantwortlich von ihr war, sich aus Angst und

Stolz in diese Situation gebracht zu haben. Dass sie aus diesem Streifenwagen *rausmuss*, zu ihnen zurückkehren muss, was auch immer, um sie in Sicherheit zu bringen. Dass sie *niemanden* hat, den sie benachrichtigen kann, niemanden, dem sie wirklich vertrauen kann. Dass ihr ganzer Körper zu ihren Töchtern strebt, dass er förmlich darum fleht, mit dem innerlichen Geschrei aufzuhören und stattdessen laut zu schreien, oder was auch immer nötig ist, um sie zu *überzeugen*, um zu *entkommen*.

Stumm innerlich zu zerbrechen ist ihre einzige Option. Denn wenn sie die Wahrheit sagt, wenn einer dieser – leider – freundlichen Gesetzeshüter auch nur argwöhnt, dass zwei neunjährige Mädchen verängstigt allein zu Hause sind, würden sie keinen Moment zögern und die Tür eintreten.

Und was in weniger als drei Wochen passieren würde, wenn das Jugendamt von ihrer Situation erfährt …

Adiós, Mami.

Aura bleibt keine Zeit, sich in Dunkelheit und Angst zu verlieren, denn der Streifenwagen biegt in die Avenida de Alberto Alcocer ab und hält nur einen Häuserblock vom Paseo de la Castellana entfernt. Der junge Polizist dreht sich mit einem angespannten Lächeln der Entschuldigung zu ihr um.

»Ich hoffe, es stört Sie nicht, Gesellschaft zu bekommen, Señora.«

Als Aura zum Fenster hinausblickt, kann sie nicht fassen, was da auf sie zukommt.

4

Ein pulsierender Bass

Vor dem San-Fernando-Garten gibt es einen kleinen Tumult. Zwei Streifenwagen stehen quer auf der Straße und blockieren den Verkehr Richtung Westen. Der mit Aura wendet verbotenerweise in der Calle del Doctor Fleming und hält zwischen den beiden anderen. Als Aura sich umdreht, sieht sie, wie ein Körper gegen die Karosserie prallt.

»Taxi!«

Selbst durch das geschlossene Fenster ist zu hören, dass die Frau betrunken ist. Die Bestätigung erfolgt, als ein weiterer Polizist die Tür öffnet und die soeben Festgenommene nicht ohne Mühe auf den Rücksitz bugsiert. Eine Dunstwolke aus billigem Wein und Schweiß erfüllt die Luft, als die vollkommen betrunkene Frau auf den Rücksitz plumpst und Aura zur Seite drückt.

Die beinahe aus dem Wagen kippt, weil eine Polizistin die andere Tür öffnet, sich ins Wageninnere beugt und Aura samt der auf ihr hängenden Betrunkenen Handschellen anlegt.

»Das ist nicht nötig«, sagt der ältere Polizist.

»Also wirklich, Bustos. Du weißt doch, was die immer für ein Theater macht.«

»Ja, weiß ich. Ist aber trotzdem nicht nötig.«

»Und wenn sie abhauen will?«

»Wird sie nicht weit kommen.«

»Dann also für den Fall der Fälle. Wir fahren ins Kommissariat zurück, okay? Ist schon spät.«

Besagter Bustos nickt und startet den Wagen, noch bevor seine Kollegin die Tür zugeschlagen hat.

Die an die Tür gedrückte Aura versucht zu erkennen, wen, zum Teufel, man ihr gerade ans Handgelenk gefesselt hat.

Es handelt sich um ein achtzig Kilo schweres Bündel – obwohl Aura das Gefühl hat, es seien eher achthundert Kilo.

Sie trägt eine braune Twill-Jacke, ein T-Shirt, das mal weiß war, eine schwarze Hose und abgetragene Stiefel. Mit unterschiedlichen Schnürsenkeln – runde rote am linken, flache grüne am rechten Stiefel –, wie Aura gut erkennen kann, weil die Frau die Füße ans Fenster gestützt hat.

Das Gesicht der Unbekannten kann sie nicht erkennen, denn ihr Kopf liegt auf Auras Brust, als wäre Aura kein menschliches Wesen, sondern ein Kissen, das ihr die Fahrt so gemütlich wie möglich machen soll.

»Fahrer«, ruft die Frau mit starkem galicischen Akzent.

»Was ist?«, fragt der Polizist und geht damit auf das Spiel ein.

»Fahren Sie die Calle Padre Damián hoch, das geht schneller«, sagt sie unter Schluckauf.

Aura rümpft angewidert die Nase. Der Kopf der Frau befindet sich auf Höhe ihres Kinnes, und das Haar riecht schmutzig und fettig. Sie versucht, sie wegzudrücken, aber genauso gut könnte sie versuchen, einen Container voller Schutt wegzuschieben.

»Entschuldigung. Entschuldigung!«

»Sei so gut und benimm dich, Mari Paz«, sagt der junge Polizist, ohne sich umzudrehen.

Die Angesprochene reagiert nicht, sondern macht es sich noch gemütlicher. Gleich darauf schnarcht sie wie ein Drache im Winterschlaf.

Aura versucht, sich darüber hinweg Gehör zu verschaffen, doch die Polizisten hören sie nicht. Zum Glück ist die restliche Fahrt nur kurz. Nach wenigen Minuten fährt der Streifenwagen auf den Parkplatz eines riesigen, heruntergekommenen Gebäudes.

Was folgt, erlebt Aura wie in einem bösen Traum oder einem hellsichtigen Albtraum, erleuchtet vom billigen Neonlichtflackern aus dem Ein-Euro-Laden.

Sie sieht, wie sie aus dem Auto gezogen und von der Betrunkenen befreit wird, um anschließend höflich, aber bestimmt in einen winzigen Raum geführt zu werden, der wie ein Fotostudio wirkt. Nicht viel anders als das, in dem sie mit ihrem Mann – er möge in Frieden ruhen – die Hochzeitsfotos hat machen lassen. Vor fast zwanzig Jahren. Schlicht, feucht und ausgestattet mit Möbeln, die schon in den Neunzigern altmodisch waren. Und einem Fotografen mit Schnurrbart, der kein einziges Mal lächelt.

Es gibt nur zwei Unterschiede. Der Fotograf trägt einen weißen Kittel, und der Hintergrund besteht nicht aus roten Vorhängen mit zwei Plastikpflanzen, sondern aus einer Wand mit horizontalen Linien und Maßangaben. Ein Beamter, ebenfalls im Kittel, hebt Auras Kinn, um sicherzustellen, dass sie in die Kamera blickt. Desgleichen überprüft er ihren Hals unter dem langen Haar, fragt, ob sie vom Hals aufwärts Tätowierungen habe, und führt sie zu einem Tisch, um ihre Fingerabdrücke zu scannen. Der Scanner funktioniert nicht, weshalb er ihre Fingerkuppen mit blauer Tinte einfärbt.

»Die schwarze ist uns ausgegangen, tut mir leid«, entschuldigt er sich mit einem Achselzucken.

Aura will gerade antworten, sie werde sich darum kümmern, er solle unbesorgt sein, ein andermal. Aber schon wird sie aus dem Raum geführt, während die beiden Polizisten (Bustos und Rodríguez, unvergesslich) die Betrunkene hereinbringen, die so weit wach ist, dass sie auf die Männer gestützt hineinschlurfen kann. Sie ist einen Kopf größer als einer der Männer, was das Ganze nicht einfacher macht.

»Verflucht, ist die schwer!«

Aura fragt sich, wie sie die Frau fotografieren wollen – vielleicht im Liegen, wie auf dem Bild *Joven decadente* von Ramón Casas. Bevor sie das Rätsel lösen kann, hat sie sie aus den Augen verloren. Plötzlich befindet sie sich in einem dieser Filme, in denen die Protagonistin nicht die Füße bewegt – denn sie steht auf einer Plattform mit Rädern, die man in der Großaufnahme nicht sieht –, während die Kamera auf ihr Gesicht fokussiert ist.

Alles um sie herum geschieht sehr schnell, mit dem pulsierenden Bass aus »Jump into the Fire« als Hintergrundmusik, denn jemand hat Einzelaufnahmen von ihr gemacht, damit die Erfahrung noch sinnestäuschender, noch verrückter wirkt.

Der Raum, in den sie zwei Stunden lang zusammen mit zwanzig weiteren Personen gepfercht ist; die Beamtin, die ihnen befiehlt, sich nach Geschlechtern unterteilt im Flur aufzustellen; die Einzeluntersuchung in einer winzigen Zelle, wo eine Beamtin mit Latexhandschuhen sie zwingt, sich auszuziehen, und in ihrem Schritt herumfingert, sie dann einen Moment anstarrt, bevor sie von einer genaueren Untersuchung absieht, der sie, daran hat Aura keinen Zweifel, jede andere Frau unterziehen würde; der Weg ohne BH, ohne Gürtel, ohne Handtasche, ohne Mantel, aber mit der Demütigung ins gerötete Gesicht geschrieben, in einen jetzt fast leeren Flur; der Gang durch ein Labyrinth aus Stufen und Gittern im Halbsouterrain, mit Linoleumboden und Wänden, die kotzgrün und schlammgrau gestrichen sind; der einzige Halt vor einem Plastiktisch mit Coca-Cola-Logo, wo eine junge Beamtin ihren Papieren entnimmt, dass sie in Zelle 11B kommt.

Schließlich setzt die Musik aus, und hinter ihr schließt sich eine Metalltür.

Mit Widerhall und allem.

5

Eine Zelle

Tage später wird sich Aura Reyes – mit einem Pistolenlauf vor der Nase und blutverspritztem Gesicht – an diesen Moment in Zelle 11B im Untersuchungsgefängnis der Plaza Castilla erinnern als den Tag, an dem sie ihren schlimmsten Fehler begangen hat.

Jetzt weiß sie natürlich noch nicht, dass sie ihn gleich begehen wird. Denn eigentlich kann sie gerade an gar nichts denken.

Jegliches vernünftige Denken ist der Kälte, dem Hunger und der Angst gewichen.

Ihr ist eiskalt, weil die Bluse viel zu dünn ist. Und den Mantel hat die Beamtin einbehalten, zusammen mit allem anderen, was ihr jetzt dienlich wäre, um sich das Leben zu nehmen.

»Letzte Woche hat sich einer mit seinem T-Shirt aufgehängt. Damit es nicht reißt, hat er es vorher nass gemacht.«

Sie ist halb tot vor Hunger, denn sie hat seit gut zwölf Stunden nichts gegessen. Die Beamtin hat ihr verstohlen und mit vielsagender Miene – *Das bleibt unser Geheimnis* – eine Packung Kekse in die Hosentasche geschoben.

»Vor acht gibt es keine Bocadillos. Sonntags gibt es immer Bratwurst.«

Sie ist halb tot vor Angst. Es ist ihre erste Nacht hinter Gittern.

Die erste von vielen, sagt sie sich kopfschüttelnd.

Die Zelle hat kaum zwölf Quadratmeter. Sie ist zweifarbig gestrichen, genau wie der Flur. Aber hier spürt man die Kreativität und die endlose Freizeit der Häftlinge, die die Wände mit den unterschiedlichsten Zeichnungen verschönert haben. Penisse, Hakenkreuze in allen Größen und Farben, Totenschädel. Das Beste aus jedem Haus. Akribisch mit den Fingernägeln in den Putz geritzt, mit dem Feuerzeug eingebrannt, mit dem Kugelschreiber gemalt.

Die Luft ist stickig und stinkt nach Schweiß und etwas anderem, das Aura nicht benennen kann. Das Mobiliar entspricht der Klientel. An einer Wandseite eine Betonbank. In einer Ecke eine Kloschüssel aus rostfreiem Stahl, ohne solch unnötigen Luxus wie Trennwände oder Toilettenpapier.

Bei ihrem Anblick spürt Aura, dass sie mal muss. Ziemlich dringend. Aber das ist gerade ungünstig. Drei Frauen umringen eine vierte, die unbekümmert mit dem Slip an den Knöcheln auf dem Klo hockt. Alle vier lachen und erzählen sich Anekdoten.

Für den Augenblick verzichtet Aura. Sie sucht sich einen Sitzplatz, um in Ruhe die Kekse zu essen.

Was nicht so einfach ist.

Die linke Wand wird von den vier Latinas in Beschlag genommen. Das hintere Ende der Zelle ist auch nicht geeignet. Auf der Bank stehen zwei Frauen und rufen etwas durch ein vergittertes Rechteck unterhalb der Decke. Aura kennt die Sprache nicht. Von der anderen Seite sind Stimmen und gedämpfter Straßenlärm zu hören, weshalb Aura vermutet, dass es sich um ein Fenster nach draußen handelt.

»Hey, du da. Komm doch zu uns, Schätzchen«, ruft die Frau auf der Kloschüssel.

»Die Yoni hat Schnupfen. Sie braucht viel Gesellschaft«, sagt eine andere und lacht schallend.

Aura hat noch nie in ihrem Leben eine drogensüchtige Person gesehen, ist aber davon überzeugt, dass diese drei die typischen Anzeichen aufweisen. Gerötete Augen, entstelltes Gesicht, Schweiß. Brüske Bewegungen. Lockeres Mundwerk, ebenso das Lachen.

Sie macht ihnen ein Zeichen, das respektvoll sein soll, und geht zur anderen Zellenwand.

»Hey, Tussi, wo willst du denn hin?«

»Sie will dir nicht helfen, Yoni.«

Die rechte Wand ist fast frei. Dort liegt nur ein großes Bündel auf der Betonbank. Die Neonröhre auf dieser

Seite ist durchgebrannt, und die gegenüber gibt ebenfalls bald den Geist auf. Aber Aura braucht kein Licht, um die Mitfahrerin aus dem Streifenwagen wiederzuerkennen.

Selbst mit der Twill-Jacke über dem Kopf – ihr hat man sie nicht weggenommen, Aura fragt sich, wieso – ist das Schnarchen unverwechselbar.

Aura setzt sich auf den restlichen Platz zu ihren Füßen. So nah wie möglich bei der Tür, um schnell rauszukommen, wenn sie aufgerufen wird.

Sie öffnet vorsichtig die an ihre Brust gedrückte Keks-packung und beginnt sie mit gesenktem Kopf zu essen. Sie denkt an die Mädchen. Aura hat schon immer eine überbordende Fantasie, Frucht ihrer maßlosen Roman-lektüre. Was sie bisher für einen Vorteil gehalten hat.

Bisher.

Denn plötzlich kann sie nur noch an all das denken, was ihren Töchtern passieren könnte. Sie sind so neugie-rig, so zappelig und zerstreut. Sie versucht sich zu erin-nern, was es in der Wohnung zu essen gibt. Was leicht zuzubereiten ist, was keinerlei Mühe macht. Vor allem, ohne den Herd zu benutzen. Oder schlimmer noch, den Backofen. Im Geiste geht sie den Inhalt des Kühl-schranks (fast leer) und den des Vorratsschranks (voller Spinnweben) durch. Sie kann sich lediglich daran erin-nern, was es zum Abendessen gab. Die Spinatpizza, die sie so mögen. Die von irgendeinem Doktor.

Und natürlich sieht sie ihre Töchter vor sich.

Wie sie den Backofen einschalten – das haben sie Mama schon oft tun sehen.

Aber dieser Backofen ist nicht wie der in unserem früheren Haus

(das nicht mehr unser Haus ist).

Er hat nicht diese schöne Leiste in LED-Farben mit klaren Hinweisen und automatischer Abstellfunktion. Der Backofen in der Wohnung der Großmutter

(die jetzt unsere Wohnung ist)

ist ein weißer Herd aus dem letzten Jahrtausend, dessen Knöpfe vom vielen Gebrauch unleserlich geworden sind. Leicht hat man den Grill statt Ober- und Unterhitze angestellt. Ganz zu schweigen vom Timer. Der funktionierte schon nicht mehr, als die Zwillingstürme einstürzten. Du hast am Knopf gedreht und darauf vertraut, dass es in zwanzig Minuten klingelt, du hast sein lästiges Ticken gehört und konntest dich in der Zwischenzeit ausruhen.

Sie stellt sich die rauchende Pizza und den brennenden Backofen vor und wie die Mädchen versuchen, den Brand mit bloßen Händen zu löschen. Sie stellt sich Verbrennungen dritten Grades vor und keinerlei Möglichkeit, die Feuerwehr zu rufen. Denn sie sind noch zu klein für ein Handy, und auf das Festnetz verzichtet sie schon seit Längerem. Ebenso wie auf Süßigkeiten, das HBO-Abo und eine Million anderer Dinge, die das Leben früher erträglich gemacht haben und die sie für selbstverständlich gehalten hatte.

»Hey, Tussi, hallo!«

Aura erwacht aus ihrem Albtraum und blickt auf. Vor ihr steht die Frau vom Klo.

»Was isst du da, Tussi?«

Aura lässt die Hand mit der halb vollen Kekspackung sinken und wägt ihre Möglichkeiten ab. In einem Film wäre die Antwort klar. Der Frau ins Gesicht schlagen, um ihr klarzumachen, dass sie mit ihr keine Spielchen spielen kann, und all das. Sich durchsetzen.

Aber das ist kein Film.

Das ist das wahre Leben.

Sie lässt ihren Blick über besagte Yoni gleiten. Enge Lederhose, fast platzendes T-Shirt, Riesenbrüste. Auch wenn Aura einen Kopf größer ist, ist sie fünfzehn Kilo schwerer. Und hinter ihr stehen die drei anderen Frauen, die sie nicht aus den Augen lassen.

Also tut sie das Einzige, was sie tun kann.

Sie gibt ihr die Kekspackung.

Wortlos.

Yoni schenkt ihr ein wölfisches Grinsen und macht sich über die Kekse her. Sie stopft sich immer drei auf einmal in den Mund, wobei mehr herunterfällt, als sie kauen kann.

Aura hat das Gefühl, wieder sieben Jahre alt zu sein und eine Folge *Sesamstraße* zu sehen. Nur hat das Krümelmonster kein blaues Fell, sondern verfilztes schwarzes Haar.

Aura weiß, dass die Frau keinen Hunger hat. Dass sie die Kekse nur isst, weil sie es kann.

Die Frau lässt die Verpackung fallen, rülpst zufrieden und zieht mit ihren lachenden Freundinnen wieder ab.

Aura schließt die Augen und schluckt die Demütigung hinunter. Sie versucht zu schlafen, aber es ist unmöglich. Ihre Gedanken rasen. Selbst als eine halbe Stunde später das letzte Neonlicht ausgeht, fällt sie nur in einen unruhigen Dämmerschlaf.

Aus dem sie von der Stille gerissen wird.

Die Frauen, die zum Fenster hinausgerufen haben, sind endlich verstummt. Die anderen ebenfalls.

Im Halbdunkel wird ihre traurige Lage immer größer, sie spitzt sich zu. Die einzige Lichtquelle in der Zelle ist der Streifen unter der Tür. Da sie nichts sehen kann, schärft Aura ihre anderen Sinne. Die Kälte in der Zelle. Der Gestank, eine Mischung aus Urin, Feuchtigkeit und nackten Füßen. Die Atmung der Insassinnen, die Geräusche, die ihre Körper in der unbequemen Dunkelheit verursachen.

Wäre Verzweiflung etwas Physisches, bestünde sie gewiss aus dem Gefühl von Last auf Auras Herzen.

Nein, Aura schläft nicht. Deshalb bemerkt sie als Erste, dass sich am anderen Zellenende Schatten bewegen. Sie spürt es in den Eingeweiden.

Ein ähnliches Gefühl hatte sie vor Jahren schon einmal. Am Ende war ihr Mann tot, und sie wäre vor den Zimmern ihrer Töchter fast verblutet. Damals hat sie zu spät und falsch reagiert. Wie eine Frau in einem Reichenviertel eben, die glaubte, Monster lebten nur auf der anderen Seite einer undurchdringlichen Decke, die aus Geld und Demokratie gewebt ist.

Die Decke war voller Löcher.

Diesmal reagiert Aura anders. Sie streckt sich, spitzt die Ohren, starrt auf den Boden. Im schwachen Lichtstrahl unter der Tür bewegen sich Schatten auf sie zu.

6

Ein Fehler

Aura steht auf, bemüht, kein Geräusch zu verursachen. Da hört sie das Flüstern.

»Wo ist sie?«

»Direkt vor dir, Schätzchen.«

»Gib's ihr, gib's ihr schon.«

Es folgen Gerangel und ein Geräusch. Sie hört etwas, das klingt, als würde ein Sack über den Boden geschleift. Dann ein Luftzug.

»Was macht ihr da?«

Ihre Stimme klingt seltsam. Zittrig und kindlich. Es sind die ersten Worte, die sie seit Betreten der Zelle spricht, zur Einschüchterung wenig geeignet.

Aber die Schatten halten inne.

Die folgende Stille ist lastend und brodelnd wie eine Suppe, die zu lange auf dem Herd stand.

»Geht dich nichts an, Tussi«, sagt eine Stimme aus der Dunkelheit.

Aura spürt die Frauen um sich herum. Sie hört wieder das Gerangel, ganz nah, und begreift endlich, was hier vorgeht. Die Schatten sind eine Bedrohung, ja, aber nicht für sie.

Sie haben es auf die Betrunkene abgesehen.

»Ich rufe die Schließerin.«

Die Schatten halten erneut inne.

»Gib mir das Feuerzeug«, bellt eine andere Stimme.

Es folgt ein Klicken. Und nah an Auras Kopf flackert plötzlich eine Flamme, was sie zurückzucken lässt. Im Lichtschein des Feuerzeugs Yoni, die sie anstarrt. Im Flackern der Flamme wirken ihre Augen – perfekt geschminkt, wie Aura sehen kann – wie zwei glänzende Schlitze.

»Das geht dich nichts an, Tussi. Wir haben mit dieser Schlampe noch eine Rechnung offen, verstanden?«

Aura tut das Einzige, was sie tun kann. Sie nickt.

»Ich höre nichts. Das geht dich nichts an, verstanden?«

»Verstanden.«

»Es sei denn, du willst, dass es dich auch was angeht. Willst du das, Tussi?«

»Nein«, antwortet Aura mit gebrochener Stimme.

Die Flamme erlischt und hinterlässt in Auras Pupillen ein rötliches Gespenst, sie blinzelt und kauert sich zusammen. Dann setzt sie sich ängstlich und beschämt wieder hin.

Was könnte sie sonst tun?

Sie sind zu viert, ich allein. Sie sind knallharte Frauen –

Kriminelle, schießt ihr durch den Kopf, doch das Wort wird von der politischen Korrektheit sofort wieder verdrängt –, *und ich bin bloß eine Bankkauffrau.*

Jetzt nicht mal mehr das.

Jetzt bin ich nur noch eine bankrotte Hausfrau, eine Mutter, die ihre Töchter alleingelassen hat und nur so schnell wie möglich zu ihnen zurückwill.

Auras Gesicht brennt vor Scham, und ihr Bauch ist verkrampft vor Angst. Aber der Gedanke an ihre Töchter lässt plötzlich ein anderes Gefühl aufsteigen. Dasselbe, was sie vor Stunden – die jetzt wie Tage wirken – empfunden hat, als sie unter der Dusche die beiden Shampoo-Flaschen in Händen hielt. Das sie in den Laden in der Calle Serrano geführt und in diese höllischen Schwierigkeiten gebracht hat.

Das Gefühl lässt sich nur schwer erklären. Oder vielleicht doch, mit einer Million Wörtern. Oder nur vier Buchstaben. Einer Silbe. Kurioserweise genau die, die sie gerade ausgesprochen hat.

»Nein«, wiederholt sie.

Nur dass ihre Stimme jetzt völlig anders klingt. Schneidend. Sie zieht eine rote Linie.

Das Gerangel hält inne.

»Lasst sie in Ruhe«, entfährt es Aura, ohne genau zu wissen, warum.

Die Hände schützend vor dem Oberkörper, steht sie auf.

»Ich mach dich fertig, du Fotze«, schnaubt Yoni.

Aura sieht einen Schatten auf sich zukommen und macht einen Satz zur Tür. Zufall, Glück oder beides, die Angreiferin stolpert über Auras rechtes Bein und strauchelt. Ihre Faust, mit der sie Aura ins Gesicht schlagen wollte, landet auf der Betonbank.

Ein Schmerzensschrei zerreißt die Dunkelheit und dreht den Spieß um. Eine der Latinas schreit nach ihrer Anführerin.

»An der Tür. Mach die Fotze fertig«, erwidert Yoni heulend.

Aura wird gewahr, dass sie vor der einzigen Lichtquelle in der Zelle steht – so schwach der Schein unter dem Türschlitz auch sein mag –, und das ist keine empfehlenswerte Position.

Mit dem Rücken an der Wand, um nicht zu stolpern, bewegt sie sich in die entgegengesetzte Richtung zum Kampfschauplatz. Die Fäuste sind geballt, das Herz ist verkrampft, und in den Ohren rauscht das Blut. Konfusion beherrscht die Dunkelheit. Abgehackte Laute, Jammern, Schläge.

Jemand stößt einen erstickten Schrei aus. Eine andere Stimme einen Fluch, den Aura nicht versteht.

Noch ein Schlag und ein Geräusch, als würde jemand über den Boden kriechen. Endlose, zähe Sekunden einer Unterbrechung.

Ein weiterer Schlag.

Und plötzlich gerät alles in Bewegung.

Aura hört jemanden schleppenden Schrittes auf

sich zukommen. Sie drückt den Rücken an die Wand und hebt die Arme, um sich vor dem unvermeidlichen Schlag zu schützen.

Sie spürt, wie jemand ihre Kleidung streift, Finger, die blind nach ihr tasten.

Eine Hand umklammert ihr Handgelenk. Nicht brutal. Aber fest.

Die Hand zieht sie ans andere Zellenende zurück an ihren Platz.

Voller Angst sinkt Aura auf die Bank.

Die Hand klopft ihr beruhigend auf den Rücken. Eine Stimme mit starkem galicischem Akzent – und eindeutig alkoholschwanger – sagt: »Schlaf, Blondi.«

7

Eine Verhandlung

Am Sonntagmorgen um elf verlässt Aura das Gerichtsgebäude.

Der Himmel über Madrid hat sich zugezogen. Grau
wie Putzwasser. Es weht ein erbarmungsloser Wind, der
Blätter, Staub und zerfetzte Lidl-Prospekte durch die
Luft wirbelt. Auf der Plaza Castilla herrscht reger Verkehr. Die Umgebung im Schatten der Kio-Türme könnte
nicht hässlicher und unmenschlicher sein.

Tief atmet Aura die verpestete Luft ein und denkt,
dass sie in ihrem ganzen Leben nichts Schöneres gesehen hat.

Was vor allem dem Wahnsinn der vergangenen zwei
Stunden geschuldet ist.

Als Aura in der Zelle erwacht, weiß sie nicht, wo sie ist. Be-
nommen und verwirrt hebt sie den Kopf. Sie blinzelt und
versucht, ihre Augen an das Licht zu gewöhnen, in die

raue Wirklichkeit zurückzukehren. Die Neonröhren sind wieder eingeschaltet, und die Zelle ist halb leer. Nur die beiden Frauen, die nicht Spanisch sprechen, liegen unter dem Fensterchen eingerollt und schlafen tief und fest.

Von der betrunkenen Galicierin keine Spur. Auch nicht von den Latinas, abgesehen von einem blutigen Schmierer an der Wand, Yonis Beitrag zu den Wandmalereien, davon ist Aura überzeugt.

Das könnte mein Blut sein. Bei dem Gedanken läuft Aura ein Schauer über den Rücken.

Genau. Das erwartet mich jetzt.

Geräusche vor der Zelle holen sie aus ihrem Selbstmitleid. Die Tür wird geöffnet, und eine Aufseherin brüllt ihren Namen.

»Reyes Martínez!«

Gehorsam schlurft Aura zur Tür. Die Aufseherin führt sie durch die labyrinthischen Flure zur Krankenstation.

»Willst du eine Probe?«, fragt sie.

»Verzeihung?«

»Eine Urinprobe.«

Als sie Auras verständnislosen Blick sieht, erklärt die Wärterin: »Wenn du Konsumentin bist, ist das strafmildernd. Alle lassen eine Urinprobe machen.«

Im Geiste geht Aura die kräftigsten Substanzen durch, die sie im vergangenen Monat zu sich genommen hat – einschließlich Ibuprofen, Fanta light und ein paar Tropfen des abgelaufenen Tabascos auf den Spiegeleiern –, und schüttelt den Kopf.

»Sicher? Du musst dich nicht schämen. Dauert auch nicht lange …«

Die Frau ist so freundlich, dass Aura versucht ist, einzuwilligen, nur um sie nicht zu verärgern. Sie wirft einen Blick in die Krankenstation und sieht dort Yoni, die mit verbundenem Arm und dem Gesicht voller blauer Flecken auf einer Krankenliege sitzt.

»Nein danke, das ist nicht nötig.«

»Wie du willst«, sagt die Frau und setzt sich in Bewegung.

Yoni macht Anstalten, aufzustehen, wird aber von einer Krankenschwester festgehalten. Ein drohender Schrei verfolgt Aura, die hinter der Wärterin den Schritt beschleunigt.

»Ich mach dich fertig!«

Wer hat der bloß in den Kopf geschissen?, denkt Aura und freut sich, die Krankenstation hinter sich gelassen zu haben.

Kurz darauf gelangen sie zu einem Raum, vor dem ein kleiner, glatzköpfiger Mann mittleren Alters in einem zerknitterten Anzug steht, der aussieht, als hätte er darin geschlafen.

»Ich bin dein Pflichtverteidiger, du wirst dem Richter vorgeführt. Name?«, sagt er, als Aura vor ihm steht.

Aura nennt ihn. Der Mann holt einen Aktenordner aus seinem Rucksack, der zwischen seinen Beinen steht, und findet die Strafanzeige seiner Klientin. Er überfliegt sie, murmelt ein paarmal »Hm, hm«, dann packt er sie an der Schulter und will sie in den Raum schieben.

»Komm, es geht los.«

»Hören Sie, wollen Sie mir nicht erst …«

»Du hältst schön den Mund und streitest alles ab. Vermassle es nicht.«

»Aber ich würde gern erklär…«

»Du sollst alles abstreiten, verdammt.«

Aura zwingt den Mann zum Stehenbleiben.

»Können die mich hier festhalten?«

Der Mann schnalzt mit der Zunge und zieht lautstark Luft ein.

»Es ist Sonntag, der Richter hat es eilig, und deine Akte ist kompliziert. Wenn ihm danach ist, wirst du bis Montag drinbleiben.«

»Ich muss hier raus«, sagt Aura. »Sagen Sie mir, was ich tun soll.«

»Das habe ich dir schon gesagt«, erwidert der Anwalt und schiebt sie in den Raum.

Der Saal ist kleiner als die Zelle, aber voller. Ein paar Tische, eine Handvoll Stühle, ein Richter, ein Staatsanwalt, mehrere Aufseher, ein Pflichtverteidiger und die Angeklagte. An den sonnengelb gestrichenen Wänden gibt es weder Fenster noch sonstige Dekoration außer dem Porträt seiner Majestät König Felipe VI., dessen angedeutetes Lächeln daran erinnert, dass das Recht für alle gilt.

Der Staatsanwalt erhebt sich und liest die Anklageschrift gegen Aura vor, die mitten im Raum steht. Der Richter hebt den Blick erst, als er fertig ist. Aura beantwortet jede Frage des Staatsanwalts – die meisten beginnen mit »Stimmt es, dass …« – mit einem überzeugten Nein. Sieben Mal, sieben Lügen.

Als die Befragung beendet ist, räuspert sich der Richter gelangweilt. Er ist ein Mann fortgeschrittenen Alters – wenn auch noch keine siebzig – mit einem weißen Spitzbart und sieht eher wie ein pensionierter Optiker aus, nicht wie ein Richter des Zivilgerichts.

»Das ist ein Bagatelldelikt. Kann mir die Staatsanwaltschaft erklären, warum die Angeklagte hier ist?«

»Gegen Señora Reyes liegt ein Haftbefehl vor, und in drei Wochen ist die Gerichtsverhandlung, Euer Ehren. Deshalb hat die Polizei sie festgenommen, eine vorbeugende Maßnahme.«

»Welche Anklagepunkte?«

Jetzt geht's los, denkt Aura und schließt die Augen.

»Betrug im großen Stil, unrechtmäßige Aneignung, Dokumentenfälschung, Geldwäsche. Alles unter strafverstärkenden Umständen, Euer Ehren.«

Der Richter sieht von der Mappe auf und mustert Aura neugierig. Die teure Bluse, die farblich dazu passenden schönen Schuhe. Mal abgesehen von den Augenringen, dem zerzausten sandfarbenen Haar und den hängenden Schultern als Folge einer Nacht im Gefängnis.

»Um welche Summe handelt es sich?«

Der Staatsanwalt trägt die acht Ziffern bis zum letzten Euro vor. Ohne Dezimalstellen; ist auch nicht nötig.

Der Richter hebt vielsagend die Augenbrauen.

»Und die Kaution?«

»Eine halbe Million Euro, Euer Ehren.«

Im Vergleich zu den zehn Millionen wirkt die halbe Million geradezu lächerlich. Eine symbolische Zahl, um sicherzustellen, dass die Beschuldigte nicht abhaut und so weiter. Für Aura ist das, als würde man von ihr verlangen, den Mond mit einer rosa Schleife zu versehen.

»Verstehe«, sagt der Richter mit einer Miene, die das Gegenteil ausdrückt. »Señora Reyes, Sie bringen mich in eine schwierige Lage. Eine Strafanzeige wegen Gewaltanwendung wie die, die Sie vor dieses Gericht gebracht hat, ist ein Problem. Selbst wenn es sich bei der Straftat um ein Bagatelldelikt handelt.«

»Angebliche Straftat, Euer Ehren«, wirft der Anwalt ein. »Meine Klientin hat die Tat in vollem Umfang bestritten.«

»Es ist für dieses Gericht keine große Überraschung, dass einige Ihrer Klienten sogar noch die Luft zum Atmen bestreiten, Herr Pflichtverteidiger«, erwidert der Richter lakonisch.

Sein Blick ruht erneut auf der Mappe, und seine Finger trommeln bedächtig auf den Tisch, während er seine Worte abwägt.

»Ihr Fall ist typisch«, sagt er kurz darauf. »Ein Mensch, dem eine Gefängnisstrafe droht, hat bei Näherrücken des Termins oft das Gefühl, nichts mehr zu verlieren zu haben. Sein Sinn für Moral nimmt ab, und er neigt dazu, Fehler zu machen, die er unter anderen Umständen nicht machen würde. Verstehen Sie, was ich Ihnen damit sagen will, Señora Reyes?«

»Ich verstehe.«

»In dieser Sachlage ist es besser, zum Wohle der Gesellschaft und des Angeklagten selbst, die Inhaftierung so bald wie möglich zu vollziehen. Ich glaube, das ist bei Ihnen der Fall, Señora.«

Die Angst, die Aura verspürt hat, als sie – vor knapp fünfzehn Stunden – mit dem Gesicht auf die Motorhaube des Streifenwagens gedrückt wurde, steckt noch in ihr. Mal ist sie stärker, mal schwächer, eine Furcht, die sie nur schwer kontrollieren kann.

Doch in diesem Augenblick schwächt sich die Angst so weit ab, dass sie fast verschwunden ist. Denn Aura hat den letzten Satz des Richters eher als versteckte Frage verstanden denn als direkte Drohung.

Und wieder schimmert die alte Aura hindurch.

»Das wäre der Fall, wenn ich für das, was in der Strafanzeige steht, verantwortlich wäre. Aber ich habe Ihnen bereits gesagt, dass das nicht stimmt, Euer Ehren«, lügt Aura selbstbewusst. »Und um ehrlich zu sein, muss ich Ihnen sagen, dass ich nicht die Absicht habe, vorzeitig die Haftstrafe anzutreten, sondern dass ich das Geld für die Kaution aufbringen und mich als freier Mensch dem Prozess stellen werde, was mein gutes Recht ist.«

Der Richter mustert Aura aufmerksam.

»Aha. Und die Nacht in der Zelle hat vermutlich etwas mit dieser Entscheidung zu tun.«

Diplomatisch zuckt Aura mit den Schultern.

»Señora Reyes, wenn ich Sie heute freilasse, gehe ich ein Risiko ein. Kann ich Ihnen vertrauen?«

»Ja, Euer Ehren. Vollkommen, Euer Ehren. Ich habe mein Lehrgeld bezahlt. Ich kann Ihnen aufrichtig versichern, dass ich ein neuer Mensch bin und keine Gefahr für die Gesellschaft darstelle. Das ist die reine Wahrheit«, erklärt Aura in ihrer besten Imitation von Morgan Freeman.

Einen Moment lang fürchtet sie, zu weit gegangen zu sein, aber der Richter wirkt zufrieden, fast amüsiert über ihre Ausführungen.

»Hoffentlich muss ich es nicht bereuen, Señora Reyes«, erwidert er und zeigt zur Tür.

Aura geht in den ersten Stock, holt die Plastiktüte mit ihren persönlichen Sachen (Handtasche, Portemonnaie, BH und Mantel) und ist keine Viertelstunde später wieder auf der Straße. Sie sieht den bewölkten Himmel, die Kio-Türme und die herumwirbelnden Lidl-Prospekte. Tief atmet sie die mit Kohlendioxyd verpestete Luft der Freiheit ein und denkt, dass sie in ihrem ganzen Leben nichts Schöneres gesehen hat.

Bis sie etwas sieht, das sie ihre Meinung sofort ändern lässt.

8

Eine Stange

Von einer Bank winkt ihr eine Gestalt zu. Aura muss schlucken, denn sie hat sie sofort erkannt, aber überhaupt keine Lust, darauf zu reagieren. Sie atmet aus und macht sich mit gesenktem Kopf auf den Weg in die entgegengesetzte Richtung.

Nach zwanzig Metern hört sie sie rufen.

»Hey, Blondi.«

Nach weiteren fünf Metern hat sie sie eingeholt.

Die Frau schneidet ihr den Weg ab.

»Du bist ohne Frühstück gegangen. Wenn es dort schon mal was Gutes gibt …«

Sie hält eine durchsichtige Plastiktüte hoch, darin ein Bocadillo in Aluminiumfolie und zwei Mandarinen.

»Es gab auch einen Joghurt, den habe ich aber schon gegessen. Ich hatte einen Bärenhunger, Kleine. Du bist mir doch nicht böse?«

Beim Anblick des Bocadillos beginnt Auras Magen zu

knurren, aber Angst und Eile setzen sich durch. Ganz zu schweigen davon, dass sie keinerlei Kontakt mit dieser Frau haben möchte.

»Entschuldigung, aber ich habe keine Zeit zum Essen. Ich muss so schnell wie möglich nach Hause.«

Sie legt eine abschätzende Pause ein, befindet, dass von der Frau keine Gefahr ausgeht, und fügt hinzu: »Meine Töchter sind allein zu Hause.«

»Mensch, warum hast du das nicht früher gesagt? Komm, ich fahre dich heim. Ich stelle meine Karre immer in der Nähe des Gerichts ab, wenn ich einen hebe, denn am Ende passiert immer das Gleiche.«

Aura rümpft die Nase, sie kann nicht anders. Das Aussehen der Frau hat sich in den letzten Stunden nicht verbessert. Die Twill-Jacke hängt über ihrer rechten Schulter. Das T-Shirt würde bei einem Fettflecken-Wettbewerb den ersten Preis gewinnen. Das Haar ist sehr kurz und um die Ohren herum rasiert, weshalb die Frisur nie aus der Fasson geraten kann. Aber die Frau stinkt noch immer nach Schweiß und Wein, selbst an der frischen Luft und auf anderthalb Meter Entfernung.

»Nimm's mir nicht übel ...«

Sie verstummt, weil ihr einfällt, dass sie ihren Namen nicht kennt. Sie meint sich zu erinnern, einer der Polizisten hätte ihn genannt, als man sie in den Streifenwagen bugsierte, aber ...

»Mari Paz Celeiro Buján«, kommt sie ihr zu Hilfe. »Und du bist Aura.«

»Woher weißt du das?«

»Weil die Aufseherin dich als Erste holen wollte. Aber ich habe ihr gesagt, sie soll dich schlafen lassen. Du wirktest so erschöpft.«

Aura rollt mit den Augen. Sie wäre also viel früher rausgekommen. Doch sie fasst sich in Geduld und setzt noch einmal an.

»Nimm's mir nicht übel, Mari Paz, aber ich nehme lieber die Metro.«

Dann hört sie hinter sich ein Geräusch. Sie dreht sich um und sieht, wie zwei Freundinnen von Yoni gerade das Gerichtsgebäude verlassen und sie böse anstarren. Die eine sagt der anderen etwas ins Ohr und zeigt dabei auf Aura. Keine von beiden wirkt sonderlich freundlich gesinnt.

»Blondi«, sagt Mari Paz, die ihrem Blick gefolgt ist. »Ich denke, dass es keine gute Idee ist, die Metro zu nehmen, ernsthaft.«

»Was auch immer du mit denen hast ...«

»... hast jetzt auch du. Komm schon, Herzchen, lass dich von mir fahren.«

Dann legt sie Aura liebevoll den Arm über die Schultern und führt sie zur Calle Bravo Murillo.

»Sie folgen uns, stimmt's?«

»Ich fürchte ja. Geh einfach weiter, nicht stehen bleiben.«

»Wann hatte ich bloß diese verfluchte Idee, dir zu helfen.«

»Im Morgengrauen.«

»Ich meine damit, dass ich es bereue.«

»Das habe ich schon verstanden. Geh weiter, gleich da vorne steht mein Wagen.«

Aura beschleunigt den Schritt, dicht gefolgt von Mari Paz. Sie hinkt leicht, wie Aura bemerkt, als sie schneller gehen.

»Du hast sie letzte Nacht verprügelt«, sagt sie mit einem Blick über die Schulter.

Die beiden Latinas sind ihnen auf den Fersen. Eine von ihnen hat die Hand in der Jackentasche vergraben.

»Letzte Nacht war letzte Nacht.«

»Hättest du das nicht …«

»Hast du die rechts gesehen? Die ist gut gerüstet.«

Aura schaut Mari Paz verständnislos an.

»Bewaffnet. Mit einem Stachel, einem Messer, was auch immer. Wenn sie uns einholen, werde ich sie windelweich prügeln müssen.«

»Lass dich nicht von mir aufhalten.«

»Du scheinst die Freiheit ja schnell sattzuhaben. Wenn wir uns auf so was einlassen, sind wir schneller wieder im Knast, als wir blinzeln können.«

Wirklich keine guten Aussichten, denkt Aura.

»Da ist er schon«, sagt Mari Paz und zeigt auf einen weißen Škoda, der älter ist als der schmiedeeiserne Zaun des Retiro-Parks. Sie drückt Aura den Autoschlüssel in die Hand mit dem Hinweis: »Steig ein und schließ ab.«

Aura umrundet den Wagen und spürt, dass Herzrhythmus und Atmung sich beschleunigen. Sie will den Schlüssel ins Schloss stecken, schafft es aber nicht gleich.

Mari Paz hat sich inzwischen umgedreht und lässt die Jacke zu Boden fallen. Die Frühstückstüte nimmt den gleichen Weg.

»Na so was, habt ihr noch immer nicht genug?«

Die beiden Frauen bleiben stehen. Die größere zieht einen großen Schraubenzieher aus der Jackentasche, dessen Griff mit Heftpflaster umwickelt ist. Er sieht nach allem aus, nur nicht nach Werkzeug. Die andere folgt Aura und nähert sich dem Wagen.

Mari Paz streckt die Arme aus und macht einen Schritt zur Seite, um ihr den Weg zu versperren.

»Verpiss dich, Schnapsdrossel, aus dem Weg«, sagt die mit dem Schraubenzieher.

»Keinen Bock. Ihr habt es doch eigentlich auf mich abgesehen. Was hat Blondi euch getan?«

»Yoni lässt ihr schöne Grüße ausrichten.«

»Dann soll sie ihr eine Postkarte schicken. Hey, du, ich habe dich genau im Blick«, warnt sie mit ausgestrecktem Zeigefinger die Frau, die den Wagen umkreist. »Du wirst gleich dein blaues Wunder erleben.«

Aura hat es inzwischen geschafft, die Fahrertür aufzuschließen. Als Erstes springt sie der Geruch an, nach Schmutzwäsche und verdorbenem Essen. Der Rücksitz ist übersät mit Krempel. Eine Sporttasche, ein grüner Schlafsack, ein alter Weinkarton und überall Rotweinflecken.

55

Nichts von alldem ist ihr nützlich.

Denn sie hat nicht die Absicht, auf Mari Paz zu hören.

Ich bin genug davongelaufen, denkt sie.

Beim Abtasten der Unterseite des Armaturenbretts schließen sich ihre Finger um einen harten metallischen Gegenstand. Sie zieht daran, aber er hängt fest. Sie stützt den Fuß auf den Schweller des Wagens, um kräftiger ziehen zu können.

Ein letzter Ruck, und die Wegfahrsperre – Marke Ranz, rot lackiert und mit abgeblätterten Kanten, genauso eine hatte ihr Vater in seinem Renault Fuego, als sie klein war – löst sich knirschend. Aura fliegt nach hinten und kann sich gerade noch an der Tür festhalten, um nicht auf dem Hintern zu landen. Dabei knallt die Stange mit grässlichem Getöse auf den Boden.

»Na so was«, sagt Aura, als sie sie aufhebt.

Der Frau ist es inzwischen gelungen, Mari Paz auszuweichen, und sie steht jetzt wenige Schritte hinter ihr. Sie hat ihren Gürtel – eine Stahlkette – abgezogen und schwenkt ihn in der Luft. Doch beim Anblick von Aura, die sich mit der achtundfünfzig Zentimeter langen Stange aus legiertem Stahl umdreht, hält sie abrupt inne.

»Na so was«, wiederholt Aura grinsend. »Kann ich dir vielleicht helfen?«

Die Frau starrt erst die Stange und dann Aura an und trifft eine weise Entscheidung.

»Wir kriegen euch noch, du *bitch*«, brüllt sie und rennt davon.

Ihre Freundin folgt ihr auf dem Fuße.

Mit der Wegfahrsperre in der Hand steht Aura vor dem Auto. So lange, bis Mari Paz Jacke und Frühstücksbeutel – eine Mandarine ist etwas angeschlagen – aufgehoben hat und ihr die Stange aus der zittrigen Hand nimmt.

»Sag mir die Wahrheit. Weißt du, was du damit anstellen kannst?«

»Keine Ahnung.«

»Dachte ich's mir doch. Los, steig schon ein.«

9

Eine Fahrt

Mari Paz hat einen ausgezeichneten Fahrstil.

Das gesteht Aura nicht jedem zu. Klugscheißerin. Dieses Wort benutzte ihr Mann oft, wenn er von ihrem Fahrstil sprach. Pedantisch, zwanghaft und nervig waren die Adjektive, die in solchen Gesprächen häufig vorkamen.

Aura hat eben ihre eigene Art, Auto zu fahren, das ist alles. Früh den Blinker setzen, vor dem Spurwechsel zweimal in den Rückspiegel schauen, dem Bus die Vorfahrt lassen, so fährt sie für gewöhnlich.

Weshalb sie wirklich überrascht ist, dass Mari Paz, wie jetzt auf der M30, ganz ähnlich fährt. Defensiv, gewissenhaft und routiniert.

Mit einer Hand natürlich.

In der anderen hat sie Auras Bocadillo, die wegen Bauchschmerzen darauf verzichtet hat.

»Das Brot ist knochentrocken«, sagt Mari Paz. »Um

es etwas feuchter zu machen, füllen sie es mit Tortilla francesa. Trotzdem bleibt es einem fast im Hals stecken. Außerdem gibt es sonntags normalerweise Bratwurst. Ist doch auf nichts mehr Verlass auf dieser Welt, echt jetzt.«

Aura öffnet das Fenster, um frische Luft hereinzulassen. Der Geruch des Bocadillos – des Wagens insgesamt – und ihre Nervosität verursachen ihr Übelkeit.

»Wer waren denn diese Bekloppten?«

Mari Paz hat aufgegessen, sie zerknüllt die Alufolie und wirft sie auf den Rücksitz.

»Die Mara 22.«

Aura nickt, als wäre damit alles klar.

»Du hast keine Ahnung, stimmt's, Blondi?«

»Ich schaue Nachrichten.«

»Sag ich doch, du hast keine Ahnung. Mara 22 ist eine Straßengang. Ganz üble Leute.« Sie macht eine Pause und fügt dann hinzu: »Danke.«

»Wofür?«

»Du hast mir heute Nacht das Leben gerettet.«

Aura sieht Mari Paz befremdet an.

»Du machst Scherze. Sie wollten dich nur verprügeln.«

»Sie wollten mich mit dem Jackenärmel strangulieren. Ratzfatz und gute Nacht.«

Ihr Tonfall ist hart, unnachgiebig, trotz des ironischen Untertons im letzten Satz. Aura begreift, dass sie es wirklich ernst meint, kann es aber nicht glauben.

Bis sie den rötlichen und gleichförmigen Striemen an Mari Paz' Hals sieht.

Sie muss schlucken, versucht, das zu verdauen. Sie, die bislang in einer Welt lebte, in der die größte Gefahr darin bestand, die Hypothek nicht bezahlen zu können, und die größte Angst der jährlichen Mammografie galt.

Und dann ist da noch, *was vor zwei Jahren geschah*. In der Nacht, als Jaume starb und sie alles verlor oder zu verlieren begann. Aber selbst das, was geschah, war in ihrem Kopf nur ein schwarzer Schwan. Eine seltsame Begegnung mit dem Fatalismus, so unwahrscheinlich wie unerwartet.

Was sie in den letzten Stunden erlebt hat, ist kein schwarzer Schwan. Es ist der Beweis dafür, dass Angst und Gewalt nicht die Ausnahme, sondern die Norm sind, die wir nur umschiffen können, wenn wir das Glück haben, morgens gefahrlos in unserem Bett aufzuwachen.

Der Beweis dafür, dass die Decke sehr löchrig ist.

Auch der Beweis dafür, dass einem nichts anderes übrig bleibt, als entsprechend zu handeln.

Die Welt bleibt kurz stehen. Die Autos gefrieren mitten in der Fahrt, die Vögel verharren im Flug. Eine Mücke, die auf die Windschutzscheibe prallt, erstarrt in der Bewegung, weder tot noch lebendig.

Aura erlebt gerade den zweiten Teil ihrer Entdeckung.

Nicht annähernd so weitreichend wie die von gestern mit dem Shampoo aus dem Mercadona. Dieser Apfel ist ihr schon auf den Kopf gefallen, er wird es nicht noch einmal tun.

Dieser zweite Teil besteht darin, den Apfel auf dem Boden liegen zu sehen und zu entscheiden, was sie mit ihm machen soll.

Etwas Wichtiges. Etwas, das den Kurs ändert. Ein Ausweg.

Das ist Wahnsinn, sagt sie sich.

Das ist es, erwidert sie. Aber …

Das Saatkorn einer Idee hat sich in ihrem Kopf eingenistet. Eine so unwahrscheinliche wie unmögliche Idee.

Eine Idee, die sie nur noch nicht umsetzen konnte. Jetzt hingegen …

Die Welt dreht sich weiter.

»Tut es sehr weh?«, fragt sie Mari Paz und zeigt auf ihren Hals.

»Nur beim Essen von Tortilla-Bocadillos. Hey, mach ein fröhlicheres Gesicht, Blondi. Es wirkt, als hättest du ein Gespenst gesehen.«

Aura hat zwar kein Gespenst gesehen, aber sie hat etwas gesehen. Etwas, das bei ihr das Bedürfnis auslöst, mehr über ihre Zellengefährtin zu erfahren.

»Warum wollten sie dich …?«

Sie lässt das Wort in der Luft hängen.

»So ist das auf der Straße, Blondi. Da triffst du viele Leute. Gute, normale und mittelmäßige. Und dann gibt's noch diese Hurentöchter.«

Aura wirft einen Blick auf den Rücksitz – eher ein Müllsitz, denkt sie schmunzelnd – voller Krimskrams sowie Mari Paz' zerknitterter und schmutzstarrer Kleidung.

»Du lebst im Auto, oder?«

Sie hat das einfach so dahingesagt und wird sich im selben Moment bewusst, dass sie sich diese Frage hätte schenken können. Mari Paz zuckt zusammen und verzieht gekränkt den Mund. Aura versucht sich zu entschuldigen.

»Hör mal …«

Aber Mari Paz' stolze Geste lässt sie verstummen. Es folgt ungemütliches Schweigen, unterbrochen vom Straßenlärm und dem dumpfen Pochen des Fremdschämens.

»Ich habe eine schlechte Phase«, sagt sie schließlich.

»Seit wann?«

Mari Paz schüttelt den Kopf, als wüsste sie es nicht genau. Mit den Fingern der rechten Hand rechnet sie nach, wie viele Jahre sie schon im Auto lebt. Seit jenem unheilvollen Tag vor dem Militärgericht, als man sie mit zwanzig Prozent ihres Soldes aus der Legión Española entließ. *Und dennoch bin ich glimpflich davongekommen nach dem, was ich getan habe.*

»Fünf Jahre«, sagt sie selbst überrascht.

»Das ist ganz schön lang.«

»Ja, das stimmt. Meine Güte, wie die Zeit vergeht«, sagt Mari Paz und seufzt.

Der Wagen nähert sich der Puente de Vallecas und biegt in die Avenida Ciudad de Barcelona ein. Jetzt sind wir gleich da, denkt Aura.

Sie weiß, dass es den Mädchen gut geht, sie ist davon überzeugt, dass es ihnen gut geht, trotzdem streckt sie die letzten Meter den Kopf zum Fenster hinaus in der Erwartung, die Sirenen der Feuerwehr oder einer Ambulanz zu hören.

Nach dem Einbiegen in die Calla Abtao, ihrem Ziel, springt Aura aus dem noch fahrenden Auto und läuft zur Haustür. Ihre Entdeckung ist auf eine zweite Ebene gerückt, bis sie sich vergewissert hat, dass es den Mädchen gut geht.

»Hey, Blondi, nicht mal ein Abschiedsgruß?«, ruft die Fahrerin empört.

Aura läuft zum Wagen zurück und zeigt auf die Straße. »Such dir einen Parkplatz und komm hoch. Zweiter Stock rechts.«

Mari Paz blinzelt überrascht. Sie ist nicht daran gewöhnt, in Wohnungen eingeladen zu werden.

»Ich weiß nicht, du wirst zu tun haben …«

»Ich will dir etwas vorschlagen. Ich warte oben auf dich!«

Ich habe mit einem Abschied gerechnet. Vielleicht mit einem Bierchen. Nicht mit einer Einladung.

Mari Paz fällt aber nichts ein, wie sie sie ausschlagen könnte. Weshalb sie nur sagt: »Du weißt schon, wie schwer es ist, hier einen Parkplatz zu finden, oder?«

10

Ein Sprung

Manchmal beweist sich Mut vor einer Gegensprechanlage.

Mari Paz ist nicht feige, das war sie nie.

Aber den Klingelknopf drückt sie nicht. Nein.

Sie ist starr vor Angst.

Angst

Mutig ist, wer Angst hat und sie überwindet, pflegte ihre Großmutter zu sagen, die nur selten Spanisch sprach. In Vilariño, der galicischen Provinz Ourense, war in den letzten dreißig Jahren kein Madrilene aufgetaucht. Und in Luar do Carballo, dem winzigen Nest außerhalb von Vilariño, wurden seit dreihundert Jahren keine Madrilenen gesichtet. Der Stammsitz der Familie Celeiro war schon immer das Steinhaus am Eichenwald. Auf dem nahegelegenen Berg stand in der Bronzezeit eine Festung; seitdem hat niemand mehr einen Fuß in diese Berge gesetzt.

»Soweit ich weiß«, fügte die Großmutter hinzu, die sich nur ungern die Finger verbrannte.

Das mit dem Mut und der Angst galt ein Leben lang, hatte ihr die Großmutter eingebläut und Mari Paz an ihrem achtzehnten Geburtstag aufgefordert, ihr Bündel zu schnüren und nach Pontevedra zu gehen. Zwar hatte sie dabei Tränen in den Augen, die Großmutter, aber sie wollte ja nur ihr Bestes.

Sie hatte einen roten Kugelschreiber genommen und auf der Rückseite eines Kassenbons eine Liste von Dingen notiert, die es in der angestammten Heimat der Celeiros nicht gab:

- Arbeit (zweimal eingekringelt)
- Geld zum Studieren (Denn Mari Paz' Eltern waren gestorben, als sie noch sehr klein war. Sie waren auf dem Weg zu einer Hochzeit von einem Lastwagen überrollt worden.)
- Heiratsfähige junge Burschen (Was Mari Paz egal war, denn ihre Präferenzen lagen woanders.)
- Zukunft

Eine Zwickmühle, die nur zwei Möglichkeiten zuließ:

- Die Fischerei (wie langweilig)
- Die Streitkräfte (wie gruselig)

Eine wahrhaftig missliche Lage.

Am Tag ihres Abschieds ergriff Mari Paz beide Hände der Großmutter. Schwielige Hände, Hände, die Rüben pflanzten und Stürme ernteten. Hände, die den Eintopf umrührten und die Eierkuchen aus der Pfanne nahmen – vorsichtig, ohne sich zu verbrennen. Großzügige Hände bei einem Klaps und noch großzügiger beim Streicheln. Die Hände einer Frau, die außer Großmutter auch Vater und Mutter für sie sein musste.

»Ich habe dich sehr lieb, Großmutter.«

Die sagte nichts. Ihr Hals war wie zugeschnürt nach siebzig Jahren des Abschiednehmens. Sie hatte erlebt, wie sich das Land entvölkerte, wie sich die Menschen – mit mehr Träumen als Chancen im Gepäck – auf den Weg zur Bushaltestelle im Dorf machten.

Die Großmutter sagte nichts, sie hatte ihre eigenen Ängste. Die schlimmste Angst? Irgendwann allein zu sterben, ohne einen Menschen, der ihre Hand hält.

Deshalb hielt sie die Hand des einzigen Menschen, der ihr auf der Welt geblieben war, eine lange Minute schweigend fest. Und das Schweigen blieb, als Mari Paz gegangen war.

In Pontevedra ging Mari Paz 1996 zur Legión Española, einer Eliteeinheit der spanischen Streitkräfte. Sie war nicht die erste Frau, die sich anwerben ließ. Seit acht Jahren gab es Frauen im Heer.

Aber sie war die erste, die ein Jahr später auf eine internationale Mission geschickt wurde. Nach Albanien.

»Keine Angst, kein Schmerz!«, brüllte Sargento Carmona über den Lärm der Rotoren hinweg.

Die acht Truppenmitglieder brüllten im Chor.

Das alles geschah in einem Jahrzehnt, bevor dieser Film über die Spartaner ins Kino kam. Bevor es Mode wurde, perfekt abgestimmt »Arhu, arhu, arhu« zu brüllen. Lange vor den sorgfältig gestutzten Bärten, dem makellosen Chichi und den obligatorischen Selfies. Weshalb die Soldaten jeder auf seine Weise bellten, zum Zeichen von Tapferkeit und Pflichtbewusstsein, und in den Hubschrauber marschierten, wobei sie ihre Aufmerksamkeit nicht auf die *likes* von Instagram richteten, sondern darauf, sich nicht in die Hosen zu scheißen.

Du willst wissen, wie sich Angst anfühlt?

Dann spring mal im Morgengrauen bei vierzig Knoten Geschwindigkeit und Gegenwind aus geringer Höhe aus einem Cougar-Hubschrauber. Den Fluss Drin zur Linken, ein spitzes Kliff zur Rechten. Der Helikopter wippt wie ein Jo-Jo, der Boden entfernt sich immer weiter, und das Frühstück – denn Mari Paz hatte dummerweise vor dem Ausrücken gefrühstückt – kommt wieder hoch.

Was geht dir in einem solchen Moment durch den Kopf?

Angst.

Du siehst das nicht sehr tiefe Flusswasser, ungefähr vier Meter, das träge dahinfließt. Aber egal, denn wenn du mit dem dreißig Kilo schweren Rucksack darin landest, kommst du nicht mehr hoch. Und für einen Augenblick *bist du* im eiskalten Februarwasser und spürst, wie dich der Tod in die Dunkelheit zum schlammigen Grund hinabsaugt.

Du siehst die Klippe voller spitzer Felsen, an denen Konvektionsstrudel aufsteigen, die den Wind noch stärker anfachen. Und für einen Augenblick *bist du* in der Leere, paddelst verzweifelt, versuchst, dich an irgendetwas festzuklammern oder zumindest den Moment hinauszuzögern, in dem dich der Grund für immer verschlingt.

Du siehst das winzige Stückchen flaches Land – um es mal so zu nennen, denn es enthält mehr Mulden und Heidekraut als die ganze Provinz Ourense –, auf dem du landen sollst. Und zwar rasch, denn es wird vermutet, dass sich im Wald am anderen Flussufer bewaffnete Kontingente aufhalten. Du siehst dieses winzige Rechteck und hast Angst.

Doch Mari Paz hatte keine Angst um sich selbst.

Natürlich hatte sie Angst zu sterben. Wie auch nicht. Wenn in dreißig Metern Höhe das Adrenalin in deinen Kopf gepumpt wird, trägst du den Tod unter der Haut.

Sie hatte Angst um die Großmutter. Weil sie weder zu ihrem Geburtstag noch zu Weihnachten bei ihr war. Wegen der Leerstelle, die sie hinterlassen hatte, wegen ihrer Abwesenheit.

Als der Helikopter tief genug stand, sprang Mari Paz, ohne nachzudenken, als Erste. Sie verließ sich auf ihren Körper und das Training.

In dem Moment, zwischen Leben und Tod, als ihr der Wind ins Gesicht schlug und sie die Zähne zusammenbeißen musste, war Mari Paz zum ersten Mal in ihrem Leben glücklich.

Dann trafen ihre Stiefel auf den steinigen Untergrund. Sie strauchelte kurz, stürzte aber nicht. Dann drückte sie das Knie auf die Erde und legte das Schnellfeuergewehr an, um den Sprung der Kameraden zu sichern.

Keiner von ihnen bemerkte, dass ihr Tränen über die Wangen liefen.

An jenem Tag sicherten sie eine Straße, damit ein Hilfskonvoi den Fluss überqueren konnte. An diesem Tag mussten sie auch ein paar Partisanen der Çole-Bande überwältigen, die wie wild um sich schossen, bis die Legionäre sie im Wald umzingelt hatten. Mari Paz musste dreimal abdrücken. Feuerschutz, ohne jemanden zu verletzen. Es gab keine Verluste, der Feind ergab sich.

Sie kann sich kaum an etwas erinnern.

Nur die Angst vor dem Sprung hatte sich unauslöschlich ins Gedächtnis eingebrannt.

Es war nicht ihre größte Angst, auch nicht die furchtbarste. In den folgenden Wochen würde sie, bei dem was ihr widerfuhr, noch andere Ängste kennenlernen.

Und dennoch, da ist sie wieder. Der Schwindel, das Gefühl der Leere im Magen, die Wehmut. Die Ungewissheit, die Vorwegnahme. Wenn dein Körper dir signalisiert, dass im nächsten Moment etwas passieren wird, was den Lauf der Geschehnisse verändern kann.

Sei vorsichtig bei dem, was du tust, signalisiert ihr Körper.

Tage später, mit Blick in den Lauf einer Pistole und

mit blutbespritztem Gesicht, wird sich Mari Paz an den Moment vor der Gegensprechanlage erinnern als den Tag, an dem sie ihren schlimmsten Fehler im Leben begangen hat.

Ganz schlecht, signalisiert ihr Körper. Sie drückt auf die Klingel.

11

Eine Wohnung

Eine andere Person – in einer anderen Geschichte – hätte vielleicht gedacht, das Klingeln würde wie ein Fragezeichen klingen. Mari Paz, ein Joan-Manuel-Serrat-Fan, denkt eher an Schläge auf die Rippen.

Sie nimmt die Treppe in die zweite Etage – um sich etwas die Beine zu vertreten – und steht vor einer offenen Tür.

»Hier entlang«, ruft Aura von drinnen.

Die Wohnung ist klein und dunkel. Zwei Zimmer, Bad, Küche und Wohnzimmer. Die Fenster zeigen zur Straße, lassen aber nicht viel Licht herein, denn die Wohnung liegt auf der Nordseite und ziemlich weit unten.

Das Wohnzimmer ist ein Schlachtfeld.

Überall Spielzeug, Kleidungsstücke auf dem Sofa, ein Handtuch auf dem Boden. Sechs Paar Schuhe, in prekärem Gleichgewicht auf einem Beistelltisch übereinandergestapelt. Der Esstisch ist wahrscheinlich aus dunklem Holz, aber das ist unmöglich zu erkennen, denn er ist zugedeckt mit Papierbögen; auf einem davon ist ein riesiges Einhorn mit sechs Beinen zu erkennen. Sehr zufrieden dürfte die Zeichnerin mit dem Ergebnis nicht gewesen sein, denn sie hat es mit Nudeln verschönert. Welche Sorte Nudeln? Mari Paz nimmt an, sämtliche Sorten, die sie in der Küche finden konnte. Hörnchen, Schnecken, Spiralen, Makkaroni und sogar Spaghetti für die Mähne. Die einzelnen Bereiche sind nur halb gefüllt. Vielleicht, weil die Flasche mit dem weißen Kleber umgefallen und auf den Boden getropft ist, wo sich ein Fleck in der Größe eines Toastbrots gebildet hat. An jeder Ecke stehen kleine Ananassaft-Päckchen, jedes mit Strohhalm und offensichtlich leer. Überall Krümel und auf einem Stuhl etwas, das wie ein zerdrückter Keks aussieht.

»Ich war mal nach einem Attentat auf dem Bayalai-Markt in Kandahar, da sah es allerdings aufgeräumter aus als hier, Blondi.«

Inmitten des ganzen Chaos drückt Aura ihre beiden Töchter fest an sich. Die sind unter ihren Armen kaum zu erkennen, nur diffus etwas Gelbes und Schwarzes.

»Du solltest erst mal sehen, wenn sie Zucker essen«, sagt Aura, ohne sich umzudrehen.

»Wer ist das, Mami?«, fragt eine erstickte Stimme an der Mutterbrust.

»Ihr werdet sie gleich begrüßen können. Jetzt muss ich euch noch eine Minute knuddeln.«

Die Mädchen protestieren und winden sich, versuchen sich zu befreien, aber mit Aura lässt sich nicht verhandeln.

»Geh doch schon mal duschen. Das Bad ist dort«, sagt sie und zeigt zur Tür. Beim Blick in Mari Paz' Gesicht fügt sie hinzu: »Wir haben beide dringend eine Dusche nötig, aber ich bin noch beschäftigt. Ich lasse dir den Vortritt.«

»Ich kann nicht bleiben«, entgegnet Mari Paz, die das Angebot nicht sehr witzig findet.

So nötig ich die Dusche auch hätte. Ich bin dreckiger als die Schafe, wenn sie vom Berg kommen. Aber so geht das nicht. Los, wasch dir wenigstens das Gesicht, Schmutzfink.

»Mach schon, du willst mich das Chaos doch nicht allein aufräumen lassen, oder? Ich lade dich zum Essen ein.«

Mari Paz denkt über das Angebot nach. Sie fühlt sich in ihrem Stolz verletzt, denn nichts stört sie mehr, als wenn jemand auf ihre Mängel hinweist. Aber das erste Bocadillo hat sie schon verdaut, beim zweiten ist sie gerade dabei, und ihr Körper wird schon bald nach neuer Nahrung verlangen.

»Was gibt es denn zu essen?«

»Ich würde sagen, Pasta«, antwortet Aura und zeigt auf die kunstvollen Handarbeiten auf dem Esstisch.

Als sie den heißen Wasserstrahl im Nacken spürt, sind Unbehagen und verletzter Stolz schnell verflogen.

Bezüglich des Duschens ist eines gewiss. Wenn du zwei Tage nicht geduscht hast, fühlst du dich erbärmlich, ekelhaft. Nach fünf Tagen ohne Dusche gewöhnt sich der Körper daran, dann haben andere ein Problem damit. Vom zehnten Tag an begnügst du dich normalerweise mit einer Katzenwäsche in einer Bar-Toilette – zurück zu alter Frische.

Schon seit Jahren duscht Mari Paz nur zweimal im Monat, zu Hause bei Kameraden. Mehr lassen weder ihr Stolz noch ihr Herz zu. Ersterer ist ziemlich groß und Letzteres neigt zum Weichwerden. Denn wenn sie unter einer Dusche steht, bekommt ihre Rüstung Risse. Dann fühlt sie sich wieder wie ein Mensch und spürt die schmerzliche Realität ihres Lebens. Wer sie ist, wer sie sein könnte.

Mari Paz setzt sich in die Badewanne, lehnt den Kopf an den Duschvorhang und kämpft mit den Tränen.

Als sie nach wenigen Minuten wieder herauskommt, wirft der Spiegel ihr ein anderes Bild zurück. Das eckige, harte Gesicht ist weicher. Die raue Haut ein wenig aufgequollen, was ihre Züge freundlicher macht. Das verfilzte, fettige Haar ist wieder schwarz und glänzend. Der Schnitt ist zwar immer noch beschissen, aber zumindest sauber-beschissen.

Schön warst du ja noch nie. Aber zumindest eine Zeit lang attraktiv, denkt sie.

Traurig tastet sie ihren linken Arm ab. Er ist noch immer kräftig, aber der kompakte Bizeps hat wegen ihres Konsums von billigem Wein und noch schlechterem Essen in den letzten fünf Jahren deutlich gelitten.

Sie schwört sich zum zigsten Mal, mit dem Trinken aufzuhören, ihr Leben wieder in den Griff zu bekommen und etwas daraus zu machen. Während sie sich das vorbetet, erinnert ihr Körper sie daran, dass es Zeit wird für ein Bierchen. Routine ist wichtig.

Dann stellt sie fest, dass ihre Kleidung verschwunden ist. Dafür liegen auf der Toilette ein Slip – der ihr etwas zu klein ist –, ein Morgenmantel und eine Notiz.

Ich musste sowieso waschen.

Verdammte Scheiße, denkt Mari Paz.

12

Die Zwillinge

Als sie im Morgenmantel und mit nassem Haar aus dem Bad kommt, lauern ihr zwei ein Meter fünfundzwanzig große bedrohliche Wesen auf, bewaffnet mit Besen.

»Batman und SpongeBob. Muss ich mich erschrecken?«

»Nur, wenn du bösartig bist«, sagt Batman.

»Oder Mr Krabs«, sag SpongeBob.

»Was für ein Glück. Ich bin Mari Paz.«

»Ich bin Cris«, sagt Batman.

»Ich bin Alex«, sagt SpongeBob.

»Das sind nicht ihre Namen«, ruft ihre Mutter entnervt aus der Küche.

»Wir haben beschlossen, geschlechtsneutrale Vornamen zu benutzen, bis wir wissen, wer wir wirklich sind«, erläutert Cris. »Und wer bist du?«

»Eine Freundin eurer Mutter.«

»Mama hat keine Freundinnen mehr. Sagt sie zumindest.«

»Und sie bringt nie jemanden mit nach Hause«, mischt sich Alex ein. »Warum hat sie dich mitgebracht?«

Das frage ich mich auch.

»Es gibt nicht für alles im Leben eine Erklärung, Kinder.«

Diese Äußerung scheint den Mädchen zu reichen, denn ihr argwöhnischer Blick weicht einem frechen Grinsen.

»Willst du ein Kaubonbon?«, fragt Alex und hält ihr die Sugus-Tüte hin; es gibt nur noch ein rotes, ein blaues und ein gelbes.

Natürlich will Mari Paz ein Kaubonbon. Sie greift zu dem mit Ananas, doch als sie die Gesichter der Zwillinge sieht, zieht sich ihr Herz zusammen, und sie nimmt anstelle des blauen das mit Zitrone.

Die Mädchen gleichen sich wie ein Ei dem anderen. Glattes blondes Haar und grüne Augen wie die Mutter. Beide tragen einen Flanell-Jumpsuit, so einen, der eher wie ein Faschingskostüm aussieht, mit ihren Lieblingsfiguren.

»Ihr seid echt drollig«, sagt Mari Paz und steckt sich das Bonbon in den Mund.

»Das ist nicht wahr, wir sind sehr hübsch«, protestieren beide unisono.

»Dann eben putzig.«

»Sie meint, ihr seid niedlich«, erklärt ihre Mutter. »Was habe ich zum Naschen vor dem Essen gesagt? Macht den Flur sauber, los!«

Aura geht ins Wohnzimmer und beginnt aufzuräumen.

»Unglaublich, was sie in einer einzigen Nacht alles versaut haben.«

»Wir haben keine Minute geschlafen, Mama!«, ruft Cris aus dem Flur.

»Das erklärt alles.«

»Aber sie haben es überlebt«, sagt Mari Paz augenzwinkernd.

Sie schnappt sich eine Mülltüte und stopft das Papier mit dem Einhorn hinein. Alle Nudeln, die nicht mit Klebstoff in Berührung gekommen sind, füllt sie wieder in die Tüte.

Aura sieht es, sagt aber nichts. Keine von beiden kann sich erlauben, Lebensmittel wegzuwerfen.

»Sie waren halb tot vor Angst, als ich reinkam. Und haben ordentlich mit mir geschimpft. Das erste Mal in meinem Leben. Teils wegen des Schreckens und teils, weil ich nicht mit ihnen geschimpft habe, dass sie das Wohnzimmer zu einer Kulisse der Gremlins gemacht haben.«

»Was wolltest du mir denn vorschlagen?«, fragt Mari Paz neugierig.

»Jetzt nicht.« Aura legt den Finger auf die Lippen. »Erst, wenn die beiden im Bett sind. So müde die beiden sind, werden sie nach dem Essen in einen komatösen Schlaf fallen.«

»Ach komm, sie hören uns schon nicht.«

»Glaub mir, die Lauscherchen sind immer offen. Worüber ich mit dir sprechen will, dürfen sie nicht hören.«

»Ist es was Illegales?«

Mari Paz meint das im Scherz, denn sie kann sich nicht vorstellen, dass diese Mittelschichtsmutti mit den guten Manieren ein größeres Verbrechen begehen könnte, als über eine rote Ampel zu fahren.

»Illegal und sehr gefährlich«, erwidert Aura ernst.

»Was willst du tun? Eine Bank ausrauben?«

»Wir reden später«, beendet Aura das Fragespiel.

Jetzt ist Mari Paz' Neugier erst richtig geweckt, aber sie will nicht insistieren. Also zeigt sie zur Flurtür.

»Sie sind richtige Tausendsassas, stimmt's?«

»Das musst du mir jetzt aber erklären.«

»Schlau wie ein Fuchs, meine ich.«

Lächelnd stopft Aura den letzten Tetra-Pack in die Mülltüte und zuckt mit den Schultern.

»Ich weiß nicht, ob sie schlau sind. Ich kann Eltern, die behaupten, ihre Kinder seien hochbegabt, nicht ausstehen. Laut der WhatsApp-Gruppe ihrer früheren Schule gab es in ihrer Klasse fünfzehn Genies.«

Mari Paz starrt sie ungläubig an.

»So viele waren es bestimmt nicht.«

»Gar keines. Was soll's, ich war früher genauso drauf. In einem anderen Leben. Jetzt reicht es mir schon, wenn sie nicht das Haus anzünden und glücklich sind. In dieser Reihenfolge.«

»Heute waren sie wohl nah dran«, sagt Mari Paz und

zeigt um sich. »Den Rest schaffe ich allein. Geh duschen, na los.«

Aura schaut erleichtert auf.

»Wirklich?«

»Mach schon, bevor ich es mir anders überlege.«

Kaum ist Aura im Bad verschwunden, schnüffelt Mari Paz beim Aufräumen ein wenig herum. In einem Wohnzimmer zeigt sich das Leben einer Familie. In dem ihrer Großmutter, in Vilariño, war das Zentrum des Wohnzimmers der Kamin. Obendrauf standen die Familienfotos. Die meisten vom Großvater. Auch viele von Mama und Papa. Alle, die gegangen sind und ein unfertiges Bild sowie Erinnerungen aus Schmerz, Nebel und Sehnsucht hinterlassen haben.

Auf einer Seite des Kamins lag das Feuerholz, das sie selbst hackte.

Auf der anderen stand eine verstaubte Schnapsflasche. Einmal im Jahr, zu San Juan, ging die Großmutter mit dem Staubwedel darüber. Wenn man ihn zu viel putzt, verliert er seinen Geschmack, sagte sie immer.

Wenn das nicht alles über die Großmutter aussagt, dann hast du nichts begriffen.

In Madrider Wohnungen gibt es mangels eines Kamins einen Fernseher. Und Fotos in Silberrahmen. In dieser Wohnung stehen extrem viele, fast alle von den Mädchen in verschiedenen Stadien der Niedlichkeit. Auf einem Foto spielen sie im Garten eines großen Hauses mit Swimmingpool. Ein paar ältere Herrschaften, wohl die Großeltern.

Und schließlich das Foto, das nie fehlen darf. Das Hochzeitsfoto. Aura strahlt, was Mari Paz nicht wundert, denn sie ist sehr schön. Sie trägt einen schlichten Kopfschmuck, eine unmögliche Hochsteckfrisur und in der Hand einen Strauß Jasmin. Über die Schulter des Fotografen hinweg blickt sie in eine selbstverständlich glückliche Zukunft.

Über eines wundert sich Mari Paz allerdings schon. Über den Kontrast zum Bräutigam. Ein großer Mann mit tiefliegenden Augen.

Sie strahlend und leicht wie Luft. Er düster und schwer wie ein Herbststurm.

Wie seltsam. Mit diesem Mann stimmt was nicht.

Der Mann taucht sonst nicht weiter auf, was Mari Paz nicht wundert. Die letzten Jahre haben seiner Frau Stirnfalten, ein volleres Gesicht, dunkleres Haar und eine unsichtbare Last auf den Schultern beschert. Trotzdem ist Aura noch immer das reinste Licht. Aber der Mann auf dem Foto …

Sie hört, dass die Badezimmertür geöffnet wird. Ihr bleibt keine Zeit, das Foto zurückzustellen, weshalb sie es in die Mülltüte stopft.

Aura kommt in einer kurzen Hose und einem weißen T-Shirt ins Wohnzimmer. Sie nimmt die Nudeltüte, die Mari Paz wieder gefüllt hat (jetzt mit vier verschiedenen Sorten), und verschwindet mit einem geseufzten *IchbinwohleureSklavin*, wie nur eine Mutter es vermag, in der Küche.

Das war knapp. Mari Paz nimmt erleichtert den Rahmen aus der Tüte, wirft einen letzten Blick auf das Foto und stellt es wieder an seinen Platz. Jetzt ist sie erst recht neugierig auf diese Frau, die wirklich alles hatte.

Was, zum Teufel, ist dir passiert, Blondi?

In was willst du mich da reinziehen?

13

Tätowierungen

»Ich will Vanillepudding.«

»Gibt es nicht.«

»Dann ein Actimel.«

»Auch nicht. Iss eine Birne.«

»Es ist nur noch eine da.« Sie zeigt auf die halb leere Obstschale und die Birne in Mari Paz' Hand.

Besagte Birne macht auf halbem Weg zum Mund Halt und rollt über den Tisch, an der Obstschale vorbei, zum anderen Tischende.

»Iss du sie, ich bin satt«, lügt Mari Paz.

»Was sind das für Bilder?«, fragt Cris, die urplötzlich das Interesse an der Birne verloren hat.

Als Mari Paz die Birne auf den Tisch gelegt hat, um dem Kind die Birne zu geben, war der Ärmel des Morgenmantels hochgerutscht und hatte ihren Arm entblößt.

»Das sind Tätowierungen, du Blödi«, sagt Alex besserwisserisch.

Was zu einer lebhaften Schubserei und einem gegenseitigen DubistderBlödi führt.

»Jede steht für eine Einheit, der ich angehört habe«, erklärt Mari Paz, als die Zwillinge sich wieder beruhigt haben. »Und jede hat eine Geschichte.«

Und viele Narben und Schweiß und Blut.

»Einheiten?«

»Beim Militär. Das war mein Beruf.«

»Ich glaube nicht, dass die Mädchen das interessiert«, mahnt Aura, die noch die Hälfte ihrer Nudelportion auf dem Teller hat, weil sie so langsam isst.

Cris und Alex sind da ganz anderer Meinung und schieben Mari Paz den Ärmel hoch bis zur Schulter.

»Und von welcher ist das?«, fragt Cris und zeigt auf den Adler vor einem Burgunderkreuz.

»Meiner ersten Einheit. Der BRILAT. Das ist eine Brigade für den Lufttransport. Wir sind viel mit dem Hubschrauber geflogen.«

»Und die da?«

Der Finger des Mädchens stoppt bei einem Messer vor Eichenblättern.

»Die ist mein ganzer Stolz. Das ist die von der BOEL. Das Wappen der Einheit Spezialeinsätze der Legion. Die haben nur wenige.«

Voller Bewunderung reißen die Zwillinge die Augen auf. »Krass! Und was ist das?«

»Die beste Eliteeinheit Europas. Manche behaupten, von der ganzen Welt.«

»Wer behauptet das?«

»Na wir, Schätzchen«, sagt Mari Paz lachend und zerzaust Cris das Haar.

»War es schwer für dich, aufgenommen zu werden?«

Wie diffuse Schatten schießen Mari Paz die unzähligen Nächte durch den Kopf, in denen sie um vier Uhr früh aufstehen und vor dem Frühstück zwölf Kilometer laufen mussten.

Die tausend Male, die sie im Freien schliefen, ohne Proviant noch Ersatzkleidung oder gar Kompass zur Orientierung, wenn sie im Winter Wälder und Schluchten, Sümpfe und Flüsse durchqueren mussten.

Die tausend Kameraden zu Beginn der Grundausbildung, von denen nur sieben bis zum Ende durchhielten.

Die tausend Schläge des Ausbildungsoffiziers: »Damit du dich daran gewöhnst.«

Sie will gerade antworten, spürt aber Auras Blick auf sich ruhen, die ihre Gabel auf den Teller gelegt hat und ebenfalls auf ihre Antwort wartet. Ihr rechtes Augenlid flattert ein wenig, kein wirklich bedrohlicher Tick, aber nahe dran.

»Einfach war es nicht«, sagt sie schließlich und wählt die Worte mit Bedacht. »Aber ich bin mit den Eintöpfen meiner Großmutter aufgewachsen. Ein guter galicischer Eintopf ist eine gute Vorbereitung für alles.«

»Hattest du eine Pistole?«

»Na klar.«

»Mädchen!« Aura hebt die Stimme. »Es reicht.«

»Und hast du jemanden getötet?«

Die Legionärin sagt nichts. Sie senkt den Kopf.

Die Atmosphäre am Tisch ist ziemlich angespannt.

»Ich habe gesagt, es reicht. Esst auf.«

Alex gehorcht und setzt sich wieder hin, aber Cris kann diesen großen, schönen Arm nicht loslassen.

»Du bist echt breit.«

Mari Paz sieht sie verständnislos an. »Aber ich habe doch nur ein Bier getrunken?«

»Das bedeutet, dass du sehr muskulös bist«, übersetzt Aura. »Bei TikTok.«

»Ticktock? Was zum Teufel ist das denn?«, fragt sie verwirrt.

Die Mädchen brechen in kristallenes, melodisches Lachen aus. Mari Paz lässt sich anstecken. Und schließlich fällt auch Aura in das Gelächter ein, was die Atmosphäre um einiges leichter macht.

»Ab ins Bett, Mädchen. Mari Paz und ich müssen was besprechen.«

Ponzano

Das Motel hat viele Namen. Fast alle sind obszön.

Keiner ist fein.

Es ist weder ein berühmter noch aufsehenerregender Ort. Wenn man die A2 Richtung Barcelona fährt, fällt es nicht weiter auf. Ein weißes Gebäude mit kleinen Fenstern und getönten Scheiben, zwanzig Kilometer von Madrid entfernt. Ohne sichtbare Schilder.

Erst wenn man vor der Tür steht, entdeckt man den Namen. Kleine fingerdicke Buchstaben auf einem Acrylschild:

HERA

Der Name der griechischen Göttin zum Schutz der Ehe und Niederkunft, Beschützerin der verheirateten Frauen.

Weil jemand einen perversen Sinn für Humor hat. Unter dem Schild das Kartenlesegerät für die Angestellten.

Mehr nicht. Keine Rezeption, kein Zugang ohne Reservierung. Nicht einmal eine Eingangstür zur Straßenseite.

Ins Hera gelangt man nicht zufällig, so haben es die Besitzer gewollt.

Diskretion ist ihr größtes Gut. Denn die meisten ihrer reichen Kunden haben viel zu verbergen. Und bemühen sich redlich darum.

Ein Reporter von *El País*, der eine unzufriedene Angestellte von diesem Ort reden hörte, hatte die ausgezeichnete Idee, eine Reportage mit dem Titel »Gehörnte Millionäre« zu verfassen. Er beschrieb die Spezialdienste des Hera so detailliert, wie sein Wagemut und seine Vernunft es ihm erlaubten. Zimmer für vier Stunden ab fünfhundert Euro. Suiten für vier Stunden ab dreitausend Euro. In jedem Zimmer Sexspielzeug. Jede Suite mit eigenem Whirlpool.

So weit nichts Peinliches.

Die Hände machte er sich erst schmutzig, als er schilderte, dass es in jeder Nachttischschublade einen schwarzen Umschlag gäbe mit dem Aufdruck: *Falls du allein kommst oder ihr es etwas pikanter haben möchtet.* Darin eine goldene Karte.

Eine Karte mit einem QR-Code. Wenn du ihn mit dem Smartphone scannst, hast du ab fünftausend Euro aufwärts Zugriff auf einen Katalog mit Spielgefährten beider Geschlechter.

Für die wirklich speziellen Kunden gibt es eine Website, auf die man nur mit einem Passwort gelangt. Dort findet sich auch der Katalog mit den Premiumbegleitern. Gesichter, die wir aus dem Fernsehen kennen. Ohne Preisangaben, nach dem Motto: Wenn du danach fragen musst, kannst du es dir sowieso nicht leisten.

Der Tropfen, der das Fass zum Überlaufen brachte, aber war, dass er auch das Geschäftsmodell beschrieb. Da geht es nicht um Freier oder gelangweilte Paare.

Sondern um das Hörneraufsetzen.

Um Kunde des Motels zu sein, musst du auch Mitglied werden, und dafür muss dich wiederum jemand empfehlen. Wenn du aufgenommen wirst, bekommst du eine anonyme E-Mail, in der die Geschäftsphilosophie beschrieben wird, wo unter Paragraf zwei steht:

... in einer Welt, in der dich jeder in einer ausgesprochen heiklen Lage fotografieren und damit dein Leben ruinieren kann ...

Hera wurde geschaffen für diejenigen, die viel zu verlieren haben, das aber vermeiden wollen. Für den schwächeren Part eines Ehepaares mit Gütertrennung. Für diejenigen, die nicht den Mut haben, eine lieblose Ehe zu beenden.

Und vor allem für die Arschlöcher.

Der Reporter von *El País*, voller woker Empörung, coolem Puritanismus und Tanqueray mit Gurke, listete schließlich auch noch die Gewohnheiten besagter

Arschlöcher auf. Er schrieb, dass man unter der Woche von dreizehn bis sechzehn Uhr kein Zimmer mehr bekäme. Das Zeitfenster, in dem es am leichtesten ist, »wegen eines Arbeitsessens« zu verschwinden.

Namen nannte er keine, denn er hatte keine erfahren. Und er wäre vielleicht noch mit einem blauen Auge davongekommen, hätte er seinen Artikel nicht mit folgenden Sätzen beendet:

Wenn Sie wissen wollen, ob er oder sie Mitglied in diesem erlesenen Club ist, suchen Sie in der Kreditkartenabrechnung nach Hera Holdings Intl.
Sollten Sie fündig werden, ist das eine schlechte Nachricht.

Die Reportage wurde an einem Donnerstag um einundzwanzig Uhr dreißig in der Online-Ausgabe veröffentlicht. Viertel vor zehn war sie wieder verschwunden. Sie war nur knapp fünfzehn Minuten zu lesen.

Um dreiundzwanzig Uhr dreißig desselben Donnerstags wurde dem Reporter gekündigt. Angesichts seiner Proteste und Bitten bot man ihm die Wiedereinstellung an, wenn er seine Quelle offenlegen würde.

Nachdem der Reporter fünfzig lange Minuten bravourös widerstanden hatte, gab er den Namen seiner Quelle schließlich preis: eine unzufriedene rumänische Putzfrau.

Die Frau wurde im Hera nie wieder gesehen. Es

heißt, sie sei in ihr Heimatland zurückgekehrt, obwohl ihr Mann monatelang erfolglos versuchte, sie auf dem Handy zu erreichen.

Dem Reporter wurde trotzdem gekündigt. Mithilfe von Alkohol und Tabletten hielt er noch drei Jahre durch. In seinem Abschiedsbrief stand: *Legt euch nicht mit den Arschlöchern an.*

Mit »den Arschlöchern«, ganz allgemein.

Und das allergrößte von ihnen ist gerade auf dem Weg ins Motel Hera.

Sebastián Ponzano, Präsident der Value Bank, fährt – schneller als empfehlenswert – den eigenen Wagen. Was nur selten vorkommt. Mit fast siebzig ist er sich bewusst, dass seine Reflexe nicht mehr die besten sind. Weshalb er seit zehn Jahren das Fahren einem Chauffeur überlässt, der sein vollstes Vertrauen genießt.

Die Tatsache, dass er heute selbst fährt, macht deutlich, dass es sich um eine Geheimaktion handelt.

Absolut niemand darf von seinem Motel-Besuch wissen.

Dafür hat er die beste Zeit gewählt, nämlich die Mittagspause, wenn dem überlasteten Personal seine Abwesenheit nicht weiter auffällt.

Das Zimmer hat er mit einer schwarzen Kreditkarte bezahlt, die auf den Namen einer Firma auf den Jungferninseln ausgestellt ist.

Und das Wichtigste: Er hat seiner Sekretärin mitgeteilt, dass er sich in der Mittagszeit zum Lesen in den Park setzen würde, was er hin und wieder tut. Als er das Gebäude verließ, trug er gut sichtbar *Das Große Lernen* von Konfuzius und den vierten Band von Justinians *Pandekten* unterm Arm.

Wer wird schon argwöhnisch beim Anblick eines armen Alten, der sich dem Studium des römischen Rechts und der orientalischen Philosophie widmet?

»Ich sage Aurelio Bescheid, Don Sebastián, warten Sie«, rief ihm die Sekretärin hinterher.

»Nicht nötig, meine Liebe, ich gehe zu Fuß«, antwortete er aus dem Fahrstuhl heraus, ohne ihr Zeit für eine Antwort zu lassen.

Wer würde glauben, dass der Präsident einer Bank weniger Freiheiten genießt als jeder einzelne seiner Angestellten, bedauerte sich Ponzano, als er in den Wagen stieg.

Das Parkhaus der Geschäftsstelle der Value Bank war um diese Zeit voll. Bis oben hin. Die Arbeitsüberlastung der letzten Wochen plus dem, was sich anbahnte, sowie die Angst, ausgeschlossen zu werden, kettete die Angestellten an ihre Schreibtische. Aber Ponzano dachte nicht an deren fehlende Freiheit, sondern an die eigene.

Er vermisste die Zeiten – und nicht zum ersten Mal –, als er nur ein kleiner Bankangestellter gewesen war, im großen Schatten seines Vaters. Der unersetzliche Mauricio Ponzano, der große Banker der Transición. Zu seiner Beerdigung kamen sogar Staatschefs, im Plural.

In jungen Jahren, vor über vierzig Jahren, arbeitete Ponzano täglich sechzehn Stunden. Aber wenn er die Krawatte abnahm und die Bank verließ, verlangte noch keiner Rechenschaft von ihm.

Heute wird sogar überwacht, wie oft ich pissen gehe. Mein Gott, was für ein Leben.

Er legte die Bücher auf den Beifahrersitz seines Jaguar XF und machte sich auf den Weg ins Motel. Die Adresse musste er nicht ins Navi eingeben, er hatte sie im Kopf. Und er wusste, Aurelio würde merken, dass er den Wagen benutzt hatte, also dachte er über eine plausible Ausrede nach.

Mein eigener Wagen, und ich muss mich dafür rechtfertigen. Was für ein Leben.

Er drückt aufs Gaspedal. Sie mag es gar nicht, wenn man sie warten lässt.

Zwanzig Minuten später steht er an der Zufahrt zum Motel und gibt den Code ein, den er bei der Reservierung erhalten hat.

Die Schranke öffnet sich, und der Jaguar fährt über eine Rampe auf einen großen freien Platz, der von hohen Betonmauern umgeben ist.

Für seine Kunden hat das Motel keine Tore. Für ihre Luxuskarossen sehr wohl.

An der Längsseite des Gebäudes gibt es mehrere Zufahrten, jede einzelne führt zu einem kleinen Doppelparkplatz und einem Aufzug, der sich nur in dem Zimmer öffnet, das der Kunde gebucht hat. Die einfallsreiche Architektur des Hauses, das von der Software einer Künstlichen Intelligenz gesteuert wird, bietet den Kunden immer nur einen Zugang, damit sie nie einem anderen Kunden über den Weg laufen. Selbst wenn die Liebespaare getrennt ein und aus gehen, jeder hat seinen eigenen Zugangscode.

Ponzano fährt um das Gebäude herum und unwissentlich unter den Fenstern der Zimmer vorbei, in denen eine Ministerin und ein berühmter Journalist, ein Fußballspieler und ein Architekt, eine Richterin mit einer anderen Richterin, ein zweitklassiger Schauspieler und eine Prostituierte gerade Sex haben. Sieben von ihnen verheiratet, drei noch nicht geoutet und eine, die schnell wieder nach Hause fahren und Netflix schauen will.

Er gelangt zu dem ihm zugewiesenen Tor, die Nummer fünfundzwanzig, und ab hier markieren die vielen tausend Euro, die er bezahlt hat, den Unterschied.

VIP-Kunden, die eine der fünf Suiten buchen, genießen die größte Privatsphäre, die mit Geld zu kaufen ist. Es geht in einen großräumigen Aufzug, der ausschließlich zu dieser Suite führt.

Der Wagen fährt in den Aufzug, und das Tor schließt sich mit einem leisen Summen. Oben befindet sich ein separater Parkplatz, wo ein Mercedes S-Klasse Gran Berlina mit getönten Scheiben steht.

Sie ist schon da. Scheiße.

Er schaut auf die Uhr. Nur zwei Minuten zu spät, aber dafür wird sie ihn bezahlen lassen. Mit einem flauen Gefühl im Magen steigt Ponzano aus. Ein kurzer Blick in den Spiegel neben der Tür zur Suite. Alles sitzt. Das marineblaue Jackett zugeknöpft, der Krawattenknoten hart wie die Faust eines Sparfuchses. Das weiße Haar nach hinten gekämmt, wo es sich im Nacken lockt. Das Haar eines Reichen.

Äußerlich alles in Ordnung. Innerlich …

Als er die Tür zur Suite öffnen will, sieht er, dass seine Hand leicht zittert.

Die Hand eines alten Mannes, der sich an einen glühenden Nagel klammert.

Er gönnt sich einen Augenblick, um sich zu beruhigen.

Es hat ihn sehr viel Kraft gekostet, dieses Treffen zu arrangieren. Alles, was er sich im Leben aufgebaut hat, führt zu dieser Tür.

Zu scheitern kann er sich nicht erlauben.

Jetzt fehlte nur noch, dass ich so kurz vor dem Ziel den Schwanz einziehe.

Der Sarkasmus hilft, nicht viel, aber seine Hand hört auf zu zittern.

Er holt tief Luft und öffnet die Tür.

Die Suite Cleopatra ist riesig. Ein offener Raum von über hundert Quadratmetern.

Er ist der Fantasie eines Perversen entsprungen, der zu viel Geld besitzt und zu oft *Jäger des verlorenen*

Schatzes gesehen hat. Die Säulen aus Gipskarton imitieren nur notdürftig die Architektur des alten Ägypten. Überall Hieroglyphen und falsche Fackeln. Das Bett ist riesig und die blaue Bettwäsche mit Sphinxen bedruckt. Auf dem Boden des Whirlpools ein Mosaik mit einem Horusauge. Auf dem Bartresen steht eine Flasche Moët & Chandon im Eiskübel, daneben zwei hohe Sektgläser mit Goldrand.

Nichts an diesem Monument des schlechten Geschmacks erregt Ponzanos Aufmerksamkeit, denn er hat nur Augen für die Frau am Tresen.

Selbst im Sitzen ist ihre hochgewachsene Statur nicht zu übersehen. Sie ist größer, als sie auf den meisten Fotos wirkt. Hager, braun gebrannt, schwarzes Haar, stählerner Blick. Wie auf den meisten Fotos, die regelmäßig in den Tageszeitungen erscheinen, trägt sie ein rotes Kostüm.

Mit dem obligatorischen einmal durchgeschlungenen Halstuch. Ein elegantes Zugeständnis an die Koketterie. Damit verdeckt sie die Falten am Hals, die ihr wahres Alter verraten. Das einzige Anzeichen von Schwäche in ihrem minutiös einstudierten Auftritt, den sie bis zum Überdruss geübt hat.

Laura Trueba, die Präsidentin der größten Bank Europas. Die mächtigste Person in Spanien.

Als sie die Tür aufgehen hört, sieht sie von ihrem Smartphone auf. Ein leichtes Drehen des Kopfes zu dem Mann, der hinter ihr steht. Mit Glatze und der Statur eines Schrankes.

»Das ist alles, danke, Alejandro.«

Der Bodyguard nickt und geht zur Tür. So nah an Ponzano vorbei, dass der sein Aftershave riechen kann.

Ponzano schaut sie vorwurfsvoll an, wartet aber, bis der Mann verschwunden ist.

»Wir hatten vereinbart, keine Angestellten«, protestiert er.

»Ja, vermutlich haben wir das. Ja.«

Laura Trueba rührt sich nicht vom Fleck. Der Barhocker ist hoch und unterstreicht ihre sehnigen Beine. Sie ist zwar schon sechzig, sieht aber fünfzehn Jahre jünger aus.

Sie bietet ihm keinen Platz an, auch nicht, das Gespräch auf den Sesseln zu führen, die bestimmt bequemer wären.

Ponzano ist alt genug, um nicht auf diese Machtspielchen einzugehen.

»Hast du über meinen Vorschlag nachgedacht?«

»Habe ich.«

»Und?«

»Es ist ein guter Vorschlag.«

Der Alte kann nicht umhin, breit zu lächeln. Drei Sekunden lang, bis sie hinzufügt: »Aber ich werde nicht darauf eingehen.«

Das Lächeln gefriert. Ponzano beugt sich ein wenig nach vorn, kräuselt die Nase und schiebt die Brille auf die Stirn. Ohne sie wirken seine Augen viel kleiner.

»Laura, es ist der richtige Moment. Wenn wir unsere

Banken fusionieren, werden wir unschlagbar sein. Deine Privatkunden …«

»Das weiß ich schon«, sagt sie und wendet den Blick ab.

»Euer Geschäftsvolumen würde sich auf fünfzehntausend Millionen erhöhen.«

»Das ist nicht das Problem.«

Der Plan war geradezu simpel. Trueba würde, kurz vor der Bekanntgabe des Jahresumsatzes der Value Bank, ein öffentliches Angebot für deren Aktien abgeben, natürlich zu einem niedrigeren Aktienwert. Das Übernahmeangebot würde die Aktionäre glauben lassen, dass Trueba um die schlechten Werte der Abschlüsse weiß, und sie würden schnellstens verkaufen.

Wenn die Abschlüsse dann mit den besten Resultaten der Geschichte vorlägen, würden die Aktien in die Höhe schießen. Für die Aktionäre, die verkauft hatten, wäre das ein Drama. Für Trueba, die damit zur Hauptaktionärin der Bank geworden wäre, ein Triumph. Die Regierung würde einer Fusion beider Banken zustimmen müssen.

Der Plan ist einfach, unfehlbar und ziemlich illegal.

Sie wollen heute eine Marktmanipulation im großen Maßstab vereinbaren. Wie es sie seit Jahrzehnten nicht gab.

Wenn sie uns erwischen, wäre das ein Skandal. Der Ruin und das Gefängnis.

Aber das macht Laura Trueba keine Sorgen. Die nationale Kommission für Wertpapierhandel würde natürlich eine Untersuchung einleiten. Ein derart riskantes Unterfangen würde einer sorgfältigen Prüfung unterzogen.

Doch wenn sie die Manipulation nicht nachweisen können, auch nicht den geringsten Kontakt zwischen ihnen beiden ...

Und das werden sie nicht. Dafür haben wir schon gesorgt.

»Was ist dann das Problem?«

Sie streicht lustlos eine nicht vorhandene Falte ihres Rockes glatt.

»Ich traue dir nicht, Sebastián. Ich traue dir einfach nicht.«

»Die Zahlen sind solide. Der Wert unserer Aktien ist in den letzten anderthalb Jahren kontinuierlich gestiegen.«

»Nachdem sie um fast vierzig Prozent gefallen waren.«

Direkt an die Halsschlagader, was?

Er wusste, dass sie dieses Argument anführen würde, obwohl er glaubte, dass es später zum Einsatz käme. Dass sie, ohne um den heißen Brei herumzureden, direkt zum Punkt gekommen ist, führt zu einem Sprung in der Rüstung der großen Laura Trueba.

Nachdem sie diese Bombe gezündet hat, verharrt sie reglos. Ponzano mustert sie aufmerksam.

Du stirbst vor Lust, einzuwilligen. Der Kauf der Value Bank! Was deinem Vater nicht gelungen ist, sooft er es auch versucht hat.

Aber da ist noch ein Haar in der Suppe.

Das Haar, das einen Skandal auslöste, von dem noch immer gesprochen wird. Ein Skandal, der die Aktien der Value Bank abstürzen ließ, die sich aber langsam davon erholt.

Ein Haar, und eine einzige Schuldige.

Ein Haar namens Aura Reyes.

»Es ist alles unter Kontrolle.«

»Bist du dir sicher, dass sie die Kaution nicht auftreiben wird?«

Ponzano lächelt affektiert.

»Darum haben wir uns schon gekümmert.«

Jetzt ist es an Laura Trueba, ihn lange zu mustern, wobei sie mit den Fingern auf ihren Rock trommelt.

»Ich traue dir immer noch nicht, Sebastián«, sagt sie schließlich, steht auf und geht zur Tür. »Doch wenn das mit deinem Sündenbock funktioniert, wenn diese Frau vor aller Augen ins Gefängnis wandert … wirst du bekommen, was du willst.«

Ganz einfach.

Triumphierend presst Ponzano die Lippen zusammen.

»Ist schon komisch, oder?«

Trueba dreht sich neugierig um.

»Ist vielleicht das einzige Mal in der Geschichte dieses Luxustempels«, erklärt Ponzano und zeigt um sich, »dass zwei Menschen nicht zum Ficken hier sind.«

»Wenn du es vermasselst, Sebastián«, erwidert sie, »sind wir beide gefickt.«

14

Eine Frage

Die Zwillinge zum Einschlafen zu bringen ist eine Herkulesaufgabe.

Zum Glück nur eine kurze.

Aura muss sie regelrecht ins Bett – heute in ihrem Schlafzimmer – schleppen. Die Matratze ist durchgelegen, der Raum eng, und die Mädchen sind überdreht. Aber eine schlaflose Nacht ist selbst für diese beiden Tornados zu viel.

»Ich bin nicht müde«, tönen sie unisono.

»Schließt die Augen, mal sehen, was passiert.«

Zwei Minuten später schnarchen sie wie Bärenkinder.

Als Aura ins Wohnzimmer zurückkommt, hat Mari Paz ihr Bier ausgetrunken. Fehlte nur noch, dass sie den letzten Tropfen aus der Dose quetscht.

»Hast du ein Alkoholproblem?«, fragt Aura, als sie sich zu ihr setzt.

Mari Paz zuckt zusammen, als hätte man sie beim Nasenbohren erwischt. Traurig legt sie die Dose auf den Tisch. Ein Mahou-Bier gibt nicht viel her.

Aura braucht Antworten auf zwei Fragen, bevor sie ihr von ihrem Plan erzählt. Einem Plan, der ihnen das Leben endgültig versauen oder sie gar als Leichen in einem Graben enden lassen könnte.

Auf die erste Frage antwortet Mari Paz mit einer Gegenfrage.

»Du hast nicht vielleicht noch eins, Blondi?«, sagt sie und zeigt auf die leere Dose. Also ja, Mari Paz hat ein Alkoholproblem.

Doch Aura hat keine Wahl.

»Das war das letzte. Du hast gerade meinen monatlichen Alkoholvorrat ausgetrunken.«

»Aber es war doch nur eins ...«

»Dann hast du ja eine Vorstellung von meiner aktuellen Situation.«

Mari Paz erwidert nichts, sie verschränkt lediglich die Arme und blickt sie erwartungsvoll an.

Aura soll den ersten Schritt machen.

Die will aber noch nicht damit herausrücken. Nicht, bevor sie ihr die zweite Frage gestellt hat, über etwas, das sie umtreibt, seit sie das Gerichtsgebäude verlassen haben.

»Als die Aufseherin mich als Erste aufrief ... hast du ihr gesagt, sie solle mich schlafen lassen.«

Mari Paz nickt einigermaßen überrascht. Als hätte

sie eine wesentlich härtere Frage erwartet, die aber vielleicht leichter zu beantworten gewesen wäre.

»Warum hast du das getan?«

»Habe ich dir doch schon gesagt. Weil du fest geschlafen hast.«

Aura verzieht den Mund und schaut Mari Paz lange an, die wieder mit der Dose spielt.

Diese Frau ist verschlossen. Verschlossen und schwierig. Aber wie bei allen komplizierten Mechanismen gibt es bestimmt eine einfache Lösung.

Und plötzlich steht sie ihr vor Augen.

»Das stimmt nicht. Du wolltest vor mir raus. Weil du wusstest, dass die Latinas mir auflauern würden. Du hättest verschwinden können, bist aber geblieben, um einer völlig unbekannten Frau zu helfen.«

»Ich hatte dein Frühstück eingesackt.«

»Dass du auf mich gewartet hast … ist ungewöhnlich. Du bist insgesamt ziemlich ungewöhnlich«, sagt Aura und zeichnet ein Fragezeichen in die Luft.

»Ich glaube, du spinnst ein bisschen, Blondi«, erwidert Mari Paz ausweichend und lehnt sich zurück.

Aura weiß, dass sie nicht spinnt, und sie weiß auch, dass die Legionärin nicht so leicht nachgeben wird. Beim Zurücklehnen ist wieder der Ärmel hochgerutscht. Sie kann nicht umhin, die martialischen Tätowierungen anzustarren.

Der Adler.

Der Totenschädel mit dem Legion-Barett.

Die Arkebuse, die Armbrust, die Hellebarde.

Die Worte *Braut des Todes* in alter Schreibschrift.

Bei diesem prüfenden Blick fühlt sich Mari Paz noch unbehaglicher und nimmt den Arm vom Tisch.

»Ihr Vater wurde ermordet«, sagt Aura und streicht sich das Haar aus dem Gesicht. »Von einem Elitesoldaten wie dir. Vor zwei Jahren.«

Schweigen.

»Er hat ihn ermordet und mich schwer verletzt.«

Schweigen. Eines von der Art, das entstünde, wenn ein Komiker auf der Bühne einen Schuss abgäbe.

»Hat man ihn erwischt?«, fragt Mari Paz, als sie es nicht mehr aushält.

»Er ist verschwunden«, sagt Aura und schüttelt den Kopf.

»Warum …«

Sie lässt sie die Frage nicht beenden.

»Mein Mann war in schmutzige Geschäfte verwickelt. Man hatte es auf ihn abgesehen, ich war nur im Weg. Zwei Polizisten haben mich blutüberströmt vor den Zimmertüren der Mädchen im Flur gefunden. Gerade noch rechtzeitig.«

»Und die Mädchen?«, fragt Mari Paz ernst.

Aura sieht, dass sie die Fäuste geballt hat. Die Muskeln an ihren Unterarmen sind gespannt wie Drahtseile.

»Haben nichts mitgekriegt. Meine Eltern haben sie abgeholt, die Einsatzkräfte haben sie übers Fenster hinuntergelassen und hierhergebracht.«

Mari Paz lässt ihren Blick durch den Raum schweifen, in dem die Abwesenheit der Eltern zu spüren ist, und sieht wieder Aura an.

»Deine Eltern leben nicht mehr, oder?«

»Mein Vater starb kurz danach an einem Herzinfarkt. Meine Mutter hatte schon Alzheimer im Anfangsstadium. Als mein Vater starb, musste ich sie in ein Pflegeheim geben.«

Ein sehr teures Pflegeheim. Monatlich dreitausendzweihundertdreiundfünfzig Euro und fünfzig Cent. Und jedes Jahr mehr.

Mari Paz blinzelt fassungslos.

»Verdammt, Mädchen, verdammt«, murmelt sie.

Aura stützt die Ellenbogen auf den Tisch, legt das Gesicht in ihre Hände und atmet tief ein, bemüht, sich zusammenzureißen.

»Jetzt würde ich auch gern ein Bier trinken, weißt du?«

Das war deutlich, also geht die Legionärin in die Küche, kommt mit einem Krug Wasser zurück und schenkt ihr ein Glas ein.

»Es war ein Mahou. Ist fast dasselbe.«

Aura, den Tränen nahe, muss laut auflachen. Gebrochen und heiser, aber sie lacht. Das Lachen geht in Weinen über, beides liegt so nah beieinander wie zwei Kirschen am Stiel.

Mari Paz geht neben ihr in die Hocke, auch ihr stehen Tränen in den Augen.

»Darf ich dich umarmen?«

Aura zögert einen Moment. Nur kurz.

»Warum nicht«, schluchzt sie und lässt sich von den gigantischen Armen der Legionärin umschlingen.

Als sie sich wieder beruhigt hat, setzt sich Mari Paz auf den Stuhl, auf dem vorher Cris gesessen hatte.

»Heilige Mutter Gottes. Das Schicksal hat dich in sechs Monaten aber arg gebeutelt. Ich dachte, mein Leben sei versaut. Aber du hältst den Rekord, Blondi.«

»Denkst du etwa, das war schon alles?« Aura reibt sich die Augen und schnäuzt sich in die Serviette, bevor sie hinzufügt: »Dann mach es dir mal bequem, denn jetzt fängt das Drama erst richtig an.«

15

Eine Geschichte

Mut zeigt sich manchmal erst, wenn man sich einer vollkommen fremden Person anvertraut.

Aura neigt nicht dazu, sich derartig zu entblößen, das hat sie noch nie getan.

Aber heute schweigt sie nicht, nein.

Die Wut treibt sie an.

Wut

»Die Hoffnung stirbt zuletzt.«

Das sagte ihre Mutter oft und gerne. Im perfekten Hochspanisch einer Lehrerin aus Salamanca.

Egal, wie schlimm die Dinge sich entwickelten, ihre Mutter wiederholte diesen Satz gern und behielt immer recht. Die Zeit verging, der Wind vertrieb die Wolken, der Schulfreund, der mit ihr Schluss gemacht hatte, machte Platz für einen hübscheren und größeren Jungen.

»Ich hab's dir doch gesagt«, betonte ihre Mutter. Als hätte sie nur darauf gewartet.

Dass die Hoffnung zuletzt stirbt, konnte nicht stimmen, denn Aura bleibt nicht einmal die Hoffnung.

Sechs Monate nach dem brutalen Überfall in ihrem Haus war sie noch nicht wieder gesund. Ihr Leben bestand aus Essen, Physiotherapie zur Stärkung der Bauchmuskulatur – der Mörder hatte ihr in den Bauch gestochen – und daraus, den Mädchen Unbekümmertheit vorzuspielen. Alles sinnlose Maßnahmen im Versuch, gegen die unerbittliche Mathematik des Schicksals anzukämpfen, die ihrem Leben den Sinn geraubt hatte.

Morgens besuchte sie oft ihre Mutter im Pflegeheim. Sie erkannte sie kaum noch.

Die Besuche verliefen immer gleich. Aura holte sie aus ihrem Zimmer ab, wobei sie auf dem Flur den alten Menschen ausweichen musste, die umhergeisterten, als hätten sie sich kurz von ihrer eigenen Beerdigung davongestohlen. Sie umarmte die Mutter zu Begrüßung; es war, wie gesprungenes Glas zu umarmen. Wenn sie im Aufzug den Code eingab, achtete sie darauf, dass ihre Mutter es nicht sehen konnte, denn sie war schon ein paarmal abgehauen.

Dann gingen sie eingehängt spazieren. Beiden fiel das Gehen schwer. Der einen wegen des Alters, der anderen wegen der Verletzungen. In trostlosem Schweigen.

Schlimmer als das Schweigen war die Frage: »Wer bist du?«

»Ich bin deine Tochter, Mama«, lautete die immer gleiche Antwort. »Ich bin Aura.«

Ihre Mutter nickte und ging weiter.

Aura versuchte sich vorzustellen, wie allein sich ihre Mutter fühlen musste, wenn sie die ganze Zeit von unbekannten Gesichtern umgeben war, die ihr vermutlich diffus, gespenstisch und unerklärlich erschienen.

Das Beste am Spaziergang war, wenn sie sich unter einen Baum setzten. Aura hatte immer ein Buch dabei und las ihr laut vor. Obwohl sie das nie gemocht hatte. Das Sprechen lenkte sie von der Geschichte ab, und ihre Augen waren immer flinker als die Zunge, wenn sie versuchten, den Zeilen zuvorzukommen. Aber das Vorlesen wirkte wie Balsam auf ihre Mutter, die sich entspannte und aufmerksam lauschte.

Und vor allem, ohne zu fragen: »Wer bist du?«

Aura ertrug die Frage nicht.

Sie antwortete stets freundlich und streichelte ihrer Mutter lächelnd über Hand oder Schulter, was diese auch zuließ. Aber die Frage landete immer wie ein grober, spitzer Stein auf dem Grund ihrer Seele. Dort wartete er auf den nächsten, der schon bald folgen sollte.

Besser, laut vorzulesen.

Anfangs kaufte sie Bücher. In der Buchhandlung nahe des Pflegeheims kaufte sie wahllos Neuerscheinungen. Fast ohne hinzuschauen. Früher hatte sie sehr gern gelesen, aber jetzt erschienen ihr alle Geschichten gleich.

Alles langweilte sie. Sie wusste nicht, wann sie wieder zur Arbeit zurückkehren konnte. Ihr Chef wollte nichts davon hören.

»Nimm dir alle Zeit der Welt«, sagte er. »Du bist die beste Strategin, die ich kenne. Ich brauche dich hundertprozentig einsatzfähig.«

Aura war die beste Investmentmanagerin der Bank.

Sie hatte in der Value Bank den Premium-Investment-fonds eingeführt. Jahr für Jahr mit konstanten Renditen. Sie wusste, dass ihre Arbeit nicht in Gefahr war. Jede Bank im Land würde ihr ohne zu zögern eine Stelle anbieten.

Also gehorchte sie.

Die neuen Bücher langweilten nicht nur sie. Während der Lektüre wurde ihre Mutter unruhig, scharrte mit den Füßen, hustete oder stand auf.

Dann war an einem Feiertag die Buchhandlung geschlossen. Frustriert ging Aura zum Auto zurück und fragte sich, womit sie die Besuchszeit füllen könnte. Dann fiel ihr Blick auf den Rücksitz des BMW X5: eines der Mädchen hatte ein Schulbuch liegen lassen.

Das wird es auch tun, dachte sie.

Als sie beide auf der Bank unterm Baum saßen, schlug Aura das Buch auf und begann vorzulesen.

Alice war es allmählich leid, neben ihrer Schwester am Bachufer stillzusitzen und nichts zu tun; denn sie hatte wohl ein- oder zweimal einen Blick in das Buch geworfen, in dem ihre Schwester las, aber nirgends waren darin Bilder oder Unterhaltungen abgedruckt. »Und was für einen Zweck haben schließlich Bücher«, sagte sich Alice, »in denen überhaupt keine Bilder und Unterhaltungen vorkommen?«

Und da geschah es. Beim Vorlesen hatte sich ihre Mutter aufgerichtet, als würde sie die gehörten Zeilen kennen. Bei der Passage, in der das Weiße – eine gefährliche Farbe – Kaninchen an Alice vorbeiläuft, sah ihre Mutter sie lächelnd an und nickte.

»Gut. Das reicht.«

Aura war das genug.

Zu Hause angekommen, ging sie direkt in die Garage. Ganz hinten neben den Skiern stapelten sich ein paar verstaubte Kartons. Dinge, die sie noch nicht hatte wegwerfen wollen. Was sie suchte, befand sich – natürlich – im untersten. Sie öffnete den Karton und musste wegen des aufgewirbelten Staubs und der Spinnweben niesen.

Da waren sie.

Ihre Kinderbücher.

Abgegriffene, speckige Bücher, die sich im teuren Wohnzimmerregal nicht gut machten.

In Schutzfolie eingeschlagene Bücher, weil sie sie in die Schule mitgenommen hatte. Nicht diese modernen Buchhüllen, sondern dicke Plastikfolie, die mit der Zeit vergilbte und brüchig wurde. Sie alle trugen ein Papieretikett, das mit Tesafilm aufgeklebt war. Auf dem ersten stand: *Aura Reyes, 7. Klasse.*

Als Aura es in die Hand nahm, lief ihr ein Schauer über den Rücken.

Das Bild auf der Titelseite zeigte den jungen Jim Hawkins – mit langem blondem Pferdeschwanz –, der vor einem Höhleneingang kniet. In der linken Hand hat er einen Stoffbeutel, in der rechten Goldmünzen. Der Boden der Höhle ist übersät mit Münzen, so vielen, dass sie über die Titelseite hinaus bis auf die Rückseite reichen. Im Hintergrund liegt in einem ruhigen blauen Meer die Insel La Hispaniola und verspricht Freiheit.

Fünfzehn Mann auf des toten Manns Kiste, sang Aura in Gedanken.

»Hohoho und 'ne Buddel mit Rum!«, antwortete die zwölfjährige Aura, die sich in einem Fass voller Äpfel versteckt hatte, damit den Aufstand der Piraten vereitelte und in Long John Silver einen Vater fand.

Sie stellte den Karton mit den Kinderbüchern in den Kofferraum. Doch das erste, das sie ihrer Mutter vorlesen würde, war dieses abgegriffene Exemplar, das sie seit dreißig Jahren nicht mehr in der Hand gehabt hatte. Als sie das Buch aufschlug, erinnerte sie sich daran, dass die Lektüre damals für sie eher eine Reise statt reiner Zeitvertreib gewesen war. Bücher, gute Bücher, sind ein Pass ohne Ablaufdatum.

Sie las ihrer Mutter stundenlang vor, länger als je zuvor.

So lange, dass sie das Mittagessen verpassten.

»Der Speiseraum ist schon geschlossen«, sagte eine der Pflegerinnen mit säuerlicher Miene. »Sie müssen in ihrem Zimmer essen.«

Das machte Aura nichts aus. Sie nahm den kalten Brei und die gekochte, trockene Hühnerbrust – so teuer ein Pflegeheim auch sein mochte, das Essen ist immer schlecht – und ging mit ihrer Mutter in deren Zimmer.

Sie musste das Fleisch in ganz kleine Stückchen schneiden und sie füttern, weil ihre Mutter nicht mehr wusste, wie man isst. Es machte ihr nichts aus. An jenem Tag war sie einfach nur glücklich, die kleinen Fortschritte ihrer Mutter zu sehen. Blicke, Worte, Gesten. Es war natürlich ein Schwimmen gegen den Strom. Aber ...

Die Hoffnung stirbt zuletzt, dachte Aura und schaltete den Fernseher ein, damit er ihrer Mutter Gesellschaft leistete.

Wenig später beim Nachtisch – einem kleisterartigen Pudding – sollte Aura begreifen, dass das Sprichwort seine Berechtigung hat.

»Meine Tochter. Meine Tochter«, sagte ihre Mutter und zeigte auf den Bildschirm.

Lächelnd sah Aura auf, und ihr Blick traf auf ihr Abbild, das ihr Lächeln erwiderte.

Das Foto, von der Website der Bank, zeigte eine jüngere, glücklichere Aura. Voller Zuversicht und Selbstvertrauen.

»Angeblich ist Aura Reyes als Einzige für den Skandal beim Premium-Investmentfonds der Value Bank verantwortlich, der heute Morgen bekannt wurde. Viele Kleinanleger könnten ihr ganzes Erspartes verlieren, wie der Präsident der Bank, Sebastián Ponzano, vor wenigen Minuten erklärte.

›Wenn es stimmen sollte, dass eine unserer Angestellten unser Vertrauen missbraucht und in die eigene Tasche gewirtschaftet hat ...«

Natürlich griff Aura – eindeutig ein Reflex des 21. Jahrhunderts – als Erstes zu ihrem Handy und rief Ponzano an.

Es klingelte.

Niemand nahm ab.

Zwischen dem sechsten und siebten Versuch, ihn zu erreichen, begriff sie, dass das Sprichwort stimmte.

Ja, die Hoffnung stirbt zuletzt.

Denn alles andere hatte sie bereits verloren.

16

Ein Blick

»Nein, ich hatte die Hoffnung nicht verloren«, korrigiert sich Aura und ballt die Faust. »Sie wurde mir genommen. Alles wurde mir genommen.«

Sie hebt den Daumen.

»Ein Mörder hat mir meinen Mann genommen, und ich weiß noch immer nicht, warum. Mir wurde gesagt, die Ermittlungen laufen noch.«

Sie hebt den Zeigefinger.

»Ponzano hat meinen Ruf und meine Karriere zerstört und mir darüber hinaus noch die Steuerfahndung auf den Hals gehetzt.«

Sie hebt den Mittelfinger.

»Ich wurde vernichtet. Brutal. Mein Haus wurde belagert. Mein Auto mit Steinen beworfen. Die Mädchen wurden angespuckt.«

Sie hebt den Ringfinger.

»Ich habe mein Haus verloren. Und alles andere.«

Bleibt der kleine Finger, der noch angewinkelt ist.

»Fast alles«, sagt Mari Paz und zeigt auf die Zimmertür, hinter der die Zwillinge schlafen.

»Sie wird man mir auch noch wegnehmen. Ich kann die Kaution nicht bezahlen, der Richter hat Untersuchungshaft angeordnet. Falls ich vorher nicht abhaue ...«

Jetzt streckt sie den kleinen Finger aus.

»Und dein Anwalt ist auf Sauftour, oder was?«, entfährt es Mari Paz.

Aura zuckt mit den Schultern.

»Ich hatte einen sehr guten, aber den kann ich mir nicht mehr leisten. Jetzt habe ich einen Pflichtverteidiger, der nicht weiß, wo vorne und hinten ist.«

»Kannst du die Kaution wirklich nicht aufbringen? Diese Wohnung ...«

»Diese Wohnung gehört meiner Mutter. Ich habe eine Hypothek aufgenommen, um das Pflegeheim für sie zu bezahlen. Aber für die Kaution würde ein Verkauf auch nicht reichen.«

Mari Paz pflegt die Dinge beim Namen zu nennen. Ein Wesenszug, der immer wieder im Widerstreit zu ihrem galicischen Genpool steht. In heiklen Momenten führt das zu einem innerlichen Kampf zwischen Bedürfnis und Wortwahl.

Am Ende gelingt es ihr meist, das, was ihr durch den Kopf geht, sanft und subtil auszudrücken.

»Ich meine, kann nicht von irgendwoher Geld auftau-

chen, von dem niemand weiß, woher es ist? Ich möchte
ja niemanden beschuldigen …«

Auf Aura wirkt die Anspielung wie ein Schlag in die
Magengrube.

»Glaubst du, ich sei schuldig?«

»Na ja, ich breche Türen auf.«

Aura lacht bitter auf.

»Wäre ich noch hier, wenn ich über hundert Millionen Euro gestohlen hätte?«

»Nein, vermutlich nicht.«

»Richtig vermutet. Hätte ich dieses Geld gestohlen,
dann hätte ich es anständig gemacht. Dann würde ich
mit den Mädchen in Belize oder auf den Bahamas im
Bikini auf einer Yacht in der Sonne liegen und Mimosa
trinken.«

Mari Paz versucht – nicht ohne Mühe –, das Bild von
Aura im Bikini zu verscheuchen.

»Dann bist du also unschuldig.«

»Ich bin vieles. Ungeschickt, vertrauensselig und natürlich reichlich naiv. Aber nein, das Geld habe ich nicht
gestohlen.«

»Und warum glauben es dann alle?«

»Weil mir eine Falle gestellt wurde. Jemand hat den
Aktienfonds manipuliert, um gewisse Aktien zu kaufen,
die ich persönlich ausgewählt hatte.«

»Und wie hat der das gemacht?«

Aura schüttelt den Kopf.

»Das würdest du nicht verstehen.«

»Versuch's doch mal«, widerspricht Mari Paz stur.

In den folgenden Minuten redet Aura von Konzepten wie Swaps, Late Trading, Market Timing, toxischen Vermögenswerten, Ponzi-System und anderen Nettigkeiten. Die Begriffe reihen sich aneinander, bis sie keinen Sinn mehr ergeben.

»Ich glaub's nicht! Alles böhmische Dörfer für mich«, unterbricht Mari Paz sie lachend.

»Und das war erst der Anfang«, erwidert Aura, die sich nicht darüber zu freuen scheint, dass sie recht behalten hat. Das gefällt Mari Paz. »Mach dir nichts draus, dass du es nicht verstehst. Ich habe mich mein Leben lang damit beschäftigt und verstehe es ohne Grafik vor der Nase auch nicht. Die Finanzwelt ist so kompliziert geworden, fast alles wird inzwischen von Computern gesteuert.«

»Und was schließen wir daraus? Dass ich so nicht wissen kann, ob du unschuldig bist.«

Aura zuckt wieder die Achseln.

»Ich bin aber unschuldig. Und in drei Wochen …«

Sie scheint gleich wieder in Tränen auszubrechen.

»Gibt es niemanden, bei dem du die Mädchen lassen kannst?«, fragt Mari Paz vorsichtig. »Im schlimmsten Fall, meine ich.«

»Außer meiner Mutter habe ich keine Familie mehr. Meine Freundinnen … waren wohl keine.«

»Sie haben auch in deinen Fonds investiert, stimmt's?«

»Ich habe selbst investiert. Alles hat sich in Luft aufgelöst.«

»Vielleicht könntest du …«

»Nein.«

Aura schüttelt langsam den Kopf.

»Alles, was dir einfallen mag, habe ich schon überlegt. Es gibt etwas, das du über mich wissen musst, Mari Paz. Ich habe ein unglaubliches Organisationstalent. Und ich kann sehr gut improvisieren. Wenn ich genügend Zeit habe, bin ich unschlagbar. Und ich denke schon anderthalb Jahre darüber nach.«

»Und zu welchem Schluss bist du gekommen?«

»Dass es keinen legalen Ausweg gibt. Ich bin verzweifelt.«

Sie sagt das weder bekümmert noch klagend. Ihr Tonfall ist weder schwer noch düster, sondern neutral und aseptisch. Vielleicht ein wenig erschöpft, aber stahlhart.

Mari Paz kennt diesen Tonfall, auch diesen Blick hat sie schon gesehen.

In Albanien auf einer Tankstelle, die von Rebellen zerstört worden war, bei einem Vater, der mit seinen vier Kindern auf der Straße stand und versuchte, sie an einen sicheren Ort zu bringen.

Im Kosovo in einem Schützengraben westlich von Pristina, bei einem Soldaten der Befreiungsarmee, der die ganze Nacht den Kopf seines toten Bruders in Händen hielt und auf eine Hilfe wartete, die nie eintraf.

Im Irak in einer verlassenen Reinigung in Fallujah, bei der Frau eines Obersten der Aufständischen, die zur

Vergeltung für ein gescheitertes Attentat von mehreren Soldaten vergewaltigt worden war.

Alle ihre Blicke waren ein und derselbe Blick.

Sie weiß, wie die Geschichten des Vaters, des Bruders und der Frau ausgingen.

Der Albaner hörte nicht auf die Blauhelme und floh mit seinen Kindern über ein vertrocknetes Weizenfeld. Eine Mine tötete alle fünf.

Der Kosovare lief im Morgengrauen nur mit seiner ungeladenen Pistole ins offene Feld hinaus, niemand konnte ihn davon abhalten. Nach knapp zwanzig Schritten wurde er erschossen.

Die Irakerin, im Bewusstsein, dass sie in den Augen ihres Mannes und ihrer Familie entehrt war, suchte sich einen Sprengstoffexperten der Aufständischen und ließ sich sechs Kilo Sprengstoff vor die Brust schnallen. Sie flog vor einem Kommissariat in die Luft und riss sechzehn weitere Menschen in den Tod.

Der eiskalte Glanz in den Augen, den sie jetzt in denen Auras wiedererkennt, macht Mari Paz klar, dass sie sie falsch eingeschätzt hat. Sie hatte sie für einen reichen Yuppie gehalten, der nach einer verrückten Nacht versehentlich im Untersuchungsgefängnis der Plaza Castilla gelandet war. Denn Mari Paz hatte oft genug ihren Rausch dort ausgeschlafen, wo sie nicht frieren musste und einen Gratishappen bekam, weshalb sie den Respekt vor der Einrichtung und ihren Insassen inzwischen verloren hat.

Aura ist nicht, wie sie glaubte.

Aura ist eine sehr gefährliche Frau.

Das macht ihr Angst, große Angst.

Und es macht sie auch scharf.

»Was willst du machen, Blondi?«, fragt sie mit heiserer Stimme (wegen der oben genannten Gefühle).

»Ich will beweisen, dass ich keine Diebin bin.«

»Dafür brauchst du einen Haufen Geld.«

»Ich weiß.«

»Und wie willst du es bekommen?«

»Wir werden es stehlen.«

Die Legionärin schüttelt ungläubig den Kopf.

»Du bist verrückt.«

»Nein, ich bin nicht verrückt. Ich habe die Schnauze gestrichen voll. Es ist wichtig, dass du das verstehst.«

»Verstehe«, sagt Mari Paz. Und es stimmt.

Denn sie hat ebenfalls die Schnauze voll.

Aura trinkt langsam einen Schluck Wasser.

»Bevor wir uns begegnet sind, war das, was ich vorhabe, nur ein Hirngespinst. Etwas, womit ich in meinen schlaflosen Nächten meinen Kopf beschäftigt habe.«

»Aber dann bist du über eine unbekannte Frau gestolpert, die ein paar Sachen kann.«

Mari Paz' Tonfall ist trocken, misstrauisch.

»Wie ich schon sagte, ich bin verzweifelt. Und Bettler können sich keine Delikatessen erlauben.«

Auf dieses Argument kann Mari Paz, für die Wein aus dem Karton schon eine Delikatesse ist, nichts entgegnen. Aber überzeugt ist sie immer noch nicht. Denn es ist eine Sache, sich in der Öffentlichkeit zu betrinken, um eine Nacht im Warmen zu schlafen und etwas zu essen zu bekommen.

Wenn möglich mit Bratwurst-Bocadillo.

Und eine ganz andere, sich auf den Plan dieser Verrückten einzulassen, wie auch immer der aussehen mag. Denn die Madrilenen spinnen für gewöhnlich nicht, aber Menschen mit diesem Blick schon. Menschen mit diesem Blick zünden ihre Schiffe an, legen Feuer unter Brücken und springen aus großer Höhe in die Tiefe, ohne daran zu denken, ob sie zurückkehren werden oder was sie da unten erwartet.

Dann fügt Aura – mit einem angedeuteten, fast beschämten Lächeln – noch ein Argument hinzu, den wahren Grund.

»Und weil du vor dem Gericht auf mich gewartet hast. Das hat alles geändert.«

Und Mari Paz antwortet nicht: Weil du mich vorher gerettet hast, Blondi, ohne jeglichen Grund.

Sie sagt auch nicht: Darum geht's schließlich im Leben.

Denn es gibt Dinge, die sind, wie sie sind, die man versteht, ohne dass sie ausgesprochen werden müssen, oder die man versteht, gerade weil sie nicht ausgesprochen werden, oder sie werden gesagt und nicht verstanden.

Mari Paz versteht, obwohl sie es nicht verständlich machen kann. Alles bleibt in einem Knoten in ihrem

Hals stecken, jede Menge Ideen und Gefühle, die wieder dorthin zurückkehren, wo sie hergekommen sind.

Also sagt sie nichts.

Die Sekunden verstreichen, und Aura erträgt die Ungewissheit nicht länger.

»Kann ich auf dich zählen?«

Das ist die Art Frage, die dich zwingt, das Zigarettenpäckchen herauszuholen, die Taschen nach den Streichhölzern abzutasten, und erst, wenn du dir endlich eine angesteckt hast und den Rauch ausbläst, zu antworten: »Ich weiß nicht, was ich dir sagen soll.« Zu ihrem Pech hat Mari Paz schon seit drei Wochen kein Geld mehr für Zigaretten, weshalb ihr nichts anderes übrig bleibt, als zu antworten.

»Ich sage ja nicht Nein ...«

Aura richtet sich mit glänzenden Augen auf, aber Mari Paz stoppt sie mit einer Handbewegung.

»Aber auch nicht Ja. Erzähl mir von deinem Plan, dann sehen wir weiter. Aber wenn ich sage, es reicht, dann reicht es. An welchem Punkt auch immer, wenn ich sage, es reicht, bis dahin und nicht weiter. Verstanden?«

Aura nickt enthusiastisch, der Hoffnungsschimmer hat kein bisschen nachgelassen, weshalb Mari Paz sich nicht sicher ist, ob sie sie wirklich verstanden hat. Aber irgendwo muss man ja anfangen.

»Und wie viel Geld wollen wir stehlen, Blondi?«

»Drei Millionen Euro.«

»Mein Gott, das ist ein Haufen Zaster!« Mari Paz stößt einen Pfiff aus.

Und der Reisepass zu einem besseren Leben.

Und kein Schlafen im Auto mehr.

Und vielleicht wieder ein bisschen Würde. Obwohl sie nicht weiß, ob die mit Geld wiederzuerlangen ist. Dieses Konto steckt zu tief in den roten Zahlen.

»Eine Million pro Person.«

Für diese Rechnung benötigt Mari Paz nicht ihre Finger.

»Wir beide allein schaffen das nicht«, erklärt Aura und kommt ihrer Frage damit zuvor. »Wir brauchen noch jemanden.«

»Wen?«

»Das weiß ich noch nicht. Das ist das Erste, was wir uns besorgen müssen: einen Namen.«

Aura räuspert sich, bevor sie hinzufügt: »Den Namen derjenigen, die mein Leben versaut hat.«

Zweiter Teil

Mari Paz

Warum ein Fuchs? Warum nicht ein Pferd,
ein Käfer oder ein Adler?
Wer bin ich, und wie kann ein Fuchs
ohne ein Huhn im Maul glücklich sein?

Der fantastische Mr Fox

1

Eine Inspizierung

»Kommt nicht infrage, Blondi.«

»So schwierig ist das nicht.«

»Kommt nicht infrage, sage ich.«

»Kannst du dich bitte wieder beruhigen? Ich habe mir alles genau überlegt.«

Das kann Mari Paz, natürlich kann sie das. Aber dass Aura diesen Satz so oft wiederholt, trägt nicht gerade zu ihrer Beruhigung bei.

Beide sitzen im Auto vor einem riesigen Gebäude-komplex im Industriegebiet Alcobendas, umgeben von schmalen, verwaisten Straßen in zwei Richtungen. Und von Zäunen, überall Zäune.

Gegenüber führt eine Rasenfläche zu einem sieben-stöckigen Haus in Form eines großen E. Ein elegantes Monstrum aus Glas und Cortenstahl mit bodentiefen Fenstern, und es gibt absolut keinen Ort, an dem man nicht zu sehen ist.

»Viel zu offen. Und zu viel hell.«

Nirgendwo kann man sich verstecken, in Deckung gehen, einen Überfall planen.

»Was meinst du?«

»Nirgendwo ein Versteck«, sagt Mari Paz kopfschüttelnd mit Blick auf den makellosen Rasen. »Höchstens hinter dem Stechginster dort hinten.«

Sie zeigt auf eine Ansammlung Sträucher mit gelben Blüten. Hinter der man mit Glück eine Arschbacke verstecken kann.

»Wir werden uns nicht hinter einem Busch verstecken.«

»Besser so. Ich bin nämlich allergisch. Wenn ich dem Zeug zu nahe komme, kriege ich wahnsinnigen Ausschlag auf den Unterarmen.«

Aura wendet den Blick vom Gebäude ab und starrt Mari Paz an, die sich prophylaktisch an den Armen kratzt.

»Aber warst du nicht auch im Geländemanöver?«

»Na klar. Aber dafür gibt es Pillen. In der Legion bekamen wir alles. Du bist in die Militärapotheke gegangen und hast dir geholt, was immer du wolltest. Solange es keine Drogen waren, hat keiner gefragt.«

Aura nickt geistesabwesend und konzentriert ihre Aufmerksamkeit wieder auf das Gebäude.

»Wir werden nicht frontal angreifen. Du musst aufhören, wie ein Soldat zu denken. Denk wie ein Dieb.«

»Du meinst, wie eine Diebin.«

»Ich hasse Gendern«, murmelt Aura, die sich in einem kaugummirosafarbenen Mr Wonderful-Buch Notizen macht.

»Und warum?«

»Darum. Lass uns mal eine Runde drehen«, erwidert sie und steigt aus.

Mari Paz folgt ihr murrend, teils aus Ärger, teils aus Bewunderung.

Aura hat sich in den letzten Stunden irgendwie verändert. Nachdem Mari Paz am Tag zuvor auf den Vorschlag eingegangen war, hatte sie sich mit einem altersschwachen Laptop und einem Notizbuch in ihr Schlafzimmer zurückgezogen und die Legionärin auf Gedeih und Verderb den wilden, naschhaften Zwillingen ausgeliefert. Nach einem Abend mit Zeichentrickfilmen und einer Nacht auf dem Sofa tauchte sie am Morgen mit dunklen Augenringen und einem veränderten Gesichtsausdruck wieder auf, den Mari Paz noch nicht entziffern konnte. Gemeinsam brachten sie die Mädchen zur Schule, dann schleppte Aura sie hierher.

Mari Paz lässt sie machen, mal sehen, was geschieht. Deshalb hat sie ihr auch wegen des Genderns nicht widersprochen. Tatsächlich versucht sie einfach zu tun, was Aura vorgeschlagen hat.

Denken wie ein Dieb. Na schön, verdammt …

Obwohl sie seit Jahren keine Waffe mehr angefasst

hat, kann sie sich des Eindrucks nicht erwehren, dass das Denken wie ein Soldat dem Denken wie ein Dieb sehr stark ähnelt.

Auf dem Weg sieht Mari Paz nur Hindernisse und Feinde. Angefangen mit dem Metallzaun, an dem sie entlanggehen, ohne einer Menschenseele zu begegnen. Fast drei Meter hoch. Nicht, dass sie ihn nicht überwinden könnte, klar. Aber nicht, ohne gesehen zu werden. Alle zehn Meter stehen Pfosten mit Kameras, die in verschiedene Richtungen zeigen. Weitere Kameras am Gebäude, die die Rasenfläche im Blick haben. Und nicht nur eine, sondern gleich zwei Zugangskontrollen. Am Haupteingang und vor der Garage.

»Du meine Güte … Was für ein Geschäftshaus braucht bitte solche Sicherheitsvorkehrungen?«

»Softwareentwicklung«, sagt Aura und kuschelt sich in ihre Jacke.

Sie ist zu leicht angezogen, es weht ein frischer, ungemütlicher Wind. Trockenes Laub wird aufgewirbelt und sammelt sich vor einer riesigen Stele mitten auf dem Rasen. Oben steht in fünfzig Zentimeter großen Lettern *Dengra*. Darunter eine Liste von Ländern, in denen das Unternehmen aktiv ist. Über fünfzig Namen.

»Für wen? Für die NASA?«

»Genau. Und für die Streitkräfte der ganzen Welt. Anwendungen, zum Beispiel, für die sich chinesische und russische Agenten brennend interessieren.«

»Willst du eine stehlen?«

Aura schüttelt den Kopf. »Ich wüsste nicht, wo ich anfangen soll. Und wir haben keine Kontakte, denen man sie verkaufen könnte.«

»Was dann?«

»Unser Ziel ist viel bescheidener. Wir sind gleich da, warte.«

Aura zeigt mit dem Kopf auf einen bestimmten Punkt des Hauses in der sechsten Etage und dreht dann der Fassade den Rücken zu.

»Mach keine verdächtigen Bewegungen oder Zeichen. Wir sind ziemlich gut sichtbar. Schau mal hinter mich. In der vorletzten Etage, siehst du sie?«

»Ja.«

»Dort sind sie. Wenn ich mich recht erinnere und sie seit meinem letzten Besuch nicht umgezogen sind. Die Büros der Finanzbuchhaltung. Alle Fenster an der Ecke.«

Mari Paz mustert die Fassade, die Büros liegen am weitesten vom Haupteingang entfernt.

»Verstehe ich das richtig: Wir müssen in ein Gebäude, das unter höchster Geheimhaltungsstufe für die Streitkräfte und Ähnliches arbeitet?«

»Genau.«

»Da sind überall Kameras, bewaffnete Sicherheitsleute und nur zwei Zugänge.«

»Genau.«

»Und wir müssen in die vorletzte Etage …«

»In die man nur mit einem Fahrstuhl gelangt, den

man mit einer codierten Karte in Bewegung setzt. Die wir nicht haben.«

»…und dann ans entgegengesetzte Ende durch ungefähr hunderttausend Flure.«

»Ganz genau.«

Mari Paz schüttelt den Kopf.

»Klar, Blondi. Alles klar.«

Aura lächelt – ein angedeutetes Lächeln, das ihr Selbstvertrauen stärken soll – und setzt sich wieder in Bewegung.

»Dann kommt der schwierige Teil.«

2

Ein unfehlbarer Plan

»Erklär es mir noch einmal.«

»Das wäre dann das dritte Mal.«

Es ist später Nachmittag, sie sind auf dem Rückweg zu Auras Wohnung, die besorgt auf die Uhr schaut. Sie müssen die Zwillinge von der Schule abholen.

»Von mir aus auch zehnmal. Und schön langsam, denn wenn du richtig in Fahrt bist, kann ich dir nicht mehr folgen, Schätzchen.«

»Schon gut.«

Mari Paz macht ihr ein Zeichen, dass sie loslegen kann.

»Und wenn's geht, ohne Verse.«

Aura schüttelt heftig den Kopf.

»Kommt nicht infrage. Die Versform ist wichtig.«

»Mein Gott, wie unprofessionell. Wie alt sind wir eigentlich, sieben Jahre?«

»Die Versform ist wichtig«, beharrt Aura und verschränkt die Arme.

Mari Paz seufzt gereizt. Sie ist an Lagebesprechungen vor einer Tafel, mit Karten, Satellitenaufnahmen und zwanzigseitigen Berichten gewöhnt.

»Warum ist die so wichtig?«

»Aus Tradition. Damit wir daran glauben.«

»Verstehe ich nicht.«

»Ich weiß.«

Aura weiß, dass es wichtig ist, daran zu glauben, weiß aber nicht, wie sie es Mari Paz begreiflich machen soll. Sie gönnt sich eine Pause und sucht nach einem neuen Ansatz.

Sie hat Beispiele.

Aber die sind alle zu plump.

Wie der Fall der Scharfschützen der niederländischen Streitkräfte, denen man 1989 perverse Dämonen auf die Zielscheiben klebte. Tschüs Kreise, hallo Fratzen mit spitzen Zähnen. Die Trefferquote verbesserte sich um dreiundvierzig Prozent.

Wie im Fall der schwedischen Mannschaft im Mittelalter-Kampf, die beschloss, mit Kriegsbemalung in den Wettbewerb zu ziehen. Sie gewann alle Turniere.

Oder im Fall der Fluggesellschaft, deren Übungen zur Evakuierung der Passagiere nach einer Notlandung immer schiefgingen. Die freiwilligen Fluggäste verließen das Flugzeug geordnet und gelassen, was nicht realistisch ist, wenn ein brennendes Flugzeug in den Ozean zu stürzen droht. Deshalb verkündeten sie zehn Minuten vor der Übung, dass die fünfzig Ersten, die raussprangen, zur Belohnung zehntausend Euro bekommen sollten. Mit dem Ergebnis von neunzig Verletzten, achtzig gebrochenen Knochen, drei schweren Gehirnerschütterungen und einem Weltrekord für Evakuierungssimulation.

Alle diese Beispiele werden vom Ergebnis her erzählt, und Aura möchte sie nicht anführen, weil der Mensch ein *animal simbolicum* ist.

Was sie vermitteln will, lässt sich anders erzählen.

Mit dem Gefühl, das sich einstellt, wenn Lee Marvin auf einer Karte Ziele markiert, während seine zwölf vom Galgen geretteten Männer den Plan herunterbeten.

Mit dem Blick der Begeisterung, wenn man Jim Hawkins in einer Piratenhöhle knien sieht und er Jim Hawkins *ist*.

Der erste Schritt zum Piraten ist zu glauben, ein Pirat zu sein, denkt sie. Fast hätte sie es ausgesprochen. Fast.

»Sie ist wichtig«, wiederholt sie.

Die Legionärin mustert sie aufmerksam und kommt zu dem Schluss, dass es leichter wäre, aus einem Stein Saft zu pressen. Und gibt klein bei.

»Na gut«, räumt sie ein. »Dann in Versform, aber langsam, ja?«

Lächelnd hebt Aura den Finger und beginnt zu rezitieren. »*Eins: zur Wache ohne Laut, ganz leis'* …«

3

Ein Funke

Tag des Diebstahls, einundzwanzig Uhr dreißig.

»Wenn sie dich da drin erwischen … braucht es keinen Prozess mehr. Das ist dir schon klar, oder?«

Obwohl es stockdunkel ist, wirft die Straßenlaterne noch genug Licht in den Wagen, um Mari Paz' ernstes Gesicht zu sehen.

Aura nickt. Sie weiß ganz genau, wie viel auf dem Spiel steht. Und das ist weniger, als sie zu verlieren hat.

Kurz ist sie versucht, alles abzublasen. Mari Paz zu bitten, den Wagen zu starten – was bei dieser alten Kiste bekanntlich ein Weilchen dauert – und nach Hause zu fahren. Wo die Mädchen schon wieder allein sind, aber diesmal ist der Klebstoff außer Reichweite, und sie wissen, dass sie spät zurückkommen werden.

Wenn wir denn zurückkommen.

Es ist der Tag nach der Inspizierung des Terrains. Am Morgen hat Aura die nötigen Utensilien besorgt:

- Dunkles Sweatshirt für Mari Paz, Größe XL.
- Das billigste Handy für Mari Paz.
- Kopfhörer für das Handy. Für den ständigen Kontakt.
- Ein Päckchen Tabak Marke Pueblo für Mari Paz.
- Zigarettenpapier, ebenfalls für sie.
- Kinder Bueno für die Mädchen.
- Eine Schachtel Lorazepam für mich.

Kostenpunkt: über hundert Euro, die sie eigentlich nicht hat, weil das Budget auf dem Girokonto ihrer Mutter langsam dahinschmilzt. Sie fühlt sich unendlich schuldig. Diese Plastiktüten wirken wie eine kindische Marotte, wie ein lächerlicher Traum.

Wenn sich das Geld aus der Hypothek weiterhin so schnell verflüchtigt, wird ihre Mutter nur noch vier oder fünf Jahre in dem Pflegeheim bleiben können.

Der Anwalt hatte ihr gesagt, das Strafmaß könnte sich auf zwanzig Jahre belaufen. Mit Glück müsste sie nur sieben absitzen.

Aura sieht sich für einen Augenblick von außen.

Eine Mittvierzigerin, deren beste Jahre vorbei sind. Die früher perfekte Haut ist nach drei Monaten der Vernachlässigung faltig und grau. Das Haar, das bis vor Kurzem wie schimmerndes Gold auf die Schultern fiel, ist jetzt strohig und stumpf.

Witwe. Keine Freundinnen.

Arbeitslos.

Gescheitert. Geächtet.

Das wird nicht gutgehen. Das kann nicht gutgehen.

Wir sind lediglich zwei Dummköpfe, die nicht wissen, was sie tun. Die vor einem unpassierbaren Gebäude im Auto sitzen und sich nicht trauen, auszusteigen.

Die Versuchung, nach Hause zu fahren, wird größer. Sich von der Flut hinwegtragen zu lassen, die sie hinter Gitter führt und die Mädchen in die Hände des Jugendamtes spült. Einmal im Monat, alle zwei Monate, jedes Vierteljahr.

Warum mache ich das?

»Mari Paz.«

»Anwesend.«

»Hast du so was schon mal gemacht?«

Die Legionärin nimmt sich Zeit für eine Antwort. Die sie dazu nutzt, wie Aura erkennen kann, das Päckchen Tabak hervorzukramen und sich gemächlich eine Zigarette zu drehen.

»Also, genau so was noch nicht. Einmal sind wir während eines Manövers in ein Gebäude eingedrungen.«

»Es würde mich beruhigen.«

Mari Paz leckt über das Papier und macht einen Abstecher in die Vergangenheit.

»Wir hatten zwei Pegaso-Transportpanzer und waren fünfzehn sehr erfahrene Soldaten mit Sturmgewehren.«

Und dann einen Abstecher in die Gegenwart.

»Wir haben zwei Handys, ein Notizbuch und größere Angst als sieben alte Frauen zusammen.«

Die Zigarette ist fertig. Ein schmales, fast perfektes Röllchen. Unglaubliche Fertigkeit für diese kräftigen, abgehärteten Finger.

»Sollen wir es lassen, was meinst du?«, fragt Aura mit brechender Stimme.

Mari Paz klopft die Zigarette auf das Lenkrad und korrigiert einen kleinen Fehler, den nur sie gesehen hat. Sie dreht die Kippe zwischen Daumen und Zeigefinger. Dann steckt sie sie in den linken Mundwinkel.

»Klingt ja so, als würdest du mich um Erlaubnis fragen, Blondi.«

Aura schweigt.

Mari Paz tastet ihren Körper ab. Die Brusttaschen, die Seitentaschen, die Innentasche, die Hosentaschen, um dann zur ersten Tasche zurückzukehren, wo sich die Streichhölzer immer befinden.

»Wird es gutgehen?«, fragt Aura endlich.

Die Streichholzschachtel wird kräftig durchgeschüttelt. Links, rechts, ruckzuck. Dreihundertsechzig-Grad-Drehung, mehrmaliges Klopfen auf das Lenkrad, trallala. Ein sanftes Klopfen auf die Seite, und wie durch Zauberhand lugt ein Streichholz aus der Öffnung.

»Ich weiß nicht, was ich dir sagen soll.«

Aura schweigt.

Die Streichholzschachtel wandert zum Mund, wo Mari Paz mit den Lippen des rechten Mundwinkels das Streichholz herauszieht. Sie nimmt es in die Hand und fährt über die Reibefläche. Dem Funken folgt verlässlich eine sorglose Flamme.

Ein Funke, und alles geht in Flammen auf, denkt Aura.

Und schweigt weiter.

Mari Paz bläst den Rauch aus, hält die Zigarette zum Fenster hinaus, dreht das Radio lauter. Die Stimme des Fußballkommentators überschlägt sich fast, mit jedem Zug wird er heiserer. Nachspielzeit im Bernabéu-Stadion. Real Madrid gewinnt null zu null. Im Hintergrund schwellen die fröhlichen Trompeten der Champions-League-Hymne an.

»Der erste Teil ist erledigt. Entscheide dich. Gehen wir oder nicht?«

Scheiß drauf, denkt Aura.

»Gehen wir«, sagt sie.

Und sie steigen aus.

4

Ein Wächterhäuschen

Fünfzig Schritte vom Wächterhäuschen entfernt will Aura kehrtmachen.

Bei dreißig Schritten klopft ihr Herz bis zum Hals.

Bei zehn Schritten holt sie Luft und lächelt.

Du hast schon ganz andere über den Tisch gezogen, denkt sie.

Jetzt kann sie sie sehen.

Es sind zwei Männer. Ein junger mit Bart und ein dicker, mittelalter mit Glatze.

Vor ihnen dreizehn herrliche Schwarz-Weiß-Monitore. Auf zwölf laufen die Bilder der Sicherheitskameras. Vom tadellosen Rasen, den gut ausgeleuchteten Zäunen, der Zufahrt zur Tiefgarage gleich neben dem Wächterhäuschen. Eine gerade Rampe mit zwei Fahrbahnen, eine Zufahrt und eine Ausfahrt. Nichts, wo man sich verstecken könnte. Die Kamera erfasst alles bis in den letzten Winkel.

Die Zugangskontrolle am Haupteingang ist um diese Uhrzeit nicht besetzt. Nur diese beiden Männer überwachen die wenigen ein- und ausfahrenden Wagen. Im Gebäude ist vereinzelt noch Licht, hin und wieder sieht man einen Schatten hinter den verspiegelten Fenstern vorbeihuschen. Ein paar wenige, die noch etwas fertig machen müssen oder so tun, als würden sie die Firma erben.

Vor einer Million Jahren hat Aura auch zu dieser Spezies gehört. Verzicht auf Abendveranstaltungen, Abendessen, Geburtstagsfeiern und das tägliche Baden der Mädchen. Arbeit an Wochenenden, Brückentagen und in der Urlaubszeit. Genereller Verzicht auf ein Privatleben. Stattdessen hatte sie mit geröteten Augen bis spät in die Nacht vor dem Monitor gesessen und Tendenzen, Kaufoptionen, Fehler im Matrix-Trading unter die Lupe genommen. Was auch immer, um ein Zehntel mehr aus einem Return on Investment herauszuholen. Aus Loyalität zu den Kunden und der Bank.

Dass diese Loyalität sich als Einbahnstraße erwies, ist eine andere Geschichte.

Die uns zu diesem Moment geführt hat.

Die zwölf Monitore sind ein Problem, aber die Männer haben ihre Aufmerksamkeit zum Glück auf den dreizehnten gerichtet.

Einen kleineren in Farbe.

Den eines Zehn-Zoll-Tablets, auf dem das aktuelle Fußballspiel läuft.

Das Glück ist aber relativ, denn beide Männer werfen regelmäßig Blicke auf die Bilder der Sicherheitskameras. Mit landesweit eher unüblicher Professionalität alle paar Sekunden.

»Schieß doch! Schieß!!!«, brüllt der junge Wächter aufgebracht.

»Heute werdet ihr's verkacken, Josete«, stichelt der Ältere.

Eins, zur Wache ohne Laut, ganz leis', denkt Aura.

Sie klopft an die Scheibe.

Beide Männer drehen sich um und wechseln dann einen Blick.

Bitte der Ältere. Der Ältere bitte.

Die Bitte wird nicht erhört. Der Ältere klopft dem Jüngeren auf die Schulter, er ist dran.

Scheiße.

Murrend geht der Jüngere zur Tür, entriegelt sie und streckt missmutig den Kopf heraus.

»Sie wünschen?«

Der mürrische Tonfall bildet einen Kontrast zum Motto der Sicherheitsfirma auf seiner Uniform, das in Goldbuchstaben auf schwarzem Hintergrund lautet: *Servimos cum gaudio.*

Kein sehr freundlicher Service, denkt Aura.

Genau das braucht sie.

»Womit willst du die eigentlich ablenken, Blondi?«, hatte Mari Paz sie gefragt.

Diese Frage hatte sie sich auch schon gestellt.

Mittels einer Taktik, die sie in einem anderen Leben angewendet hat, dachte Aura, die alle Verkaufstechniken aus dem Effeff beherrschte. Sie hatte Lehrbücher von US-Gurus gelesen und an Vorträgen teilgenommen. Diese ganzen Ratgeber dienten nur den Autoren und nicht der Käuferin. Dennoch fanden sich in dem ganzen Schall und Rauch auch nützliche Tipps. Zum Beispiel, wie man mit einer Zielsetzung auf jemanden zugeht.

»Indem ich ihnen was verkaufe«, hatte sie geantwortet.

Aura hatte mit ihrer kindlich runden Handschrift Notizen in ihr Büchlein geschrieben. Drei Seiten voller Ausreden, möglicher Herangehensweisen und Sätze, die diese Männer ablenken sollten, damit sie lange genug den Blick von den Monitoren abwandten. Aber als der junge Wächter die Tür öffnete, hatten sich die drei Seiten guter Vorsätze in Luft aufgelöst.

Aura hat einen Aussetzer.

»Señora?«, fragt der Mann trocken.

Improvisiere! Improvisiere!

»Ach, Sie ahnen gar nicht, wie peinlich mir das ist.«

Aura greift in ihre Prada-Tasche. Die einzige Handtasche, die ihr von der beachtlichen Sammlung geblieben ist. Die anderen hat sie – zu ihrem größten Bedauern – bei Wallapop verscherbelt, um ihre Rechnungen zu bezahlen. Die letzte für die Schulbücher der Zwillinge.

Sie holt ihr Smartphone heraus und hält es dem Wächter hin.

»Sehen Sie, der Akku ist leer. Ich warte auf den Uber-Fahrer, kann ihn aber nicht anrufen. Könnten Sie …?«

»Geben Sie mir das Handy und das Ladekabel, und warten Sie hier.«

Er streckt fordernd die Hand durch den Türspalt. Es ist klar, dass er Aura während des Ladens vor der Tür stehen lassen will. Ganz nach Vorschrift. Aber unfreundlich.

Das ist der Verkaufsmoment, denkt Aura. Sie reicht ihm Handy und Ladekabel.

»Sie ahnen nicht, wie dankbar ich Ihnen bin, ich habe vielleicht einen Tag hinter mir …«

Das Ende lässt sie in der Luft hängen.

Sie steht nur da und schaut ihm in die Augen. Die Hände unter die Achseln geklemmt, tritt sie von einem Fuß auf den anderen, um gegen die nächtliche Kälte anzukämpfen.

Der Wächter mustert sie von oben bis unten. Aura hätte tausendmal lieber mit dem anderen verhandelt. Ein Mann Mitte fünfzig, selbstsicher und erfahren, hätte die Frau vor der Tür gewiss mit anderen Augen betrachtet.

Bei dem Jungen ist es viel schwieriger zu wissen, wie seine Entscheidung ausfallen wird.

Der Blick scannt jetzt das viel zu dünne anthrazitfarbene Kostüm. Die Strümpfe, die nicht sonderlich wärmen. Die lederne Aktenmappe, die Pumps und die

Markenhandtasche. All das sendet positive Schwingungen aus. Sexy, aber nicht übertrieben. Kompetent, aber zart besaitet. Eine dieser zahllosen Angestellten, die der Mann täglich zu sehen kriegt.

Ich bin keine Bedrohung. Ich bin keine Bedrohung. Lass mich rein, denkt Aura, obwohl nur ein trauriges Lächeln auf ihren Lippen liegt. Das muss sie nicht vorspielen.

Der Check-up ist abgeschlossen. Die Anspannung im Gesicht des jungen Mannes hat nachgelassen. Er lächelt. Pflichtschuldig, aber er lächelt.

Ich habe es geschafft.

»Keine Sorge, Señora. Das ist schnell geladen, ich bringe es Ihnen gleich wieder«, sagt er und schließt ihr die Tür vor der Nase.

Neeeiiin.

5

Eine Handtasche

Ihr ganzer Plan basiert darauf, in dieses Wächterhäuschen zu gelangen. Und es muss an genau diesem Abend sein. Bis zum nächsten Jahrhundertspiel in drei Wochen wird es keinen anderen geben, an dem so wenige Angestellte und Sicherheitspersonal im Gebäude sind. Zu dem Zeitpunkt würde Aura bereits in Soto del Real hinter Gittern sitzen.

Sie will etwas sagen, die Hand heben, auf sich aufmerksam machen, hält sich aber zurück.

Die Verkaufstaktik hält sie davon ab.

Man muss die Leute glauben lassen, die Idee stamme von ihnen selbst.

Also tritt sie weiter mit großen Augen von einem Fuß auf den anderen, die Arme um den Oberkörper geschlungen.

Es scheint nicht zu funktionieren. Der junge Wächter kämpft mit Ladekabel und Steckdose – es geht nie sofort rein –, schafft es endlich und setzt sich wieder zu seinem Kollegen.

Aura führt weiter ihre Pantomime auf, was ihr nicht schwerfällt, weil es wirklich kalt ist.

Der ältere Mann schaut zu ihr raus und sagt etwas zu seinem Kollegen.

Der zuckt mit den Achseln.

Der Ältere steht auf und öffnet die Tür einen Spalt.

»Möchten Sie hereinkommen, Señora?«

Aura gibt vor zu zögern. Sie schaut zu beiden Seiten der verwaisten Straße und dann zu Boden.

»Ich möchte nicht stören.«

»Kommen Sie schon rein«, insistiert er. »Sie holen sich ja eine Lungenentzündung.«

Sie reibt sich die Arme und schaut sich erneut um.

»Wenn es Ihnen nichts ausmacht …«

»Bleibt unser Geheimnis«, sagt der Mann augenzwinkernd.

Die Tür geht auf, und Aura betritt den Raum. Im Innern ist es warm dank eines Radiators, der die Luft austrocknet und die Kehle spröde macht wie Baumrinde. Im Wächterhäuschen riecht es nach Leder und Metall, nach billigem Aftershave und heißem Plastik.

Aura stellt sich etwas abseits und lehnt sich an die Scheibe.

Zwei: Posten abgelenkt durch Zauberei, betet sie die Punkte im Geiste herunter.

»Hatten Sie hier einen Termin, Señora?«

»Ja, im Farbengeschäft«, sagt sie und zeigt hinter sich. »Ich habe bei meinem Kunden einen Uber-Wagen bestellt, aber dann war mein Akku leer.«

»Bis hier raus brauchen die immer ziemlich lange. Und besonders an einem Abend wie diesem ...«, sagt der Junge und zeigt auf das Tablet.

»Ich hoffe nur, dass er nicht zurückgefahren ist, weil er mich nicht angetroffen hat.«

Aura blickt nach rechts und sieht eine dunkle Gestalt auf die Zufahrtsrampe zuschlendern, als würde sie nichts auf der Welt bekümmern. Das ist zwar Mari Paz' natürlicher Gang, aber in dieser Situation wünschte sich Aura, sie würde sich etwas schneller bewegen.

»Sechs Sekunden«, hatte Mari Paz zu ihr gesagt. »So lange brauche ich bis nach unten.«

»Das ist zu schaffen.«

»Und dann öffnest du die Tür.«

Und genau das ist das Problem.

Die Wächter sitzen vor einem Dashboard. Darauf befinden sich hinterleuchtete Knöpfe mit Beschriftung.

Und das ist das nächste Problem.

Von ihrem Standort aus kann Aura nicht erkennen, wozu die jeweiligen Knöpfe dienen. Teils, weil die Schrift sehr klein ist, und teils, weil Auras Brille – kleine Koketterie – in der Nachttischschublade liegt. *Die zwei lächerlichen Dioptrien.*

Einen dieser Knöpfe muss sie drücken. Und solange sie nicht weiß, welchen, kann sie die Wächter nicht ablenken. Und der an der Garagenzufahrt stehenden Komplizin nicht das vereinbarte Zeichen geben. Auf einem Monitor kann Aura ihren Ellenbogen erkennen.

»Was machen Sie beruflich?«, fragt der Ältere freundlich.

»Ich verkaufe chemische Produkte«, antwortet Aura betont gelangweilt. Auch, weil sie von diesem Thema keine Ahnung hat und fürchtet, er könnte nachhaken. Es gibt ja immer jemanden, der irgendwen kennt.

»Mein Cousin …«, setzt der junge Wächter an, ohne den Blick vom Spiel abzuwenden.

Na bitte, es gibt immer jemanden.

»Wie steht's?«, unterbricht sie ihn und geht näher.

»Null unentschieden. Wir haben sie gleich.«

»Aber ihr braucht doch noch zwei Tore, Josete.«

»Nerv mich nicht, Rafa.«

Aura schielt den beiden Männern über die Schultern und sucht auf dem Dashboard nach dem Knopf für die Garage. Sie beginnt an den Ecken, weil sie glaubt, das sei am wahrscheinlichsten. Einer sieht so aus …

»Mögen Sie Fußball, Señora?«

Besagter Rafa hat sich umgedreht und schaut Aura an, die sofort den Blick abwendet. Vielleicht etwas zu spät. Sie ist davon überzeugt, dass er ihr Herumschnüffeln bemerkt hat.

»Nehmen Sie es mir nicht übel, aber wir waren immer Barça-Fans.«

»Dann mögen Sie Fußball nicht wirklich«, erwidert besagter Josete.

Er lacht schrill und unangenehm auf, reißt dabei weit den Mund auf und schüttelt den Kopf, auf der Suche nach Bestätigung. Er bekommt keine, auch nicht von seinem Kollegen, der noch immer Aura anstarrt.

»Vielleicht ist Ihr Handy schon genug geladen, Señora.«

Das versteht Aura als Rauswurf. Sie dreht sich um und nimmt das Handy vom Tisch.

»Ja, es geht wieder«, sagt sie.

Sie gibt vor, die App zu öffnen, und überlegt dabei, wie sie es nur anstellen soll. Der Ältere lässt sie nicht aus den Augen, er sitzt zwischen ihr und dem Dashboard.

»Hat geklappt. Mein Fahrer wartet in einer Seitenstraße. Was ein Glück ...«

Sie zieht das Ladekabel aus der Steckdose und stopft es in die Handtasche. Dabei zieht sie die Lederriemen, mit denen man sie verschließt, ganz heraus.

Jetzt oder nie.

Sie nimmt die Tasche von der Schulter und macht einen Schritt auf die Männer zu, die sich beide umgedreht haben.

»Ich glaube, ich habe noch ein paar Schlüsselanhänger meiner Firma ...«

Sie stellt die Handtasche neben das Tablet auf die Tischkante. Dann zieht sie unauffällig am Lederriemen.

Chaos.

Die Handtasche kippt um und fällt zu Boden, wobei sie das Tablet mitreißt. Der junge Wächter versucht, es aufzufangen, der ältere ebenfalls. Beide fuchteln sinnlos in der Luft herum.

Aura macht ein Zeichen in Richtung Garagenzufahrt, wo, wie sie glaubt, Mari Paz stehen müsste.

Die Handtasche ist eine wahre Wundertüte, die Tasche einer Mutter eben. Es kommen zum Vorschein:

Drei Bonbons, eines davon halb gelutscht und wieder eingepackt. Zwei gelbe Tampax Compak. Der Hausschlüssel. Das Portemonnaie. Ein Kassenbon vom Día-Supermarkt. Ein Legostein von Prinzessin Leia. Nivea-Handcreme mit Olivenöl. Siebzehn Cent. Der rote Dior-Lippenstift. Ein Bic-Kugelschreiber. Kakaopulver. Kein Schlüsselanhänger der fiktiven Firma.

Alles über den Boden im Wächterhäuschen verstreut.

Aura geht in die Hocke und beginnt es wieder einzusammeln. Die Schamesröte in ihrem Gesicht ist echt, ebenso wie der Druck.

»Es tut mir leid, es tut mir so leid.«

Sie kniet sich neben die Wächter auf den Boden, schiebt die Gegenstände zusammen und schaufelt sie auf den Tisch. Beim Aufrichten drückt sie den Knopf für die Garage, den sie endlich gefunden hat. Sie verflucht ihre Kurzsichtigkeit und empfiehlt sich einer höheren Macht, die ihr Flehen nicht erhört. Und sie glaubt, auf dem Monitor zu erkennen, wie Mari Paz die Rampe hinuntersprintet.

»Wie ungeschickt, Señora«, sagt der Jüngere.

»Ehrlich, es tut mir wirklich schrecklich leid«, wiederholt Aura, wobei sie im Geiste bis sechs zu zählen versucht, was misslingt.

Der ältere Wächter will etwas sagen, aber in dem Moment dröhnt aus dem Tablet ein Wort mit drei Buchstaben, das sich auf die Stimmung von Millionen Spaniern auswirkt, je nachdem, welchem Club sie anhängen. Es sind nur drei Buchstaben, doch der mittlere wird auf achtzehn verlängert.

TOOOOOOOOOOOOOOOOOOOR!

Der junge Wächter richtet sich auf, kratzt sich am Kopf und ballt die Faust. Sein Kollege muss ebenfalls einen Blick auf das Tablet werfen, weshalb Aura die Gelegenheit nutzt und den Knopf noch einmal drückt, in der Hoffnung, dass Mari Paz jetzt genug Zeit hat.

»Glückwunsch«, sagt Aura, als sie die restlichen Dinge in ihre Handtasche gestopft hat.

»Sie gehen jetzt besser, Señora«, sagt der Ältere ernst und steht auf.

»Sie haben recht. Ganz herzlichen Dank, und es tut mir sehr leid. Ich hoffe, Real gewinnt.«

Hastig verlässt sie das Wächterhäuschen und geht ohne einen Blick zur Garageneinfahrt die Straße hinunter. Sie muss sich nicht umdrehen, um zu wissen, dass die Augen des Mannes auf sie gerichtet sind.

Dennoch erlaubt sie sich leise zu murmeln: *Drei: Aura schafft's mit Trickserei.*

6

Eine Garagenzufahrt

Sechs Sekunden, meine Fresse, denkt Mari Paz im vollen Sprint.

Und das bergab.

Ein Idiot sagte einmal, Krieg sei zu neunzig Prozent Langeweile und zehn Prozent Leiden. Wer das behauptete, hat sich nie im Leben gelangweilt, denkt Mari Paz, während sie auf Auras Zeichen wartet.

Als sie am Vortag – zwei Freundinnen beim Spaziergang in einem Gewerbegebiet – um das Gebäude herumschlichen, hatte Aura ein Foto vom Wächterhäuschen gemacht. In der Vergrößerung konnte man die Monitore erkennen. In der Maxivergrößerung auch den für die Garagenzufahrt. Und in der nächsten Vergrößerungsstufe war sogar die Ausrichtung der Kamera zu erkennen. Sie war genau auf die Stelle gerichtet, an der Mari Paz jetzt angespannt wartet und eine Zigarette nach der anderen raucht. In ihrem Rhythmus, also zwei.

Im Krieg sind die Zeitspannen des Wartens nicht langweilig. Sie sind voller Angst, Verdruss und Unruhe. Schlaflosigkeit, Mühsal und Mücken. Hitze oder Kälte, je nachdem. Hunger fast immer.

In ihrem Fall immer.

Mari Paz sieht Aura das Wächterhäuschen betreten und wartet. Und wartet. Die Köpfe der Männer sind kaum zu erkennen. Die stehende Aura ist gut zu sehen. Trotzdem, in dem schummrigen Licht und ihrer Nervosität kann sie nicht ermessen, was drinnen vor sich geht.

»Sag mir, wann, Blondi. Sag mir, wann ...«, trällert sie leise.

Da fällt ihr wieder ein, dass Aura gesagt hatte, sie würde ihr ein Zeichen geben, aber nicht, was für eines.

Und wenn sie es mir schon gegeben hat?

Und wenn ich es nicht gesehen habe?

Ach Paziña, Großmutter sagte ja immer, wo nichts ist ...

Sie ist versucht loszulaufen. Für den Fall der Fälle, sie will ja nicht den Teufel an die Wand malen. Sie kann sich nur mühsam zurückhalten, der Körper ist angespannt und die Fäuste geballt. Sie hat die Rolle der Gelegenheitsraucherin in die einer Läuferin an der Startlinie eingetauscht, die nur sie sehen kann. Wer auch immer jetzt vorbeikäme, würde die Straßenseite wechseln.

Neunzig Prozent Langeweile, na klar.

Dann erfolgt das Zeichen.

Um ehrlich zu sein, ist es kaum zu übersehen. Aura wedelt mit der Hand, als würde sie eine Mücke verscheuchen oder als wolle sie einen schnelleren Wagen vorbeiwinken.

Mari Paz denkt nicht mehr. Sie rennt los.

Und dann hat die ungeschminkte Wahrheit ihren Auftritt, begleitet von Buhrufen.

Weil die Zufahrtsrampe entgegen ihres Eindrucks gestern, als sie daran vorbeischlenderten, doch viel länger ist.

Weil Mari Paz keine zwanzig mehr ist, da lief sie noch tausend Meter in drei Minuten.

Und weil sich das Garagentor schon wieder schließt, obwohl es noch gar nicht ganz offen war.

Sechs Sekunden, meine Fresse, denkt Mari Paz im vollen Sprint.

Und das bergab.

Die Legionärin pfeift aus dem letzten Loch, weshalb sie nicht sieht, dass es das Ausfahrtstor ist, das sich da öffnet, und dessen Lichtschrankensensor ist innen angebracht. Hätte sie darauf geachtet, würde sie vielleicht nicht tun, was sie gerade tut.

Als nur noch knapp vierzig Zentimeter Öffnung bleiben, schiebt sich Mari Paz unter das Tor. Oberkörper und rechter Arm passen durch.

Der Rest nicht.

Das Tor schließt sich unerbittlich, und Mari Paz muss

erleben, was es bedeutet, den Druck von achthundert Kilo Carbonstahl auf der Brust zu spüren, langsam, aber unerbittlich. In ihrer Panik versucht sie, den Lichtschrankensensor zu erreichen, aber der befindet sich viel zu weit weg.

Am Ende bringe ich mich noch um.

Sie versucht, das Tor mit der Hand aufzuhalten, aber es ist zwecklos. Es lässt sich nur ein wenig ausbremsen. Also stößt sie alle Luft aus, zieht den Bauch ein und hält sich mit der anderen Hand irgendwo fest. Den Oberkörper kann sie durchzwängen, das ganze linke Bein auch. Der Fuß bleibt stecken. Sie versucht, ihn zu befreien, aber vergeblich. Das Tor schließt sich unerbittlich weiter, und der Fuß schmerzt unter dem immensen Druck.

»Komm schon, komm schon ...«

Sie kann sich so weit umdrehen, dass sie die Schnürsenkel ihres Stiefels erreicht, und versucht, sie zu lösen. Das dauert seine Zeit, denn wenn sie etwas in der Legion gelernt hat, dann eine perfekte Gitterschnürung, die den Druck des Stiefelschafts gleichmäßig über den Rist verteilt. Vorteil: Bei Märschen von dreißig Kilometern verursachen die Stiefel keine Blessuren an den Füßen. Nachteil: Sie aufzudröseln ist viel aufwendiger.

Ein letzter Handgriff, ein Ruck des Beines. Mit zusammengebissenen Zähnen und höllisch schmerzenden Knochen gelingt es ihr, den Fuß aus dem Stiefel zu ziehen.

Der augenblicklich platt gewalzt wird, bis nur noch Lederfetzen unter der Metallschiene zu erkennen sind.

»Den kannst du behalten, Scheißteil«, keucht Mari Paz vor Anstrengung und muss husten.

Sie verdrückt eine Träne, rappelt sich auf und schaut sich um. Da schießen ihr Auras Worte durch den Kopf.

Vier, MP dringt ein als wie ein Tier.

»Na warte, Blondi …«

7

Eine Garage

Mari Paz nimmt sich kurz Zeit, um die Lage einzuschätzen. Wie zu erwarten war, hängen in der Garage ebenfalls Kameras. Weniger, aber noch immer genug. Was bedeutet, dass es ein weiteres Sicherheitsteam im Gebäude geben muss.

»Wahrscheinlich sind sie an dem Tag nicht sehr aufmerksam. Verhalte dich so normal wie möglich. Ein normaler Mensch hat jedes Recht, sich dort aufzuhalten«, hatte Aura ihr eingeschärft.

»Und wie soll ich das machen?«

»Keine Ahnung, vielleicht mit einem anderen … Gang?«

Mit nur einem Stiefel hinkt die Legionärin an der ersten Kamera vorbei. Mit angehaltenem Atem, weil sie befürchtet, gleich könnte eine Alarmanlage anspringen oder ein Haufen bewaffneter Sicherheitsmänner über sie herfallen.

Es geschieht nichts.

Unbeirrt geht sie weiter, oder zumindest so unbeirrt, wie das Hinken es ihr erlaubt. Gebrochen scheint nichts zu sein, aber die Schmerzen im Fuß werden stärker.

Morgen habe ich einen Klumpfuß.

Der Fahrstuhl ist nur wenige Meter entfernt. Das nächste Problem.

Weil Aura sich nicht erinnern konnte, ob man für den Fahrstuhl ebenfalls eine Karte benötigt.

»Ich war seit drei Jahren nicht mehr dort«, hatte sie empört erwidert. »Wie soll ich mich daran erinnern?«

»Was weiß denn ich. Versuch es wenigstens. Schließlich bin ich es, die in die Mausefalle tappt.«

Sie konnte sich nicht daran erinnern.

Mari Paz steht vor dem Fahrstuhl und starrt perplex auf das Kartenlesegerät. Ein paar Meter daneben befinden sich Treppenhaus und Notausgang. Doch die Tür lässt sich nur von innen öffnen, denn sie hat außen weder einen Griff noch eine Klinke.

So weit bin ich gekommen. Die ganze Mühe umsonst. Und diese Schmerzen, Madonna.

Mari Paz ist eigentlich ein optimistischer Mensch. Doch wenn ihre positive Einstellung zu viel Gegenwind erfährt, plumpst ihr Herz in die Hose wie ein Stein ins

Wasser. Sie stellt sich vor, wie sie vor diesem Fahrstuhl auf dem Boden schlafen muss, bis die Wächter sie am Morgen finden und die Polizei rufen, die sie wieder ins Untersuchungsgefängnis verfrachtet. Und wochentags gibt es keine Bratwürste. Meist nur Hartwurst.

Schon hat sie den Geschmack des Tortilla-Bocadillos im Mund, da reißt sie ein Geräusch aus ihrem Kummer.

Die Fahrstuhltür geht auf, und in der Kabine stehen ein paar junge Männer, die sich angeregt über etwas unterhalten, das sie nicht versteht.

Alle vier um die dreißig und mit einer Haut, die wirkt, als hätte sie noch nie einen Sonnenstrahl gesehen, diskutieren sie über den Kernphotoeffekt von wer weiß was, aber Mari Paz hört gar nicht hin, sie ist viel zu sehr damit beschäftigt, sich aufzurichten und ihre Jacke glattzustreichen.

Als die Männer auf sie aufmerksam werden, streichen sie sich ebenfalls ihre Superhelden-T-Shirts glatt.

»Guten Abend«, grüßt einer und schiebt seine Brille hoch.

»Guten Abend, Kollegen«, erwidert Mari Paz mit Betonung auf das Wort Kollegen. »Fahrt ihr hoch?«

»Nein, wir wollen zu unseren Wagen. Komm rein.«

»Erst aussteigen, dann einsteigen«, rattert sie in ironischem Tonfall herunter und tritt zur Seite. Sie steht im Halbdunkel und betet insgeheim, dass sie ihren fehlenden Stiefel nicht bemerken mögen.

Gehorsam verlassen die vier Männer den Fahrstuhl.

Mari Paz huscht hinein, bevor sich die Tür wieder schließen kann. Sie drückt auf den Knopf zur zweiten Etage –
irgendwo muss sie ja anfangen –, der aber nicht auf-
leuchtet.

Zu ihrem großen Entsetzen muss sie feststellen, dass
im Innern des Fahrstuhls ebenfalls eine Key-Card nötig
ist.

Wenn ihr schon bei der Vorstellung, die ganze Nacht
in der Garage zu verbringen, der kalte Schweiß ausbrach,
gleicht die Aussicht, in einem Fahrstuhl festzustecken,
einem tollwütigen Hund, der ihr in die Waden beißt.
Mit anderen Worten: Mari Paz mag keine geschlosse-
nen engen Räume.

Und die Tür schließt sich bereits wieder.

»Hey«, ruft sie und schlüpft rasch wieder hinaus. Sie
muss sich sehr zusammenreißen, um sich ihre Panik
nicht anmerken zu lassen.

Wie eine Katta-Familie drehen die vier Männer gleichzeitig den Kopf. Die Angst, die ihr den Hals zuschnürt,
bricht sich Bahn in einem Lachen, das sie nur mühsam
unterdrücken kann.

»Ich Dummkopf habe meinen Rucksack oben vergessen.«

Die Köpfe starren sie verständnislos an.

»Könnte mir einer von euch die Schlüsselkarte leihen?«
Einer der Männer kommt näher.

»Dann musst du die Security rufen, das weißt du ja«,
sagt er.

»Die werden mir was husten. Das ist schon das zweite Mal in dieser Woche.«

Mari Paz hat noch nie in ihrem Leben einen Fuß in ein Büro gesetzt. Aber sie war schon in unzähligen Gebäuden, Lagern und Militärbasen in elf Ländern. Alle mit ihren jeweiligen Eigenarten.

Der vertraute Umgang mit den freundlichen Bewohnern Pontevedras mit ihrem singenden Akzent der Rías Baixas.

Die brutale Härte der Albaner mit ihren blutunterlaufenen Augen.

Die sanften Kosovaren, die dir ihr Essen abtreten, wenn du hungrig bist, und dir gleichzeitig ein Messer in den Bauch rammen, wenn du ihre Schwester ansiehst.

Trotzdem hatten sie alle etwas gemein.

Sie hassten die Militärpolizei.

Diese Bande von Faulpelzen, zu nichts anderem nütze, außer zu stören.

Also fügt sie hinzu: »Ihr wisst ja, wie die drauf sind.«

Der Mann nickt. Hinter ihm zustimmendes Gemurmel.

»In welcher Abteilung arbeitest du denn? Ich habe dich noch nie gesehen.«

»Rate mal.«

»Ich würde sagen bei der Technik«, sagt er mit leicht zusammengekniffenen Augen. Mari Paz weiß nicht, ob er mit ihr flirten oder ihr eine böse Falle stellen will.

Das Gemurmel wird lauter.

Der Arme, wird wohl beides sein.

»Uiii, Technik, haha. Ich gehöre zum Putztrupp. Aber erst seit Kurzem.«

Der Arme greift lächelnd in seine Tasche. Dann stützt er sich mit dem Portemonnaie in der Hand an den Türrahmen.

»Hast du immer um diese Uhrzeit Feierabend?«

Meine Güte, fehlt nur noch, dass er mich Püppchen nennt.

»Nein, erst später. Ich musste kurz nach Hause. Wie wär's, wollen wir uns morgen treffen? Dann lade ich dich auf einen Kaffee ein. Für den Gefallen, meine ich.«

Das Gemurmel der Kollegen verstummt abrupt. Es folgt verblüfftes Schweigen, die Botschaft: Kaum zu glauben, aber es hat funktioniert.

»Ja, klar«, erwidert er, holt endlich seine Karte heraus und hält sie vor das Lesegerät, bevor sie es sich anders überlegt. Dann drückt er den Knopf zum Erdgeschoss, womit er Mari Paz erspart, ihr Ziel zu verraten.

»Dann morgen, ja?«, vergewissert er sich.

»Auf jeden Fall«, antwortet Mari Paz, als sich die Tür wieder schließt.

Kaum hat sich der Fahrstuhl in Bewegung gesetzt, sind von unten Triumphgeheul und Glückwünsche zu vernehmen.

Die Herren Ingenieure scheinen nicht zu wissen, wie Klang funktioniert, denkt Mari Paz lächelnd.

Wenn der Bursche sie am nächsten Tag nicht antrifft, wird ihm klar werden, dass sie sich ohne Zugangsberechtigung in der Garage aufhielt. Oder zumindest, dass Putzkräfte kein Anrecht auf einen Parkplatz haben. Das Schulterklopfen von eben wird sich in Häme und Sticheleien verwandeln.

Kurz verspürt sie Mitleid mit ihm, hat aber keine Zeit, länger darüber nachzudenken. Sie holt das Handy heraus und drückt die einzige gespeicherte Nummer. Beim ersten Klingeln nimmt Aura ab.

»Bist du drin?«

»Du schuldest mir ein paar alte Stiefel.«

8

Ein Repertoire

Auras Erleichterung ist nahezu körperlich zu spüren, ihr Seufzer ebenfalls.

»Bist du okay? Ich wusste nicht ... und die Wächter ...«

Sie redet weiter, hastige unvollendete Sätze, was klingt, als würde Großmutter Celeiros Apfelbaum seine Früchte abwerfen.

»Wir müssen noch mal klären, wie lang sechs Sekunden für dich sind, Blondi.«

Die Fahrstuhltür öffnet sich im Erdgeschoss, und Mari Paz verlässt humpelnd den Aufzug.

»Nimm die Kopfhörer und steck das Handy ohne aufzulegen in die Jackentasche«, sagt Aura.

Mari Paz gehorcht, ohne im Gehen innezuhalten. Sie schaut sich verstohlen um. An den Türen hängen überall Namensschilder, aber nicht der gesuchte Name. Der Flur ist lang, sehr lang und verwaist. Auf dem rosafarbenen Marmor klingen ihre Schritte unregelmäßig (klopp, patsch, klopp, patsch) und hallen an den weißen Wänden wider. Sie sieht wieder mehr Kameras, alle zehn Meter eine, die in entgegengesetzte Richtungen zeigen. Mari Paz findet diese Augen bedrohlich und fühlt sich immer schlechter.

»Ich habe die Hosen gestrichen voll.«

Der langsame Schritt ist jetzt ein schmerzhaftes Hinken. Die ängstlich eingezogenen Schultern und der verkrampfte Hals machen es nicht besser. Wirklich nicht.

»Versuch, dich ein bisschen aufzumuntern.«

»Mach du doch. Sing mir was vor.«

Aura schweigt ungläubig.

»Ich meine es ernst, Blondi.«

»Ich kann nicht singen.«

»Hast du deinen Mädchen keine Schlaflieder gesungen?«

»Ja, Lieder aus Zeichentrickfilmen.«

»Das reicht vollkommen.«

Aura muss lachen, der Legionärin ist nicht danach. Kurz darauf erklingt am anderen Ende der Leitung erst ein Räuspern und dann:

Leb deinen Traum,
denn er wird wahr.
Geh deinen Weg,
stell dich der Gefahr.

Auras Stimme wirkt anfangs ein wenig unsicher. Aber nach ein paar Strophen wird sie klangvoller und kristallklar. Nicht unbedingt wettbewerbsreif, wir wollen ja nicht übertreiben. Doch für Mari Paz klingt sie auf dem einsamen Flur wie Maria Callas.

Ich wusste gar nicht, dass du so gut singen kannst.

»Wer ist dieser Doraemon?«, fragt sie nach dem Lied.

»Ein Kater, der ganz viele Dinge in seiner Beuteltasche hat.«

»Ein Kater hat doch keine Beutel…«

»Soll ich dir was vorsingen oder was erzählen?«

»Ja, sing weiter.«

Also greift Aura tief in ihr Lieder-Repertoire aus den Zeiten, als die Zwillinge noch klein waren. *Inazuma Eleven, Adventure Time, Harry und sein Eimer voller Dinos* und *Los Lunnis.* Nicht, dass Mari Paz wüsste, aus welcher Serie die einzelnen Lieder stammen, aber es hilft, denn sie spürt, dass ihre Nervosität etwas nachlässt.

Allerdings nicht der Schmerz in ihrem Fuß, der eher zunimmt.

Bei jedem Auftreten hat sie das Gefühl, die Socke – gelb und löchrig – sei gespickt mit Nägeln. Der Schmerz kriecht vom Fuß bis zum Knie, das seit gut zehn Jahren angeschlagen ist.

Halt durch. Halt durch. Halt durch.

Aura setzt zum Intro von *Scooby-Doo* an, und Mari Paz will ihr gerade mitteilen, dass sie dieses Lied kennt, als sie am Ende des Flurs in einer Nische endlich das gesuchte Schild entdeckt.

Reinigungspersonal

In die Tür ist ein Eimer mit Wischmopp geklemmt. Aus dem Raum erklingt müdes Lachen und aus einem Radio der Abpfiff, das Spiel ist zu Ende.

Mari Paz streckt den Kopf hinein und klopft dabei an den Türrahmen.

Zwei Gesichter wenden sich ihr zu.

Fünf, an der Tür MP in Strümpf.

Im Raum sitzen zwei ziemlich große Männer, die gerade Pause machen. Vor ihnen offene Tupper-Dosen (paniertes Schnitzel und Kartoffeltortilla), vier Dosen Mahou-Bier (zwei leer, zwei halb leer) und eine Tüte mit einer Nussmischung (die Kichererbsen sind übrig geblieben).

»Ich will nicht weiter stören«, sagt Mari Paz höflich. »Aber haben Sie zufällig eine Schmerztablette?«

9

Eine Hupe

Aura steht neben dem Auto und wartet auf das Zeichen von Mari Paz. Um ihre Anspannung etwas zu lösen, trappelt sie ungeduldig mit den Füßen auf den Boden, aber es hilft nicht.

Das Fußballspiel ist gleich zu Ende, und das Fenster der günstigen Gelegenheit schließt sich unerbittlich. Dann werden sich die Wächter die Beine vertreten und was für ihr Geld tun. Vorher muss es Mari Paz geschafft haben.

Mach schon, mach schon, mach schon.

Aus den Kopfhörern dringen Geräusche, die Aura nicht zuordnen kann. Sie hat Mari Paz gesagt, sie möge sie auf dem Laufenden halten, aber die hat sie um Ruhe gebeten.

Es bleiben nur noch knapp sechs Minuten.

»Sieht schlecht aus«, verkündet Mari Paz nach einer Weile.

»Wo?«

»An der Nordseite. Ich habe so getan, als würde ich eine rauchen gehen, und habe sie über den Zaun geworfen, aber sie ist weiter geflogen, als ich dachte. Du wirst sie suchen müssen.«

Na wunderbar, denkt Aura und sagt: »Leg nicht auf.«

»Das Ding hat kaum noch Saft«, sagt Mari Paz. »Und ich bin auf dem Flur schon zwei Leuten begegnet, ich möchte nicht, dass sie mich reden hören. Melde dich, wenn du sie gefunden hast.«

Aura verflucht das billige Handy und macht sich eiligst auf den Weg zu dem Ort, den Mari Paz ihr genannt hat. Eine Straßenkreuzung am anderen Ende des Gebäudes, wo die Straßenlaternen nicht so hell leuchten und es weniger verdächtig wirkt, wenn sie jemand sieht.

Bis dahin braucht sie eine gute Minute, im Laufschritt.

Und als sie ankommt, kann sie die Karte nicht finden.

Aura kriecht auf allen vieren – es tut weh, als sich der Schotter in Handflächen und Knie bohrt – zwischen den Autos hindurch und sucht das kleine Plastik-Rechteck, die einzige Chance, ihr Leben zu retten.

Nichts.

Sie riskiert es und versucht es mit der Handy-Taschenlampe – obwohl sie damit größere Aufmerksamkeit erregt –, lässt den Lichtkegel an den Rädern entlanggleiten. Wertvolle Sekunden gehen verloren.

Nichts.

Plötzlich fällt ihr etwas ein.

Wie dumm von mir.

Die Karte muss ja nicht auf dem Boden gelandet sein.

Sie steht auf und flucht leise vor sich hin. Wenn die Zwillinge – die auch schon Schimpfwörter benutzen – sie hören könnten, würden sie blass vor Schreck werden. Sie lässt die Taschenlampe jetzt ohne jede Vorsicht über die Autodächer gleiten.

Da ist sie.

Die Schlüsselkarte liegt auf einem weißen Seat Arona. Eingeklemmt zwischen Scheibenwischer und Windschutzscheibe. Von Anfang an in Reichweite.

Sechs, Key-Card steckt im Blech.

Aura zieht sie heraus und geht zur Tür. Weitere fünfzig oder sechzig Meter, das Spiel ist inzwischen aus. Zum Glück ist mit einer Nachspielzeit zu rechnen.

Sie wirft einen Blick auf die Karte – ein Fehler – und stellt fest, dass der Mann auf dem Foto dem glatzköpfigen, schnurrbärtigen José Miguel Barrera kein bisschen ähnelt.

Sollten wir erwischt werden, wird uns das Foto wenigstens nicht verraten, denkt sie zur eigenen Aufmunterung.

Sie gelangt zum Eingang und zieht die Karte durch das Lesegerät. Das Lämpchen leuchtet rot, das Ding funktioniert nicht.

(Eine Erinnerung schießt ihr durch den Kopf. Jaume und sie bei ihrem letzten Ausflug, drei Monate vor seiner Ermordung. Ein Hotel in San Sebastián. Nach langer Zeit das erste Wochenende ohne die Kinder. Sie wollte unbedingt so schnell wie möglich ins Zimmer und mit ihrem Mann vögeln, aber die Karte funktionierte nicht. Er schlug vor, an der Bar noch was zu trinken, wenn sie wegen einer neuen Karte sowieso nach unten müssten, aber Aura protestierte lautstark und machte dasselbe, was sie jetzt tut.)

Sie reibt die Karte am Ärmel – ein Aberglaube aus ihren Zeiten als Bankerin, so sinnlos wie das Reiben einer Münze an der Seite des Spielautomaten – und versucht es noch einmal.

Das Lämpchen leuchtet grün, gefolgt von einem Summen und einem metallischen Schnappen.

Aura drückt die Tür auf und betritt den Garten. Tagsüber ist das ein schöner Ort, mit üppigem Rasen und spiegelnden Fenstern. Nachts wirkt er wie ein Mausoleum, kalt und lauernd.

Es bleiben noch zehn Meter bis zur gläsernen Eingangstür.

Von Weitem erklingt das unverwechselbare Geräusch einer Hupe, anhaltend. Das Hupen wird sofort erwidert. Noch etwas weiter weg explodiert ein Feuerwerkskörper. Selbst in diesem gottverlassenen Industriegebiet gibt es Idioten, die den Sieg einer Gruppe Millionäre feiern und zu Unzeiten Krach machen.

Aura geht weiter.

Immer schön die Bodenhaftung behalten, nicht die Haltung verlieren, wenn die Zeit abläuft. Es ist das Schwierigste, was sie in ihrem Leben je gemacht hat.

Nur noch vier Meter.

Langsam.

Noch zwei Meter.

Rafa und Josete,

zwei Minuten vorher

»Das war ja nicht so überragend.«

»Drei wundervolle Tore, Rafa.«

So wird es die ganze Nacht weitergehen. Rafa stichelt gern, damit kann man die kaugummizähe Langeweile der Nachtschicht gut füllen. Er, ein treuer Atlético-Madrid-Fan, wird den Sieg von Real der Nachlässigkeit des Gegners, den Fehlern des Schiedsrichters, der UEFA und dem Morgenstern zuschreiben. Josete wird hell empört reagieren und wiederholen, was die Sportkommentatoren schon gesagt haben, denn Real-Fans zeichnen sich nicht unbedingt durch Originalität aus. Und so werden sie sich die Nacht verkürzen bis zu ihrem Feierabend um fünf Uhr früh. Um morgen wieder dicke Freunde zu sein. Wie immer.

Rafa steht auf und streckt sich. Dann stützt er sich auf den Monitor, auf dem Aura gerade verzweifelt nach der

Karte zwischen den Autos sucht, worauf er allerdings nicht achtet. Er hat Rückenschmerzen.

Beim Strecken knirschen und knacken seine Wirbel wie Nüsse in der Tüte. Mit über fünfzig, einigem Übergewicht und chronischer Migräne – eine Art Hausbesetzerin, die an der Fassade Banner hinabrollt – ist es nicht empfehlenswert, lange zu sitzen. Es fehlen noch acht Minuten bis zur großen Runde, die man aber genauso gut etwas früher machen kann, wie er gerne sagt.

»Wollen wir unsere Runde drehen?«

»Ist noch zu früh«, protestiert Josete, konzentriert auf das Tablet, wo er aufmerksam den Kommentaren seiner Idole lauscht.

»Man kann sie genauso gut etwas früher machen.«

Josete beschwert sich noch einmal, steht aber schließlich ebenfalls auf. Er ist ein guter Junge. Fleißig und effizient, jawohl. Er klemmt sich den Schlüssel zum Wächterhäuschen an den Gürtel. Prüft die Pistole im Holster, den Schlagstock an der Gürtelschlaufe. Er nimmt seinen Ausweis vom Tisch, wobei er an dem Monitor vorbeigreift, auf dem Aura gerade die Taschenlampe ihres Handys einschaltet. Die Infrarotkamera verwandelt den Lichtstrahl in ein frivoles, gefährliches Gespenst.

Josete achtet ebenfalls nicht darauf.

»Wir sollten uns einen Kaffee holen, Rafa.«

»Der Automat im Erdgeschoss ist defekt.«

»Dann gehen wir eben in die Chefetage.«

Rafa verzieht den Mund. Eigentlich dürfen sie das Erdgeschoss nicht verlassen, auch nicht bei ihrem Rundgang. Ein zweites Team ist für das Innere des Gebäudes zuständig. Und die beiden Kollegen, die heute Dienst haben, sind unerträgliche Blödmänner.

Andererseits steht in der Küche der Chefetage eine gute Nespresso-Maschine. Mit Kapseln aller Geschmacksrichtungen.

»Lass uns schnell hochgehen, zwei Käffchen holen und gleich wieder verschwinden, ja?«

Jetzt verzieht Josete den Mund, denn außer gutem Kaffee gibt es in der Chefetage auch gemütliche Sessel. Sie saugen deinen Körper regelrecht auf, und ehe du dichs versiehst, bist du im Dienst eingeschlafen und entlassen.

»Nur fünf Minuten …«

»Nein.«

Josete geht mit hängendem Kopf zur Tür. Und es wäre für Aura alles gutgegangen, wenn der Junge nicht vor ein paar Tagen aufgehört hätte zu rauchen. Er leidet an grässlichen Entzugserscheinungen, aber wenigstens stinkt die Uniform nicht mehr nach kaltem Rauch. Er macht also kehrt und will zu dem Päckchen Nikotinkaugummi – Geschmack Ekel-Minze – greifen, als sein Blick auf Monitor sechs fällt. Darauf ist die Zufahrt zum Haupteingang zu sehen.

»Rafa, schau mal!«

Rafa kommt näher und schaut. Seine Augen verengen sich. Auf Monitor sieben, der den Weg vom Haupt-eingang zur Zufahrt aufzeichnet, findet er seinen Verdacht bestätigt.

»Ist das nicht die Frau, die vorhin …«

Rafa lässt Josete nicht aussprechen. Er greift zum Walkie-Talkie, um das zweite Team zu informieren. Er will schon den Knopf drücken, doch da fällt ihm wieder ein, wer die Kollegen sind, und überlegt es sich anders.

»Lass uns mal nachschauen, was da los ist.«

10

Ein Putzwagen

»Wo bist du?«

»In der Toilette rechts vom Eingang.«

Aura folgt Mari Paz' Anweisungen und findet sie, allerdings mit verändertem Outfit. Anstelle von Twill-Jacke und Jeans trägt sie jetzt die Kluft der Putzkolonne, mit aufgenähten Taschen und weißen Laugenflecken an den Hosenbeinen. Die perfekte Tarnung.

Fast perfekt, denkt Aura, als sie zu Boden schaut.

»Wo ist dein Stiefel?«

»Den hat mir das Tor ausgezogen. Lenk nicht ab, Blondi, zieh das hier an.«

Hastig zieht sich Aura bis auf Strumpfhose und Büstenhalter aus. Als sie Kostüm und Bluse in die Plastiktüte stopft, die Mari Paz ihr hinhält, sieht sie deren seltsamen Blick.

»Was ist los?«

Mari Paz schaut rasch weg und errötet.

»Nichts.«

Aura bleibt keine Zeit zum Nachdenken, denn im Flur sind Stimmen und eilige Schritte zu hören.

»Hast du das gehört …?«

Mari Paz legt den Finger an die Lippen und macht ihr Zeichen, in einer der Kabinen zu verschwinden. Aura gehorcht und steigt mit den Arbeitsklamotten in der Hand auf die Kloschüssel.

Keinen Moment zu früh.

Sie hört, wie jemand die Tür öffnet.

»Guten Abend, hast du jemanden hier vorbeikommen sehen?«

Stille. Dann das Ausdrücken von Wasser und das Platschen eines nassen Wischmopps auf dem Boden.

»Hallo!«, ruft der Wächter.

Auras Herz schlägt zweihundert pro Minute, Tendenz steigend. Sie drückt die Klamotten an die Brust und kauert sich zusammen, um sich unsichtbar zu machen.

»Was?«, erwidert Mari Paz viel zu laut. Wie jemand, der in voller Lautstärke Musik hört und gestört wird.

Aura glaubt, gedämpft die ersten Akkorde von »Hoy puede ser un gran día« zu hören.

»Ob du jemanden hier vorbeikommen gesehen hast.«

»Ich bin allein hier. Du kannst rein, wenn du willst. Aber zieh die Schuhe aus, ich wische gerade.«

Die Schritte des Wächters klingen nicht nach Socken. Sie kommen näher.

Sohle auf Marmor, eins, zwei, drei.

Sie halten inne, drehen.

Drei, vier, fünf Schritte.

Aura beißt die Zähne zusammen. Sie hat die Tür nicht geschlossen, sie ist nur angelehnt. Im Türspalt erscheint ein Schlagstock, mit dem die Tür langsam aufgedrückt wird.

»Hör mal, Kumpel, wie ist es eigentlich ausgegangen?«

Der Knüppel hält inne.

»Was? Ach, das Spiel. Wir haben drei zu null gewonnen.«

»Genial. Na, dann wird mein Freund heute richtig feiern. Hat man sie ordentlich gescheucht?«

»Und wie. Bist du Real-Fan?«

»Zuallererst von Celta Vigo, meinem Heimatclub. Und dann Fan der zweitbesten Mannschaft der Welt.«

Der Mann – Aura erkennt seine Stimme, es ist der jüngere Wächter – bricht in schallendes Gelächter aus.

»Mensch, so was!«, ruft er aus. »Meine Schwiegereltern sind aus Vigo. Ganz schön viele Berge.«

»Um die Beine zu trainieren, klar.«

»Wenn du jemanden siehst, wähl dreimal die Neun, die Nummer vom Wächterhäuschen.«

»Wen meinst du mit jemanden? Im Haus sind noch mehr Leute.«

»Ach ja, eine blonde Frau im Kostüm, sehr hübsch. Wir glauben, dass sie sich reingeschlichen hat.«

Die Schritte entfernen sich, die Toilettentür fällt zu.

Aura steigt von der Kloschüssel und verlässt die Kabine. Das schmutzige Wischwasser saugt sich in die feinen Strumpfhosen. Es ist kalt und riecht nach Zitronenlauge.

»Wir müssen weg«, sagt Mari Paz. »Sie suchen dich.«

Aura hat Zweifel und Angst bereits hinter sich gelassen. Die Wut hat sie verdrängt. Jetzt ist die Angst keine zeitlose Wahrscheinlichkeit, keine nebulöse Zukunft mehr. Jetzt hat die Angst ein Gesicht und Augen und Schuhe, die laut auf dem Marmor widerhallen. Und trotzdem ist sie entschlossener denn je.

»Nein, wir sind schon so nah dran. Außerdem suchen die eine blonde Frau im Kostüm, keine Putzfrau.«

Sie schlüpft in die Kleider, die Mari Paz ihr gegeben hat.

»Was hast du mit den ursprünglichen Trägern dieser Klamotten gemacht?«

»Ich habe sie gefesselt und die Tür abgeschlossen.«

Aura knöpft das Oberteil zu, das ihr bis zu den Oberschenkeln reicht. Sie versucht, es in die Hose zu stopfen. Funktioniert nicht. Die Klamotten sind viel zu groß. Sie haben auch vergessen, Ersatzschuhe mitzunehmen, also muss Aura darauf vertrauen, dass man nicht allzu sehr auf ihre Füße achtet.

»Ich will mich ja nicht beklagen, aber …«

»Was anderes gibt es nicht, Blondi. Übrigens …«

Sie zeigt auf ihr Haar, das schon von Weitem Aufmerksamkeit erregt, selbst wenn es hochgesteckt ist.

Im Putzwagen findet Aura eine Rolle Mülltüten. Sie reißt eine ab, trennt mit den Zähnen ein Stück aus dem schwarzen Plastik heraus und bindet es sich um den Kopf. Einer genaueren Überprüfung würde das nicht standhalten, hilft aber vielleicht, die Wächter abzulenken.

»Du spinnst wirklich.«

»Gehen wir zu Nummer sieben?«

»Solange du nicht wieder reimst ...«, sagt Mari Paz und verdreht die Augen.

Aura lächelt – so leicht gibt sie nicht auf –, schiebt den Wagen vor sich her und rezitiert: »*Sieben. Zur FiBu, die wir lieben.*«

11

Eine Erfindung

Mari Paz führt die Prozession zum Fahrstuhl an. Sie treffen niemanden. Was kein gutes Zeichen ist.

»Gutes Zeichen«, sagt Aura.

»Ganz schlechtes Zeichen«, widerspricht Mari Paz. »Wenn sie dich nicht finden, suchen sie auf den Kamerabildern nach dir. Und irgendwem wird auffallen, dass diese zwei Vogelscheuchen gar nicht zum Putztrupp gehören.«

»Diese Leute sind Leiharbeiter. Die kennen sich untereinander bestimmt nicht«, sagt Aura und zeigt auf das Firmenlogo ihres Kittels.

»Täusch dich mal nicht. Ich gebe uns fünf Minuten, keine Minute mehr.«

»Wir brauchen eine Ablenkung.«

»Dann sag mir, wie.«

»Das ist was für drei Personen«, sagt sie wie zu sich selbst. »Ich wusste, dass es was für drei ist ...«

»Du hast mich hierhergeschleppt, Blondi. So habe ich mir das nicht vorgestellt. Streng dein Hirn an, das hier wird langsam hässlich.«

Aura zieht den Kopf ein, stützt sich auf den Wagen und beugt sich nach vorn.

Ihr Gesicht hängt jetzt über dem Müllsack und färbt sich langsam grün. Der Eimer ist nicht die Ursache, sondern die Folge. Der Grund ist nicht der schwache Müllgeruch, sondern die große Anspannung, die sie fast zerreißt und ihr Übelkeit verursacht.

Mari Paz hat dieses grüne Gesicht schon öfter gesehen. Bei Kameraden mit jahrelanger Manövererfahrung. Riesen, die Hundertfünfzig-Kilo-Gewichte stemmten, täglich fünfzehn Kilometer liefen und beim Schießen neunzig Perzentil erreichten. Kraftmaschinen, die lautstark verlangten, mit ihren Einheiten zu den härtesten Missionen geschickt zu werden. Alles mutige Männer. Doch bei der ersten echten Landung, mit echten Kugeln und einem echten Feind, bekamen ihre Gesichter die gleiche Farbe wie jetzt Aura.

Wenn sie springen sollten, sprangen sie. Aber auf dem Boden des Leopard-Flugzeugs hinterließen sie eine Sauerei.

Wobei sie nicht kopfüber im Mülleimer gewühlt hatten.

»Was ist denn in dich gefahren, Blondi?«

Aura beugt sich weiter vor, jetzt mit halbem Oberkörper im Müllsack, was den Wagen ins Wanken bringt.

»Ich brauche … Ist auch egal, es muss was da sein …«

Sie macht Mari Paz ein Zeichen zu warten. »Es muss was da sein.«

Sie gräbt noch tiefer.

Kurz darauf taucht sie mit zwei Trophäen wieder auf.

Eine leere Flasche, die einmal mit zwei Litern Fanta gefüllt gewesen ist, und zusammengeknüllte Aluminiumfolie. Sie betrachtet sie aufmerksam und dreht sie zwischen den Fingern.

»Ich hoffe, sie ist nicht zu fest zusammengeknüllt.«

Das war's. Jetzt flippt sie völlig aus, denkt Mari Paz.

Aura drückt ihr beides in die Hände.

»Zerpflück die Kugel in kleine Teile. So klein wie möglich. Und steck sie dann in die Flasche.«

Mari Paz gehorcht, während Aura jetzt im Putzmittelfach wühlt. Sie zieht einen weißen Kanister mit rotem Deckel und jeder Menge Gefahrenhinweisen heraus.

»Was ist das?«

»Salzsäure. Weniger als ich mir gewünscht hätte«, antwortet Aura, als sie den Kanister schüttelt. Es schwappt nur wenig Flüssigkeit hin und her.

Sie nimmt Mari Paz die Flasche ab, hält sie sich vor die Augen – in denen absolute Konzentration steht – und schüttet den Inhalt des Kanisters hinein. Kaum ein halbes Glas.

»Was machst du da?«

»Erklär ich dir später«, sagt Aura bei den letzten Tropfen. »Das reicht nicht. Es muss ganz fest verschlossen sein, wenn ich einen Gummi hätte oder …«

»Wie wäre es damit?« Mari Paz zeigt auf den Griff des Wägelchens. Daran hängt eine Rolle Klebeband.

»Perfekt.«

Aura schraubt die Flasche zu und umwickelt sie bis zum Boden mit Klebeband. Dann drückt sie ihre Erfindung Mari Paz in die Hand.

»Wir machen jetzt Folgendes. Du gehst mit diesem Lappen zu dem Glastisch da hinten in der Ecke« – sie reicht ihr den Lappen –, »und auf dem Weg dahin schüttelst du die Flasche. Dann putzt du den Tisch ab und stellst die Flasche unauffällig darunter.«

»Und dann?«

»Dann kommst du, so schnell du kannst, zurück zum Fahrstuhl.«

Sie fügt noch drei Worte hinzu ...

Als Mari Paz sie hört, setzt sie sich sofort in Bewegung.

Das ist nicht, was sie hören wollte. Sie wollte ihr eigentlich erklären, dass eine Galicierin den Satz »Und dann?« nicht wörtlich meint, sondern dass er eine Erklärung verlangt. Ein Warum.

Warum soll ich die Flasche unter den Tisch stellen?

Warum soll ich das machen und nicht du?

Warum, zum Teufel, höre ich auf dich.

Mari Paz fährt mit dem Lappen über den Tisch, stellt die Flasche darunter und macht sofort kehrt. Eine schauspielerische Höchstleistung. Ihre Schrittgröße bis zum Fahrstuhl entspräche in einer Grafik der Form von Treppenstufen. Die ersten Schritte sind normal, die letzten sind große Sätze.

»Hoffentlich hat uns niemand beobachtet«, schimpft Aura aus dem Fahrstuhl heraus, den sie mit der Hand aufhält.

Aber klar, wie kann man von einem Menschen auch verlangen, dass er sich natürlich bewegt, wenn man ihm gerade etwas in die Hand gedrückt hat mit den Worten: »Bevor sie explodiert.«

Währenddessen unter dem Tisch

Großmutter Celeiro nannte es Beize.

Wir Salzsäure.

Und der italienische Franziskanermönch Paulus, der sie entdeckte, Geist des Salzes.

Von Letzterem wissen wir nur wenig. Er war Alchimist in Taranto und signierte mit einem Pseudonym, dem Namen eines antiken arabischen Chemikers, um seine Identität zu verschleiern. Besessen von der Lektüre eines alten Manuskripts, dem *Buch der Alaune und Salze*, verbesserte er seine Kenntnisse über Reaktionen stetig. Eines Tages hatte er die brillante Idee, Chlorwasserstoffsäure auf gewöhnliches Salz zu gießen. Er hat das Experiment überlebt, der Messingkolben hatte weniger Glück.

Acht Jahrhunderte später verfolgte die elfjährige Aura – bei Keksen und einem Glas Saft – fasziniert, wie sich vier Glücksritter aus einem Lager, in dem sie von den Bösen gefangen gehalten wurden, mit einer ähnlichen Erfindung befreiten.

Acht Jahrhunderte, zweiundzwanzig Jahre, elf Monate und sechs Tage später hat Aura eine Mischung fabriziert, die jetzt unter dem Glastisch neben einem Wasserspender steht.

Die Alufolie – in der vor Stunden ein Thunfisch-Sandwich eingewickelt war – begann sofort auf die Salzsäure zu reagieren, als Aura sie in die Fanta-Flasche füllte – die vor Stunden bei einem Geburtstag in der IT-Abteilung getrunken worden war. Zunächst langsam, dann immer schneller, wobei die beiden Elemente Elektronen austauschten.

Die Alufolie begann sich in der Salzsäure aufzulösen und produzierte Aluminiumchlorid, das sich auf dem Flaschenboden absetzte. Auch Wasserstoff, der sich jetzt in der Flasche ausbreitet.

Die Reaktion ist irreversibel, der Raum begrenzt. Wenn das Gas keinen Platz mehr hat, drückt es die Flaschenwände nach außen. Mit dem Klebeband zur Verstärkung bilden sie einen soliden Widerstand, weshalb sich die Konzentration des Gases, das entweichen möchte, verstärkt.

Der Wasserstoff gewinnt. Haushoch.

Fünfzig Sekunden, nachdem Aura die Salzsäure eingefüllt hat, und drei Sekunden, bevor Mari Paz bei ihr am Fahrstuhl ankommt, explodiert die Flasche.

Es ist keine große Explosion. Es entsteht kein Feuer

und nur wenig Rauch. Aber der Tisch fliegt an die Decke und zerbirst. Im Flur regnet es Glassplitter, das ist alles.

Das und ohrenbetäubender Lärm. Wie im Film. Der durch den Flur hallt und im ganzen Gebäude zu hören ist.

12

Ein Büro

»Fein, jetzt habe ich sie aufgeschreckt.«

»Na ja, eher abgelenkt.« Mari Paz hält sich das linke Ohr zu. Mit rechts drückt sie nervös den Knopf zur sechsten Etage, der Aufzug fährt trotzdem nicht schneller.

Aura hat ebenfalls Ohrensausen, eine Folge ihres wissenschaftlichen Experiments.

»Vielleicht habe ich es etwas übertrieben«, räumt sie ein. Ihre Stimme klingt fern und metallisch.

»Vielleicht rufen sie die Polizei. Du hast die fünf Minuten, bis sie uns erwischen, zu fünfzehn ohne Fluchtmöglichkeit gemacht.«

»In fünfzehn Minuten kann viel passieren«, flüstert Aura.

Sie sieht Mari Paz an und findet, sie wirkt gelassen. Zumindest äußerlich, obwohl es schwierig ist, die Legionärin einzuschätzen. Nur der nervöse Finger auf dem Fahrstuhlknopf verrät ihre Angst.

Und sie?

Aura hält Innenschau und erschrickt vor sich selbst.

Es ist nur ein Lichtblitz, es bleibt keine Zeit für detaillierte Selbstbeobachtungen. Und dennoch ...

Bevor sie Jaume kennenlernte, war Aura ein paar Monate mit einem Capoeira-Trainer zusammen. Ein heißer Nachmittag auf einem Schlafsofa, ein Glas Wasser mit Eiswürfeln und ein äußerst trainierter Liebhaber. Aura hatte den besten Orgasmus ihres Lebens.

Was sie jetzt empfindet, ist beglückender.

Als Aura vor der Geburt der Zwillinge bei der Bank anfing, war sie mit ihren Freundinnen auf einer Silvesterparty, eine Freundin hatte ein Tütchen mit weißem Pulver dabei. Wegen des sozialen Drucks und aus Neugier probierte sie es. »So wach hast du dich noch nie gefühlt.«

Was nicht stimmte, wie sie jetzt feststellen muss.

In einer kalten Nacht, der letzten ihres früheren Lebens, als der Albtraum Wirklichkeit wurde, hat Aura ihre Töchter gerettet, indem sie ihren Körper als Schutzschild einsetzte, geräuschlos, um sie nicht zu wecken. Der Impuls, sie zu schützen, hämmerte in ihrem Körper wie die große Trommel zu Beginn der Karwoche. Ein anhaltendes Hämmern, das Raum und Zeit erfüllte, zugleich Anfang und Ende.

Das hier ist viel mächtiger.

Aura hat sich nie wieder so lebendig und stark gefühlt. Zu allem fähig. Die Luft treibt sie an und katapultiert sie in eine ideale Welt. Wie ein fliegender Teppich.

Ja, sie hat Angst.

Die sie aber verdrängt.

Besser, sich treiben zu lassen.

»Los geht's«, sagt sie, als sich die Fahrstuhltüren öffnen.

Sie folgen den Türschildern durch einen endlosen Flur, voller Sorge, dass die Zeit abläuft, und der Gewissheit, dass sie sich immer weiter von einer Tür entfernen, die sich unerbittlich schließt. Allerdings so langsam wie möglich, damit sie ja keine Aufmerksamkeit erregen.

»Hier ist es.« Aura zeigt auf das Schild.

608 Finanzbuchhaltung

Sie öffnet die Tür und will schon den Reim aufsagen.

»*Acht ...*«

Kann ihn aber nicht beenden, sie erinnert sich nicht mehr.

Denn ihr ganzer Plan – und die Aussicht, dass sie hier wieder rauskommen, ohne erwischt zu werden – geht gerade ordentlich den Bach runter.

Sie hatte beabsichtigt, ein leeres Büro zu betreten, in Unterlagen und Computern den Namen zu suchen und ihn zu finden.

Daraus wird nichts.

Ganz hinten im Büro steht vor einem großen Drucker ein dicker Mann mit Pausbacken und einem entrückten zufriedenen Lächeln, Ausdruck der Trägheit von Körper und Geist.

Der Mann ist auf die Papiere konzentriert, die der Drucker gerade ausspuckt. Er schaut aber rechtzeitig auf, bevor sich Aura umdrehen, Mari Paz schnappen und schnellstens wieder den Raum verlassen kann.

Der Mann hat sie gesehen.

Trotz der Entfernung und der tadellosen Verkleidung hat er sie auch gleich erkannt.

»Was ist los?«, fragt Mari Paz, die das Büro noch nicht betreten hat.

Sie schiebt Aura beiseite, weil sie spürt, dass etwas nicht stimmt, und sieht den Mann ebenfalls. Aus Solidarität mit Aura, die ihren Blick nicht von besagter Gestalt abwenden kann, gibt sie ein gereiztes Grunzen von sich.

Aura beachtet sie nicht.

»Ginés«, zischt sie, ihre Stimme trieft vor Hass.

»Was ... machst du hier?«

Aura schiebt das Wägelchen in den Raum.

»Siehst du doch, ich musste mir einen neuen Job suchen, nachdem ich meinen verloren habe.«

Auf dem Weg zu ihm bückt sie sich, leert die Papierkörbe in den Mülleimer und lässt sie einfach wieder fallen.

Besagter Ginés mustert Aura in ihrer absurden Verkleidung und macht seinem Intellekt, der ihm ein sechsstelliges Jahreseinkommen plus Boni beschert, alle Ehre.

»Ich glaub's ja nicht«, sagt er und greift zum Telefonhörer.

»Mari Paz, könntest du ...«

Der Mann will die Nummer der Security wählen, aber Mari Paz hat eine andere Idee. Mit zwei Sätzen ist sie bei ihm, schlägt ihm den Hörer aus der Hand und schnappt ihn an der locker gebundenen Krawatte – gelb mit grünen Maulwürfen. Ginés ist ein großer Mann, etwas größer als Mari Paz. Er will sich ihr entwinden, hat aber keine Chance, sein Körper dreht sich wie ein Kreisel, als Mari Paz ihn auf den nächstbesten Schreibtischstuhl zwingt.

»Hören Sie, Señora! Was machen Sie da?« Bauch und Stimme beben vor Empörung.

Er versucht aufzustehen, aber die Hand auf seiner Schulter – in Zusammenarbeit mit der anderen, die die Krawatte jetzt nach hinten zieht – hält ihn davon ab und dreht den Stuhl, bis er Aura im Blick hat.

»Darf ich vorstellen, das ist Patricio Ginés, Chef der Finanzbuchhaltung«, sagt sie. »Erzähl meiner Partnerin mal, woher wir uns kennen, Ginés.«

»Das könnt ihr nicht machen ... Seid ihr verrückt geworden?«

»Wenn Sie so freundlich wären und antworten, mein Herr.«

Diese Anrede hat Ginés zuletzt an dem einzigen Ort gehört, an dem sie noch verwendet wird: im Corte Inglés. Aber noch nie als Synonym für »Antworten Sie, oder ich ziehe die Krawatte zu«.

»Wir haben zusammen Projekte entwickelt«, sagt er

mit nach hinten gebeugtem Kopf, um besser atmen zu können.

»Vor allem ein Projekt, nicht wahr, Ginés? Du hast die Entwicklung der Administrationssoftware für die Bank geleitet.«

»Die Staatsanwaltschaft sagt, dass du es warst«, pariert Ginés.

»Ja, alles weist darauf hin, dass ich es war. Sämtliche Anweisungen der Fondskäufe kamen von meinem Computer. Manch eine sogar, während ich schlief. Ist das nicht witzig, Ginés?«

Die folgende Stille ist derart kompakt, dass man das Zischeln der Neonröhren und das Rauschen der Computerlüftung hören kann – und Schreie in der Ferne. Aura kennt den Grund der Schreie. Sie braucht Mari Paz' drängenden Blick nicht zu sehen, sie weiß ganz genau, dass sie schnell von hier verschwinden müssen.

Aber sie kann nicht gehen, ohne das zu bekommen, weswegen sie hier ist. Und erst recht nicht jetzt, angesichts dieses Zeugen, der sie mit vollem Namen und Telefonnummer kennt.

»Damit kommst du nicht durch, Aura«, sagt Ginés.

Das ist Aura schon klar. Sie beißt sich auf die Unterlippe und versucht zu denken. Die einzig vernünftige Lösung ist zu verschwinden.

Aber das Gefühl, das sie antreibt, nachdem das Ablenkungsmanöver geglückt ist und sie in den Fahrstuhl gestiegen sind, versteht nichts von Vernunft.

»Ich habe nicht erwartet, dich hier zu treffen, Ginés. Aber wenn du schon mal da bist …«

Sie nimmt die Plastiktüte vom Kopf und geht vor ihm in die Hocke.

»Du hast mein Leben versaut, Ginés. Ich weiß das, und du weißt das. Ich weiß auch, dass du ein Feigling und ein Arschloch bist.«

Aura steckt die Hand zwischen Ginés und die Stuhllehne und tastet seinen Rücken hinunter bis zu der Wölbung der Gesäßtasche. Mit einiger Mühe zieht sie das schwarze lederne Montblanc-Portemonnaie heraus. Mit seinen Initialen. Sie nimmt die gesuchte Karte heraus, dreht sie um und liest die obere Zeile laut vor.

»Und jetzt weiß ich auch, wo du wohnst«, fügt sie hinzu und schleudert ihm den Ausweis ins Gesicht.

Die Plastikkarte prallt an seiner Augenbraue ab und landet in seinem Schoß. In Ginés' Augen steht jetzt Angst.

»Was willst du?«, sagt er und beugt sich so weit nach hinten, wie es die Stuhllehne erlaubt.

Aura kommt lächelnd noch näher.

»Du bist mir egal, Ginés. Du warst nur ein Mittel zum Zweck. Aber da ist noch was anderes, das wissen wir beide, nämlich, dass du ein Versager bist. Eine so perfekte Software hättest du nie entwickeln können. Also wirst du mir sagen, wer es war.«

Wieder Stille, aber diesmal eine andere. Das Summen der technischen Geräte wird übertönt vom Getriebe in Ginés' Gehirn, das jetzt auf Hochtouren läuft.

»Ein externer Berater«, presst er hervor, um Zeit zu gewinnen.

Möglich, dass er die Schreie gehört hat. Dass er damit rechnet, dass ihn jemand im letzten Moment retten wird.

Aura steht noch immer unter Adrenalin, ihr Treibstoff in den letzten Minuten, aber ein anderes Gefühl drängt sich in den Vordergrund.

Das Schamgefühl.

Die grausame Ironie, dass sie einem anderen mit derselben Tragödie droht, die ihr widerfahren ist. Als jemand in ihr Haus eingedrungen ist und sie verletzt hat. Und ihr wird bewusst, wie wenig sie das interessiert. Die Welt, die gerade noch ein fliegender Teppich war, der sie zu ihrem Ziel führte, hat sich schon wieder verändert.

Jetzt ist sie ein steiniger, steiler Berghang.

Aura schluckt. Und denkt an ihre Töchter.

Sie wiederholt Ginés' Adresse.

»Sag mir den Namen.«

Ginés heult auf.

Und sagt ihn.

13

Eine Flucht

»Du hattest recht«, sagt Mari Paz. »Der Typ ist ein Arschloch.«

Aura greift wieder zum Putzwagen, ein Tarnungsversuch mit Placebo-Effekt.

Eine homöopathische Tarnung, spottet sie in Gedanken und muss grinsen. Eines ihrer Talente: selbst in den schlimmsten Momenten nicht den Humor zu verlieren.

Wie zum Beispiel jetzt, wo sie aus dem Gebäude verschwinden müssen, dessen einziger Zugang von der Polizei blockiert wird.

»Lange hat er nicht gebraucht, um den Mund aufzumachen.«

Er hat wirklich schnell ausgespuckt, was sie wissen wollten, ja. Aber selbst das dauerte noch zu lang. Bis Ginés ihnen endlich den Namen genannt hat, reflektierte sich im Fenster schon das Blaulicht des Streifenwagens, der vor dem Wächterhäuschen anhielt. Bei einem Blick nach draußen sieht Mari Paz, wie die beiden Wachmänner den Polizisten entgegenlaufen.

»Sieht schlecht aus, Blondi.«

Missmutig verzieht Aura das Gesicht, was Ginés mit ungesunder Schadenfreude erfüllt. Wie alle wankelmütigen Menschen wechselt er leicht von einem Gemütszustand in den anderen.

»Ich hab's dir gesagt, damit kommst du nicht durch, Reyes. Ich hab's dir gesagt.« Er lacht erstickt auf. »Und warum macht ihr mich jetzt nicht los? Du weißt ja, was dich erwartet. Du weißt es, und ich weiß es.«

Der letzte Satz klingt affig. Wie jeder Feigling fühlt er sich nur stark, wenn er glaubt, gewinnen zu können.

»Schon erstaunlich, dass du mit dem bisschen Grips so weit gekommen bist, Ginés. Du bist noch viel schlechter, als ich dachte«, erwidert Aura.

Sie schnappt sich das Klebeband und wickelt es um seinen Bauch und den Schreibtischstuhl. Sie scheut keine Ausgaben.

»Hast du das Geräusch vorhin gehört?«

Ginés hatte sie amüsiert, fast triumphierend angeschaut. Doch jetzt steht Zweifel in seinem Blick. Er antwortet nicht.

»Das war eine Bombe«, sagt Aura und dreht den Stuhl um.

Anschließend hängt sie etwas an die Rückenlehne. Es

klingt metallisch und schwer. Sie vergewissert sich, dass Ginés es durch den Schaumstoff spürt.

»Und das ist auch eine.«

Sie dreht ihn wieder zurück, sodass er zur Tür schaut und nicht zu erkennen ist, was an seinem Rücken hängt.

»Wenn du dich bewegst, explodiert sie. Wenn du schreist vielleicht nicht, aber ich würde es nicht ausprobieren. Das Ding hat einen Quecksilbersensor, weißt du?«

»Quecksilber ist sehr empfindlich«, betont Mari Paz.

»Sehr empfindlich. Adiós, Ginés.«

Aura verlässt ohne einen Blick zurück das Büro. Was wirklich schade ist, denn hätte sie sich umgedreht, hätte sie den verdächtigen dunklen Fleck in Ginés' Schritt gesehen, wie er sich die Hosenbeine hinunter ausbreitet und schließlich auf den Boden tropft. Was sie an Würde gewonnen hat, hat sie an Genugtuung verpasst, aber so ist das Leben.

Man kann nicht alles haben.

»Wir hätten früher abhauen müssen, verdammt.«

»Etwa mit leeren Händen?«

»Um die gleich die Handschellen zuschnappen werden, Blondi.«

Sie stehen vor dem Fahrstuhl. Mari Paz drückt den Knopf.

Keine Reaktion.

Weder geht das Licht an noch das Lämpchen, das Auskunft darüber gibt, in welcher Etage der Fahrstuhl sich gerade befindet.

»Bestimmt haben sie ihn lahmgelegt«, sagt Aura.

Mari Paz drückt noch einmal den Knopf, diesmal energischer. Aura beobachtet sie dabei mit einer Mischung aus Irritation und Zärtlichkeit. *Wenn die Batterien der Fernbedienung leer sind, machen wir dasselbe, um den Sender oder die Lautstärke zu ändern. Mit demselben Effekt.*

»Es ist sinnlos«, sagt sie und legt ihr die Hand auf den Arm.

Mari Paz schiebt ihn nicht beiseite, aber die Geste scheint keine Wirkung auf sie zu haben. Ihre Muskeln sind so angespannt wie eine Drachenleine bei starkem Wind.

»Ich werde nicht gern eingesperrt«, erklärt sie.

»Ich möchte dich daran erinnern, dass wir uns kennengelernt haben, weil du absichtlich in den Knast gegangen bist.«

»Auf diese Verhaftung habe ich es selbst angelegt«, präzisiert Mari Paz in ihrer eigenen Logik.

Okay, denkt Aura. Ich verstehe nicht die Bohne.

Der Gedanke ist schnell verflogen, denn jetzt haben sie ganz andere Probleme.

»Nehmen wir die Treppe«, sagt sie und zeigt auf die Tür neben dem Fahrstuhl.

»Über die werden die hochkommen, Blondi.«

»Eine bessere Idee habe ich auch nicht.«

Weshalb sie den Putzwagen abstellen – sowie fast ihre ganze Kleidung, nur Handtasche und Jacke nehmen sie mit – und sich auf den Weg machen. Das geräumige Treppenhaus ist gut beleuchtet und hat ein Eisengeländer in der Mitte. Von unten dringen klare Befehle und diffuses Klagen herauf.

»Sie holen gerade die noch anwesenden Angestellten aus den Büros«, sagt Aura. »Sie werden uns sehen.«

Aura beugt sich übers Geländer und zählt die Stockwerke. Sie befinden sich in der vierten Etage. Was ihnen einen Vorsprung verschafft, so klein er auch sein mag.

»Auf der anderen Seite gibt es doch auch Fahrstühle, oder? Dann muss es einen zweiten Notausgang geben.«

Das ist ihre einzige Chance. Das Gebäude ist sehr groß, und vor Ort sind nur wenige Wachmänner. Und draußen haben sie nur einen Streifenwagen gesehen.

Also gehen sie in den vierten Stock zurück, wofür sie die Zugangskarte nutzen, und laufen den Flur entlang zum anderen Gebäudeflügel.

Auf dieser Seite ist es still im Treppenhaus. Leise und vorsichtig gehen sie die Treppe hinunter und können nicht glauben, was für ein Glück sie haben.

Denn das ist es, denkt Aura. Einfach nur Glück.

»Wo bist du denn rausgegangen, um die Karte über den Zaun zu werfen?«, fragt sie, als sie im Erdgeschoss ankommen.

»Dort hinten.«

Die Treppe führt weiter in die Garage, aber auf der

rechten Seite, nach einem schmalen Absatz, den Mari Paz gerade hinter sich gelassen hat, gibt es noch eine Tür. Von außen betrachtet, ist sie kaum von der Fassade zu unterscheiden. Sie finden sich am anderen Ende des Rasens wieder, an derselben Stelle, an der Mari Paz die Karte über den Zaun geworfen hat.

»Hier entlang«, sagt sie.

Sie überqueren den Rasen und schleichen an einer kleinen Pausenecke mit überquellenden Aschenbechern – was für schlampige Reinigungskräfte – vorbei zum Zaun.

Aura starrt auf die drei Meter hohen, dicken Eisenstangen.

»Da spring ich nicht rüber.«

»Es wird dir aber nichts anderes übrig bleiben«, sagt Mari Paz. Sie bückt sich, zieht Aura die Schuhe aus, wirft sie über den Zaun und macht für sie die Räuberleiter.

»Los, rauf mit dir!«

Aura stellt ihren Fuß in die verschlungenen Hände und drückt sich nach oben. Beim ersten Versuch klappt es nicht, doch beim zweiten Anlauf schafft sie es, sich an die Oberkante zu klammern. Jetzt spielt es keine große Rolle mehr, ob man sie sieht, sie dürfen sich nur nicht erwischen lassen.

Sie stellt beide Füße auf Mari Paz' Schultern und zieht sich hoch, dann schwingt sie ein Bein über den Zaun. Keine Sekunde zu spät. Auf der anderen Seite des Rasens sind Stimmen zu vernehmen. Beim Springen kratzt sie sich an der Metallkante, spürt es aber kaum. Das Adrenalin hat die Angst verdrängt und wieder die Kontrolle übernommen.

Jetzt drückt sich Mari Paz mit ihrem gesunden Fuß ab und zieht sich hoch. Nach wenigen Sekunden hat sie den Zaun überwunden, und beide verschwinden die Straße hinunter, bevor die Polizisten um die Ecke gebogen sind.

Der Wagen steht zweihundert Meter entfernt. Aura hat ihre Schuhe vergessen, und Mari Paz trägt nur einen Stiefel. Barfuß und hinkend gelangen sie erschöpft zum Auto.

»Du hast es geschafft, Blondi«, sagt die Legionärin, als sie sich hustend und keuchend auf den Wagen stützt.

Aura ist völlig aus dem Häuschen. Erstens war es einfach Glück, dass sie entkommen sind. Und erst recht, dass sie ihr Ziel erreicht haben. Wäre Ginés nicht im Büro gewesen, hätte sie den Namen im Computer und in den Unterlagen suchen müssen, was viel komplizierter gewesen wäre. Sie hätten nicht genug Zeit gehabt, bis die Polizei eintraf. Ganz zu schweigen von den vielen Fehlern, die sie gemacht hatten: nicht an Ersatzschuhe oder die passende Kleidung zu denken, welche Fluchtwege es gibt …

»Ich muss noch sehr viel lernen.«

»Wie wir alle, was hast du denn gedacht? Aber du hast alles mit Bravour gelöst.«

Indem ich improvisiert habe.

Und da ist noch ein ganz böser Haken.

Ginés kennt Auras Namen.

Was bedeutet, dass es nicht lange dauern wird, bis die Polizei vor ihrer Tür steht. Vielleicht schon heute Nacht.

»Ich weiß nicht. Ich habe das Gefühl, wir haben alles nur noch schlimmer gemacht.«

Als Husten und Keuchen endlich nachlassen, zündet sich Mari Paz eine Zigarette an. Aura setzt sich inzwischen ins Auto. Zum Glück haben sie den Schlüssel stecken und den Wagen offen gelassen. Sonst hätte ihn dasselbe Schicksal ereilt wie ihre Klamotten.

»Der Kerl wird dich nicht anzeigen, glaub mir«, sagt Mari Paz, als sie einsteigt. »Der scheint allerhand zu verbergen zu haben.«

»Und wenn …«

Mari Paz lässt sie mit einer Handbewegung verstummen.

»Denk einfach nur an heute, morgen ist ein anderer Tag!«

»Dann fahr los. Die Zwillinge müssen vor dem Schlafengehen noch unter die Dusche.«

Romero

Beim Betreten des Tatorts – um es mal so zu nennen – wiederholt sich Romero einen Satz, der seit Jahren ihr Mantra ist.

Wo bin ich nur gelandet.

Jemand hat den sogenannten Tatort mit weißem Absperrband gesichert. Ein drei Meter langer Flur mit den Resten eines Glastisches. Bei genauerem Hinsehen sind die Schäden zu erkennen, die die Scherben an der Decke verursacht haben. Bei sehr genauem Hinsehen.

Eine Polizistin wie ich.

Sie betrachtet die Kollegen, die in dieser Sache ermitteln sollen.

Zwei Streifenpolizisten und ein Inspector. Logisch, bei einem Verbrechen dieser Art. Es hat einen Überfall auf ein Gebäude gegeben, das von staatlicher Seite als »sensible Infrastruktur« eingestuft ist, aber es wurde nichts gestohlen. Zwei Frauen sind eingedrungen, haben das Reinigungspersonal gefesselt und mit einer selbst gebastelten Bombe einen Glastisch in die Luft gesprengt, was viel Lärm verursachte und die Decke ein wenig absplittern ließ. Sie haben einen Mann an seinen Schreibtischstuhl gefesselt, der im Übrigen eine von ihnen kannte.

Eine Angelegenheit, die sich mit einem Wimpernschlag lösen lässt.

Und doch hat man sie hergeschickt.

Zur Überprüfung der Schäden.

Romero weiß, was die anderen sehen.

Eine Frau mittleren Alters in Straßenkleidung. Eher kräftig als groß, das schwarze Haar so stramm zu einem Knoten frisiert, dass schon der Anblick wehtut. Sie hat schwarze Augen wie Tinte mit ungleich großen Pupillen. Das Gesicht hart. Es strahlt eine gewisse Bestimmtheit aus. Sie hält dem Streifenpolizisten kurz ihre Marke hin. Als wolle sie sich die Kraft für später aufsparen.

»Comisaria Romero. Ich habe die Leitung.«

Dieser Zusatz ist wichtig.

Vor allem, wenn sie ihren Namen kennen. Ein Name, den ein Polizist ins Ohr eines anderen Polizisten flüstert. Dem sich die Haare aufstellen.

Romero.

Die Comisaria ohne Kommissariat.

Die mal Chefin der EOVD Costa del Sol war.

Die man dabei erwischte, wie sie sich in einer sehr hässlichen Sache die Finger verbrannte.

Was für eine hässliche Sache, weiß natürlich niemand. Ihre Vorgesetzten in Madrid haben das sorgfältig unter Verschluss gehalten. Sie haben die ganze Schuld einem Untergebenen in die Schuhe geschoben, haben Strippen gezogen und Gefälligkeiten erwiesen. Ein Antikorruptionsstaatsanwalt hier, ein Richter dort, und die Angelegenheit war erledigt. Und damit auch jede Möglichkeit ausgeschlossen, dass Romero noch irgendeinen verantwortungsvollen Posten bei der Policía Nacional bekommt.

Rauswerfen konnte man sie nicht. War aber auch nicht verpflichtet, ihr Arbeit zu geben. Also war Romero in die Hauptstadt zurückgekehrt, bei vollen Bezügen und lebenslang behindert, weil ein hundert Kilo schwerer baskischer Kollege auf sie draufgesprungen war und ihr einen Arm – der gut verheilte – und ein Bein brach, das schlecht zusammenwuchs.

Sie fragt sich oft, was die Vorgesetzten wohl glaubten, was sie mit ihrer Zeit so anfange. Ob sie nur Däumchen drehten. Ob sie wegsahen. Ob sie eigentlich was ahnten. Eine brillante, ehrgeizige Polizistin. Ohne Zukunft, aber mit Dienstrang und Polizeimarke. Dass sie die Zeit in Cafeterias und Bibliotheken totschlägt.

Selbstverständlich.

»Mir wurde nichts von Ihrem Kommen gesagt, Comisaria«, erwidert der Inspector irritiert.

Logisch, weiß ja auch niemand, dass sie hier ist.

Sie musterte ihn aufmerksam. Er scheint ihren Namen nicht zu kennen. Welch Erleichterung. Das erspart ihr einiges. Widerstände und Argwohn, die sie zu einem schroffen und weniger diskreten Verhalten zwingen. Besser, wenn es für das Gegenüber selbstverständlich ist, ihr widerspruchslos zu gehorchen.

»Was haben wir, Inspector?«

Der Mann gibt ihr eine Zusammenfassung von allem, was sie schon weiß.

Romero fragt sich manchmal, ob ihre Existenz oder was sie jetzt macht nur einem Gefallen geschuldet ist, den jemand einem anderen schuldete. Denn sie hatte schnell eine neue Bestimmung gefunden, weil ihr jemand einen Umschlag aufs Bett gelegt hatte. In der eigenen Wohnung. Ohne das Schloss aufzubrechen.

Ein Zeichen der Macht.

Der Umschlag enthielt ein Handy. Das gleiche wie ihres, nur in einer anderen Farbe.

Ohne Kontaktliste, ohne Apps. Leer.

Das am nächsten Tag klingelte. Es war eine mächtige Persönlichkeit. Sie bat sie um eine Gefälligkeit. Nichts Schwieriges, sie sollte nur eine Frau überreden, ihre Anzeige zurückzunehmen.

Darauf folgte ein weiterer Umschlag. Diesmal mit Fünfzig-Euro-Scheinen. Leicht auszugeben.

Der Gefälligkeit folgten weitere. Und andere Persönlichkeiten. Leute mit berühmten Namen und Visitenkarten mit Prägung. Gefälligkeiten, die mit einer Polizeimarke und genügend Freizeit leicht zu erfüllen sind. Für einige benötigte sie Tage, für andere nur Minuten. Manch eine der Gefälligkeiten war komplizierter. Um die im Morgengrauen gebeten wird und die wenig Skrupel bedarf.

Eine wie diese.

»...und wir haben die Bilder der Überwachungskameras sowie den Namen einer der Verdächtigen.«

»Wo ist der Zeuge, Inspector?«

Der Kollege führt sie in den sechsten Stock, wo ein dicker Mann um die vierzig nervös über den Flur tigert. Es ist besagter Ginés, der die Persönlichkeit informiert hat, die wiederum sie anrief. Einer ihrer neuen Auftraggeber. Ein Mann, der selten um eine Gefälligkeit ansucht, aber besser bezahlt als alle anderen.

»Das wäre alles, Inspector. Warten Sie am Fahrstuhl auf mich.«

Der Inspector schaut die Comisaria skeptisch an, doch sie erwidert seinen Blick nicht. Seit sie einfache Inspectora war, hat Romero gelernt, sparsam mit Worten umzugehen. Normalerweise sind Befehle – auch solche gegen die Vorschriften – leichter zu befolgen, wenn sie als vollendete Tatsache ausgesprochen werden. Manchmal gibt es dann Widerspruch wie diesen: »Ich würde gerne dabei sein, wenn es Ihnen nichts ...«

»Wer ist Ihr Vorgesetzter?«, unterbricht sie ihn schneidend. »Pacheco? Somoza?«

Sie schaut ihn weder an, noch hebt sie die Stimme. Alles genauestens einstudiert, um die Bedeutungslosigkeit des Untergebenen zu unterstreichen.

Der Inspector fährt sich über den Hals und wechselt das Gewicht von einem auf den anderen Fuß, bevor er antwortet: »Somoza.«

»Soll ich ihn anrufen?«

Der Inspector befindet, dass er nicht genug verdient, um das Risiko einzugehen, und verschwindet.

Romero wartet, bis seine Schritte verklungen sind, bevor sie sich Ginés zuwendet.

»Setzen Sie sich!«, befiehlt sie und zeigt auf eine Bank im Flur.

»Wer sind Sie?«, fragt Ginés und gehorcht.

Romero vergewissert sich, dass niemand in der Nähe ist.

»Wenn ich nicht befürchten müsste, dass Sie ihn dem Nächstbesten verraten, würde ich Ihnen meinen Namen nennen.«

Ginés starrt auf den Boden. Eher unmutig als reumütig.

Er braucht einen Schubs.

»Die Polizei hat mich gefragt …«, beginnt er.

»Sie wissen ganz genau, dass Sie den Mund halten sollten.«

»Hat … Hat er Sie geschickt?«

Romero schaut ihn gleichgültig an. Wortlos. Solange es nötig ist.

»Nicht, dass ich jemanden kennen würde«, fügt er hinzu und blickt auf.

»Das freut mich. Hoffentlich bleibt das auch so. Lassen Sie mich Ihnen ein paar Routinefragen stellen.«

»Aber ich habe Ihnen doch schon alles gesagt, was ich …«

Ein neuerlicher Blick aus diesen schwarzen Augen, die Augen eines lauernden Tieres auf der nächtlichen Jagd, mehr braucht es nicht.

»Fragen Sie.«

Romero holt ihr Notizbuch heraus. Es ist leer, klar. Sie gibt vor, die Seiten zu überfliegen.

»So gegen dreiundzwanzig Uhr waren Sie noch im Büro und haben gearbeitet. Dann kamen zwei Personen in der Kleidung der Reinigungsfirma herein.«

Ginés nickt.

»Zwei Personen, die Sie nicht kannten.«

Neuerliches Nicken, jetzt rascher.

»Haben diese beiden Personen Sie angesprochen?«

»Sie wollten, dass ich ihnen einen Namen nenne.«

»Welchen Namen?«

Angesichts dieses plötzlichen Umschwungs zögert Ginés.

»Das können Sie mir schon sagen«, erklärt Romero.

Ginés nennt den Namen.

»Und wer ist das?«

»Eine freie Mitarbeiterin. Sie hatte einen Spezialauftrag.«

»Verstehe. Erinnern Sie sich daran, worum es sich handelte?«

»Nein, daran kann ich mich nicht erinnern.«

Romero erlaubt sich ein angedeutetes Lächeln. Wie es scheint, kommt der Zeuge in Fahrt.

»Und Sie haben ihnen ohne Umschweife diesen Namen genannt.«

»Nein, so war es nicht. Sie ... sie haben mir gedroht! Sie haben mich mit meiner Krawatte stranguliert! Deshalb habe ich der Polizei gesagt ...«

Missmutig stößt Romero die Luft durch die Nase aus. Offensichtlich begreift der Mann nicht, wie lächerlich er klingt und wie falsch sein Verhalten ist. Als kleine Unterstützung öffnet sie seine beiden oberen Hemdknöpfe und schiebt den Stoff beiseite. Am Hals zeichnet sich ein schwacher rötlicher Streifen ab. Ebenso wie beim abgeplatzten Deckenputz im Erdgeschoss muss man schon genau hinsehen, um ihn zu erkennen.

»Haben Sie schon mal ein Erstickungsopfer gesehen, Señor Ginés?«

Ginés schüttelt den Kopf.

»Ich schon.« Romero rechnet nach. »Fünfzehn Mal. Acht Ertrunkene. Drei Erhängte, vier Strangulierte. Kennen Sie die Merkmale bei Letzterem?«

Ginés schüttelt erneut den Kopf.

Romero beugt sich vor und zeigt auf seinen Adamsapfel.

»Alle hatten eine gleichmäßige Furche am Hals. Durchgehend. Unter dem Kehlkopf. Petechiale Blutungen. Zyanose. Wissen Sie, was Zyanose ist?«

Er verneint ein drittes Mal.

»Das ist die Blaufärbung der Haut, wenn der Sauerstoff fehlt. In dem Maße, wie kein Sauerstoff mehr zugeführt wird, versucht das Gehirn verzweifelt, ihn woanders herzuholen. Es ist ein schrecklicher Tod, und sehr schmerzhaft.«

Ginés fährt sich mit der Hand über den Hals.

»Sie haben eine Rötung am Hals, die von der Reibung eines neuen Hemdkragens stammt.«

»Aber... sie haben mich gefesselt!« Er kann sich noch nicht geschlagen geben.

Ein Mann, gedemütigt von zwei Frauen, die ihn ein bisschen unter Druck setzten, ohne zu weit zu gehen. Er übertreibt es mit seiner Opferrolle ganz schön, denkt Romero.

Die einzige Lösung ist, ihn noch weiter zu demütigen.

»Mit drei Lagen Klebeband an den Schreibtischstuhl.«

»Sie haben mir eine Bombe an den Rücken gehängt!«

»Inspector!«, ruft Romero.

Der Angesprochene kommt verstimmt näher.

»Wären Sie so freundlich und bringen mir die Bombe, von der der Zeuge spricht?«

Der Inspector verschwindet im Büro und ist gleich

wieder zurück. Mit einem Plastikbeutel und hasserfüll-
tem Blick. Der sich verstärkt, als Romero ihm wieder zu
gehen befiehlt.

»Ist das die Bombe, die man Ihnen an den Körper gehängt hat, Señor Ginés?«

Ginés lässt den Kopf hängen.

»Das haben sie zumindest gesagt.«

»Können Sie erkennen, was in der Tüte ist, Señor Ginés?«

»Kann ich.«

»Könnten Sie es beschreiben?«

Ginés murmelt etwas Unverständliches.

»Ich habe Sie leider nicht verstanden«, hakt die Comisaria nach.

»Ein Hefter«, heult er auf.

Romero nickt. Jetzt hat sie ihn dort, wo sie ihn haben
wollte. Allzu schwierig war das nicht.

Der Typ ist ein Arschloch.

»Wollen Sie auf Basis Ihrer Aussage Anzeige erstatten?«

Ginés gibt die einzige Antwort, die er geben kann.

Romero will schon gehen, dreht sich aber noch einmal um, weil ihr gerade etwas eingefallen ist.

*Eine Selbstverständlichkeit, aber dennoch. Bei einem Idio-
ten ist es immer besser, sicherzugehen.*

»Noch etwas, Señor Ginés. Haben Sie nach dem Vorfall jemanden angerufen?«

»Nein, nicht, dass ich wüsste.«

»Sicher? Sie haben mit niemandem telefoniert, und es

221

gibt auch keinen Beweis dafür, dass Sie es getan haben, oder?«

Ginés holt sein Handy raus und geht die Anrufliste durch. Er findet das Telefonat, das er nicht getätigt haben will – es dauerte fünfzehn Minuten –, und löscht es.

»Ich habe mit niemandem telefoniert.«

»Das ist alles, Señor Ginés.«

Bevor Romero geht, gibt sie dem Inspector noch deutlich zu verstehen, dass er alles, was er in dieser Nacht gesehen und gehört hat, vergessen soll. Das sei jetzt ihre Angelegenheit.

Als sie sich weit genug vom Gebäude entfernt hat, ruft auch sie jemanden an. Mit dem roten Handy. Ihr Auftraggeber ist da sehr streng.

Die gewählte Nummer ist zufällig dieselbe, die Ginés gerade von seiner Anrufliste gelöscht hat.

Es wird sofort abgenommen.

»Alles unter Kontrolle.«

»Danke, Comisaria. Und unsere Freundin, Señora Reyes?«

Romero macht eine Pause. Nach dem, was sie heute gesehen hat, handelt es sich um zwei Amateure. Der Überfall war ziemlich dilettantisch, und Reyes und ihre namenlose Freundin hatten unerhörtes Glück, jetzt nicht mit Handschellen im Streifenwagen zu sitzen.

Trotzdem, da ist noch was.

Reiner Zufall, dass sie davongekommen sind, ja, aber …

Damit eine Kugel ins Schwarze trifft, muss sie auf dem Weg alles andere verfehlt haben.

Romero ist eine Überlebenskünstlerin. Und was sie all die Jahre über Wasser gehalten hat, so beschissen ihr das Leben auch mitspielte, war weder ihre – nicht zu verachtende – Scharfsinnigkeit noch ihr eiserner Wille.

Es war ihr Bauchgefühl.

Und das macht sich gerade wieder bemerkbar.

»Aura Reyes könnte zum Problem werden«, sagt sie.

»Verstehe. Kommen Sie morgen zu mir, ich habe einen weiteren Auftrag für Sie«, sagt Ponzano.

14

Ein Schabernack

Im Morgengrauen hat Aura einen Albtraum. Sie träumt, dass riesige Felsbrocken auf sie herabfallen, ohne dass sie etwas dagegen tun kann. Als sie ein Auge öffnet, fällt etwas auf sie herab, und sie hat wieder Angst.

Als sie beide Augen aufschlägt, ist ihr Körper – und ein Großteil des Sofas – übersät mit weißen Flocken.

»Ich werfe schon seit zehn Minuten mit Popcorn nach dir. Du hast schlecht geträumt.«

Mari Paz sitzt mit einer Schüssel auf dem Schoß im Sessel gegenüber.

»Zumindest bist du endlich aufgewacht, sonst hätte ich auch die Schüssel nach dir werfen müssen«, fügt sie hinzu und steckt sich das letzte Popcorn in den Mund.

»Das nächste Mal schreist du mich besser an, ja?«, sagt Aura, die sich aufrichtet und die salzigen Flocken abschüttelt. »Das machst du sauber.«

»Zu Befehl, Blondi.«

Auch nach einer Dusche und einer Tasse Kaffee ist Auras Stimmung nicht besser.

Als sie ins Wohnzimmer zurückkommt, fegt Mari Paz gerade die Reste ihres Schabernacks auf. Sie trägt noch die Kluft einer Reinigungskraft.

»Wer kommt bitte auf die Idee, morgens um sechs Popcorn zu machen?«

»Ich hatte Hunger«, entschuldigt sich die Legionärin.

»Du hättest mich fragen können, ob du es essen darfst. Es war für Samstagabend vor dem Fernseher gedacht.«

Nach einer kurzen Pause fügt sie hinzu: »Wenn wir dann noch in Freiheit sind.«

Mari Paz legt Kehrschaufel und Besen beiseite und setzt sich zu ihr aufs Sofa.

»Bist du deshalb so schlecht drauf?«

Aura nickt. Sie weiß schon, dass sie heute Morgen nicht gerade verträglich ist.

Als sie von ihrem nächtlichen Abenteuer zurückkehrten, wartete eine freudige Überraschung auf sie: Die Mädchen waren erstaunlich brav gewesen, hatten geduscht und lagen im Bett. Lappalien wie die kleine Überschwemmung im Bad, die herumliegenden Handtücher und dass sie in Auras Bett – einem Doppelbett – lagen, taten dem Wunder keinen Abbruch.

Dankbar dafür hatten Aura und Mari Paz es sich, still und erschöpft, auf Sofa und Sessel bequem gemacht.

Der Albtraum hatte leider nicht gerade dazu beigetragen, dass Aura die Dinge am Morgen positiver sehen konnte.

»Hör mal, ich habe nachgedacht. Weil ich nicht schlafen konnte. Ich habe gegrübelt und gegrübelt. Und je tiefer ich vorgedrungen bin … Weißt du, was passiert ist?«

»Du hattest immer größeren Hunger«, mault Aura.

»Hunger habe ich immer. Aber das meine ich nicht. Mir ist klar geworden, dass sie wahrscheinlich nicht hier auftauchen werden.«

Aura denkt einen Augenblick über Mari Paz' Andeutung nach und begreift schließlich: Ginés ist der Einzige, der sie identifizieren kann.

»Wenn Ginés der Polizei nichts gesagt hat …«

»Der Kerl wirkte ziemlich schuldbewusst«, bestätigt Mari Paz.

»Das Arschloch«, sagen beide unisono.

Aura hat noch etwas anderes aus Mari Paz' Schlussfolgerung herausgehört.

»Jetzt glaubst du mir, stimmt's?«

»Vertrauen ist gut, Kontrolle ist besser«, erwidert Mari Paz achselzuckend.

»Hast du das bei der Armee gelernt?«

»Nein, bei der Feldarbeit mit Großmutter Celeiro«, sagt Mari Paz und macht eine Handbewegung, als würde sie eine Spitzhacke schwingen. »Wenn du darauf vertraust, dass keine Steine im Boden sind, bevor du zuschlägst, machst du die Hacke kaputt. Oder sie rutscht ab und landet in deinem Fuß, was ziemlich wehtut.«

Auras einzige Berührung mit Feldarbeit bezieht sich auf einen Aufsatz, den die Zwillinge schreiben mussten, und zwar über das Experiment, in einem Plastikbecher Linsen auf Watte keimen zu lassen. Aber sie versteht die Idee dahinter.

»Wenn du mir nicht geglaubt hast, warum bist du dann letzte Nacht mitgegangen? Du hättest das Risiko nicht eingehen müssen.«

Mari Paz lehnt sich zurück, fährt sich übers Gesicht und zupft an ihrem Ärmel herum.

»Großmutter Celeiro hat mir beigebracht, erst mal vorsichtig mit der Hacke umzugehen.«

Aura wäre eine eindeutige Antwort lieber gewesen. An einem bewölkten Morgen wie diesem, geplagt von Selbstzweifeln wegen dem, was sie losgetreten hat, wäre es tröstlicher gewesen.

»Ich muss mich anziehen und die Mädchen zur Schule bringen.«

»Das kann ich doch machen«, sagt Mari Paz.

»In dem Outfit?«

»Ist mir egal. Außerdem hast du Wichtigeres zu tun.«

Das stimmt.

Trotz aller Fehler und Probleme haben sie letzte Nacht den Namen erfahren. Aura hatte Mari Paz nicht verraten mögen, warum er so wichtig ist, obwohl sie hartnäckig nachfragte.

»Es ist noch zu früh«, hatte sie ausweichend geantwortet.

Nicht nur das. Sie müssen die Frau mit diesem Namen erst einmal finden, und das wird nicht leicht. Aura vermisst die alten Zeiten, in denen noch alle mit vollständiger Adresse im Telefonbuch standen. Um zu erfahren, wo jemand wohnt, musstest du nur seine Familiennamen kennen, und schon wusstest du alles. Adresse und Telefonnummer.

Sie wird ein paar Stunden damit beschäftigt sein, diese Frau ausfindig zu machen. Doch die Aussicht, allein zu Hause zu recherchieren, hebt ihre Stimmung. Und einen heißen Tee dazu. Auch wenn sie das gesprungene Geschirr ihrer Mutter benutzen muss. Ihre geliebte Sammlung von Mr Wonderful-Tassen gibt es schon lange nicht mehr, wie auch alles andere, das einen gewissen Secondhand-Wert hatte. Um irgendwie weiterzuleben.

Als Erstes waren die Handtaschen dran. Dann ihre Kleidung. Die elektrischen Haushaltsgeräte. Der Wagen. Die Bücher.

Die Tassen hat sie als Letztes verkauft.

Sie redet sich ein, sie nicht zu vermissen.

Dass der Tee auch ohne sie schmeckt.

Manchmal glaubt sie es sogar.

»Bist du dir sicher, dass du mit dieser Rasselbande klarkommst?«

»Ist doch gleich um die Ecke«, sagt Mari Paz. »Ein bisschen laufen wird ihnen guttun.«

»In Ordnung«, gibt Aura nach. »Aber wenn sie auch nur das kleinste Problem machen, rufst du mich an, und ich wasche ihnen den Kopf, klar?«

Aura lächelt dankbar.

Kaum eine Stunde später bedauert sie ihre Entscheidung.

15

Nieselregen

Sie startet die Suche in den naheliegenden Foren.

Twitter. Facebook. Instagram.

In keinem dieser Netzwerke auch nur eine Spur der gesuchten Frau.

Natürlich auch nichts bei Google. Wäre so einfach gewesen.

Nachdenklich starrt Aura auf den Monitor. Sie hat nur einen Vor- und zwei Familiennamen, aber keine offizielle Plattform, auf der sie suchen kann. Auch keine Kontakte, an die sie sich erinnert. Sie hatte eine Freundin, die in einem Ministerium arbeitet, aber auch die hat ihr vor langer Zeit den Rücken gekehrt.

Bevor ich die anrufe, hänge ich mich auf.

Der nächste Baum steht in einem Park hinter der Metro-Station Conde del Casal, und der ist klein und schmutzig, wegen der vielen Abgase der M30, also kein guter Plan. Außerdem hat Regen eingesetzt, dichter grauer Nieselregen. Da lässt es sich drinnen mit einem heißen Tee besser aushalten bei der fruchtlosen Suche.

Sie beschließt, es im Bereich Social Engineering zu probieren.

Also erstellt sie ein Konto bei LinkedIn. Mit falschem Namen, Guillermina Pacheco, zu Ehren des großen Benito Pérez Galdós. Sie gibt »hübsche leitende Angestellte« ein und sucht in Google Bilder nach einem Foto. Von der achten Seite, um kein Risiko einzugehen.

Sie schreibt der angeblichen leitenden Angestellten einen Lebenslauf. Jobs im Ausland. Tochter eines mexikanischen Unternehmers und einer promovierten Spanierin. London, Seattle, Berlin.

Sie erfindet eine Stelle bei Ingra, der Firma von Ginés. Eine wichtige Position, ungenau beschrieben. Leiterin der technischen Koordination in einem der vielen Länder, in denen die Firma aktiv ist.

Zum Schluss fügt sie sämtliche Angestellte der Firma hinzu, die sie in Madrid finden kann. Es ist zwar langweilig, aber sie schreibt jedem einzelnen eine persönlich angehauchte Nachricht, in der Hoffnung, akzeptiert zu werden.

Da klingelt es an der Tür.

Das ging aber schnell.

Genervt steht sie auf und drückt den Knopf der Gegensprechanlage. Dann lässt sie die Tür einen Spalt offen, wie sie es schon als Kind getan hat.

Sie setzt sich wieder an den Laptop und vertieft sich in die Arbeit. Sie durchkämmt das Internet und notiert sich die Namen der für ihren Zweck vielversprechendsten Angestellten.

»Und, waren sie brav?«, ruft sie, als sie hört, dass die Wohnungstür geschlossen wird.

Durch den Flur nähern sich Schritte.

Aura schaut auf und blickt lächelnd zur Tür.

Das Lächeln gefriert.

Anstelle der großen, kräftigen Mari Paz steht ein Mann in der Wohnzimmertür. Dick, klein, mit einem Rattengesicht und einer abgewetzten Lederjacke sowie Cargohose. Auch er lächelt, aber sein Lächeln ist hässlich.

In dem folgenden eisigen, zähen Schweigen kann sich Aura nur selbst verfluchen. Es ist schon wieder passiert, sie ist selbst schuld.

Sie.

Alles, was du bist, alles, was du dir wünschst, all deine Mühe kann von einem Moment auf den anderen verschwinden. Dein ganzes Leben kann sich in Nichts auflösen, beim Warten auf ein Treffen mit deiner grenzenlosen Dummheit.

Aura steigt ein ranziger Geruch nach feuchtem Leder und nassem Haar in die Nase; sie sieht die kleinen Augen im zu großen Schädel und die Poren um die Nase, als der Mann auf sie zustürzt.

Diesmal greift Aura nicht zum Handy.

(Nicht wie damals.)

Sie schreit nicht um Hilfe.

(Das wäre sinnlos.)

Diesmal wehrt sich Aura.

Sie hat nur das Netzteil des Laptops zur Hand. Ein Ziegelstein aus schwarzem Plastik voller elektronischer Komponenten. Sie schnappt sich das Kabel und lässt es wie eine Schleuder durch die Luft kreisen.

Der Ziegel zieht einen letzten Bogen und landet direkt am Kiefer von Rattengesicht. Dessen Bewegung summiert sich zum Schwung des Netzteils. Mit enormer Wucht schlägt es direkt unter der Unterlippe aufs Kinn. Die fast achthundert Gramm des Teils haben die Kraft eines Profiboxers.

Ein unschönes Knacken. Die Hülle bricht.

Der Kiefer von Rattengesicht ebenfalls.

Eine Wolke aus elektronischen Komponenten wirbelt durch die Luft. Transformator, Lüfter, Dioden, das gelbe Mainboard. Als alles zu Boden fällt, gesellen sich ein halber Schneidezahn sowie Blut- und Speicheltropfen hinzu.

Eine Sekunde später bricht Rattengesicht zusammen. Im Sturz verursacht er ein doppeltes Geräusch – ein lautes Bumm und ein gedämpftes Bumm –, als zuerst sein Rücken und dann sein Kopf aufschlagen. Er bleibt regungslos liegen.

Aura starrt auf das Chaos und das – jetzt unbrauchbare – Kabel in ihrer Hand. Eine wilde Freude steigt in ihr auf. Eine Kraft, die sie trägt, die sie antreibt, die sie erfüllt. Sie wandert vom Diaphragma in die Kehle hinauf und äußert sich in einem triumphierenden Lachen. Das besagt: Und was jetzt, Blödmann?

Wie schade, dass es verfrüht und unbegründet ist.

Denn Rattengesicht ist nicht allein gekommen.

Ein zweiter Mann steht im Raum. Groß, schlank und mit Pockennarben im Gesicht. Das fettige kastanienbraune Haar ist nass und fällt lockig auf die Schultern. Er trägt eine Jeansjacke.

Und hat ein Messer in der Hand.

16

Ein Schuhabdruck

Beim Anblick der scharfen Messerklinge erstarrt Aura, die nichts weiter trägt als T-Shirt und Slip. Sie ist sich ihrer Schutzlosigkeit schmerzlich bewusst. Die Realität löst sich auf, zähflüssige Luft breitet sich aus. Sie verdüstert alles außer diese elf Zentimeter Stahl, die scharf und silbern glänzen.

Die Narbe an ihrem Bauch, wo ein Messer den Muskel durchtrennt hat und bis zu ihrer Magengrube vorgedrungen ist, leuchtet ebenfalls in der Dunkelheit. Sie glänzt rot, blutrot. Rot wie der Schmerz und die Angst. Rot wie das Leid und der Tod.

Nur, wer die

(unerträgliche)

Qual kennt, wenn eine metallische Klinge ins eigene Fleisch schneidet, kann nachvollziehen, was Aura gerade durchlebt. Kalte Panik, die ein dumpfes Klagen in ihrer Kehle aufsteigen lässt.

Aura will kämpfen, hat aber nichts zur Hand. Nur mit einem Stück Kabel bewaffnet ist sie keine ernst zu nehmende Rivalin für Jeansjacke.

Der Mann steigt über den reglosen Körper seines Kumpanen, ohne ihn eines Blickes zu würdigen. Sein Interesse gilt Aura, er will ihr den Weg in die Küche abschneiden – wo es Gegenstände gibt, die ihr nützlich wären.

»Flieh!«, schreit die Narbe am Bauch.

Aura macht einen Schritt nach links.

Jeansjacke ebenfalls.

Der uralte Wohnzimmertisch – aus gebeizter Kiefer, damit er wie aus Mahagoni wirkt – ist die einzige Barrikade zwischen ihrem Körper und dem Messer.

Aura stürzt zum Tisch und kickt den Sessel, auf dem sie gesessen hat, ungeschickt und kraftlos in Richtung des Mannes, der problemlos ausweicht. Als sie versucht, hinter dem Sessel vorbeizukommen, packt der Kerl sie am T-Shirt, das zerreißt. Mit einem Ruck kann sich Aura losmachen. Sie versucht, unter dem Tisch in Deckung zu gehen, aber der Mann packt sie erneut, diesmal am Pferdeschwanz.

Aura fällt nach hinten. Jeansjacke zieht an ihr und stellt seinen nassen, dreckigen Schuh auf ihren nackten Oberschenkel, womit er sie außer Gefecht setzt.

»Du hast jemanden ziemlich verärgert, du Schlampe«, sagt er über sie gebeugt.

Das Messer führt er mit der linken Hand

(Linkshänder, denkt Aura, überrascht, das in ihrer Panik noch wahrzunehmen),

und mit der rechten hält er sie fest.

Aura versucht zu kratzen, sich zu winden, es ihm schwer zu machen, aber es hilft alles nichts.

»Halt still. Halt endlich still, verdammt noch mal!«

Jeansjacke drückt ihr das Messer auf die Wange. Als verfüge das Metall über Zauberkräfte, hält Aura sofort still. Die Kälte auf der Haut verursacht ein trügerisches Gefühl. Die Spitze am linken Mundwinkel ist bedrohlich.

»Soll ich dir das Gesicht aufschlitzen? Wäre doch schade, wenn ich deiner hübschen Visage ein Joker-Lächeln verpassen müsste.«

Auf dem Boden scheint Rattengesicht wieder zu sich zu kommen. Er stöhnt laut auf. Jeansjacke nimmt seinen Fuß von Auras Bein und stupst ihn mit der Schuhspitze.

»Hey, wach auf. Die Fotze hat's dir ja ordentlich gegeben. Was für ein Schwächling …«

Aura kann ihren Kopf nicht bewegen – die Messerklinge markiert eine tödliche Grenze in ihrem Universum –, ihr Blick ist auf ihr rechtes Bein gerichtet. Dort, wo der Kerl seinen Fuß gestellt hat, ist ein perfekter Schuhabdruck zu sehen. Das gesamte Sohlenprofil, eine Mischung aus Wasser, Staub und Ruß.

Auf ihrer zarten weißen Haut hat dieser schmutzige Abdruck etwas Obszönes. Etwas

(Unerträgliches),

das Auras Widerstandsgeist weckt, nicht sehr vernünftig in dieser Situation.

Sie sollte nicht aussprechen, was sie jetzt sagt. Aber …

»Lass mich los, du Arschloch.«

Überrascht dreht sich Jeansjacke um.

Amüsiert vielleicht.

»Hey, die Fotze kann ja sprechen. Was hast du gesagt, Muschi?«

»Ich habe gesagt, du sollst mich loslassen.«

Sie macht eine Pause, schluckt und fügt hinzu: »Arschloch.«

Jetzt ist Jeansjacke nicht mehr amüsiert. Er sieht die Angst in Auras Augen.

Klar.

Aber nicht nur.

Er sieht auch wilde Entschlossenheit. Eine Grenzlinie. Den Mut, sich nicht unterkriegen zu lassen.

»Du hast ein Messer im Gesicht, bist du verrückt geworden?«

»Nein, ich bin nicht verrückt. Ich habe die Schnauze gestrichen voll. Kapierst du das?«

Der Mann blinzelt überrascht.

»Du bist ein harter Brocken, was? Na gut, dann eben auf die harte Tour.«

»Gut, kann losgehen«, sagt eine sanfte Stimme hinter ihm. Mit galicischem Akzent.

17

Ein Schlüsselbund

Jeansjacke dreht sich um. In der Wohnzimmertür steht eine Frau.

»Keinen Schritt näher, oder ich schlitze sie auf«, droht er und drückt das Messer noch fester auf Auras Wange.

Die soeben Eingetroffene reagiert gelassen. Sie lässt den Schlüsselbund – mit einem gelben Anhänger von Pikachu, der Pokémon-Lieblingsfigur der Zwillinge – klirrend um ihren Daumen kreisen.

»Du traust dich wohl nur bei einem Fliegengewicht, was? Die Arme. Kannst du es auch mit mir aufnehmen?«

Jeansjacke mustert die Frau abschätzig. Eher kantig als weiblich, nicht so hübsch wie die Blonde, aber attraktiv. Groß mit breiten Schultern, das ist alles. In den Klamotten einer Putzfrau ist sie leicht zu unterschätzen.

Trotzdem zögert er.

So war das nicht geplant.

Etwas an der Haltung dieser Frau stört ihn. Was bewirkt, dass er ihr das selbstgefällige Grinsen aus dem Gesicht radieren möchte. Sie soll ihn anflehen.

»Was glaubst du denn.«

Er lässt Aura los, die rücklings auf den Teppich kippt. Er macht einen Schritt nach vorn und wechselt das Messer in die andere Hand.

Doch kein Linkshänder, denkt Aura.

Die Klinge tanzt, zeichnet große, weiche Kurven in die Luft, als wolle er die gefährlichste Schaukel der Welt malen. Ein zweiter Schritt – jetzt ist er nur noch drei von ihr entfernt –, aber die Frau im blauen Kittel reagiert nicht. Sie steht lächelnd da und lässt den Schlüsselbund kreisen, als warte sie auf den Bus.

Der in seinem Stolz verletzte Mann knurrt und sticht zu. Von oben nach unten durchs Gesicht, ein Schnitt, der dich für immer entstellt.

Mit einer leichten Hüftdrehung weicht Mari Paz aus. Mit der rechten Hand packt sie seinen Arm mit dem Messer, und mit der linken verpasst sie ihm einen Hieb in die ungeschützte Seite.

Er klingt dumpf. *Bumm.*

Schmerzerfüllt reißt der Mann ungläubig die Augen auf. Wankt rückwärts, ohne das Messer fallen zu lassen. Er muss husten, er kriegt keine Luft.

»Das war noch sanft. Der nächste wird heftiger.«

Der Mann hustet und spuckt – zu Auras Verzweiflung, die an die Wand zurückgewichen ist – auf den Teppich und macht einen weiteren Schritt nach vorn.

»Ich werde dich aufschlitzen, du Fotze.«

Diesmal ist es ernst gemeint. Er lässt das Messer nicht mehr tanzen, er knurrt auch nicht. Er macht zwei Schritte, hebt den linken Arm zum Eigenschutz und zielt mit dem Messer auf Mari Paz' Bauch. Eine Verletzung, die dich mit schlechter Prognose in die Notaufnahme befördert.

Wenn er trifft. Was nicht der Fall ist.

Die Frau springt zur Seite – sie ist sehr flink für ihre Statur –, weshalb Jeansjacke durch seinen Impuls auf die Wand zufliegt. Sie nutzt die Trägheit seines Anlaufs und drückt ihn mit der linken Hand an die Wand. Er versucht, sich zu entwinden, aber die Frau hat ihn am Jackenkragen gepackt und fest im Griff. Sie zieht ihn nach unten, wodurch seine beiden Arme vom Körper eingeklemmt werden.

»Jetzt kommt der zweite. Etwas heftiger, haben wir gesagt, oder?«

Diesmal schlägt die Frau mit der rechten Hand zu. An der vorher der Schlüsselbund kreiste, der jetzt aber in der Faust liegt.

Das bringt Masse.

Eine Masse, die mit großer Geschwindigkeit auf Jeansjackes Kopf hinuntersaust. Da sein Gesicht an die Wand gedrückt ist, hat die Faust eine verheerende Wirkung.

Der Wangenknocken bricht mit einem satten Knirschen. *Knack.*

Die Frau lockert ihren Griff. Jeansjacke leidet jetzt an starken Schmerzen, Konfusion, Orientierungslosigkeit und Schwindel. Und Doppelbildern.

Er dreht sich um und erbricht sich auf den Teppich.

»Verfluchte Scheiße«, entfährt es Mari Paz. »Das war's dann wohl, oder?«

Wir wissen nicht, ob Jeansjacke verstanden hat, dass Mari Paz ihn damit fragt, ob er genug hat. Die subtile Ironie und gezielte Mehrdeutigkeit der Menschen aus Galicien eignen sich gut für einen gemütlichen Plausch im Schatten der Weinreben. Allerdings weit weniger für eine Messerstecherei und Prügelei im Wohnzimmer, vor allem wenn einer der Gegner deutliche Anzeichen von schwerer Gehirnerschütterung aufweist.

Wir wissen aber, dass der Mann einen bewundernswerten Willen, maßlosen Stolz oder schlicht keine Ahnung hat. Wohl eher eine Kombination aus allen dreien. Denn er fährt sich mit dem Ärmel über den Mund und ist schon wieder kampfbereit.

»Mari Paz«, sagt Aura warnend, eher zu ihm als zu ihr.

»Keine Sorge, dieser letzte wird schwächer.«

Der dritte Hieb streift kaum sein Gesicht und lässt ihn abrupt innehalten. Der vierte, auch nicht sehr heftige, trifft den Solarplexus. Das reicht, er knickt ein und fällt auf die Knie. Und erbricht sich zu allem Unglück ein weiteres Mal.

Mit dem Fuß schiebt Mari Paz das Messer weg, das zwischen Aura und Rattengesicht gelandet ist, der sich rechtzeitig aufgerappelt hatte, um den Ausgang des Kampfes zu sehen. Die beiden starren sich an, doch er schüttelt den Kopf und hebt die Hände.

»Und du, was ist mit dir?«, fragt Mari Paz und zeigt mit dem Finger auf ihn.

Mit dem geschwollenen Mund und dem abgebrochenen Zahn kann der Mann kaum sprechen. Blut läuft ihm übers Kinn und tropft auf das Hemd.

»Was?«

»Wie du heißt und was du willst«, übersetzt Aura brav.

»Ich sage Ihnen alles, was Sie hören wollen, aber schlagen Sie mich bitte nicht.«

»Dann schieß mal los.«

»Ich bin Ricardo«, nuschelt Rattengesicht. »Und das ist Luis.« Er zeigt auf seinen Kumpan. »Wir wurden geschickt, um eine Botschaft zu überbringen.«

»Die Botschaft ist angekommen«, sagt Aura und hebt das Messer auf. Sie geht zu Mari Paz und hält es ihr hin, aber die schüttelt den Kopf.

»Nein, das war sie nicht. Wir sollten Sie nur ein wenig einschüchtern, mehr nicht. Aber Luisito braust leicht auf und … Tut mir leid, Señora.«

»Wie lautet die Botschaft?«

»Ponzano möchte Sie sehen.«

Mit dem ganzen Blut im malträtierten Mund und der vorgehaltenen Hand klingt der Satz folgendermaßen: PonschanomöschteSchieschehen. Und trotzdem hängt die Drohung in der Luft, schmutzig und lastend, während Aura und Mari Paz, neugierig geworden, einen Blick wechseln.

18

Eine Veränderung

»Den kannst du wegwerfen«, sagt Mari Paz und zeigt auf Blut und Erbrochenes.

»Mir hat der Teppich immer gefallen. Er passte gut in den Raum.«

Der Teppich ist zweifelsohne Geschmackssache. Ein Relikt aus den späten Achtzigern und mit einem gewagten Muster: Vasen, die sich in Blumen verwandeln. Die Farbpalette erstreckt sich von blaustichigem Weinrot bis zu grünorangen Blüten. Dies vor einem Hintergrund, der früher weiß und bis vor Kurzem beige war, von seiner jetzigen Farbe ganz zu schweigen.

Mari Paz zuckt mit den Schultern und beginnt, den Teppich Richtung Tür aufzurollen.

Den anderen Müll (das kaputte Netzteil, das Kabel, das Messer und das Schlägerkommando) hat sie bereits entsorgt. Angefangen mit den Schlägern, denen sie ein Glas Wasser gegeben und auf den Rücken geklopft hat.

Die anderen Sachen hatte sie in eine Plastiktüte gestopft und in den Baucontainer gegenüber vom Haus geworfen.

»Schieb mal den Tisch weg«, sagt sie keuchend, als sie bei dessen Beinen angekommen ist.

»Übrigens, danke«, sagt Aura, während sie den Tisch beiseiteschiebt.

Mari Paz grunzt, teils wegen der Anstrengung, teils wegen ihres Ärgers.

»Wie kannst du nur«, sagt sie in einem Tonfall, der streitlustig klingt.

»Wie kann ich nur was?«

»Nach allem, was du hinter dir hast … Wie kannst du, verflucht noch mal, die Tür offen lassen?«

Eine gute Frage, die sich Aura auch schon gestellt hat.

In der Zeit ihrer Genesung hat sie Türen und Fenster im Haus immer fest verschlossen. Sie schlief nur wenig und schreckte ständig aus einer Art Dämmerzustand hoch.

Dann hat sie alles andere verloren. Ihr Haus, ihre Markenklamotten, ihren Wagen, ihren Status. Dann ihren Vater, und jetzt verliert sie auch langsam ihre Mutter.

Nur die Angst ist ihr geblieben.

Als sie vor Monaten in die Wohnung der Mutter zog, war sie auch zu alten Kindheitsmustern zurückgekehrt. Beim Klingeln zu öffnen, ohne vorher zu fragen, wer es ist, und dann die Tür aufzumachen. Es waren andere Zeiten und sie ein anderer Mensch.

Die alte Aura war sich von Anfang an dieses Rückschritts bewusst.

Und änderte nichts. Jetzt fragt sie sich warum.

Wenn Aura in der Vergangenheit etwas eindeutig Schädliches tat wie rauchen, Fertigkuchen essen oder eine CD von Alejandro Sanz kaufen, fand sie immer eine Menge Rechtfertigungen dafür. Und für sich.

Jetzt ist es nicht anders.

Um meine Angst zu überwinden, sagt sie sich.

Weil ich kein Opfer sein will, argumentiert sie.

Weil ich der Welt wieder vertrauen will, schließt sie daraus.

Bei diesem letzten Satz musste sie selber lachen, frühmorgens, in der Morgendämmerung. Sie wälzte sich schlaflos im Bett, die Decke am Fußende zusammengeschoben, und glaubte, verrückt zu werden.

Die Erklärungen klangen schon leise im Kopf lächerlich. Sie laut auszusprechen gegenüber einer Frau, die soeben zwei Idioten zusammengeschlagen hatte, die mit einem Messer in ihre Wohnung eingedrungen waren – schlicht undenkbar.

»Glaubst du mir, wenn ich sage, dass ich es nicht weiß?«

Nein, das glaubt Mari Paz ihr nicht. Man erkennt es daran, wie sie dem Teppich zwei Fußtritte verpasst – aus dem daraufhin Schwaden uralten Staubs aufsteigen –, auf das halbe Heiligenverzeichnis scheißt und dann noch zweimal zutritt.

»Tu mir den Gefallen und sei in Zukunft vernünftiger, hörst du?«, sagt sie abschließend.

»Ich verspreche, die Tür zu schließen«, antwortet Aura beschämt.

Mari Paz schnaubt ungehalten und hält ihr die Hand hin.

»Gib mir zehn Euro.«

»Wozu?«

»Um Eiswürfel zu kaufen, ich habe gestern Abend alle verbraucht. Mein Knöchel ist noch immer dick. Und jetzt tut mir auch noch die Hand weh.« Ihre Fingerknöchel sind gerötet und geschwollen. Wegen des Schlags auf Jeansjackes Wangenknochen. Aber …

»Zehn Euro für Eiswürfel?«

»Ein Euro für Eiswürfel«, räumt sie ein. »Die restlichen neun für das, was ich auf die Eiswürfel gieße.«

Das ist keine gute Idee, sagt Auras innere Stimme.

Sag du ihr doch, dass sie die zehn Euro nicht kriegt, obwohl sie uns gerade den Arsch gerettet hat, erwidert sie.

Aura holt ihre Handtasche, fischt zehn Euro (einen Fünf-Euro-Schein, eine Zwei-Euro-Münze und drei Ein-Euro-Münzen) heraus und hält sie Mari Paz hin. Die zögert. Ihr Gesicht besagt, dass sie nicht damit gerechnet hat.

»Bin gleich wieder da«, verkündet sie.

Sie will noch etwas hinzufügen, steckt dann aber das Geld ein und zieht den Teppich zur Wohnungstür. Als sie ihn auf den Treppenabsatz geschleift hat, schließt sie die Wohnungstür zweimal ab. Das wollte sie noch sagen.

Als Aura den Schlüssel hört, sinkt sie aufs Sofa. Die Angst der letzten Stunden hat sie wieder eingeholt.

Sie verbirgt das Gesicht in einem Kissen und weint.

Zum zweiten Mal in recht kurzer Zeit. Was eher ungewöhnlich ist für sie, nachdem sie monatelang keine Träne vergossen hatte. Der Kummer hatte die Tränen versiegen lassen. Der Kummer hatte sich in lähmende Wut verwandelt.

Aura zieht lautstark die Nase hoch. Ihr Gesicht – und das Kissen – sind nassgeweint. Sie hält beides nacheinander unter den Wasserhahn, und als sie sich aufrichtet, wirft der Spiegel ihr einen entrückten, gefährlichen Blick zurück.

Du veränderst dich, sagt ihre innere Stimme.

Ja, früher habe ich keine Selbstgespräche geführt, erwidert sie.

Ich meine, du wirst langsam ein anderer Mensch.

Wurde ja auch Zeit.

19
Eine Falle

Aura sitzt auf einem Podest unter einer riesigen Flagge und schaut mit sehr gemischten Gefühlen zur Hauptgeschäftsstelle der Value Bank hinüber.

Die Fassade strahlend wie immer. Zweigeteilt von der Tür zum Innenhof. Große Balkone, die zur Plaza de Colón zeigen.

Aura weigert sich, den Platz »Plaza de Margret Thatcher« zu nennen, wie er vor Kurzem umgetauft wurde. Der einzige außerhalb Großbritanniens, nebenbei bemerkt. Es ist immer noch dieselbe verdammte Plaza Colón, denkt sie.

Seit über fünfzig Jahren erhebt sich das Gebäude stolz an dieser Stelle. Die letzte Immobilie, die der Bankengründer Mauricio Ponzano erworben hatte. Das Bollwerk einer Privatbank, unabhängig von den Machtspielchen der Politik und der großen Verbände. Konzentriert auf ihre Kunden und guten Service.

Aura kennt den Flyer auswendig.

Natürlich hat sie das nie geglaubt. Wo Geld ist, verwandeln sich die Adjektive für Qualität ganz schnell ins Gegenteil.

An einer Ecke im fünften Stock, unter einem Dachvorsprung mit Privatzugang, befindet sich Ponzanos Büro. Es ist Mittag, aber das Licht ist eingeschaltet. Das bedeutet natürlich gar nichts, denn Ponzano lässt es Tag und Nacht brennen. Eine wenig ökologische, aber (für ihn) sehr billige Art, seinem Personal Angst einzujagen. Nicht zu wissen, ob er im Gebäude ist oder nicht, damit der Zweifel stets anhält, so strahlend hell wie diese Fenster.

Aura fand nie, dass Ponzano ein Monster oder ein Tyrann ist. Sie hatte er immer anständig behandelt. Höflich und schmeichlerisch bis zur Schwülstigkeit, aber ohne Zudringlichkeiten. Ein Mentor, aber ohne Hintergedanken. Ihres Wissens hat er seine Position nie ausgenutzt, weder weiblichen noch männlichen Bankangestellten gegenüber.

Ponzano lebt ausschließlich fürs Geschäft.

So sagt er selbst gern zu allen: Ich bin die Bank, und die Bank bin ich. Seit ein arschkriecherischer Angestellter ihm ein Bronzeschild mit diesem Satz geschenkt hat, prangt es an der Wand in seinem Büro. Gleich neben dem Porträt seines Vaters – Rückenansicht mit Hut –, das Eduardo Úrculo Anfang des Jahrhunderts gemalt hat. Inzwischen behauptet Ponzano, dass es in Wirklichkeit ein Porträt von ihm sei, weil sich alle Menschen von hinten ähnlich sähen.

»Mein Vater hatte zu dem Zeitpunkt sehr viel zu tun, deshalb habe ich an seiner Stelle Modell gesessen.«

Was nicht stimmt, aber schöne Lügen übertrumpfen immer die langweilige Wahrheit, das hat Aura auch von Ponzano gelernt.

»Es ist eine Falle, Blondi«, hatte Mari Paz gesagt, als sie mit einer Supermarkttüte zurückkehrte und sah, dass sich Aura zum Gehen fertigmachte.

»Das ist mir bewusst.«

»Und warum gehst du dann hin?«

»Das ist die Frage: Warum? Warum jetzt?«

Mari Paz verfolgte aufmerksam – wieder mit diesem seltsamen Glanz im Blick –, wie Aura zwei Blusen anprobierte, um zu entscheiden, welche besser zum Kostüm passte.

»Großmutter Celeiro sagte immer: Wenn das Kaninchen sehr billig und die Katze abgehauen ist …«

»Ist das ein großer Zufall, das denke ich auch. Gestern sind wir in die Softwareentwicklung eingedrungen …«

»Aber die Polizei ist nicht gekommen«, beendete Mari Paz nachdenklich den Satz. »Schon eigenartig.«

»Und jetzt diese Einladung.«

»Da ist jemand nervös geworden.«

»Und es gibt nur einen Weg herauszufinden, warum.«

Mari Paz zeigte auf den Laptop. Zum Glück besaß Aura noch ein zweites Netzteil.

»Wolltest du nicht etwas anderes herausfinden?«

»Ich habe den Köder bereits ausgelegt. Vertrau mir.«

»Wir beide haben eine Abmachung. Und ein Ziel. Erinnerst du dich daran, Blondi?«

»Ich erinnere mich sehr gut.«

»Was du vorhast, ist was sehr Persönliches. Und wenn Persönliches ins Spiel kommt, verliert man schnell den Überblick.«

Aura antwortete nicht. Sie wusste genau, dass Mari Paz recht hatte.

»Du solltest nicht hingehen«, insistierte sie mit verschränkten Armen.

»Am helllichten Tag in einem Gebäude voller Zeugen wird mir schon nichts passieren.«

Mari Paz wollte etwas erwidern, verzog aber nur den Mund, was besagte: Du musst es ja wissen.

Ja, Aura muss es wissen. Und sie glaubt, Ponzano gut genug zu kennen, um ihm das Wesentliche zu entlocken.

Von sieben Todsünden lassen sich bei Ponzano vier leicht ausschließen. Er ist weder lüstern noch träge. Er isst wenig und bewahrt in stürmischen Zeiten die Ruhe.

Bleiben noch drei.

Und in diesen drei ist er ein Meister.

Habgier, Neid und Hochmut. Allerdings nicht in dieser Reihenfolge.

Aura steht auf und überquert langsam die Plaza Colón Richtung Haupteingang. Sie überlegt, was sie sagen und wie sie sich verhalten soll. Das erste Mal nach ihrem fulminanten Rauswurf wieder durch diese schmiedeeiserne Glastür zu gehen, ist ein hochemotionaler Moment.

Was für ein schönes Wort für eine Redensart, denkt Aura und grübelt über die Etymologie des Wortes »fulminant« nach. *Wenn jemand vom Blitz getroffen wird. Wie Jupiter in* Zwölf Prüfungen für Asterix. *Gesandt von einer mächtigen Gottheit, die sich nicht die Finger schmutzig machen muss, um sich einer armen Seele wie mir zu entledigen.*

In den Hallen des Olymps hört Aura schnell auf, sich den Kopf darüber zu zerbrechen, was sie zu der Frau an der Rezeption sagen soll. Ein Security-Mann mit breiten Schultern und schmaler Stirn kommt auf sie zu und stellt sich ihr in den Weg.

»Folgen Sie mir, Señora Reyes.«

Aura spürt, wie dieser Empfang Angst in ihr auslöst. Sie will schon kehrtmachen, weiß aber genau, dass es nur einer von Ponzanos Einschüchterungsversuchen ist. Statt aufzugeben, geht sie um den Mann herum und macht sich auf den Weg. Der Wachmann folgt ihr missmutig.

Würdevoll und erhobenen Hauptes schreitet Aura durchs Foyer.

Ihr muss keiner den Weg zeigen.

20

Ein Overall

Nach Durchqueren des Atriums und einer Fahrt mit dem Aufzug ist Aura in der Etage der Geschäftsführung angekommen.

Sie ist nobel ausgestattet, was einem die palisandergetäfelten Wände, die Blattgoldrahmen, die Bronzelampen und der drei Zentimeter dicke grüne Teppich sofort zu verstehen geben. Die Atmosphäre ist gesetzt und gesättigt, mit einem antiquierten sämigen Bouquet. Seit Einzug der Bank wurde die Dekoration kein einziges Mal verändert, sie wirkte schon damals altmodisch. Neureiche haben es immer eilig, eine gewisse Reife vorzutäuschen, ähnlich wie rauchende und fluchende Jugendliche. Lächerlich.

Aura kräuselt die Nase. Jetzt wirken die Räumlichkeiten veraltet und unwirtlich, während früher ihr einziges Ziel darin bestand, hier ein Büro zu ergattern. Mit dem Blick auf die Calle de Goya.

Die Stelle als Leiterin des Investment-Bankings wäre schon bald ihre, sie sei zum Greifen nahe, hatte Ponzano ihr gesagt. In den zwei Jahren des Hinhaltens war das Versprechen schal geworden.

Es kam nicht mehr dazu. Denn sie wurde vorher entlassen.

Das Büro des Präsidenten liegt ganz am Ende des Flurs gegenüber dem Sitzungssaal. Aura steuert darauf zu, doch der Mann mit der schmalen Stirn ergreift sie am Ellenbogen und führt sie in die andere Richtung.

»Hier entlang.«

»Fassen Sie mich nicht an. Wo bringen Sie mich hin?«

»Sicherheitsüberprüfung.«

Am Ende des Flurs wird eine Tür geöffnet, die Aura noch nie wahrgenommen hat. Sie führt in einen fensterlosen, kleinen Raum, wo sie von einer Frau in den Sechzigern mit faltigem Gesicht und ernster Miene in Empfang genommen wird. Sie trägt eine Brille mit Gläsern so dick wie ein Flaschenboden, einen schwarzen Overall, weiße Latexhandschuhe und einen so gelangweilten Ausdruck im Gesicht, wie ihn Aura noch nie gesehen hat.

Der Security-Mann schließt die Tür und lässt die Frauen allein.

»Hören Sie!«

»Ziehen Sie sich aus«, befiehlt die Frau.

»Wie bitte?«

»Sie sollen sich ausziehen.«

»Ich weiß nicht, was das für ein …«

»Wir müssen uns vergewissern, dass Sie keinerlei Aufnahmegerät bei sich tragen«, erklärt die Frau mit monotoner Stimme, wie jemand, der diesen Satz schon viel zu oft gesagt hat. »Sie ziehen sich aus, Ihre Kleidung bleibt hier …«

Sie holt eine Plastiktüte aus einer Schublade und schließt sie mit einem lautstarken *Klack*.

»… zusammen mit Ihren persönlichen Dingen. Dann gebe ich Ihnen einen Overall wie diesen …«

Sie holt ihn aus derselben Schublade und schließt sie mit einem neuerlichen *Klack*. Aura fragt sich, warum sie beides nicht zusammen herausgeholt hat, dann hätte sie sich ein *Klack* erspart.

»… den Sie anziehen. Dann werden Sie zum Büro des Präsidenten begleitet.«

»Und wenn ich mich weigere?«

»Werden Sie zum Ausgang gebracht.«

Und ich wähle noch sorgfältig die Bluse aus, damit ich nicht so nach Verliererin aussehe, denkt Aura, während sie sie aufknöpft.

Das Schlimmste ist allerdings, dass sie auf ihrem Handy tatsächlich die Tonaufnahme gedrückt hat. Für den Fall, dass Ponzano sich verplappert, aber das wird wohl nichts. Als sie die Handtasche auf den Tisch stellt, nimmt die Frau das Smartphone heraus, sieht die aktivierte Aufnahmefunktion und stellt sie mit enttäuschter Miene ab.

»Dilettantin«, sagt sie, fast mit Bedauern.

»Tut mir leid, was Besseres ist mir nicht eingefallen«, entschuldigt sich Aura, als sie den Rock auszieht.

»Zu Zeiten des Gründers war hier alles viel spannender. Da versteckte man die Mikrofone in den zweifelhaftesten Gegenständen. Pralinenschachteln, Aktenkoffern, Lunchboxen«, sagt die Frau wehmütig. »In Blumensträußen, Uhren und Kugelschreibern natürlich auch. In Schuhen, Manschetten, Mantelfutter. Eines Tages habe ich sogar ein Mikrofon im Anus eines Regionalpräsidenten gefunden. An dem Abend habe ich mir zu Hause eine Flasche Sekt aufgemacht. Sie hätten sein Gesicht sehen müssen …«

Auras jedenfalls spricht Bände. Sie trägt nur noch die Unterwäsche, zu mehr ist sie nicht bereit. Doch die Frau mustert sie ungerührt, ihr Blick besagt: Ich werde dafür bezahlt und habe den ganzen Nachmittag Zeit.

»Die auch?«

»Habe ich Ihnen nicht gerade das vom Regionalpräsidenten erzählt?«

»Aber …«

Ungehalten zischt die Frau etwas, es klingt wie ein Schuss aus einem Western von Sergio Leone. Einer, der den Cowboyhut fünfzehn Meter weit schleudert. Aura gibt auf und steht schließlich nackt vor der Frau, wobei sie sich notdürftig mit den Händen bedeckt.

Mari Paz hätte das bestimmt nicht gemacht, denkt sie, als die eiskalten Hände sie präzise und gierig abtasten. *Sie würde sich splitternackt und die Hände in die Seiten gestemmt vor dieser blöden Kuh aufbauen und selbst ihre*

Pobacken auseinanderziehen mit der Aufforderung, sie solle nur ganz genau hinschauen.

»Wer sind Sie?«, fragt sie, als die Untersuchung vorbei ist und sie sich wieder aufrichtet.

»Ich bin die Sicherheitschefin. Mein Name tut nichts zur Sache«, antwortet die Frau und schiebt die Brille hoch, die ihr auf die Nasenspitze gerutscht war.

Dann also Flaschenboden, denkt Aura, die dazu neigt, Leuten, die sie schlecht behandeln, Spitznamen zu verpassen.

Sie greift zu dem schwarzen Overall – nagelneu samt Etikett – und schlüpft schnell hinein.

Der bis zum Hals geschlossene Reißverschluss gibt ihr ein wenig Würde zurück. So viel, wie ein sackähnliches, viel zu großes Kleidungsstück einem eben verleihen kann.

»Er kratzt«, sagt sie und zupft am Stoff, wo er an den empfindlichsten Stellen die Haut reizt.

»Wem sagen Sie das«, erwidert Flaschenboden. »Wenn eine Frau kommt, ziehe ich auch immer einen an. Das macht die bittere Pille etwas erträglicher. Ich erwarte nicht, dass Sie sich bedanken. Ist nur eine kleine Aufmerksamkeit.«

Aura weiß ganz genau, wohin sich Flaschenboden ihre kleine Aufmerksamkeit stecken kann, denn an der Stelle kratzt der Stoff gerade besonders heftig, hält aber den Mund. Die Frau öffnet die Tür – wo ihr Bodyguard wartet – und wünscht Aura höflich einen schönen Tag.

»Ihnen auch, Señora.«

21

Ein Büro

»Komm rein, Aura, komm rein. Möchtest du einen Kaffee?«

Im Overall, barfuß und eingeschüchtert, legt Aura die paar Meter von der Tür zu Ponzanos Schreibtisch zurück. Das Büro mit den dunklen, prunkvollen Holzwänden, die etwas zu plakativ wirken, ist in etwa so groß wie die Wohnung eines armen Schluckers.

Bei diesem Machtspiel werde ich haushoch verlieren, denkt Aura.

Und wundert sich, beim Eintreten das wohlige Gefühl von Heimkommen zu haben. Ähnlich dem Glücksmoment, wenn du in einer Menschenmenge das vertraute Gesicht eines Freundes entdeckst.

Sebastián Ponzano, der Mann, der ihr den ersten wichtigen Posten gegeben hat. Sebastián Ponzano, der Banker, der für ihre Ausbildung in Brüssel viel bezahlt hat. Sebastián Ponzano, der ihr überschwänglich gratulierte, als sie die Auszeichnung AAA von Citywire Fondsrating erhielt. Die höchste Note für Investment-Banker auf Weltniveau. Sie war die erste Bankangestellte – beider Geschlechter – in ganz Spanien, die das erreicht hatte.

»Einen Espresso? Doppelt und ohne Zucker? Wie du siehst, kann ich mich …«

»In Ordnung«, sagt sie anstelle einer Begrüßung.

»Dann setz dich doch.« Er zeigt auf die große Wohnlandschaft vor den Fenstern, wo sie oft zusammengesessen haben.

Ponzanos Büro atmet warme Eleganz aus gedämpftem Licht, Mahagoni-Tönen und ausgestopften Auerhähnen. Genauer gesagt zwei, die er selbst erlegt hat. Angewidert wendet Aura den Blick ab und richtet ihn auf ihren ehemaligen Chef.

In einem Sekretär aus Limettenholz, verborgen hinter einer Tür aus Perlmutt, steht Ponzanos Kaffeemaschine samt Zubehör. Ein alter Trick, den Aura schon kennt. Jeder Idiot könnte den Kaffee von seiner Sekretärin bringen lassen. Aber wenn ein mächtiger Mann den Kaffee selbst zubereitet, sendet er damit eine vielschichtige Botschaft.

Ponzano bringt Aura mit etwas zittriger Hand eine Porzellantasse mit Silberlöffelchen.

Schließlich ist er schon siebzig. Ein wenig vertrocknet und eingefallen, typisch für einen egoistischen, pedantischen Junggesellen in diesem Alter.

»Meine Hand ist nicht mehr so ruhig. Aber wie viele

würden sonst was dafür geben, in meinem Alter noch so fit zu sein«, prahlt er.

Aura weiß aus Erfahrung, dass reiche, alte Männer sich in zwei Gruppen einteilen lassen: diejenigen, die ihr Alter leugnen, und diejenigen, die damit angeben. Erstere sind lächerlich mit ihren bunten Hemden und jungen Freundinnen. Letztere rufen ein gewisses Mitleid bei ihr hervor, als hätten sie es sich hart erarbeitet, noch am Leben zu sein.

»Du sagst gar nichts?«, fragt ihr ehemaliger Chef, als sie schweigend einen Schluck Kaffee trinkt.

Seit sie ihn kennt, steht in Ponzanos Gesicht ein Ausdruck von Verdrossenheit, als wären seine ehrgeizigen Ziele vereitelt worden, was bei Millionären kurioserweise häufiger vorkommt.

Heute tendiert der Ausdruck eher zu paternalistischer Gutmütigkeit. Die verlorene Tochter ist zurück. Noch eines seiner Scheißspielchen.

»Warum haben Sie mich kommen lassen?«, fragt Aura.

Ponzano setzt sich ihr gegenüber, lehnt sich zurück und lässt seinen Blick durch den Raum schweifen, bis er an dem Porträt von Úrculo hängenbleibt.

»Hast du den Gründer noch gekannt?«

Aura schüttelt den Kopf. Sie hat sich vorgenommen, so wenig wie möglich zu sprechen und lange Pausen entstehen zu lassen, damit Ponzano sie füllen muss. Was ihm nicht schwerfällt.

»Mein Vater ... war etwas eigenwillig. Wenn mehr

als vier Personen im Aufzug standen, schnappte er den fünften am Ohr und zog ihn raus.«

Seine Stimme klingt brüchig und knisternd wie altes Papier, das bei der geringsten Berührung zu zerreißen droht.

»Und neben dem Büro hat er sich ein Zimmer mit Doppelbett einrichten lassen unter dem Vorwand, dass es oft spät werde und zu anstrengend sei, noch nach Hause zu fahren. Den wahren Zweck kannst du dir ja denken.«

Ja, Aura kann sich eine Vorstellung davon machen.

»Wenn er vom Angeln kam, fuhr er nie direkt nach Hause, sondern ließ das Personal den Kofferraum mit dem Schlauch ausspritzen, die Barben ausnehmen und sie wieder sauber und ordentlich in den Wagen zurücklegen.«

Ponzano lächelt wehmütig.

»Weihnachten war er besonders exzentrisch. Wenn Anfang Dezember Krippe und Baum nicht aufgestellt waren, bekam er einen Wutanfall. Ich erinnere mich an einmal ... Da hat er das Haus nicht betreten, bis die Krippe im Atrium aufgestellt war. Aber man konnte sie nirgends finden, stell dir mal vor.«

Aura wartet schweigend, wohin diese Dickens-Geschichte wohl führt.

»Mein Vater ... war unvergleichlich«, schließt er und schaut seinen Gast an, als gäbe es nichts mehr hinzuzufügen.

Aura sucht nach einer bequemeren Sitzhaltung – soweit es der kratzige Stoff erlaubt – und denkt darüber nach, was Ponzano gerade erzählt hat.

Beide schweigen ein paar Minuten.

Er erwartungsvoll. Sie nachdenklich.

Die Geschichte des Bankers enthält eine Botschaft. Von ihm hat sie schließlich gelernt, Menschen zu überzeugen. Mit Worten, die wegen ihrer grobkörnigen Beschaffenheit in den Augen blenden und einen freundlicherweise blind machen.

Plötzlich begreift sie.

Was könnte Ponzano wollen, um seine drei Todsünden gleichzeitig zu befriedigen?

Seinen trotzigen Hochmut.

Seine geschäftige Habsucht.

Seinen unverhohlenen Neid.

Es gibt nur eine Möglichkeit. Was sein Vater trotz aller Bemühungen nie geschafft hat. Das Einzige, was dem Sohn erlauben würde, die Erinnerung an den Bank-Titanen zu überflügeln, an diesen Mann, den Minister um Order, Bischöfe um Ratschläge und Könige um Erlaubnis baten.

»Sie haben die Fusion geschafft«, lautet zu ihrer eigenen Überraschung die Antwort.

Ponzano lächelt voller Stolz. Auch auf sie.

»Ich habe dich wirklich gut ausgebildet, Aura.«

Sie muss ebenfalls lächeln, obwohl sie zugleich bedauert, immer noch empfänglich für das Lob ihres ehemaligen Chefs zu sein.

»So gut auch wieder nicht. Denn ich begreife noch immer nicht, warum Sie mir das angetan haben.«

Der Banker zuckt die Achseln.

»Die Zahlen stimmten nicht, also habe ich deine Abwesenheit genutzt, um unsere Konten aufzublähen. Als ich aus deinem Fonds nichts mehr rausholen konnte, habe ich ihn einfach aufgelöst.«

Aura kann ihre Wut kaum bezwingen angesichts der Selbstverständlichkeit, mit der Ponzano darlegt, wie er ihre Karriere zerstört hat.

»Die Arbeit meines Lebens. Mein Prestige. Das ist ungerecht!«

»Das Leben ist ungerecht, selbst wenn es uns begünstigt.«

»Ist schon überraschend, wie oft es dich begünstigt hat, Sebastián.«

Ponzano blinzelt irritiert, als er seinen Vornamen hört. Daran gewöhnt, mit »Herr Präsident« angesprochen und in Abwesenheit »Präsident« genannt zu werden, empfindet er Auras plötzliches Duzen wie eine zärtliche Ohrfeige.

»Selbst du wirst anerkennen müssen, dass es ein perfekter Schachzug war.«

Aura nickt und ist bemüht, sich zu beherrschen. Sie muss einen kühlen Kopf bewahren, sein Spiel mitspielen. Es fällt ihr nicht schwer, denn er hat recht. Der Schachzug ist brillant.

»Alle toxischen Fonds der Bank wurden zusammengeführt. Sie haben sich in Luft aufgelöst. Die Aktien sanken auf einen historischen Tiefstand. Das gehörte alles zu deinem Plan, stimmt's?«

»Bei einer gesunden, langweiligen Bank hätte das Kartellamt nie zugestimmt.«

Ich war das fehlende Puzzleteil.

»All diese Jahre, die du mich umschmeichelt hast … Alles nur dafür?«

»Das war keineswegs die Idee, Aura. Ich hatte große Pläne mit dir. Aber dann gab es diesen … Vorfall, der dich monatelang außer Gefecht gesetzt hat. Da habe ich die Gelegenheit einfach genutzt.«

Dieser Vorfall.

Arschloch.

»Und warum hast du mich kommen lassen?«

»Das kann ich dir sagen, mit dem größten Vergnügen«, erwidert Ponzano und streicht mit seiner knochigen Hand voller violetter Adern über die Armlehne. »Oder du tust einem armen alten Mann den Gefallen und fügst die einzelnen Puzzleteile selbst zusammen.«

Die andere Hand legt er wie zufällig auf das rosa Marmortischchen mit einem Stapel Bücher. Thukydides. Mao. Plutarch. Und obendrauf, wo seine Hand ruht, liegt das erste Buch, das er ihr schenkte, als er den wichtigsten Fonds der Bank in ihre Hände legte.

Morgenröte von Nietzsche.

»Dieses Buch wird dich verändern«, hatte er gesagt.

Sie hatte es aufmerksam gelesen, fand es allerdings

abgefeimt und ketzerisch. Hängengeblieben war bei ihr nur, dass man jegliche Moral, die Grenzen setzt, ablehnen sollte. Das und ein Satz. Der einzige, den Ponzano mit Bleistift unterstrichen hatte:

Der gestraft wird, ist nicht mehr der,
welcher die Tat getan hat.
Er ist immer der Sündenbock.

Damals hat sie ihn nicht verstanden. Jetzt versteht sie ihn sehr gut.

»Du hast einen Schuldigen gebraucht«, sagt sie und lächelt verkrampft.

»In ein paar Tagen gehst du ins Gefängnis. Wir haben dafür gesorgt, dass Hunderte Journalisten anwesend sein werden. Ich glaube, wir haben sogar Busse gemietet, um sie zur Vollzugsanstalt Soto del Real zu bringen.«

»Ich in Handschellen und mit dunklen Augenringen auf allen Titelseiten.«

»Genau.«

»Ende der Geschichte. Gleichgewicht wiederhergestellt.«

»Diese Botschaft haben wir den geschätzten Journalisten zukommen lassen.«

»Und wenn es kein Foto gibt?«

»Die Aufmerksamkeit des Plebs – gut dressiert wie immer – akzeptiert sowohl Dummheit als auch Überraschungen. Den alten folgen schnell neue Schlagzeilen.«

Er fächelt sich mit der Hand Luft zu. »Bitte schön, da wir gerade von Vorlieben reden ... Weißt du, was die Allgemeinheit nicht akzeptiert, Aura?«

»Dass es keinen Schuldigen gibt«, murmelt sie mit vorgetäuschter Ruhe.

»Der Plebs erwartet, dass du bezahlst. Mit Zinseszinsen.«

Aura spürt, wie der Zorn ihr die Hitze ins Gesicht treibt. Lastend, glühend. Eine Hitze mit ihren eigenen, impertinenten Regeln. Mangels einer Alternative bohrt sie ihren Blick in Ponzanos Augen.

»Verhalte dich einfach anständig, sei ein gutes Mädchen. Du kommst vor Gericht und ins Gefängnis.«

»Und wenn man mich für unschuldig hält?«

Ponzano muss lachen, ein überraschend warmes und freundliches Lachen. Das Lachen eines Vaters, wenn er sieht, wie sein Vorschulkind die Suppe mit der Gabel zu essen versucht.

»Das Urteil wäre dasselbe. Das ist mit der zuständigen Person abgesprochen.«

War ja klar.

»Nur fünf Jahre, bei guter Führung etwas weniger. Wenn du rauskommst, wird alles vergessen sein. Dann fängst du mit einem guten Gehalt in einem unserer Tochterunternehmen an. Einem höheren als bisher.«

All das will ich dir geben, Aura.

»Und es wartet ein großes Projekt auf dich«, fügt Ponzano abschließend hinzu.

Ein *großes* Projekt. Das Adjektiv erinnert sie an ihre Mutter, für die es Kino und großes Kino, Küche und große Küche, Schriftsteller und große Schriftsteller gab.

Ihre Mutter, die allein sein wird, weil dieser verdammte Hurensohn mit dem Leben ihrer Tochter Monopoly spielen muss.

»Kannst du mir das schriftlich geben?«

Ponzano schüttelt den Kopf.

»Nein, das weißt du doch. Aber du hast mein Wort, dass alles gutgehen wird.«

Aura kaut auf der Lüge herum, als wäre sie aus Gummi. Wenn er etwas verspricht, wirkt Ponzano wie ein Polizist, der einen Dietrich verschenkt, oder wie ein Vampir, der Blut spendet.

»Wenn ich mich anständig verhalte und eine Schuld auf mich nehme, die nicht meine ist …«

»Für das Allgemeinwohl«, betont er.

»… wird alles gutgehen, stimmt's?«

Ponzano nickt feierlich.

»Dass du ein größenwahnsinniger Soziopath bist, wusste ich ja, Sebastián. Auch, dass du zu jeder Schandtat fähig bist, um dein Ziel zu erreichen …«

»Erleuchte mich, o Herr, auf dass ich meine Fehler erkenne.« Ponzano gibt sich lächelnd und mit erhobenen Händen geschlagen. »Aber bitte nicht alle auf einmal.«

»Allerdings hätte ich nicht gedacht, dass du so blauäugig bist.«

Der Blick des Alten verhärtet sich.

»Denk in Ruhe darüber nach, wenn du zu Hause deine Mädchen ins Bett bringst. Denk an die Zukunft, Aura.«

Dann steht er auf, zum Zeichen, dass das Gespräch beendet ist.

Aus lauter Gewohnheit tut Aura es ihm gleich.

Ohne Abschiedsgruß geht sie schweigend zur Tür.

Auf dem Weg fragt sie sich, warum.

Schweigen ist unsere Tugend. Irgendeiner unserer Vorfahren muss sehr einsam gewesen sein – ein großer Mann unter lauter Idioten oder ein armer Narr –, wenn er die Seinen so viel Schweigen gelehrt hat.

»Denk daran, dass ich dir dieses Angebot nicht machen müsste«, ruft Ponzano ihr hinterher.

Jetzt kann Aura nicht länger schweigen.

»Du weißt gar nicht, wie dankbar ich dir für deine Großzügigkeit bin. *Was auch immer Sie sein mögen, menschlicher Abfall, ein wahrer Teufel, aber mit guten Manieren*«, zitiert Aura Juan Manuel Serrat, als sie sich umdreht.

Ponzano starrt sie verdattert an, als hätte plötzlich der Hund mit ihm gesprochen.

»Ich erwarte nicht, dass du das verstehst, Sebastián. Aber eines solltest du wissen: Ich werde dich stürzen sehen.«

Romero

Kaum hat Aura das Büro verlassen, tritt Comisaria Romero hinter einer Säule hervor, wo sie das Gespräch belauscht hat. Sie setzt sich auf den Platz, auf dem Aura saß. Er hat ihre Körperwärme gespeichert, weshalb Romero angewidert ein Stück weiterrückt.

Ponzano hat sich wieder hingesetzt und die Beine überschlagen, sein Fuß wippt auf und ab.

»Und?«

Romero hat ihre ganz eigene Meinung über männliches Aussehen. Männern, die feminin gepflegte Hände haben, ist nicht zu trauen, auch denen nicht, deren Schuhe wie Spiegel glänzen oder die – dann erst recht nicht – zu gut angezogen sind.

Ponzano erfüllt alle drei Kriterien.

»Ich hatte Sie gewarnt.«

»Ja«, sagt Ponzano und streicht sich übers Kinn. »Ja, das haben Sie in der Tat.«

Romero war ebenfalls gezwungen worden, nackt in einen schwarzen Overall zu schlüpfen. Ponzano geht keine Risiken ein, und schon gar nicht, wenn er offen darüber spricht, was er zu tun beabsichtigt. Mit anderen Worten, was Tonaufzeichnungen von korrupten Polizisten anbelangt, ist er aus Schaden klug geworden.

»Haben Sie mitgebracht, um was ich Sie gebeten habe?«

Romero gibt ihm zwei Mappen.

Für Berichte kann sich Ponzano richtig begeistern. Er betastet sie, mischt die Seiten neu, liest sie wiederholt, studiert die Fotos. Das gibt ihm das Gefühl von Beständigkeit, von etwas Vertrautem und Bekanntem. Berichte sind wie Schutzdecken. Stimmt schon, im Wortsinn sind sie nicht besonders zweckmäßig, denn sie schützen nicht den Körper, doch ihre bloße Existenz beschwichtigt die Angst vor dem Unbekannten.

»Das ist höchst … aufschlussreich«, sagt er und nimmt das Foto einer Frau in Militäruniform heraus. Auf der Rückseite steht: *Celeiro Buján, María de la Paz*. Im Bericht sind neben ihrem Dienstgrad auch die erhaltenen Orden und Referenzen aufgelistet.

»Wissen Sie, wieso man sie aus der Armee entlassen hat?«

»Das konnte ich noch nicht herausfinden. Offensichtlich höchste Geheimstufe. Dafür muss ich auf spezielle Quellen zurückgreifen.«

Ponzano nickt irritiert.

»Verstehe, Sie brauchen mehr Geld.«

»Erstklassige Geheimdienstinformationen haben ihren Preis, Herr Präsident.«

»Gut, sagen Sie meiner Sicherheitschefin Bescheid. Ich glaube, Sie kennen sich bereits.«

Diesen schlechten Scherz macht er jedes Mal, was ebenso lästig ist wie die Verpflichtung, den Overall anzuziehen. Die Comisaria schweigt.

»Ich frage mich, wie sich diese beiden Frauen wohl kennengelernt haben«, sagt Ponzano, ohne den Blick von dem Foto abzuwenden.

Das fragt sich Romero auch. Denn nichts, was mit Aura Reyes zu tun hat, passt ins Bild. Ein derart zwiespältiges Gefühl hat sie nur selten, eine schwammige, furchterregende Unbehaglichkeit, wenn sich jemand nicht verhält, wie man es von ihm erwartet.

Eine Frau aus einer Familie der unteren Mittelschicht. Arbeitsam und fleißig. Die Tochter wird zur Universität geschickt, besteht das Studium mit Bravour und macht eine steile Karriere als Bankerin mit glänzenden Zukunftsaussichten.

Eine wie sie, die an das System glaubt und etwas dafür bekommen hat, tendiert eigentlich nicht dazu, die Regeln zu verletzen. Und noch viel weniger, eine Komplizenschaft mit einer kriminellen Ex-Soldatin einzugehen.

Wie auch immer die Erklärung dafür lauten mag – aus einer Laune heraus oder aus purer Waghalsigkeit –, beides scheint ihr besorgniserregend.

»Bei dem Vorfall in Reyes' Haus ist der Mann ermordet worden.«

Ponzano wartet ab, ob auf diese Feststellung noch eine Frage folgt. Einen Moment lang schweigen beide, eine Art stummer Boxkampf, den sie schon öfter ausgetragen haben.

Wie viel kannst du mir erzählen, aus der einen Ecke.

Wie viel soll ich dir erzählen, aus der anderen.

»Damit hatten wir nichts zu tun«, sagt Ponzano schließlich mit erhobenen Händen. Ein Bild der Unschuld.

Das ist mir klar, denkt Romero. Denn den Auftrag hättest du gewiss mir erteilt, Alter.

Zwischen beiden steht ein Schachspiel auf dem Tisch. Bei ihrem ersten Treffen hatte Ponzano ihr von seinem Ursprung vor tausend Jahren erzählt, aber sie erinnert sich nicht genau. In Schottland vielleicht. Die Figuren im romanischen Stil sind aus Walross-Elfenbein und Walzähnen gefertigt. Genaue Repliken des Originals, das im Museum steht.

Ponzano beugt sich über das Spiel und streichelt seine Figuren in vergilbtem Weiß, das mit dem Granatrot der Gegenfiguren kontrastiert.

»Der Mann war in undurchsichtige Geschäfte verwickelt, mehr weiß ich nicht. Ich habe mich auf das Schachbrett konzentriert und die Lücke genutzt.«

Romero nickt zustimmend, was ebenso falsch ist wie das eben Gehörte. Es wäre verwegen zu glauben, dass Ponzano nicht viel mehr wüsste, als er behauptet.

Abgesehen davon, wer für den Tod des Mannes oder den Grund verantwortlich ist, für Romero steht fest: Von diesem Tag an hat sich Aura Reyes verändert.

Schwer verletzt, ruiniert. Eine reiche Bankerin ist plötzlich eine arme Hausfrau und muss in die elterliche Wohnung zurückkehren.

So jemand neigt allerdings nicht unbedingt dazu, die Regeln zu verletzen. Das Leben war unwiederbringlich zerronnen wie verschüttetes Wasser, das man auch nicht mehr ins Glas zurückfüllen kann.

Jemand, der so etwas durchmacht, bleibt am Boden und steht nicht mehr auf.

Aura Reyes ist ein Rätsel, denkt sie, und Rätsel ziehen sie magisch an. Es ist wie frischer Wind in ihrer trostlosen Routine der letzten Monate.

»Diese Frau … macht mich neugierig«, gesteht sie.

»Ja, sie ist faszinierend.«

»Ich meine Ihre Beziehung zu ihr. Es scheint, als verstünden Sie sich sehr gut.«

»Ich habe sie schon früh unter meine Fittiche genommen. Ihr Verstand … ist herausragend. Ich habe noch nie jemanden mit solch großer Organisationsfähigkeit kennengelernt. Ihr fehlte nur der Wagemut. Ich habe lediglich versucht, ihren Horizont zu erweitern.«

Er klopft auf den Stapel Bücher über militärische Strategien auf dem Tischchen neben sich.

»Sie wäre ein großartiger General geworden«, fügt er hinzu.

»Haben Sie Zuneigung zu ihr entwickelt?«

»Wenn Sie damit meinen, ob es mich schmerzt, sie opfern zu müssen, so lautet die Antwort Ja.«

»Das habe ich nicht gemeint. Ich muss Grenzen ziehen können.« Romero legt eine vielsagende Pause ein. »Wenn es denn welche gegeben hat.«

Der Alte presst die Lippen zusammen und wendet den Blick ab.

»Der Einschüchterungsversuch hat nicht viel genützt, stimmt's?«

Die Comisaria schüttelt den Kopf. »Ich habe zwei gewöhnliche Gauner zu ihr geschickt. Sie sollten sie weichklopfen und Ihre Botschaft überbringen.«

»Ich hatte nicht den Eindruck, dass sie sonderlich weichgeklopft ist.«

»Die Männer kamen verletzt zurück«, sagt Romero und zeigt auf das Foto der Legionärin.

»Schwer?«

Romero zieht eine Augenbraue hoch. Für solche Details interessiert sich Ponzano sonst nie.

»Ziemlich schwer. Gebrochene Rippen und Zähne.«

»Interessant. Geben Sie denen ein Extra für die Unannehmlichkeiten. Damit sie den Mund halten.«

Das hat Romero schon erledigt und lässt es ihn wissen.

»Nun, da es mit Einschüchterung offensichtlich nicht funktioniert, werden wir abwarten und sie genau beobachten.«

»Ich dachte, Sie wollten nicht, dass die beiden weitersuchen.«

»Will ich auch nicht. Aber ich glaube nicht, dass sie die Programmiererin finden werden. Und selbst wenn, wäre es nur Zeitverschwendung. Und genau das will ich.«

Romero versteht. Jede Minute zählt, und Aura Reyes' Zeit läuft ab. In wenigen Tagen muss sie ins Gefängnis. Ponzano wird seine Fotos bekommen. Romero ihre Kommission. Die Bank die Fusion. Und die Kleinaktionäre werden eine böse Überraschung erleben.

Alle zufrieden. Zumindest die, die wichtig sind, klar.

Dennoch ist es am vernünftigsten, die Bedrohung zu eliminieren.

Vielleicht nicht endgültig, aber wenigstens stark einzuschränken.

Als hätte er ihre Gedanken gelesen, sagt Ponzano: »Sollte etwas Unvorhergesehenes eintreten, ließen sich vielleicht die hinderlichen demokratischen Prozesse umgehen …«

Die Comisaria macht eine zweideutige Handbewegung. Die Tatsache, dass sie das Gespräch nicht aufzeichnen kann – was sie, ehrlich gesagt, sehr gern getan hätte –, bedeutet ja nicht, dass ihr Gegenüber es nicht tut.

»Wäre das ein Problem für Sie?«

Die Comisaria muss unvermittelt auflachen. Wild, ohne jede Freude.

Früher vielleicht. Als sie noch Polizistin war.

Jetzt ist es etwas anderes.

»Skrupel sind in meinem Geschäft so hilfreich wie ein Smoking für einen Schwimmer.«

»Sie überraschen mich, Comisaria«, sagt Ponzano. »Sind Ihnen die Methoden etwa egal?«

Er ist sarkastisch. Sie aber nicht.

Romero hat es satt, die Verliererin zu sein. Ihre Niederlagen reichen für ein ganzes Leben. Und schon vor langer langer Zeit hat sie sich geschworen, nie wieder zu scheitern, jetzt, wo sie keine Polizistin mehr ist. Auch wenn sie dafür die Spielregeln ändern muss.

»Um die Methoden zu bedauern, muss man vorher gewinnen«, erwidert sie und wischt sich einen eingebildeten Fussel vom Ärmel. »Und wenn man gewonnen hat, was interessieren dann noch die Methoden?«

22

Eine Mappe

Das Sorgenkind eines der mächtigsten Männer Spaniens sitzt auf dem Sofa, die eine Hand in einer Schüssel mit Eiswürfeln und in der anderen eine halb leere Flasche Dyc-Whiskey.

Ihr Kopf wird langsam leichter – vom Alkohol –, nachdem er fast geplatzt war wegen des ununterbrochenen Geplappers der Zwillinge, die es weidlich ausnutzen, wenn sie eine der Frauen für sich allein haben.

Irgendwann wollte Cris etwas in der Glotze sehen, und Alex war verschwunden.

Dachte Mari Paz zumindest.

»Das ist meine Lieblingsmappe«, ertönt eine Stimme hinter dem Sofa. »Möchtest du sie sehen?«

Mari Paz bleibt keine Zeit zu antworten, denn schon landet in ihrem Schoß ein Heft mit Ausschnitten von Größe und Gewicht eines Lexikons.

»Was ist da drin, Schätzchen?«

»Alles für meine Hochzeit«, erklärt Alex, die ihr über die Schulter blickt, als sie es aufschlägt.

»Hattet ihr nicht eure Namen geändert, bis ihr wisst, wer ihr *wirklich* seid?«

»Ach, das mit der Hochzeit ist schon klar, MP.«

Eine weitere unumstößliche Entscheidung der Zwillinge. Ihrer Meinung nach ist Mari Paz zu lang, also wurde sie kurzerhand mit ihren Initialen getauft. Als Mari Paz ihnen zu erklären versuchte, dass das auch nicht viel kürzer auszusprechen sei, stieß sie auf taube Ohren.

»Hier scheint aber nichts klar zu sein«, sagt Mari Paz einigermaßen ratlos, als sie die Mappe durchblättert.

Abgesehen davon, dass sie dick und unförmig wie ein Akkordeon ist, herrscht drinnen ein einziges Chaos mit unzähligen Fotos und bunten Notizen.

»Ich muss an vieles denken. Die Blumen, das Kleid, den Haarschmuck, die Einladungen, den Stil …«, zählt Alex auf.

»Und du, Cris?«, fragt Mari Paz die Schwester, die in die Glotze starrt.

»Ich werde nie heiraten«, schnaubt sie aggressiv. »Und es wäre mir lieber, wenn ihr über was anderes redet.«

»Sei vorsichtig, MP«, flüstert ihr Alex ins Ohr. »Sie will nur nicht, weil sie niemanden hat, der sie zum Altar führt.«

»Hey, ich kann dich hören!«

»Ich habe ihr gesagt, dann soll sie sich einen Ersatz suchen.«

»Niemand kann Papa ersetzen«, murmelt Cris erstickt.

Mari Paz braucht sie nicht anzusehen, um zu wissen, dass sie weint. Sie legt die Mappe auf den Tisch, schiebt Flasche und Schüssel beiseite und will das Mädchen an sich ziehen. Zuerst windet sie sich, ein widerspenstiges, in Tränen aufgelöstes kleines Mädchen, aber Mari Paz gibt nicht auf, bis schiere Kraft und Unausweichlichkeit siegen.

»Komm mal her, meine Kleine.«

Alex spielt acht Sekunden lang die Unerschütterliche, dann beginnt auch sie zu weinen und kuschelt sich in Mari Paz' anderen Arm.

Sie kennt das.

Eine große Leere.

Eine plötzliche Abwesenheit.

Das für immer eingefrorene Bild.

Ein Mann, der mit Anfang vierzig stirbt, bleibt ein Leben lang der Mann, der mit Anfang vierzig stirbt. Die Spur des Todes besiegelt ein Vorher und Hinterher. Der Sinn seines Lebens erschließt sich erst nach seinem Tod.

Bei zwei Mädchen, die mit sieben Jahren Halbwaisen werden, ist das genauso.

Ihre ganze Geschichte, ihr Gedächtnis, ihre Erinnerungen. Was sie ausmachen wird. Alles auf gläsernen Grundmauern errichtet.

Sie weiß das, denn sie hat ihre Eltern im selben Alter verloren. Doch sie kann ihnen nicht erklären, was sie jetzt fühlt.

Also umarmt sie die Zwillinge stumm, bis Cris unruhig wird. Ohne das Gesicht von Mari Paz' Brust abzuwenden, stupst sie ihre Schwester am Arm.

»Wenn du willst, kannst du weiter über das Thema reden.«

Alex schaut ihre Schwester mit verheultem Gesicht an.

»Wirklich?«

»Nur, wenn du willst.«

Sie will. Alex nimmt wieder die Mappe mit den Ausschnitten zur Hand und beginnt, der Reihe nach ihre liebsten Hochzeitskleider aufzuzählen.

Mari Paz, eingehüllt in einen Nebel aus billigem Whiskey und der Körperwärme der Mädchen, lässt sich im Fluss der Begriffe treiben. Meerjungfrau, Empire, Prinzessin, Säule, Schwalbenschwanz. Zu ihrer Überraschung macht es ihr Spaß, die unterschiedlichen Kleiderstile kennenzulernen. Ein plötzliches *Bing* auf dem Esstisch lässt sie aufstehen.

»Wo willst du hin?«, protestiert Alex, als Polster und Zuhörerin plötzlich verschwunden sind.

»Ist wegen deiner Mutter«, entschuldigt sich Mari Paz.

Aura nimmt sofort ab.

»Ich bin auf dem Heimweg. Zu Fuß, weil ich meine Gedanken ordnen muss.«

»Wie war's?«

»Ponzano hat Angst. Er glaubt, dass ich die Programmiererin finden will, um meine Verteidigungsstrategie vor Gericht zu verbessern.«

»Das ist doch gut, oder?«

»Ist vielleicht ein Vorteil für uns. Geht's den Mädchen gut?«

»Ja«, antwortet Mari Paz. »Ich rufe nur an, weil du gesagt hast, ich soll dir Bescheid geben, sobald das Fähnchen rot leuchtet.«

»Wer ist online?«

Mari Paz liest den Namen vor.

Es ist ein Ingenieur, der bei Ingra im Team von Ginés war. Diesen vielversprechenden Kontakt hat sie sich auf LinkedIn herausgesucht.

»Du musst ihm antworten.«

»Wie bitte?«

»Ich bin erst in einer halben Stunde zu Hause, und wir brauchen diesen Namen so schnell wie möglich. Vielleicht ist er nicht mehr online, wenn ich heimkomme. Das ist LinkedIn, nicht Twitter. Niemand hält sich da länger als nötig auf«, erklärt Aura keuchend, weil sie schnell geht und noch schneller spricht.

Mari Paz ist schließlich zähneknirschend einverstanden und lässt sich erklären, wie man den Chat mit der Zielperson öffnet. Was viel mühsamer ist, als es auf den ersten Blick wirkt.

»Ich kann mit den Dingern nicht umgehen.«

»Musst du aber. Klick auf das Dialogfeld.«

Mari Paz sucht tatsächlich nach einem Feld, auf dem

Menschen reden. Mortadelo und Filemón, zum Beispiel. Es dauert ein Weilchen, bis sie die wesentlichen Schritte verstanden hat, eine Zeitspanne, die Auras Geduld fast überspannt.

»Jetzt bin ich drin«, verkündet Mari Paz triumphierend.

»Gut, dann begrüße ihn.«

Der Mann heißt José Luis, stammt aus Getafe und spielt Rasenhockey. Das ist alles, was sie seinem Lebenslauf entnehmen konnte. Abgesehen von einem Haufen langweiliger Daten.

»Und was soll ich schreiben?«

Aura seufzt nervös.

»Schreib, was ich dir sage. Guten Tag …«

Mari Paz, eine Expertin im Gebrauch von Kurz- und Langwaffen, Überfalltaktiken, Präzisionsfeuer und Feuerschutz, Weitsprung und einer langen Liste von Aktivitäten, bei denen körperliche Koordination unverzichtbar ist, hat Schwierigkeiten, auf der Tastatur den Buchstaben G zu finden.

»Mittig über der Leertaste!«, sagt Aura.

Mari Paz widersteht dem Versuch, gen Himmel zu blicken, und dreht sich um.

»Kann eine von euch …?«

Beide Mädchen, die Zeuginnen ihres Leidens sind, springen sofort auf.

»Macht ihr *catfishing*? Krass!«

»Was hatten wir über den Gebrauch von Fremdwörtern gesagt, Süße?«

»Das heißt, dass du im Internet angibst, jemand anderer zu sein, um jemanden zu täuschen.«

Mit einem Pokerface, das alle Wettbewerbe gewinnen würde, starrt Mari Paz die Zwillinge an.

»Komm, wir schreiben für dich«, schlägt Cris vor und klopft ihr aufmunternd auf den Rücken.

Polizeiliches Beweismittel #GV368

Verfahren gegen Aura Reyes und María de la Paz Celeiro

Guillermina Pacheco • 17:22
Guten Tag, LOL.

José Luis Sanz • 17:23
Pardon?

Guillermina Pacheco • 17:24
Guten Tag, meinte ich. Wie schön, einen Kollegen aus
Madrid kennenzulernen!

José Luis Sanz • 17:25
Ah, hallo. Du bist aus Seattle, nicht wahr?

Guillermina Pacheco • 17:25
Ja. Aber jetzt bin ich in Berlin, und in Kürze geht's
nach Madrid. 👍

José Luis Sanz • 17:27
Ah, wie schön! Diese Stadt ist genial, wirst schon sehen.

Guillermina Pacheco • 17:28
Ich weiß, ich weiß, meine Mutter war Spanierin.
Ich soll eine neue Abteilung aufbauen und suche Leute
für ein Team …

José Luis Sanz • 17:30
Ah, und woran hast du da gedacht?

Guillermina Pacheco • 17:31
Ich brauche wettbewerbsfähige Leute, die sich gern
weiterentwikkeln.

Guillermina Pacheco • 17:31
* weiterentwickeln.

José Luis Sanz • 17:33
Kannst du mir etwas mehr über das Projekt
sagen?

Guillermina Pacheco • 17:35
Das ist noch vertraulich, du wirst versehen, dass ich
noch nichts verbraten kann.

José Luis Sanz • 17:36
Ich bin mir nicht sicher, ob ich dich ...

Guillermina Pacheco • 17:37
Hahaha, Entschuldigung, Spanisch ist meine
Zweitsprache, LOL.

José Luis Sanz • 17:38
Aber deine Mutter ist doch Spanierin?

Guillermina Pacheco * 17:39
Wegen der Nannys haben wir zu Hause nur Englisch gesprochen.

José Luis Sanz • 17:40
Oh, I see.

Guillermina Pacheco • 17:41
Du musst mir nicht auf Englisch antworten, es handelt sich um ein Projekt für Spanien.

José Luis Sanz • 17:43
Verrätst du mir jetzt etwas mehr?

Guillermina Pacheco • 17:43
Nein, nein, ist noch geheim!

José Luis Sanz • 17:46
Geheim!!!

Guillermina Pacheco • 17:46
Ich würde trotzdem gerne auf dich zählen, wenn du magst. Du hast sehr gute Referenzen.

José Luis Sanz • 17:47
Wenn es Anreize gibt …

Guillermina Pacheco • 17:47
Ganz viele. Es ist ein sehr großes Projekt …

José Luis Sanz • 17:48
Ja, dann hast du bestimmt auch gesehen, dass ich
gerade an einem großen Projekt mitarbeite.

Guillermina Pacheco • 17:50
Und 20$ mehr Gehalt je nach Zielvorgabe.

José Luis Sanz • 17:51
Zwanzig Dollar? Ist aber kein großer Anreiz,
ehrlich …

Guillermina Pacheco • 17:52
Verzeihung, ich habe mich vertippt, ich meinte
20 %, LOL.
👍

José Luis Sanz • 17:53
Das klingt schon anders.

Guillermina Pacheco • 17:54
Dann kann ich mit dir rechnen?

José Luis Sanz • 17:53
Im Prinzip schon, aber das kommt ein bisschen
plötzlich …

Guillermina Pacheco • 17:54
Keine Sorge, das Projekt beginnt erst in ein paar
Monaten. Du hast genug Zeit.

José Luis Sanz • 17:55
Dann also vielen Dank.

Guillermina Pacheco • 17:56
Du bist der Erste, mit dem ich Kontakt aufgenommen
habe. Ich hoffe, du kannst das Geheimnis bewahren.

José Luis Sanz • 17:56
Du kannst dich auf mich verlassen.

Guillermina Pacheco • 17:57
Vielen Dank. Ach, noch was ...

Guillermina Pacheco • 17:58
Ich bräuchte die Kontaktdaten von Irene Muñoz Quijano.

Guillermina Pacheco • 18:00
Hallo? Bist du noch da, José Luis?

José Luis Sanz • 18:02
Ja, ich bin noch da.

Guillermina Pacheco • 18:03
Kannst du mir helfen?

José Luis Sanz • 18:03
Wozu brauchst du die Daten von Sere?

Guillermina Pacheco • 18:04
Ich habe gehört, sie ist die Beste in ihrem Fach.

José Luis Sanz • 18:04
Und was ist ihr Fach?

Guillermina Pacheco • 18:04
Ich weiß nicht, ob ich dich verstehe.

José Luis Sanz • 18:05
Wofür du Sere brauchst?

Guillermina Pacheco • 18:06
Das hat mit dem Projekt zu tun, von dem ich dir noch nichts verraten kann.

José Luis Sanz • 18:07
Tut mir leid, aber da kann ich dir nicht helfen.

Guillermina Pacheco • 18:08
Schade. Ich dachte, du wärst ein Teamplayer. Dann vielleicht ein andermal. Viel Glück bei deinem Projekt.

José Luis Sanz • 18:09
Nein, nein, warte mal.

Guillermina Pacheco • 18:09
Ja?

José Luis Sanz • 18:11
Du bist nicht die Erste, die nach Sere fragt. Und sie hat
keinen guten Ruf in der Firma.

Guillermina Pacheco • 18:11
Du weißt doch, wie es läuft. Chefs kommen und
gehen …

José Luis Sanz • 18:12
Ich weiß nicht …

Guillermina Pacheco • 18:13
Keine Sorge. Wenn es dir zu heikel ist, macht das
nichts.

José Luis Sanz • 18:13
Aber ich kenne dich doch gar nicht.

José Luis Sanz • 18:20
Na gut, schreib auf …

Dritter Teil

Sere

Ich träume,
ich überquere eine Brücke,
und der schwingende Grund
ist voller List und Tücke.

Rosalía

Chaos

»Nein, nein, das ist die falsche Adresse. Calle Duquesa de Castrejón«, sagt sie und fügt Haus- und Wohnungsnummer hinzu. »Ja, ja, Irene Quijano. Ja, ich erwarte Sie.«

Sere legt auf und streicht sich das Haar aus dem Gesicht.

Auf das Telefonat verschwendet sie keinen weiteren Gedanken, wie wir alle. Es braucht nur jemand anzurufen und zu sagen, er hätte ein Amazon-Paket für dich angenommen, und du nennst einer Fremden mit galicischem Akzent einfach deine Adresse.

Sere hat zudem Wichtigeres zu tun. Zum Beispiel herauszufinden, warum die verfluchte Sieben nicht auftaucht.

Sie wirft die Pfeile erneut auf die Küchenarbeitsplatte und vertraut darauf, dass sie auf die Kante treffen.

Der erste prallt auf die Kacheln und zeigt eine Eins.

Der zweite zieht einen

(unmöglichen)

Bogen durch das wild durcheinanderstehende Geschirr, das auf einem Tuch trocknet, landet in der Spüle und zeigt wieder eine Eins.

Vielleicht sollte ich es besser lassen, denkt Sere.

Nein, einmal noch.

Sie schließt die Augen, versucht, sich zu konzentrieren und die düsteren Gedanken zu verscheuchen. Sie blendet alles Körperliche aus, bis sie nur noch das Gewicht dieser beiden kleinen Plastikteile spürt.

Sie wirft die Pfeile und reißt die Augen auf.

Chaos.

Ein Donnerstag im August hatte Seres Leben vollkommen auf den Kopf gestellt.

Stellen wir uns ein glückliches Ehepaar vor. Harmonisch. Er ist Chefkoch eines Restaurants mit einem halben Michelin-Stern – also kurz vor dem ersten. Sie freiberufliche Programmiererin für Softwaretechnologie auf hohem Niveau.

Sie lieben sich. Sie gefallen sich. Morgens singt sie auf dem Balkon gemeinsam mit den Vögeln.

Das ist nicht übertrieben.

Aber ach, eines Tages besucht der Michelin-Tester das Restaurant im ungünstigsten Moment. An dem Tag geht alles schief. Die Suppe kalt, die Vichyssoise heiß, das Sushi zu gar und das Filet roh.

Es gab keinen Stern. Er stürzte ab.

Erst kam der Alkohol, dann das Kokain. Er wurde gewalttätig und gehässig. Sie sang nicht mehr mit den Vögeln auf dem Balkon, verlor aber nicht den Glauben an ihn. Als er seine Stelle verlor, als er eine Entziehungskur machte, als er rückfällig wurde. Jahre der Hölle, die sie ihre ganze Energie, ihre Liebe und die straffe Haut der Augenpartie kostete.

Nach drei Jahren hatte er es geschafft. Ein neuer Mann. Schlank, sehnig, sportlich. Fröhlich, nüchtern. Er eröffnete sein eigenes veganes Lokal – es musste nicht alles perfekt sein.

Sie hatte gewonnen. Erschöpft und verwelkt nach dieser übermenschlichen Anstrengung und vielen schlaflosen Nächten. Nach den Schlägen, wenn er vollgepumpt mit Koks besonders gewalttätig war.

Aber jetzt war ein neuer Mann zum Vorschein gekommen. Ihr Werk.

Du hast mich fallen lassen, aber sie hat mich wiederaufgerichtet, was man eben so sagt.

Und schon sind wir bei besagtem Donnerstag im August, als sie den Risikosport »Unerwartetes Heimkommen« betrieb und der Schwanz ihres Mannes im Mund ihrer Schwester steckte.

Nun ja, den Schwanz konnte man nicht sehen, es war aber eindeutig.

Sere hatte nie dazu geneigt, Szenen zu machen, weshalb sie die Tür leise wieder schloss, um ihnen den Orgasmus nicht zu versauen. Sie verließ die Wohnung und holte den Kanister aus dem Kofferraum ihres Wagens. Dann bat sie den Hausmeister um den Wasserschlauch, schnitt ein Stück ab, füllte damit Benzin in den Kanister, verteilte es über den Audi ihres Mannes und den Wagen ihrer Schwester und ließ beide Autos in Flammen aufgehen.

Im Jahr darauf heirateten ihr Ex-Mann und ihre Schwester.

Sere ließ sich auf ein T-Shirt drucken: *Ich habe meinen Mann aus Depression und Drogenmissbrauch gerettet, und der Dank dafür sind Krähenfüße*, und zog es an. Sie dachte darüber nach, aus dem Leben zu scheiden. Was sie jedoch schnell wieder verwarf, weil ihr das zu endgültig erschien.

Stattdessen widmete sie sich der Magie.

Und damit fingen die Probleme erst richtig an.

Seres Familie hat eine Geschichte – obwohl es sich eher um ein Gedicht als eine Geschichte handelt. Laut Sere sind die Quijanos ein Haufen nachtragender, klatschsüchtiger Arschlöcher, deren einziger Anreiz im Leben ist, über andere zu urteilen. Die Familie findet, sie seien ganz normale Menschen.

Ihr Vater, der aus Muñoz stammte, zog sich fünfzigjährig mithilfe eines Infarkts aus dem Verkehr. Das gab den Quijanos freie Bahn, soll heißen, Seres Mutter, ihren vier Tanten und ihrer perfekten Schwester.

Der Vater war das schwarze Schaf und wurde von allen kritisiert. Ein geeigneter Ersatz war rasch gefunden.

Na klar.

Seres Schwester, deren Namen sie vergessen hat, war immer ein Vorbild. Ausgezeichnete Schülerin, Rhythmische Sportgymnastin, groß und schlank, Colgate-Lächeln.

Und Sere? Einmal sitzen geblieben, kurze Gothic-Phase, Stubenhockerin, klein und rundlich.

»Von deiner Schwester kannst du viel lernen«, war ein Satz, der in ihrer Familie öfter fiel als die Frage »Wollen Sie Pommes dazu?« in einem Burger King.

Entzug und Genesung ihres Mannes? Ein Werk ihrer Schwester.

Ihr Mann betrog sie mit der Schwester? Völlig normal, wer hätte nicht lieber eine *doña perfecta*? Die zündet wenigstens keine Autos an.

Die Quijanos standen geschlossen hinter *doña perfecta*. Zur Hochzeit strömten sie in Massen. Nur Sere nicht, die zog sich noch stärker in ihren Panzer zurück.

Die Familienmitglieder und Freunde, die noch mit ihr redeten – nachdem sie der Welt den Rücken gekehrt hatte und nicht mehr mit ihnen sprechen wollte –, schlugen die Hände über dem Kopf zusammen, wenn sie ihnen erklärte, dass sie jetzt eine Hexe der Chaostheorie sei.

»Was ist denn das?«

Sie versuchte es so einfach wie möglich zu erklären.

»Ich glaube, dass alles, was existiert, aus der Vorstellungskraft hervorgeht und sich mittels des Willens verändern lässt. Der Wille kann mithilfe eines Rituals gelenkt werden. Zum Beispiel mit diesen Pfeilen …«

Spätestens in dem Moment hörten sie nicht mehr zu.

»Wie kannst du nur rumlaufen und behaupten, du seist eine Hexe? Wie peinlich.«

Sie dachte an ihren Ex-Mann und ihre Ex-Schwester. Sie dachte an ihren in der Blüte seines Lebens verstorbenen Vater und schickte der Mutter folgende Nachricht:

Wenn du stirbst, bleibt dir keine Zeit mehr, dich zu schämen, ganz einfach, weil die Scham dich dazu verleitet, dich an etwas zu klammern, das nur in deinen Gedanken existiert. Es beruhigt dich, wenn alles ruhig ist, aber dann öffnet die Welt der Furcht und der Heimlichkeit ihren Rachen für dich, wie für uns alle, und dir wird bewusst, dass dein sicherer Weg keineswegs sicher ist. Unsere Zaghaftigkeit hindert uns daran, unsere Bestimmung zu überprüfen und zu nutzen, sie erlaubt uns nicht, unser Schicksal aktiv zu lenken.

Spott und Verständnislosigkeit waren noch das Geringste. Viel mehr störte sie, dass alle versuchten, sie zu verändern. Ihre Mutter versuchte gar, sie wegen der Sache mit der Magie, dem Abfackeln der Autos und ihrem Verschanzen in der Wohnung zu entmündigen. Im Sachverständigengutachten stand: *Nicht konkludent.* Der Richter blickte sie zweifelnd an und lehnte den Antrag ab.

Nach alldem befand sie, dass sie alle am Arsch lecken konnten.

Wer? Alle.

Ihr könnt mich alle am Arsch lecken, und zwar doppelt!, schrieb sie per WhatsApp an alle Besserwisser. Das »doppelt« hatte sie in letzter Sekunde hinzugefügt, weil sie glaubte, dass es die Botschaft verstärkte und Missverständnissen vorbeugte.

Wenn man bedenkt, dass ihre Frustrationsgrenze schon mit einem »Wie geht es dir?« überschritten war, dauerte es nicht lange, bis sie endlich ihre Ruhe hatte und ganz allein war.

Je länger eine Person allein ist, desto einsamer wird sie. Die Einsamkeit überwuchert sie wie Moos. Ein Schutzschild, das alles abhält, was sie zerstören könnte, aber auch das, was sie sich am meisten wünscht. Einsamkeit kann sich steigern, sie breitet sich aus und besteht fort. Wenn sich dieses Moos erst einmal festgesetzt hat, wird es immer schwieriger, es herauszureißen.

Die Arbeit, die zuvor ihr Refugium war, konnte dieses wachsende, bittere und klebrige Gefühl nicht ausgleichen.

Die Einsamkeit eines Schiffbrüchigen, des Piers im Morgengrauen, des Sterns in der Dunkelheit. Die Einsamkeit eines Sonntagnachmittags mitten in der Woche.

Möglich, dass Sere Selbstgespräche führt und ihre Wohnung mit Elektroschrott in verschiedenen Phasen der Beschädigung zumüllt. Möglich, dass alle ihre

Bücher von Magie handeln, und möglich, dass sie alles aus ihrem Leben verbannt hat, was ihr einmal wichtig war.

Denn machen wir uns nichts vor: Sie ist vollkommen übergeschnappt.

Und außerdem sehr intelligent.

Weshalb ihr durchaus bewusst ist, dass sie aus reinem Selbstschutz diese freiwillige Abschottung gewählt hat, dass sie jeden Menschen, der glaubt, sie hätte Liebe verdient, aus ihrem Leben verbannt hat.

Sere kommuniziert kaum mit anderen Menschen, und wenn, dann nur über elektronische Medien. Auf diesem Weg erhielt sie auch immer ihre Aufträge für Softwareprogramme. Und seit der letzten Auftragsarbeit – und deren verheerenden Konsequenzen – hat sie keine mehr angenommen.

An diesem Morgen fiel ihr beim Aufstehen ein, dass sie in den letzten fünf Monaten außer mit dem Paketlieferanten und der Supermarktkassiererin mit niemandem gesprochen hat.

Sie schaute zum Fenster hinaus, sah die Nachbarin Consuelo ihre Geranien gießen und dachte über ihre Zukunft nach.

Die Zukunft, in die sie ihr aktueller Weg führt.

Ich werde eine dieser alten Frauen sein, die allein und verloren auf einer Bank sitzen und Tauben füttern. Die mit schleppendem Schritt nach Hause gehen, die runzligen Hände voller Altersflecken, mit einer leicht arthriti-

schen Würde in den Gesten, mit offensichtlicher Wehmut in den unbegreiflichen letzten Tagen. Ich werde im fünften oder sechsten Stock den Oberkörper aus dem Fenster beugen und hingebungsvoll die Geranien gießen – wie Consuelo, die ihr freundlich zuwinkt, worauf Sere erfreut zurückwinkt. Und mir wünschen, einen betrügerischen Vertreter von Tecnocasa oder Jazztel in mein Wohnzimmer zu bitten und ihm Billig-Gebäck und ein Anis-Schnäpschen anzubieten.

So weit wird es nicht kommen.

Heute versucht sie sich schon seit Stunden in der Magie. Sie hat zu ihren zwei Lieblingspfeilen gegriffen. Winzig klein, rot mit weißen Spitzen, übrig geblieben aus der Spielesammlung Geyper, die schon vor Jahren verloren ging.

Sie hat sich vor die Arbeitsplatte gestellt und mit weißer Kreide auf den schwarzen Silestone-Quarz eine komplizierte, geschlossene Sigille gemalt.

Der darin eingeschriebene Wunsch ist ungeschminkt und einfach.

Ich will nicht mehr allein sein. Jetzt muss sie die Sigille nur noch aktivieren.

Mit einer Sieben, beschließt sie.

Nach über hundert Würfen keine einzige Sieben.

Das ist unmöglich, sagt sie sich.

Nein, es ist nicht unmöglich. Sondern höchst unwahrscheinlich. Die Pfeile haben natürlich kein Speichervermögen. Theoretisch, nur theoretisch, kann sie bei einer Million

Würfen eine Million Male in Folge dieselbe Nummer treffen,
weil die Wahrscheinlichkeit jedes Mal zurückgesetzt wird.

Und trotzdem war Sere davon überzeugt, den Pfeil beherrschen zu können, ihn ihrem Willen unterzuordnen.

Beim hundertsten Versuch – der mit dem Geschirr auf der Arbeitsplatte, dem wir anfangs beigewohnt haben – ist Sere nicht mehr so überzeugt. Sie ist eher im Begriff, aufzugeben.

Die Pfeile haben sie im Stich gelassen, schutzlos und ängstlich.

Vielleicht wäre es besser, damit aufzuhören, denkt sie.

Nein, noch ein letztes Mal.

Sere öffnet die Augen.

Chaos.

Die Pfeile stecken mitten in der Sigille an der richtigen Stelle.

Die Vier, die Zahl für das Universum, das Ganze.

Die Drei, die Zahl der Alchimie. Die Verbindung der Flüssigkeiten, die Kraft der Erde und das reinigende Feuer.

Beim Anblick der Pfeile erschaudert Sere vor Freude und Angst.

Es wird etwas passieren, etwas sehr Großes.

Aber nur, wenn sie auch den letzten Schritt des Rituals vollzieht.

Sie streckt die Hand aus, sie zögert. Sie hat Angst. Sie

hat das Gefühl, als würde ein Eiszapfen ihren Rücken hinabwandern. Die Zukunft infiltriert die Gegenwart.

Diese Magie verlangt die Zerstörung der Sigille, um die Veränderung sehen zu können. Ein Zauber wie dieser, der stundenlang auf sich warten lässt, bis er sich einwandfrei einstellt, hat ein riesiges Potenzial. Sie spürt ein Ziehen im Bauch, an der Stelle, wo die Willenskraft beheimatet ist, die der Magie Antrieb und Energie verleiht.

Kann auch daran liegen, dass ich seit Stunden nichts gegessen habe.

Leichten Herzens, fast unbekümmert, verwischt sie die Sigille und beendet damit das Ritual.

In genau diesem Moment klingelt es an der Tür.

1

Eine Tür

Aura und Mari Paz warten ungeduldig.

Die Tür wird von einer Frau Mitte dreißig geöffnet. Klein, rundlich und mit lockigem roten Haar. Eine Haut wie Milch.

Wie entrahmte Milch.

Sie ist hübsch, von einer zarten Schönheit, die bei schlechtem Licht schnell ins Hässliche umkippt. Mit ihren hervorstehenden und lebendigen blauen Augen starrt sie auf Mari Paz' leere Hände.

In ihrem Blick liegen Irritation und Verrat.

Die Art Verrat, den jemand empfindet, wenn aus der Gegensprechanlage erst »Amazon« ertönt und dann kein Lieferant vor der Tür steht, sondern jemand mit fragwürdigen Absichten.

»Seid ihr von Tecnocasa? Bin ich schon so alt?«

Aura blinzelt irritiert. Sie fängt sich aber schnell wieder und stellt sich vor. Was gar nicht so einfach ist.

Sie hat lange darüber nachgedacht. Ob sie sich unter einem Vorwand Zutritt verschaffen und dann die Bombe platzen lassen soll. Aber eine Lüge war noch nie der beste Ansatz, um zu jemandem Kontakt aufzunehmen.

»Ich bin die Frau, der du das Leben versaut hast«, sagt sie also und tritt einen Schritt vor. »Du musst mir helfen, es wieder auf die Reihe zu kriegen.«

Im Flur breitet sich Stille aus.

Diese Art Stille, die nur in einer Totengruft herrscht.

Mari Paz ist nervös und bereit, einen Fuß in die Tür zu stellen, aber Aura hält sie davon ab und wartet auf die Reaktion der Frau.

Sie trägt einen weiten Seidenkimono mit breiten Ärmeln. Als sie den Arm hebt, schimmern die Blumen des Stoffmusters.

Aura glaubt, sie will sie abwimmeln – dieses Armheben wirkt danach –, aber die Frau starrt nur auf ihre Handfläche voller Kreide.

»Es ist möglich … Vielleicht …«

Sie starrt auf ihre Hand, als enthielte sie alle Geheimnisse des Universums oder das perfekte Krokettenrezept. Und scheint eine wichtige Erkenntnis zu haben.

Dann knallt sie ihnen die Tür vor der Nase zu, legt die Kette ein und schließt zweimal ab.

Aura schaut Mari Paz an, die ihren Blick vorwurfsvoll erwidert und auf ihren Jackenärmel zeigt, an dem Aura sie vorher zurückgehalten hat.

»Ich wollte ja, aber ...«

»Schon gut.«

Sie klopft sachte an die Tür.

»Hör mal ...«

Hinter der Tür ertönt ein vernichtendes »Neeein«.

»Irene ... Sere. Du wirst lieber Sere genannt, stimmt's?«

Schweigen.

»Du weißt, wer ich bin. Und du weißt, was mir passiert ist.«

Schweigen.

»Und du weißt auch, dass du schuld daran bist.«

»Es war nicht meine Schuld. Ich hatte den Auftrag, eine Software zu entwickeln, und das habe ich getan.«

»Du hattest den Auftrag, eine Software zu entwickeln, genau«, sagt Aura, an den Türrahmen gelehnt. »Aber du wusstest auch, dass dieser Auftrag nicht harmlos war. Diese Software hat jemand entwickelt, der sehr intelligent ist, jemand, der genau wusste, was er tat. Jemand, der imstande ist, mit absoluter Präzision Spuren zu verwischen.«

In Auras Stimme schwingt sowohl Bewunderung als auch Respekt mit, sie glaubt, was sie sagt. Und damit verwandelt sich ihre Wut auf Sere in eine andere Form der Energie – zumindest momentan –, die die acht Zentimeter der Tür zu durchdringen und bei der Person dahinter anzukommen vermag.

Es ist nicht das, was sie sagt. Sondern *wie* sie es sagt.

Diese Fähigkeit, die Stimme zu modulieren, sie honigsüß klingen zu lassen. Die die alte Aura besaß und die sie nach den Messerstichen verloren hatte.

Wenn die alte Aura redete, gestaltete sie aus einem Baum Möbelstücke.

Von dem Punkt ist sie noch weit entfernt, gewiss.

Aber sie ist wieder da, verdammt. Sie kommt wieder.

»Ich will, dass ihr geht«, sagt die Stimme hinter der Tür abweisend.

Sie kommt wieder, aber langsam.

»Ich kenne dich nicht, Sere. Ich kann dich nicht verurteilen, ich habe es auch nicht vor. Das Werkzeug, das du ihnen in die Hand gegeben hast, hat mich zerstört, das stimmt. Aber ich glaube zu wissen, warum du es getan hast.«

Stille. Erwartungsvoll.

Die Art von Stille, die im Stadion herrscht, wenn der Ball der zurückliegenden Mannschaft im letzten Moment von der Dreierlinie in den Korb trifft.

»Du hast es getan, weil du es konntest.«

Der Ball prallt auf den Ring und dann an die Planke.

»Und jetzt bitte ich dich aus demselben Grund, zusammen mit uns etwas Verrücktes zu tun.«

Der Ball landet im Korb.

»Weil du es kannst.«

Noch immer Stille hinter der Tür.

Dann klirrt die Kette, und der Schlüssel dreht sich im Schloss.

Die Tür geht auf, aber nur wenige Zentimeter. Das

helle Treppenhauslicht malt ein kupferfarbenes Recht-eck in Seres Gesicht. Das sichtbare Auge glänzt argwöh-nisch und erwartungsvoll.

»Selbst wenn ich dir helfen wollte«, sagt sie mit gebro-chener Stimme. »Nicht, dass ich es will, verstanden? Aber selbst wenn ich wollte, könnte ich es nicht. Ich musste an den Computern der Firma arbeiten. Sie haben mich nicht mal ein Blatt Papier mitnehmen lassen.«

So was hatte sich Aura schon gedacht. Es wäre auch zu einfach gewesen. Natürlich haben sie Sere nicht erlaubt, seelenruhig Beweise mitgehen zu lassen, die Aura helfen könnten. Jegliche Spur dessen, was Sere getan hat, dürfte schon vor langer Zeit vernichtet worden sein.

»Ich bin nicht hier, um von dir Beweise für die Mani-pulation der Fonds zu verlangen.«

»Ach nein?«, sagt Sere verblüfft. »Und warum nicht?«

»Weil es genau das ist, was sie von uns erwarten.«

Die Neugier siegt, Sere muss lächeln.

Aura lächelt ebenfalls.

Trotzdem ist Sere noch nicht bereit, so leicht nachzu-geben. Nicht, ohne etwas dafür zu bekommen.

»Ich werde euch zuhören«, sagt sie und öffnet die Tür ganz. »Aber ihr müsst vorher in den Supermarkt runter-gehen und mir eine Packung Kekse kaufen.«

2

Eine Kekspackung

»Iss noch einen Keks«, sagt Aura.

Mari Paz nimmt den letzten aus der oberen Lage – die sie praktisch allein weggefuttert hat – und zieht das Plastik heraus, um darauf hinzuweisen, dass es noch mehr gibt, also keine Sorge.

»Großmutter Celeiro sagte immer, ich würde essen wie ein Vögelchen.«

»Damit hat sie wohl einen Geier gemeint«, entgegnet Aura.

Und schaut Mari Paz neidisch an. Sie isst wie ein Scheunendrescher, was man ihr aber nicht ansieht. Die Kalorien verflüchtigen sich in ihrem Körper wie das Budget beim Hollywood-Dreh.

»Wie ich schon sagte, die Chaosmagie ist nicht das, was ihr in den Harry Potter-Filmen gesehen habt ...«

Sere redet und redet. Hin und wieder legt sie ein paar Schweigeminuten ein.

Die Legionärin und Aura sitzen auf dem Sofa. Die Gastgeberin hat ihre nackten Füße auf den Tisch gelegt, die Nägel sind ausgesprochen gepflegt, wie Aura überrascht feststellt. Mal abgesehen von der Tatsache, dass jeder Nagel eine andere Farbe hat.

Was für Nagelhäute, denkt Aura.

Mari Paz' Interesse hingegen gilt ausschließlich der Kekspackung, wobei sie Sere mit der ihr typischen Skepsis beobachtet.

»Meine Großmutter war auch ein wenig *meiga*«, erinnert sie sich. »Keine richtige Hexe, nur ein bisschen. Sie hätte den intensiven Blick, sagte sie.«

»Den bösen Blick? Das ist … eine andere Art von Magie«, sagt Sere. »Auch bemerkenswert.«

Mari Paz ist von Natur aus ein eher ruhiger Mensch. Ähnlich der gefürchteten Wildheit von sanft dahinplätscherndem Wasser. Deshalb ist es eine Überraschung, dass sie derart leidenschaftlich auf Seres Kommentar reagiert. Beide verstricken sich in eine Diskussion, die Aura nur mäßig interessiert.

Stattdessen schaut sie sich neugierig im Wohnzimmer um.

Ihr Interesse gilt nicht den Büchern oder der Einrichtung – Wohnzimmer und Küche, alles Ikea-Möbel. Sie sucht nach Fotos, persönlichen Gegenständen, irgendetwas, das ihr helfen könnte, diese Frau einzuschätzen, aber sie findet absolut nichts, das ihr weiterhilft.

Vielsagend hingegen ist der Haufen ausgeweideter

Geräte auf dem Esszimmertisch. Ein wahres Leichenschauhaus der elektrischen Kleingeräte, darunter ein Thermomix, zwei Mixer, eine Munddusche und etwas, da ist sich Aura ganz sicher, was einmal ein Vibrator war. Sie alle in unterschiedlichen Stadien der forensischen Analyse. Um sie herum Mainboards, mehrere Lötkolben, Rollen mit Kupferdraht und jede Art von Schraubenziehern.

»Du interessierst dich für …« Sie weiß nicht, wie sie es nennen soll. »Elektronik?«

»Mit etwas muss man ja die Zeit totschlagen«, antwortet Sere geistesabwesend, weil sie noch immer mit Mari Paz diskutiert, die ihr inzwischen am liebsten an die Gurgel springen würde.

Um den Streit zu beenden, fragt Mari Paz: »Möchtest du keinen Keks?«

»Nein danke, ich mag keine Kekse.«

»Warum sollten wir dann welche holen? Wer mag denn keine Kekse, verdammt?«

»Damit ich euch was anbieten kann. Das gehört sich doch so.«

»Du hast nicht vielleicht einen Kaffee?«, fragt Mari Paz, die die halbe Packung trocken verputzt hat.

»Ich trinke keinen Kaffee. Angeblich bringt der mich zu sehr auf Touren«, erklärt Sere.

»Oder ein Bier?«

»Bäh, nein, wie ekelhaft. Willst du ein Red Bull?«

»Wir beide werden uns sicher nie verstehen«, sagt

Mari Paz und geht zur Spüle, um aus dem Wasserhahn zu trinken.

Aura setzt sich Sere gegenüber in einen Freischwinger – dafür muss sie einen Stapel Bücher wegräumen – und beugt sich vor.

»Du bist bestimmt neugierig …«

»Wie ihr mich gefunden habt?«, unterbricht sie die Gastgeberin. »Natürlich. Angeblich sollte mein Auftrag geheim sein. Ich habe sehr viel Geld dafür bekommen.«

Aura versucht, den letzten Satz zu ignorieren. Wie auch den dreistelligen Betrag auf ihrem Girokonto.

»Wir haben uns in die Firma eingeschlichen und Ginés zum Reden gebracht.«

»Der Kerl ist ein Arschloch«, erwidert Sere.

Alle drei nicken.

»Darf man erfahren, wie ihr das geschafft habt? Denn ich habe lange dort gearbeitet und weiß, die Firma ist eine Festung.«

»Es war eine gewissenhaft vorbereitete Operation«, tönt Mari Paz, die gerade aus der Küche kommt und sich mit dem Ärmel den Mund abwischt.

»Du wirst es schon noch erfahren«, sagt Aura rasch. »Aber vorher will ich dir erklären, warum wir wirklich hier sind.«

Sie hält inne. Ihre Zukunft hängt davon ab, dass der Plan funktioniert, da darf sie sich keinen Fehler erlauben. Und er wird nur funktionieren, wenn Sere mitmacht. Sie hat sich vorab bereits eine vollmundige Erklärung zu-

rechtgelegt und dabei alle möglichen Perspektiven berücksichtigt. Beginnend mit den moralischen Aspekten.

»Sagen wir mal, dass wir in einer Welt leben, in der
nicht alles schwarz oder weiß ist ...«

»Spar dir die Einleitung«, unterbricht sie die Gastgeberin.

Aura seufzt. »Wir wollen dich für einen Diebstahl anwerben.«

»Einverstanden«, antwortet Sere wie aus der Pistole
geschossen.

Aura und Mari Paz wechseln einen überraschten
Blick.

»Einfach so?«, fragt die Legionärin.

Sere zuckt mit den Schultern. »Mir ist langweilig.«

»Wir haben dir noch gar nicht gesagt, was wir stehlen wollen.«

»Ja und?«

Mari Paz kratzt sich am Kopf und macht Aura ein Zeichen, das besagt: Ich halte mich da raus.

»Ich will dir ja nicht zu nahe treten«, fügt Aura vorsichtig hinzu. »Aber ich würde gern wissen, warum du
so schnell bereit bist, mit zwei dir unbekannten Frauen
ein Verbrechen zu begehen.«

Gute Frage, denkt Sere.

Sie trägt ihre eigene Flut an Widersprüchlichkeiten
mit sich herum. Ihren Gedanken zu folgen ist, als würde
man ein Lied singen, während man ein anderes hört,
als würde man auf zwei Klavieren gleichzeitig spielen

oder einen Hürdenlauf rückwärts absolvieren. *Die Welt ist ausgesprochen schlecht, heißt es in den Nachrichten, und wir werden alle sterben, was macht das schon? Und wenn wir schon sterben müssen, dann besser nicht als gelangweilte Alte, die von ihren Katzen gefressen wird – die ich mir vorher noch zulegen muss. Und vor allem, weil der Zauber funktioniert hat: Ich habe mir gewünscht, nicht allein zu sein, und es hat an der Tür geklingelt.*

»Wegen der Nachrichten und der Katzen. Es gibt aber noch ein paar andere Gründe«, antwortet sie und klopft sich die letzten Kreidereste von den Händen.

Wieder ein Blickwechsel, diesmal irritiert.

Aber Aura will einem geschenkten Gaul nicht ins Maul schauen. Oder, in diesem Fall, Sere auf den Zahn fühlen.

»Dann kommt mit, ihr zwei – ich werde euch meinen Plan darlegen.«

3

Ein zweiter unfehlbarer Plan

»Ich glaub's nicht, du hast keinen USB-Anschluss?«

»Dafür einen Kassettenrekorder, Blondi.«

»Funktioniert der noch?«

»Er hat das Band gefressen, ich kriege die Kassette nicht mehr raus. Magst du Serrat?«

Ja, Aura mag Serrat, aber nicht jetzt.

»Ich brauche eine ganz bestimmte Musik.«

»Mein Auto hat USB«, mischt sich von hinten Sere ein. Der Hinweis kommt etwas spät, denn sie sind schon zehn Minuten unterwegs.

»Wozu brauchst du die Musik?«

»Aus Tradition. Damit wir daran glauben.«

»Ich kapier's immer noch nicht«, sagt Mari Paz, die den Satz schon mal gehört hat.

»Ich weiß.«

Aura holt ihr Smartphone heraus und sucht den Song auf Spotify. Es ist die Gratisversion, also müssen sie eine

Werbeunterbrechung in Kauf nehmen. Für ihr Vorhaben braucht es die richtige Stimulation.

Es wird ihr auch jetzt nicht gelingen, ihren beiden …

Ja, was sind sie eigentlich?, fragt sich Aura mit einem Blick auf Mari Paz und Sere.

Komplizinnen, ist das erste Wort, das ihr in den Sinn kommt. Ist aber hässlich.

Handlangerinnen erst recht. Darunter folgen auf der Liste immer schlimmere Bezeichnungen.

Gefährtinnen, das ist es. Wirklich überzeugt davon ist sie nicht, denn die beiden haben sich das Prädikat noch nicht verdient. Aber das Leben besteht aus Vereinbarungen, meistens, um die Verluste gering zu halten. Man arbeitet mit dem, was zur Verfügung steht, und versucht, mit der Aufgabe zu wachsen.

Wie mit dieser Spotify-Version.

Was Aura ihren Gefährtinnen zu vermitteln versucht, ist ein ganz konkretes, mächtiges Gefühl. Ganz selten im echten Leben, das uns keine Unterbrechungen, Überblendungen und Übergänge beschert. Das uns keinen Kameraschwenk und keine Gegeneinstellung machen lässt. Aber mit ein bisschen Fantasie und der richtigen Musik …

Unbedingt Fünfzigerjahre.

Elvis? Nein, etwas Instrumentales. Blechinstrumente und Trommeln. Jazz. Aber Latin Jazz.

Plötzlich fällt ihr die passende Musik dazu ein.

Im Zeichen des Bösen von Henry Mancini. Das Leit-motiv.

»Das wird helfen«, sagt sie, stellt das Handy auf Laut-sprecher und drückt auf Play. »Es ist nicht gerade sensationell, aber ihr könnt euch bestimmt eine Vorstellung machen, oder?«

Das Motiv setzt mit dem gesamten Orchester ein. Die Bongos geben den Rhythmus vor, die Saxofone stimmen ein.

Eine Musik, die George Clooney oder Frank Sinatra hören könnten, wenn sie ihre Krawatten lockern und ihren Plan erläutern, während der Schauplatz sich verändert und die Schnitte immer schneller aufeinanderfolgen …

»Du glotzt zu viel«, sagt Mari Paz kopfschüttelnd.

INT. KLAPPRIGES AUTO – TAG

Die drei Protagonistinnen starren aus dem
Wageninnern auf eine Luxusvilla in Atavaca,
deren strahlend weiße Fassade durch einen
Garten schimmert. Mari Paz zündet sich eine
Zigarette an und lässt das Streichholz in den
Aschenbecher fallen. Die Gegend lädt nicht
dazu ein, Abfälle aus dem Fenster zu werfen.

Aura
Darf ich vorstellen: Das Häuschen von Henri
Toulour. Drittklassiger Kunsthändler, Gele-
genheitsbetrüger und vieles mehr, was nicht
mal für den Preis eines Türgriffs dieser
Protzvilla reichen würde.

Mari Paz
Und wie macht er das? Druckt er Geld?

Aura
So was Ähnliches. Er betreibt ein illegales Casino.

Sere
(Die Stirn an der Frontscheibe, um besser
sehen zu können.)
Die Wahrscheinlichkeit, im Casino zu gewin-

nen, beträgt eins zu hundert für die Bank.
Deshalb gewinnt immer die Bank.

Aura
Besonders, wenn du trickst. Toulour überlässt nichts dem Zufall.

Mari Paz
Woher kennst du diesen Typen?

Ohne sich umzudrehen, zeigt Aura hinter
sich. Am anderen Ende der Straße steht eine
wesentlich bescheidenere Villa.

Aura
Weil ich dort gewohnt habe.

Die Gefährtinnen drehen sich neugierig um.
Aura wendet ihrem früheren Haus bewusst den
Rücken zu.

Mari Paz
Meine Güte, Blondi. Du musst ja Geld wie Heu
gehabt haben!

Sere
(Die Stirn jetzt an der Heckscheibe)
Hattest du einen Swimmingpool?

Mari Paz
(dreht sich ebenfalls um)
Ist das Casino da drin?

SCHNITT A

EXT. LUXUS-WOHNANLAGE – TAG

Aura (OFF)
Nein, Toulour ist sehr geschickt und sehr
gerissen.

Luftaufnahme der drei Frauen, die hintereinander einen schmalen Bürgersteig entlanggehen. Seres Kimono und Auras Mantel flattern
im Wind. Die Straße mündet in eine Sackgasse
mit zwei weiteren Villen.

Aura (OFF)
Als er sich vor über zehn Jahren in Spanien niederließ, kaufte er in dieser Gegend
gleich drei Grundstücke.

Sie gehen auf die Villen am Ende der abschüs-
sigen Straße zu. Wir sehen die Gebäude von
oben. Sie wirken wie zwei harmlose Einfami-
lienhäuser. Abgesehen von den hohen Mauern
und den bewaffneten Sicherheitsleuten.

Aura (OFF)
Auf einem ließ er sein Haus bauen, auf dem anderen eröffnete er das Casino. Ein exklusiver Club für Reiche und Mächtige, zu dem man nur mittels Einladung eines anderen Mitglieds gelangt …

SCHNITT A

INT. CASINO – NACHT

Begleitet von Auras Stimme, gehen wir durch die Villa, nachdem wir wie Stammgäste von einem Pförtner im Anzug eingelassen wurden.

Aura (OFF)
… und ausschließlich zu Toulours Regeln Zugang bekommt.

Im Zeitraffer sehen wir Spieltische voller elegant gekleideter Menschen, die Alkohol trinken, Kokain schnupfen und Einsätze machen. Der Ort stinkt nach Lasterhöhle.

SCHNITT A

EXT. LUXUS-WOHNANLAGE — TAG

Von einem verwaisten Kinderspielplatz aus haben die drei Frauen eine gute Sicht auf die Gebäude.

Aura
In der letzten Villa hat er seine Privatbank eingerichtet.

Sere
(stößt einen Pfiff aus)
Was für Mauern.

Aura
Im Casino wird kein Bargeld akzeptiert. Wenn du spielen willst, musst du es vorher in Jetons umtauschen. Dort wird das Geld gehortet. An heißen Wochenenden über zehn Millionen Euro.

Mari Paz
Na endlich.

Aura
Na endlich, was?

Mari Paz
Na endlich wissen wir, was wir stehlen werden.

Aura
(geheimnisvoll)
Denk nicht mal dran. Wäre ziemlich bescheu-
ert, diesen Ort überfallen zu wollen.

SCHNITT A

EXT. LUXUS-WOHNANLAGE – TAG

Aus der Vogelperspektive sehen wir die Köpfe
der drei Frauen und die zweite Villa. Sie
hat – wie die andere – keine Fenster im
Erdgeschoss. Im ersten Stock sind die Ja-
lousien heruntergelassen. Wir kommen näher
und schlüpfen durch das Schlüsselloch ins
Innere.

Aura (OFF)
Die Eingangstür ist eine verzinkte Stahl-
platte, als normale Haustür getarnt.
    Wir gehen weiter, immer schneller. Wir
sehen eine Art falschen Eingang und auf der
anderen Seite einen Metalldetektor, flan-
kiert von zwei Männern.

Aura (OFF)
Die Wachmänner tragen Gewehre, sind aber nicht von einer registrierten Sicherheitsfirma.

Wir sehen Tätowierungen, Ringe, Ketten und Zähne aus Gold.

Mari Paz (OFF)
Schläger?

Aura (OFF)
Gewalttäter. Kaltblütige Kerle.

Weiter vorn im Flur treffen wir auf einen weiteren Rambo. Das ultraviolette Licht und die grimmigen Blicke laden dazu ein, schnellstmöglich von hier zu verschwinden.

Aura (OFF)
Zu dem Ort, wo Toulour sein Geld aufbewahrt, gibt es schlichtweg keinen Zugang.

Wir durchqueren den Raum in einem unmöglichen Winkel und gelangen in den Keller, wo wir vor einer riesigen Stahltür stehen bleiben.

Aura (OFF)
Der Tresor hat eine drei Tonnen schwere und zwanzig Zentimeter dicke Tür. Die Tastenkom-

bination kennen nur Toulour und sein Schatzmeister, ein Taubstummer namens Jairo.

Wir sehen einen kleinen, glatzköpfigen Mann
aus dem Tresor kommen. Hinter ihm sind undeut-
lich Stapel von Geldbündeln zu erkennen. Dann
fällt die Tür dröhnend wieder ins Schloss.

SCHNITT A

EXT. LUXUS-WOHNANLAGE – TAG

Wir sehen, wie Sere die Hand hebt.

Sere
Woher weißt du das alles?

Aura
(Leicht irritiert über die Unterbrechung)
Toulour … war sein Leben lang ein Wichser.
Und einer seiner Tricks ist, seinen Zielper-
sonen den Tresor zu zeigen.

Mari Paz
(aus einem anderen Grund irritiert)
Wollte dir dieser Blödmann an die Wäsche?

Aura
Du müsstest ihn mal sehen.

INT. ZWEITE VILLA, KELLER – TAG

Toulour, ein Mann um die sechzig, mit offenem
Hemd, unter dem die Brustbehaarung hervor-
lugt, bekommt vom Schatzmeister eine Mappe
ausgehändigt. Er schlägt sie auf, prüft die
Zahlen und lächelt. Sein Lächeln ist unmöglich weiß und schmierig und kontrastiert mit
seiner verschwitzten gelblichen Haut.

Aura (OFF)
Der einzige Zugang zum Keller führt durch
den Zählraum.
  Wir lassen Toulour und seinen Schatzmeis-
ter hinter uns und schwenken zum Zählraum.
Auf den Tischen stehen mehrere Zählmaschi-
nen, durch die Hundert-Euro-Scheine laufen.
Überall Jetons.

Aura (OFF)
Zu dem man nur durch den Kassenschalter gelangt.
  Wir gehen weiter in den nächsten Raum, zu
dem der Flur führt, durch den wir die Villa
betreten haben. Es ist ein schlichter Tresen
mit einem Computer und einer dicken Glasscheibe wie in einer Bank.

Aura (OFF)
Kugelsicheres Glas und ein Schloss, das man
unmöglich knacken kann. Den Schlüssel dazu
haben wir nicht.

SCHNITT A

EXT. LUXUS-WOHNANLAGE – TAG

Sere hebt wieder die Hand.

Aura
Du weißt schon, dass du dich nicht melden
musst, oder?

Sere
Das ist mein erster Raub, also nehmt es mir
bitte nicht übel, wenn ich was Blödes frage.

Aura
Schieß los.

Sere
Ist das nicht ein klein bisschen zu schwierig?

Mari Paz
(die Hände in die Seiten gestützt)

Es ist nicht schwierig, es ist unmöglich.
Kein Mensch kann diesen Ort überfallen.

Aura
(geheimnisvoll lächelnd)
Und wer hat gesagt, dass wir ihn überfallen
wollen?

4

Ein Schriftzug

Mari Paz' Wagen kommt, holprig wegen der kaputten Federung, vor einem schmucklosen Gebäude zum Stehen. Es gab eine Zeit, da stand über der Tür in Bronzelettern, einzeln auf die Ziegel geschraubt: *Pavillon der Unteroffiziere.* Heute sind von den fünfundzwanzig Buchstaben noch sechs übrig. Drei vollständig, zwei gebrochen, und einer steht auf dem Kopf. Seine einstige Bedeutung lässt sich den Narben entnehmen, die Zeit und Witterung auf Bronze und Fassade hinterlassen haben.

Wie gewohnt verspürt die Legionärin einen Anflug von wehmütigem Stolz beim Anblick des heruntergekommenen Schriftzuges. Wie gewohnt kann sie die Gefühle, die in ihr aufwallen, nicht ausdrücken. Irgendwie weiß oder ahnt sie, dass etwas von diesen verwitterten Lettern in ihr und etwas von ihr in den vergessenen Lettern steckt, auch etwas von Gerechtigkeit in den Spuren, die sie hinterlassen haben.

»Manches lässt sich nicht in Worte fassen«, sagte Großmutter Celeiro immer.

Wenn Mari Paz von dieser Melancholie überfallen wird, die sie nicht benennen kann, pflegt sie sich eine oder mehrere Flaschen Bier zu öffnen und zu trinken, bis es vorbeigeht. Die Flaschen legt sie meistens auf den Beifahrersitz, auch wenn das Bier warm wird, denn es muss nicht unbedingt kühl, aber zur Hand sein.

Diesmal liegt auf diesem Sitz allerdings kein Karton Estrella-Bier, nicht mal eine lächerliche Literflasche. Jetzt sitzt Aura Reyes neben ihr, die sich herüberbeugt und sie aus ihrer Wehmut holt.

»Ich weiß nicht, ob mich das überzeugt.«

Mari Paz schaut sie ernst an und lächelt aufmunternd.

»Wir haben es doch besprochen.«

Genau. Sie haben zwei Tage lang darüber gesprochen.

»Dein Plan ist sehr gut«, hatte Mari Paz zu Aura gesagt. »Abgesehen von dem Teil, dass sie uns erwischen und wir am Ende alle tot sind.«

Aura hatte protestiert und ihren Plan noch einmal ausführlich dargelegt. Dabei hatte sie ein paar Elemente verschoben. Der technologische Teil war klar, alles, was Seres Aufgabe anbelangte, ebenfalls. Sie hatte sogar die Handys modifiziert, um ihnen den Weg zu ebnen.

Aber ein Problem blieb bestehen.

Am Ende gelangten sie immer zum gleichen Engpass.

»Vom Rausgehen bis zur Villa gegenüber dauert es viel zu lang.«

»Drei Minuten«, widersprach Aura.

»Für andere mögen drei Minuten eine sehr kurze Zeit sein, aber nicht in dieser Situation«, argumentierte Mari Paz.

»Also noch mal.«

So verbrachten sie zwei lange Tage in Auras Wohnzimmer, während die Zwillinge in ihrem Zimmer verschwanden und wiederauftauchten, ohne augenscheinlich allzu viel mitzubekommen. Zwei wertvolle Tage, die sie eigentlich nicht hatten, weil für Aura die Zeit ablief.

»Wir brauchen mehr Leute«, sagte Mari Paz schließlich.

Auf diesen Vorschlag reagierte Aura ungehalten. Sie schleuderte ihr Notizbuch auf den Boden und rannte wutentbrannt auf die Straße, um sich zu beruhigen. Als sie zurückkam, hatte sie zwei Friedensangebote mitgebracht. Ein paar Flaschen Bier für Mari Paz und eine Dose Red Bull für Sere.

»Tut mir leid. Kommt von meiner Frustration.«

»Auch ich höre Stimmen, keine Sorge«, erwiderte Sere, immer hilfsbereit. »Anfangs ist es schockierend, aber wenn du dich daran gewöhnt hast, leisten sie dir Gesellschaft.«

Mari Paz starrte die Computerfrau an, als wolle sie ihr gleich an die Gurgel springen, nahm dann aber Aura beiseite.

»Was macht dir denn so große Sorgen, Blondi?«, fragte sie sanft. Aura wandte – beschämt wegen ihres Ausrasters – den Blick ab.

»Ist es wegen der Kohle? Ich habe dir doch gesagt, was uns die zusätzlichen Kräfte kosten würden …«

»Nein, es geht nicht ums Geld. Wir werden viel mehr einsacken, als ich brauche. Einschließlich der Kosten für die Geldwäsche hinterher.«

»Also?«

Aura stützte sich auf die Fensterbank und schaute auf die schmale Straße hinunter, wo das Tageslicht gerade dem Schein der Laternen wich. Auf den Gehwegen die Leute mit ihren Sorgen und ihrem Kleinkram. Mit ihrem Gang der Leute, ihrem Lächeln der Leute und ihren Fehlern der Leute.

»Ich plane das alles schon so lange…«

»Und hast Angst, die Kontrolle zu verlieren, stimmt's?«

Aura nickte mit zusammengepressten Lippen, sichtlich bemüht, die Tränen zurückzuhalten.

»Ich setze viel aufs Spiel«, sagte sie nach einer Weile.

»Das wissen wir schon«, erwiderte Mari Paz, holte ihr Tabakpäckchen heraus und begann mit dem Ritual. »Aber kürzlich im Büro hast du ja gesehen, dass nicht immer alles nach Plan läuft, oder?«

Aura musste grinsen bei der Erinnerung an das Chaos, das sie angerichtet hatten und dem sie nur um Haaresbreite entkommen waren.

»Ich muss noch viel lernen.«

»So viel auch wieder nicht. Du hast einfach improvisiert und uns da rausgeholt.«

»Dennoch, hätte ich es besser geplant ...«

Mari Paz verdrehte die Augen.

»Hätte, hätte, Fahrradkette. Weißt du, was dieser Kerl, dieser riesige schwarze Boxer gesagt hat?«

»Ali?«

»Nein, der andere. Der Ohrenbeißer.«

»Tyson?«

»Genau der«, sagte die Legionärin, stützte sich ebenfalls aufs Fensterbrett und klopfte ihre Zigarette fest. »Er sagte einmal: Jeder hat einen Plan, bis er auf die Fresse bekommt.«

Mari Paz kennt dieses Prinzip aus eigener Erfahrung, sie hat es bei unzähligen Gelegenheiten selbst erlebt. Einmal bei einem Fallschirmsprung aus niedriger Höhe auf einer Mission im Irak 2003. Der Plan war ganz einfach. Hinter einem Lager von Aufständischen landen. Den Widerstand auflösen, indem sie die Höhe als Vorteil nutzten, und zurück zum Helikopter.

Es war eine Geheimoperation, nicht abgesegnet und absolut inoffiziell, wie viele, an denen sie teilgenommen hatte. Die Karte, die sie bekommen hatten, enthielt keine Namen. Ein Dorf am Fuße eines Berghanges. Zu viele Zivilisten, unmöglich, die Artillerie einzusetzen. Und das Dorf lag mitten auf der Route der humanitären Hilfskonvoys der Vereinten Nationen.

Niemand hatte damit gerechnet, dass eine Niederdruckzone vor Ort einen Sturm auslösen würde, der den Trupp der Spezialoperation auf die entgegengesetzte Seite des Lagers trug.

Zwei Tage und drei Nächte harrten sie im Sweetspot des feindlichen Feuers aus. Zwei Tage und drei Nächte, in denen ihnen niemand zu Hilfe eilen konnte, weil sie angeblich gar nicht dort waren.

Sie wollte Aura davon erzählen. Sie wollte ihr erzählen, dass sich Pläne eigentlich nie zu hundert Prozent umsetzen lassen, sosehr sie auch wünschte, sie mögen gut ausgehen. Aber sie wusste nicht wie. Sie konnte ihr nicht einmal die Angst an Bord des Helikopters beschreiben, die Furcht vor dem Sprung in die Dunkelheit. Die Panik, wenn der Wind dich wegträgt von dem Ort, an dem du landen sollst. Das verzweifelte Durchhalten aus reinem Überlebenswillen. Die unangemessene und irritierende Erleichterung, als am Ende die Kommandozentrale das Dorf bombardierte und alles vernichtete. Und ihnen so natürlich das Leben rettete. Aber auch ihr Opfer sinnlos machte.

All das wollte sie ihr erzählen, konnte es aber nicht. Denn Worte – selbst wenn sie jemand aneinanderfügen, mit ihnen Gebilde in die Luft malen und wertvolle, bedeutungsvolle Botschaften vermitteln kann – landen dort, wo sie landen. Denn es braucht eine schwere Axt, um das gefrorene Meer zu durchbrechen, das ihr Herz umgibt und diese Momente bewacht, die ungeteilt mit ihr sterben werden.

Statt ihr davon zu erzählen, sagte sie den Satz von Mike Tyson und rauchte weiter, blies den Rauch auf die Straße voller Leute mit ihren Sorgen der Leute.

Die Binsenweisheit scheint etwas bewirkt zu haben, denn jetzt sind wir hier, denkt Mari Paz, als sie Aura aus dem Wagen zerrt.

Hier ist das vierstöckige Gebäude am Ende einer Wohnsiedlung im Paseo de Extremadura.

Früher hieß sie *Militärkolonie Cuatro Vientos*. Eine Aneinanderreihung von Gebäuden mitten im Nichts für ehemalige Armeeangehörige mit wenig Geld. Es waren die Fünfzigerjahre, es gab wenige Häuser und mehr als genug Platz.

Seither sind gut siebzig Jahre vergangen, in denen eine Metro-Station gebaut und eine Cafeteria eröffnet wurden, womit der Ausbau der Infrastruktur des Viertels abgeschlossen war.

Seit sie in die Hände des Staates übergegangen sind, befinden sich viele Gebäude in schlechtem Zustand. Doch der Pavillon der Unteroffiziere im Paseo de Alabarderos übertrifft alles. Trotz der Bronzelettern war es immer nur ein schlichter Wohnblock, der heute dem Ruin anheimfällt.

Im Treppenhaus verzieht Aura den Mund, weil die Haustür nicht richtig schließt. Feuchtigkeit an den Wänden, Rost am Treppengeländer und Schimmelpilz im Fahrstuhl. Ganz zu schweigen von dem Schild *Außer*

Betrieb, das verschwunden ist, wahrscheinlich, als man die ganze Tür gestohlen hat. Ein paar sorgfältig vorgenagelte Bretter sollen verhindern, dass jemand in den Schacht stürzt.

Aura verzieht den Mund noch weiter.

»Ich kann mir nicht vorstellen, dass jemand, der hier wohnt, uns helfen könnte.«

Mari Paz stützt sich vorsichtig auf das Treppengeländer, um sich nicht schmutzig zu machen, und wird ernst. Sehr ernst.

»Du wirst gleich Leute kennenlernen, die mir sehr wichtig sind, Blondi. Also reiß dich zusammen und halt dich zurück.«

»Ich sage doch nur …«

»Ich weiß, was du gesagt hast und was du sagen wolltest. Du willst wissen, wer hier wohnt? Menschen wie du. Menschen, denen man übel mitgespielt hat, denen man alles genommen hat. Aber sie leben nicht erst seit ein paar Jahren so, wie du. Einige fast ihr ganzes Leben. Sie strampeln sich ihr ganzes verdammtes Leben lang ab und versuchen, den Kopf über Wasser zu halten.«

Sie macht eine Pause.

»Und täusch dich nicht. Wir sind hier, weil wir sie um Hilfe bitten wollen. Denn wenn sie das nicht tun, müssen wir alles abblasen, hörst du?«

Aura zieht den Kopf ein. Kleinmütig natürlich.

Wenn dich jemand mit sanfter, melodischer Stimme wie Mari Paz zusammenstaucht, tut es doppelt weh, denn der Anpfiff kommt verpackt in Zuneigung oder etwas Ähnlichem. Mari Paz weiß das genau, denn der gewählte Tonfall ist der gleiche, den Großmutter Celeiro bei ihr anwandte, wenn sie es für angemessen hielt.

»Ich werde versuchen, offen für alles zu sein«, sagt Aura.

Mari Paz' Miene wird weicher, obwohl sie das Leviten-Lesen erschöpft hat. Aber die Empfängerin des Anpfiffs nimmt es sportlich, das reicht.

»Mach ein fröhlicheres Gesicht, Blondi«, sagt sie und klopft ihr animierend auf den Rücken, damit sie weitergeht. »Denn was du jetzt erleben wirst, wirst du nie wieder vergessen.«

5

Ein Quartett

Als sie höher kommen, wird die Flamenco-Musik immer lauter. Und das, obwohl die Wohnungstür – vierter Stock rechts – geschlossen ist. Lautes Ketten- und Schlüsselgerassel überlagern sie kurz. Doch als die Tür endlich aufgeht, erfüllt die Musik alles.

Deine Hände sind meine Ketten, ach, welch schönes Gefängnis für meine Strafe.

Die Musik ist nicht das Einzige, was Aura ins Gesicht schlägt, denn ihr folgt der Geruch nach Knoblauch und grünem Paprika, als José Mercé öffnet.

Eingehüllt in Geruch und Musik, das hässlichste menschliche Wesen, das Aura je gesehen hat.

Glatze, ausgemergelt, unbestimmtes Alter. Mit Mandelaugen und weniger Zähnen als eine Plastikschlange.

Aura stellt überrascht fest, dass ein Lächeln voller Lücken zugleich voller Freude und Redlichkeit sein kann.

»Sargento«, ruft der gute Mann. »Celeiro ist da!«

»Guten Tag, Chavea«, begrüßt Mari Paz ihn und breitet die Arme aus.

Chavea wirft sich in die Umarmung wie ein Golden Retriever in einen Swimmingpool. Mari Paz ist einen Kopf größer, weshalb er seinen Kopf auf ihre weichsten Körperstellen betten kann, was ihr nichts auszumachen scheint.

»Wie schön, dich zu sehen. Du hast uns ganz schön vernachlässigt.«

Mit dem andalusischen Akzent und den fehlenden Schneidezähnen enthält seine Aussprache viel weniger Konsonanten, ist aber überraschenderweise zu verstehen.

»Hey, Kamerad«, sagt Mari Paz und schiebt ihn zurück. »Genug jetzt.«

Chavea löst sich nur ungern von ihr und mustert Aura.

»Ist das die Chefin?«

»Nicht so schnell, Chavea. Sie soll euch alle erst mal kennenlernen.«

Der Angesprochene pflegt mit seiner Loyalität nicht zu geizen. Er gibt Aura die Hand und lächelt sie einfältig an, woraufhin die nicht anders kann, als das Lächeln zu erwidern. Unmöglich, in diese schwarzen, treuherzigen Augen zu blicken, ohne zu lächeln.

Wo hast du mich bloß hingeschleppt, Mari Paz?, denkt sie. Allerdings nicht mehr argwöhnisch wie bisher, sondern offen für alles, wie sie ihr nach dem Anpfiff geraten hat.

»Kommt rein, ihr seid gerade rechtzeitig zum Essen da.«

»Es riecht nach Gazpacho«, sagt Mari Paz, als sie den Flur entlanggehen.

»Ja, der Sargento macht gerade welchen, aber der ist für morgen. Es wird bereits kalter im Kühlschrank sein, denke ich.«

Die Wohnung ist nicht sehr groß, verfügt aber über drei Zimmer und ein Wohnzimmer mit integrierter Küche. Die Möbel sind alt und abgestoßen, aber es herrschen makellose Sauberkeit und spartanische Ordnung. Auf dem Regal stehen ein paar nach Farben geordnete Bücher. Die Zeitschriften auf dem Tisch ordentlich nach Dicke gestapelt. Die Sessel in millimetergenauem Abstand zueinander, ebenso das Besteck, das darauf wartet …

»Die Gäste, Sargento«, ruft Chavea in die Küche.

Der über den Herd gebeugte kräftige, stämmige Mann macht ihnen ein Zeichen, kurz zu warten, weil er gerade mit dem Pürierstab hantiert.

Als er sich mit einer glimmenden Zigarette im Mundwinkel umdreht, ist seine Miene mürrisch.

»Warum hast du ihnen denn nicht angeboten, Platz zu nehmen, du Esel«, ruft er und fuchtelt mit dem Pürierstab herum. »Nun mach schon, du bist doch nicht in einem Stall aufgewachsen!«

Aura muss lächeln bei diesen Worten eines Mannes im Marlon-Brando-Unterhemd voller Gazpacho-Flecken.

»Lass doch den Kleinen in Ruhe, Málaga«, beschwichtigt Mari Paz. »Dazu hatte er noch keine Zeit.«

»Zeit hat der im Überfluss, verdammt«, schnaubt besagter Málaga. Er hat eine versoffene, kehlige Stimme. »Ich rackere mich den ganzen Morgen in der Küche ab, und der Kerl hat nur den Tisch gedeckt, das war's. Vergesslichkeit und Faulheit sind Geschwister, wie meine gesegnete Mutter immer sagte.«

Er wischt sich die Hände ab – in Größe und Form eines Topfdeckels –, kommt näher und steht vor Mari Paz stramm.

»Günstiger Wind führt dich zu uns, Celeiro.«

»Er war mir gewogen, Málaga«, erwidert sie den Gruß.

»Sie müssen die Chefin sein«, sagt der Mann, als er Aura die Hand drückt. »Das Strategiegenie.«

Aura sieht Mari Paz an, die kaum wahrnehmbar den Kopf schüttelt. Und sie beginnt zu verstehen, warum sie ihr die Leviten gelesen hat. Das hatte nicht nur mit der Geringschätzung zu tun, die Mari Paz aus ihren Vorurteilen heraushörte. Sie sind nicht hier, um Aura zu überzeugen. Sie sind hier, um die Männer zu überzeugen.

»Mari Paz hat mir viel von ihren Freunden erzählt«, erwidert sie klugerweise.

»Dann herzlich willkommen, Señora. Vier Legos zu Ihren Diensten.«

»Legos?«

»So nennen wir uns Legionäre. Ist griffiger, Sie verstehen schon.«

Málaga dürfte einen Meter sechzig groß und ebenso breit sein. Noch keine fünfzig, obwohl das bei diesem Mann schwer zu sagen ist. Sein Gesicht wirkt traurig und weist mehr Furchen auf als ein frisch gepflügter Acker. Eine Haut wie gegerbtes Leder. Im Gegensatz zum spärlichen weißen Bart ist der Schnurrbart dicht und schwarz. Er lässt sein – skeptisches, prüfendes – Lächeln darunter kaum erkennen.

»Freut mich sehr, Sie kennenzulernen.«

»Sie sagen es, man soll keinen Esel kaufen, ohne ihn vorher geritten zu haben. Junge, sag bitte den anderen Bescheid, sonst werden die Fleischröllchen kalt.«

Chavea geht in den Flur und kommt gleich darauf mit zwei weiteren Männern zurück.

Der erste ist ein großer, schlanker Mann in den Sechzigern, mit Segelohren und platter Stupsnase, untermalt von einem feinen Schnurrbart. Er hat ein Buch in der Hand, begrüßt Mari Paz herzlich und verneigt sich vor Aura.

»Es ist mir ein großes Vergnügen, Sie kennenzulernen, Señora Reyes. Cabo Segundo Gordillo, zu Gottes und Ihren Diensten.«

»Nenn ihn Caballa, dann sind wir schneller fertig«, wirft Mari Paz ein, die bereits am Tisch sitzt und allen Wasser einschenkt.

»Oh, ich wollte nicht …«, setzt Aura an.

»Keine Sorge, Señora. Der Spitzname ist nicht nach meinem Geschmack, ich werde ihn aber nicht mehr los.«

»Und frag ihn jetzt bloß nicht, warum er Caballa genannt wird«, sagt Mari Paz, die hungrig die Töpfe auf dem Tisch inspiziert.

»Ich nenne Sie, wie Sie es wünschen, Señor Gordillo«, sagt Aura lächelnd.

Bei so viel Feingefühl färbt sich Caballas Gesicht rot wie der Gazpacho auf dem Tisch, und er tritt zur Seite.

»Wegen mir musst du nicht aufstehen, Celeiro.«

»Du hast Vorrang, Angelo.«

Das ist der vierte Mann. Er sitzt in einem Rollstuhl der ersten Generation, also aus dem Jahr seiner Erfindung. Die Speichen waren einmal aus Chrom, jetzt sind sie verbogen. Die Reifen sind stark geflickt. Wie der Mann, der zu Mari Paz rollt und ihr einen Klaps versetzt.

»Jetzt stehe ich doch auf«, sagt sie lachend.

Angelo überhört den Kommentar und fährt geschickt um den Tisch herum, bis er vor Aura zum Stehen kommt.

»Angelo Mancini«, sagt er und reicht ihr die Hand.

»Aura Reyes«, sagt sie und ergreift sie.

Der Händedruck des Mannes fühlt sich an wie eine Zange. Eine solche Kraft bei einem Menschen, dessen untere Extremitäten fehlen, überrascht sie. Von der Hüfte aufwärts ist es das ganze Gegenteil. Unter Angelos muskulösem Oberkörper platzen fast die Nähte des Hemdes.

»Kampfmittelabwehr der Kompanie, Señora. Sprengstoffe, Waffen, Munition. Was auch immer Sie benötigen.«

»Verzeihen Sie mir, wenn ich Ihnen sage, dass ich Waffen nicht mag?«

Angelo scheint Ende vierzig zu sein. Die Hälfte seines Lebens dürfte er ein Fakir gewesen sein, wie ihre Mädchen sagen würden. Sein hartes und kantiges Gesicht ist sorgfältig rasiert. Darauf zeichnet sich jetzt größtes Missfallen ab.

»Sie haben ja keine Ahnung, Señora. Haben Sie schon mal ein fahrendes Auto in die Luft gesprengt?«

»Nein, dazu hatte ich noch keine Gelegenheit.«

»Dann wissen Sie nicht, was für eine Erfahrung das ist. *Bumm, bumm.* Der Gestank nach verbranntem Plastik, nach Benzin …«

»Sie malen mir das ja in den schönsten Farben aus…«

Angelo zuckt mit den Schultern.

»In meiner Heimatstadt Neapel gibt es eine Redensart: Kennen ist lieben.«

»*Forse cambierà idea a lungo andare*«, erwidert Aura, die nach ihrem Erasmusjahr in Rom ein wenig Italienisch spricht.

»Wie meinen Sie?«, erwidert Angelo gereizt.

Aura schaut über Angelos Schulter hinweg und sieht, wie Mari Paz und die Männer ihr verzweifelt Zeichen machen, sich nicht darauf einzulassen.

Irritiert überschlägt Aura kurz. Der Akzent des Mannes (klingt nach Extremadura) und das Gesicht eines Spaniers (der mit ihr nichts anfangen kann) abzüglich die angebliche italienische Staatsangehörigkeit (eindeutig falsch).

»Entschuldigen Sie, ich wollte nur sagen, dass ich meine Meinung vielleicht irgendwann ändere.«

»Na sehen Sie, man muss nur ein bisschen Klartext reden.« Angelo lächelt zufrieden.

»Jetzt alle zu Tisch, denn wir müssen über vieles Klartext reden«, befiehlt Málaga.

Und das tun sie.

6

Ein Gazpacho

Aura kann sich an keine lustigere Tischgesellschaft erinnern seit ...

Vielleicht nie.

Was natürlich nicht ganz stimmt. Aber der Einschnitt in ihrem Leben ist so tief, dass alles vor dem Tod ihres Mannes Erlebte in unerreichbare Ferne gerückt ist. Ihre Erinnerungen, die glücklichen Erinnerungen an frühere Tage sind jetzt die einer anderen Frau. Eine, die sich niemals an einen Tisch wie diesen gesetzt hätte.

Und in den letzten zwei Jahren gab es wenig Grund zur Freude.

Es gibt frisch zubereiteten Gazpacho, fein püriert und sehr lecker.

Es gibt Arme-Leute-Kartoffeln, sehr weich und goldfarben.

Es gibt Schweinelendenfilet, gefüllt mit Serrano-Schinken und ordentlich paniert.

Aber vor allem gibt es etwas, das nicht auf der abgewetzten Wachstuchdecke steht, abgesehen von den Töp-
fen, aus denen sich jeder selbst bedienen kann. Etwas,
das in der Luft hängt und sich mit dem Duft des Es-
sens vermischt. Das nicht in den Mund, sondern in die
Ohren eindringt, das nicht im Magen, sondern ein bisschen darüber landet.

Aura entnimmt es den Wortspielen, den schlechten
Witzen, den vulgären Zoten und den subtilen Schmei-
cheleien.

Jeder von ihnen erzählt seine persönliche Geschichte.
Es sind harte Geschichten.

Legionärsgeschichten.

Chavea fängt an, weil er der Neuling in der Gruppe ist.
Er erzählt, wie er dreiundneunzig der Legion beitrat,
weil er seinem erbärmlichen Leben entfliehen wollte.
Wie er in den Kameraden eine Familie fand. Ein Ziel.
Einsätze im Irak und in Afghanistan. Bei der Operation
Bold wurde er am Kopf getroffen. Nicht offiziell diag-
nostizierte neurologische Störung, verursacht bei einer
inoffiziellen Mission. Seit vier Jahren heroinabhängig.

Wegen eines Überfalls saß er zwei Jahre im Gefängnis. Sein erstes und einziges Verbrechen. Wie alle lebt
er mehr schlecht als recht von seiner geringen Pen-
sion. Er ist als Letzter in die WG eingezogen, und nach
vielen Jahren auf der Straße ist die Wohnung wie eine
Oase für ihn. Málaga hatte ihn schlafend auf einer Bank

gefunden, und als er die typischen Legionärstätowierungen sah, hatte er ihn mit vorgehaltener Pistole quasi entführt. Dann zwang er ihn zu einem kalten Entzug, Joints raucht Chavea aber immer noch.

»Denn Gras ist keine richtige Droge.«

Es folgt Caballa, der die Wörter geradezu verwebt. All das Fett, das ihm am Körper fehlt, legt er in seine Sprache. Er erzählt seine Geschichte nicht, er legt sie aus. Er ist sehr belesen und hat immer ein Buch dabei, allerdings ist seine Haut nicht mit Tätowierungen übersät wie bei den anderen. Er trinkt wenig, nimmt keine Drogen und wird nie ausfallend. Er stammt aus Ceuta, verbrachte aber die letzten Jahre in Ronda. In El Serallo war er Ausbilder im Schusswaffengebrauch und eine Granate im Langstreckenkampf. Er war einmal verheiratet, in den Siebzigern, aber …

»Gott hat mir keine Kinder geschenkt, und ihr auch nicht. Und wenn doch, wären es nicht meine gewesen.«

Trotz ihrer unzähligen Seitensprünge liebte er seine Frau ein Leben lang. Als sie vor sechs Jahren starb, hatte er nichts mehr. Bis er mit seinen Büchern, seiner Einsamkeit und seiner Melancholie hier gelandet war.

Angelo ist nicht sehr gesprächig, spielt aber den großen Scherzbold, und aus den jeweiligen Witzen kann Aura heraushören, dass er sich achtundachtzig der Legion angeschlossen und behauptet hatte, sein Name sei Angelo

Mancini, obwohl er kein Wort Italienisch sprach. Alle wissen, dass er aus Coria stammt, spielen aber mit, weil ein Legionär aus dem Ort stammt, den er angibt, und nicht aus dem, der in seinem Ausweis steht.

Er diente in der Legion Alejandro Farnesio und war wie viele andere auch in Bosnien. Dreißig Mal konnte er seine Fähigkeiten bei der Bombenentschärfung unter Beweis stellen.

»Sind Sie deshalb im Rollstuhl gelandet?«

»Nein, sosehr ich mir das auch gewünscht hätte. Ein BMR ist auf mich draufgekippt.«

Aura lernt, dass der Pegaso BMR ein Transportpanzer für einen siebenköpfigen Trupp ist und in Santa Barbara gefertigt wird. Dass er sich besonders dafür eignet, seitliche Gefälle zu überwinden und Gräben zu durchqueren. Man darf ihn nur nicht betrunken nach einer Wette fahren, denn dann könnte man an einem Baum landen und aussteigen, um nachzusehen, wie groß der Schaden ist. Da ist das Teil umgekippt und hat ihn unter sich begraben.

»Meine Behinderung wurde nicht anerkannt. Alles Schweinehunde. Als hätte ich sie mir selbst zugefügt … Schweinehunde!«

Und dann ist da noch Málaga, dessen Spitzname bereits verrät, woher er stammt. Auch Sargento genannt, weil er Truppenführer bei den Legionären gewesen ist. Der eine Zigarette nach der anderen raucht, bis zu drei Päckchen Fortuna am Tag. So klingt auch seine Stimme, und seine apokalyptischen Kommentare erinnern an die Dichterin Gloria Fuertes, die das Ende der Welt verkündet.

Sein trauriger Blick rührt daher, dass sein Teniente in Bosnien gefallen ist. Wegen eines Schusses in den Hals sprudelte das Leben aus ihm heraus auf die Brücke in Mostar. Nachdem man ihn weggebracht hatte, schüttete jemand einen Eimer Wasser über die Blutlache. Málaga sah, auf das Geländer gestützt, wie das verdünnte Blut seines besten Freundes einen Bogen zeichnete und zwanzig Meter weiter unten in die Neretva tropfte. Stundenlang stand er dort auf der Brücke, starrte ins Flussbett und begleitete den Kameraden in Gedanken bis zur Mündung der Neretva in den Atlantik.

»An dem Tag habe ich angefangen zu rauchen«, erklärt er.

»Verständlich«, sagt Aura.

Málaga ist nie mehr ganz aus Mostar zurückgekehrt. Der Teil von ihm, der zurückkam, war nicht mehr zu viel nütze, weshalb seine Vorgesetzten ihn in der Legion Duque de Alba in Ceuta abstellten, wo er schließlich für das Militär einen kleinen Imbiss am Strand betrieb.

Sein Sold war nicht schlecht, aber er muss die beiden Kinder seiner Ex unterstützen …

»Zwei Bastarde. Es wäre mich billiger gekommen, wenn ich mir einen runtergeholt hätte.«

Dann verschlug es ihn nach Madrid, wo er die Überreste der Legion einsammelte. Diejenigen, die durchs Raster des Systems gefallen waren, arme Schlucker. Teils wegen der eigenen Fehler, teils, weil das Leben einen manchmal bescheißt. Eine in den Fluss tropfende Blutlache, und hier sind wir gelandet.

»Wir sind das Kommando der Gestraften«, sagt er und hebt sein Glas. »Die, die keiner will …«

»… was auch nicht nötig ist, verdammt!«, fallen die anderen ein und heben die Gläser.

Das, was über dem Tisch schwebt, hat Aura noch nie gespürt.

Echte Kameradschaft. Bedingungslose Großmut.

Jeder dieser vier Männer, vom Leben gebeutelte menschliche Wracks, würde keinen Moment zögern, sein Leben für den anderen zu geben. Und vor allem für Mari Paz.

Sie respektieren sie nicht nur. Sie vergöttern sie.

»Kannst du dich an das im Libanon erinnern, Celeiro? Als die Meute am Marktausgang über euch herfiel?«

»Erzähl mal das aus Pristina!«

»Hör mal, und das eine Mal …«

Jeder neuen Bitte weicht Mari Paz lächelnd aus und gibt trickreich schlagfertige Antworten.

»Du bist heute aber verdammt zugeknöpft, Mädchen«, beklagt sich Málaga.

»Na gut, verdammt. Damit ihr euch hinterher wieder lustig machen könnt, ihr Halunken. Ihr seid echte Halunken.«

Aura stellt fest, dass jede Anekdote, die die vier Legos über Mari Paz erzählen, aus einer anderen Quelle stammt. Von jemandem, der sie etwas tun gesehen hat und es hinterher einem anderen erzählte, bis die Geschichte am Ende auf diesem Tisch landete, an dem sie jetzt sitzen.

»Es gibt Geschichten, die es zu erzählen lohnt«, sagt Caballa mit seiner gepflegten Ausdrucksweise. »Wussten Sie, Señora Reyes, dass Celeiro das Verdienstkreuz besitzt?«

Mari Paz rutscht verlegen auf ihrem Stuhl herum.

»Ist das ein Orden?«, fragt Aura.

Caballa lächelt ein wenig affektiert.

»Ein Orden? Orden haben wir alle, aber keinen solchen. Das Verdienstkreuz ist unter den Orden das, was Quevedo für die Sonette ist, meine Liebe. Es ist die höchste Auszeichnung für mutigen Einsatz im Kampf, die …«

»Ich räume schon mal ab«, unterbricht ihn Mari Paz und steht auf. »Reicht ihr mir die Teller rüber?«

Caballa starrt sie verstört an. »Celeiro, du solltest diese Ehrung nicht geringschätzen …«

»Es ist nur ein beschissenes Stück Metall. Außerdem haben sie es mir wieder abgenommen. Weißt du was? Sie können sich ihr Verdienstkreuz in den Arsch stecken.«

Mari Paz knallt ihren Teller auf den Tisch, das Besteck fliegt klirrend auf, und verlässt wutschnaubend den Raum.

Aura will ihr folgen, aber Angelo hält sie zurück.

»Lassen Sie sie, Señora.«

»Ich muss wissen, ob sie in Ordnung ist.«

»Das ist sie schon. Lassen Sie ihr ein wenig Zeit.«

Das Zuschlagen der Tür hallt im ganzen Gebäude wider, und die vier Männer schauen sich an.

»Unsere Geschichten sind traurig«, sagt Málaga und zündet sich die nächste Zigarette an. »Aber verglichen mit der von Celeiro sind sie nur eine Folge *Schlümpfe*.«

»Ich habe die Schlümpfe geliebt«, tönt Chavea. »Vor allem die Schlumpfine.«

»Hast du etwa schon bei den Comics Hand angelegt, du geiler Bock?«, frotzelt Angelo.

Aura wendet sich besorgt zur Tür. Doch Angelo ergreift sie am Arm.

»Was ist los mit ihr?«

»Mit Celeiro?«

Málaga nimmt einen tiefen Zug und bläst ihn durch die Nase aus.

»Arschlöcher, das ist ihr passiert. Feindliches Feuer der schlimmsten Sorte.«

Das folgende Schweigen ist so dicht, dass man es schneiden könnte.

Und Aura kann diesem bekümmerten und grimmigen Schweigen entnehmen, dass sie ihr nichts mehr erzählen werden. Deshalb fragt sie auch nicht.

»Vielleicht sollte ich an einem anderen Tag wiederkommen«, sagt sie, plötzlich eingeschüchtert. Nur weiß sie ganz genau, dass es keinen anderen Tag geben wird.

»Bleiben Sie, Señora«, sagt Málaga. »Sie müssen uns doch noch erklären, warum Sie hier sind.«

Aura blickt in vier aufmerksame Gesichter und muss schlucken.

Ohne Mari Paz wird das viel schwerer für sie.

7

Ein Grundsatz

Als sie fertig ist, herrscht erneut dichtes Schweigen.

Sie hat ihnen alles erzählt. Außer der Sache mit dem Shampoo, das war ihr zu privat. Von Jaumes Tod, wie man sie ausgetrickst hatte, wie schutzlos die Zwillinge sein werden.

Alles.

»Diese Mädchen müssen etwas ganz Besonderes sein, Señora«, sagt Caballa, um das Eis zu brechen.

»Das sind sie«, bestätigt Aura mit abwesendem Blick.

Sie denkt an die vielen Tage, die sie die beiden allein gelassen hat, nur in Gesellschaft des Fernsehers.

Wie gerade Alex innerhalb weniger Tage erwachsen werden musste, um ihre Schwester und sich selbst zu versorgen. Als sie kürzlich nach ihrer Inspizierung des Terrains nach Hause kam, hatten sie schon die Teller abgewaschen und aufgeräumt. Sie hatten die Abwesenheit der Mutter schlicht mit Verantwortung gefüllt.

Beim Anblick der Teller im Abtropfkorb war etwas in ihr zerbrochen. Und sie hatte die schmerzliche, grausame Erkenntnis, dass ihre zarten, sanften und schutzlosen Mädchen, die nach Babyöl und Puder rochen und das Wohnzimmer mit Nudeln übersäten, dabei waren, zu verschwinden. Auf Nimmerwiedersehen davonzufliegen. Und zwei fremde Wesen zurückließen, die sie immer weniger brauchten.

In dem Moment schwor sie sich zum zigsten Male, nicht zuzulassen, dass man ihr die Zwillinge wegnähme.

»Das sind sie.«

Dann erläutert sie ihnen den Plan.

Was nicht so lang dauert. Nachdem sie ihn tagelang zusammen mit Sere und Mari Paz durchgesprochen hat, kann sie die wesentlichen Aspekte in aller Kürze ausführen.

»Wissen Sie, was gut wäre? Ein einfacher Reim, um sich die einzelnen Schritte besser merken zu können«, unterbricht Chavea sie.

»Wie in diesem Film«, bestätigt Angelo und nickt eifrig.

Wie sehr ich mich geirrt habe, denkt Aura lächelnd. Zu glauben, dass ich hier nichts verloren habe, dass diese Menschen nichts mit mir zu tun haben. Wie sehr ich mich geirrt habe, und wie froh ich bin, dass Mari Paz mich das hat erkennen lassen.

»Ruhe in den Reihen, Legos«, befiehlt Málaga.

»Lassen Sie sie, Sargento. Sie haben recht, Chavea. Sätze in Versform kann man sich viel besser merken.«

»Obwohl ich einen Gehirnschaden habe«, spottet Chavea.

»Ich verspreche, passende Reime zu finden, wenn Sie mich dabei unterstützen.«

»Noch mehr Verse, das hat mir gerade noch gefehlt«, sagt Mari Paz hinter ihr.

Aura lacht.

Und erzählt weiter.

Vier oder fünf Minuten später ist sie fertig. Es folgt ein drittes Schweigen, diesmal ein anderes.

Verhalten. Erwartungsvoll.

Sie schauen sich an.

Keiner mag zuerst den Mund aufmachen.

Nachdem sie alles losgeworden ist, ist Aura deutlich ruhiger.

Also schweigt auch sie, denn sie weiß, wenn bei Verhandlungen solche Pausen entstehen, ist es besser, auf die Reaktion des Partners zu warten.

Málaga macht nicht den Eindruck, als hätte er dieselbe Management-Ausbildung wie Aura, kennt aber den Trick. Beide starren sich an, bis er aus purer Ritterlichkeit nachgibt.

»Señora, was Sie uns gerade vorgetragen haben, führt in den sicheren Tod. Junge, gib mal den Nachtisch rüber.«

Gehorsam reicht Chavea ihm den Obstkorb. Málaga betastet mehrere Birnen. Diese Frucht kann in einer Zeitspanne von ungefähr sieben Minuten von hart zu absolut breiig übergehen. Er findet eine, die ihm zusagt, und beginnt sie mit chirurgischer Präzision zu schälen. Stumm.

Aura bleibt standhaft.

»Der Plan ist riskant. Sie und Celeiro werden sich viel zu lang an vorderster Front auf feindlichem Gebiet aufhalten.«

Inzwischen hat er die erste Birne geschält. Er schiebt die Brotkrümel beiseite und legt sie auf den Teller. Dann greift er zur nächsten.

»Bei der Sache mit den Computern muss ich passen, davon habe ich keinen blassen Schimmer. Vermutlich haben Sie dafür einen vertrauenswürdigen Experten.«

Aura schießt durch den Kopf, was für eine gute Idee es war, Sere zu diesem Treffen nicht mitzunehmen.

»Wir brauchen ein Zweitfahrzeug, müssen in ständiger Verbindung bleiben und einen Weg finden, wie wir der Reaktion des Feindes begegnen, sollte es eine geben. Mari Paz hat mir gesagt, dass man die Typen nicht unterschätzen darf. Die werden Sie nicht so einfach abhauen lassen.«

»Genau da kommen Sie ins Spiel.«

»Verstehe ich das richtig, dass Sie mich darum bitten, meine Jungs für ein lächerliches Sümmchen in Lebensgefahr zu bringen?«

Aura wird nervös.

»Ich weiß nicht, was Mari Paz Ihnen angeboten hat ...«
Málaga unterbricht sie mit einer Handbewegung.

»Ich habe mich falsch ausgedrückt, Señora. Geld brauchen wir tatsächlich. Sie sehen ja, wie wir leben. Es mangelt uns an allem.«

»Ich brauche einen neuen Rollstuhl«, sagt Angelo. »So einen wie Pablo Echenique.«

»Und ich will meine Geheimratsecken loswerden«, sagt Chavea und fährt sich über den rasierten Schädel, der glänzt wie die zwei geschälten Birnen auf dem Teller.

»Du solltest besser zum Zahnarzt gehen, Dummkopf«, stichelt Caballa. »Ich möchte ein E-Book. Das ist zwar eine Erfindung des Teufels, aber meine Augen werden immer schlechter.«

»Er sieht weniger als ein Maulwurf«, spottet Angelo.

»Ruhe!«, schimpft Málaga. »Das könnt ihr auf euren Wunschzettel an die Heiligen Drei Könige schreiben.«

Er greift zu einer dritten Birne, und das Ritual beginnt von vorn. Aura unterstellt, dass er keine davon essen wird, sondern auf diese Weise nur vermeidet, ihr in die Augen sehen zu müssen, wenn er ihr die Kritikpunkte darlegt.

Wie schlau.

»Es ist keine Frage des Geldes, Señora. Celeiro hat uns übrigens ihren gesamten Anteil angeboten.«

Aura blinzelt verblüfft.

»Wie bitte?«

Málaga lacht leise vor sich hin. Durch den Schnurrbart klingt es wie das Knurren eines Tieres aus einer dicht bewachsenen Höhle.

»Sie kennen Mari Paz noch nicht, Señora. Bomben fallen vom Himmel, Meere trocknen aus, die Hölle gefriert, und die Seele dieser Frau bleibt ... Wie war das noch mal, Caballa?«

»Unversehrt«, ergänzt dieser gehorsam.

»Es ist keine Frage der Summe, Señora Reyes. Eine Frage des Geldes allerdings schon.«

»Verstehe«, sagt Aura und nickt ernst.

»Außerdem würden wir den ersten Grundsatz eines Soldaten verletzen, wenn wir Ihnen helfen.«

»Und der lautet, Sargento?«

»Nie für Verlierer zu kämpfen.«

Aura lächelt traurig.

»Dann will ich Sie nicht länger stören.«

Sie steht auf, kann ihre Enttäuschung aber nicht verhehlen. Ihr war nicht bewusst, wie sehr sie sich die Zustimmung dieser Gruppe Außenseiter gewünscht hat. Wie dringend sie ihre Hilfe braucht, so bescheiden sie auch sein mochte.

Sie sieht sie ein letztes Mal an.

Ein ehemaliger Heroinabhängiger mit sichtbaren Anzeichen von neurologischen Problemen, ein Rollstuhlfahrer mit Sprengstoff-Manie, ein alter Dichter und ein mittelalter Dicker, der das ungesündeste und köstlichste Essen der Welt zubereiten kann.

»Es ist ehrlich gemeint, wenn ich sage, dass es mir ein großes Vergnügen war, Sie kennenzulernen, meine Herren.«

Erhobenen Hauptes geht sie zur Tür. Aber nach nur wenigen Schritten wird sie von Málagas Stimme gestoppt.

»Warten Sie, Señora.«

Aura dreht sich um.

»Jetzt glauben Sie bestimmt, wenn Sie sich umdrehen, sage ich Ihnen, dass es keine Frage des Geldes ist und dass wir Ihnen wegen Ihrer reizenden Engelchen helfen. Aber ich habe die Mädchen in meinem verdammten Leben noch nie gesehen, Señora. Vielleicht sind sie die reinsten Teufelsbraten. Oder es ginge den Mädchen viel besser ohne Sie, oder mit Ihnen im Gefängnis. Celeiro ist ganz begeistert von Ihnen dreien, aber Celeiro ist auch den ganzen Tag betrunken. Andererseits können Sie sich ja vorstellen, dass wir nicht wegen unserer guten Herzen hier sind und uns das Leben nur ungerecht behandelt hat. Und um Birnen zu schälen. Von uns ist keiner ein Engelchen.«

Aura spürt, wie naiv es war, vom Misstrauen so schnell zum Glauben an ein Piratenschiff aus dem Märchen umzuschwenken.

»Aber, jetzt kommt das gute *Aber*, das Sie in Ihrer Naivität hören wollten … Sie wollen die Bank ficken. Und das ist was ganz anderes. Das macht uns scharf – mit Verlaub, Mari Paz verzeiht es auch. Und wir langweilen uns, Señora. Und Birnen stehen uns bis oben hin.«

Aura glaubt, ihren Ohren nicht zu trauen. Ihr Blick wandert von einem zum anderen der Sonderlinge.

»Wir haben gerade auch nichts Besseres im Angebot«, sagt Angelo.

»Nichts mit Bumm-Bumm, Angelo, du weißt schon«, stoppt ihn der Sargento.

Caballa verschränkt die Arme und starrt düster auf den Tisch.

»Wie Borges schon sagte.« Er beginnt zu rezitieren: *»Ein Schwert für die Hand, die die schöne Schlacht lenken wird, das Männergewirk, ein Schwert für die Hand, die die Zähne des Wolfs blutrot färben wird ...«*

»Heißt das jetzt Ja?«, fragt Chavea.

Málaga nickt.

»Abgemacht. Jetzt haben Sie Ihren Trupp«, sagt er und steckt sich ein Stück Birne in den Mund, worauf der Schnurrbart auf und ab wippt.

»Und der erste Grundsatz des Soldaten?«, fragt Aura, die sich ein Lächeln nicht verkneifen kann.

»Ach, Señora Reyes, wir sind doch keine Soldaten«, tönt Málaga, als er geschluckt hat. »Wir sind Legionäre.«

8

Ein Besuch

In der Rückblende war das, was gleich geschieht, unvermeidlich.

Sere hat solche Vorahnungen öfter.

Fast immer hinterher.

Der vernünftige Teil ihres Gehirns sagt ihr, das sei normal, eine Selbstrechtfertigung. Der schrille, unangepasste und kleinere Teil, auf den sie am liebsten hört, unterbreitet ihr überzeugendere Lösungen. Er bietet Verknüpfungen zwischen offensichtlich nicht passenden Konzepten, er liefert Erklärungen für die Welt.

Ein Beispiel: Es hat gerade geklingelt. Sie erwartet niemanden. Ihre neuen Freundinnen Aura und Mari Paz sind zu ein paar Herren gefahren, die sie bei ihrem Plan unterstützen sollen. Sie hatte vorgeschlagen, zu Hause zu bleiben und ihre Kenntnisse zur Entschlüsselung von VB6 aus der Mottenkiste zu holen.

Die beiden waren sofort einverstanden. Sie sind ein

großartiges Team, und das, obwohl sie sich erst seit ein paar Tagen kennen.

Es klingelt wieder, anhaltend.

Sere beschließt, den Pfeilen zu vertrauen. Jetzt benutzt sie keine Sigille, denn sie erwartet kein Ergebnis. Sie sucht nur nach einem Leitfaden.

Sie wirft zweimal die Zwei. Zwei mal zwei ist vier. Zwei und zwei ergibt auch vier.

Addiert oder multipliziert, egal.

Das Ergebnis ist … unvermeidlich.

Die Pfeile erteilen ihr immer Lektionen. Sie muss sie nur zu interpretieren wissen. Und das tut sie im Grunde je nach Lust und Laune.

Erneutes Klingeln, jetzt an der Wohnungstür.

»Policía Nacional. Aufmachen, sofort.«

Sere geht öffnen. Was soll sie auch sonst tun?

Vor der Tür steht eine Frau. Sie trägt einen schwarzen Mantel, dunklen Pullover und dunkle Hose. Sie wirkt nicht sehr freundlich.

»Comisaria Romero«, sagt sie und zeigt ihre Marke.

Sere, eingeschüchterter von der tiefen Stimme und dem autoritären Auftreten als von der Polizeimarke, lässt sie eintreten und im Wohnzimmer Platz nehmen.

»Ich würde Ihnen gerne einen Keks anbieten, aber die sind leider alle.«

Romero setzt sich und sieht sich um. Dann wirft sie einen Blick auf die Uhr.

»Ich störe Sie hoffentlich nicht beim Mittagessen.«

»Ich war gerade dabei«, sagt Sere und zeigt auf ein Glas. Ein Shake aus Whey-Proteinen und Kaffee, um den chemischen Geschmack zu mildern.

Romero starrt auf die abstoßende Mischung – bräunlich, dickflüssig und kalt – und kräuselt die Nase.

»Lecker.«

»Ich esse nicht gerne.«

Wenn Sere das sagt, schlägt alle Welt die Hände über dem Kopf zusammen. Alle fühlen sich beleidigt, als wäre Seres Abneigung etwas Abnormes oder Unsoziales. Antipatriotisches. Bei unserer leckeren Küche, sagen sie. Sie ernährt sich schon seit Jahren – seit sie allein lebt – von Protein-Shakes und Gemüse aus Gläsern der Marke La Asturiana. Eine Angewohnheit, deren Konsequenzen sie noch nicht spürt.

»Ich auch nicht, glauben Sie mir. Aber man muss ja funktionieren, oder?«

»Stimmt. Kommen Sie wegen der Kinder, die immer den Ball an die Fassade knallen? Ich habe schon vor Längerem Bescheid gesagt, dass sich das erledigt hat, sie haben inzwischen damit aufgehört. Aber wenn Sie schon einmal da sind, könnten Sie sie verwarnen. Sie wohnen oben, das dauert nicht …«

»Ich bin nicht wegen des Ballspiels hier.«

»Wirklich nicht? Denn ich habe mehrmals angerufen, und mir wurde gesagt …«

»Seien Sie still«, herrscht Romero sie an.

Angesichts dieses unhöflichen Verhaltens in ihrer

eigenen Wohnung verstummt Sere sofort – was bei ihr eher selten vorkommt.

»Sie haben bestimmt Blutgruppe B«, sagt sie schließlich. »Jede Menge angestaute Gefühle, stimmt's?«

Romero

Die Comisaria – eine Meisterin der Beherrschung und darin, nicht zu zeigen, wenn sie etwas trifft – blinzelt irritiert. Im Laufe ihrer Karriere hatte sie immer wieder mit unkooperativen Menschen zu tun. Die versuchen, vom Thema oder sich selbst abzulenken, indem sie sich in einem Wortschwall ergehen. Aber einer Frau wie dieser ist sie noch nicht begegnet, sie scheint nicht wirklich im Hier und Jetzt zu sein. Oder mit diesen blauen Glubschaugen die Realität reichlich verschroben wahrzunehmen.

Die Comisaria bedient sich nicht oft derart riskanter und unangenehmer Methoden wie jetzt.

Aber ihr Tag war schon kompliziert genug. Eigentlich die letzten Tage.

Ponzanos Auftrag ist ganz einfach. Aura Reyes folgen, ihre Schritte festhalten, auf Anweisungen warten. Aber nachdem sie zwei Tage vor ihrem Haus im Auto gesessen und das seltsame Kommen und Gehen beobachtet, aber keine Resultate hat, ist Romeros Geduld – die nie sehr ausgeprägt war – im Feuer der Langeweile aufgegangen.

Sie kann lediglich berichten, dass Reyes mit einer anderen Frau einen langen Spaziergang durch ihr früheres Wohngebiet gemacht hat. Einen Spaziergang, an dem das Aufregendste war, dass beide auf einem Kinderspielplatz standen und die Aussicht genossen.

Hier stimmt was nicht, dachte sie.

Dann recherchierte sie über eine gewisse Irene Muñoz Quijano alias Sere. Programmiererin mit abgeschlossenem Studium an einer zweitklassigen Universität. Sie hat mit Mühe und Not die Prüfungen geschafft. Und scheint in ihrem Beruf nicht gerade brillant zu sein, aber wenn du Menschen, die mit ihr zu tun hatten, bittest, sie einzuschätzen, wendet sich das Blatt.

»Die beste Software-Entwicklerin, die ich je hatte. Unter meiner Aufsicht, versteht sich.«
Ginés, ihr Chef bei Ingra

»Ihre Noten waren schlecht, weil sie so gut wie nie an den Seminaren teilnahm. Und ihre Abschlussarbeit war etwas … zu kreativ. Aber ich kenne niemanden, der so gut programmiert.«
Ein früherer Professor für Datenbanksysteme

»Bekloppt, vollkommen übergeschnappt. Sie sollten mal ihre Schwester sehen.«

Ihr Ex-Mann, bevor er auflegte

Als Inspectora in Marbella hat Romero ein System zur Klassifizierung von Menschen entwickelt. Schubladen, in die sie diejenigen einordnen kann, mit denen sie sich herumschlagen muss. Wie jemand, der mit einer Nadel einen Schmetterling aufspießt und darunter mit Schönschrift die Gattung schreibt.

Das mit dem Aufspießen steht noch bevor, aber die Zuordnung zur Gattung wird schwieriger. Mit Sere ergeht es ihr wie mit Aura.

Sie versteht sie einfach nicht.

Eine Frau, die viel zu verlieren hat, nachdem sie Reyes' Investmentfonds versenkt hat … Eine Frau, der nichts nachzuweisen ist, so groß ihr schlechtes Gewissen auch sein mochte, dürfte sich für die Frau, deren Leben sie zerstört hat, nicht groß interessieren.

Und trotzdem sind sie seit Tagen unzertrennlich.

Romero hat keine Ahnung, was sie zusammen aushecken. Und das stellt ihre Geduld noch mehr auf die Probe.

Es wird Zeit, die Karten auf den Tisch zu legen, denkt sie.

Deshalb hat sie beschlossen, dieser Sere – Ponzanos einzigem losen Faden – einen Besuch abzustatten und zu verhindern, dass passiert, was nicht passieren darf.

Als Sere die Blutgruppe erwähnt – zufälligerweise tatsächlich B –, löst sich Romeros letztes Fitzelchen Geduld in Luft auf.

Sie beschließt, zur Phase des Aufspießens überzugehen.

»Vielen Menschen ist nicht bewusst, wie wichtig die Blutgruppe für das Temperament ist«, fährt Sere in belehrendem Tonfall fort.

Romero greift sich an die Seite und zieht ihre Pistole. Seres Augen scheinen gleich aus den Höhlen zu springen.

Endlich eine normale Reaktion, denkt Romero erleichtert.

»Wie geil ist das denn! Ist die geladen? Darf ich sie mal anfassen?«

Verflucht noch mal.

Romero legt die Waffe in ihren Schoß und streicht sachte darüber, als würde sie eine Katze streicheln.

»Das ist eine Waffe, sehr gefährlich. Eine Waffe, mit der manchmal Unfälle passieren.«

Sere starrt die Pistole an – schwarz und bedrohlich – und begreift endlich, dass ihre Besucherin keine friedlichen Absichten hat.

»Warum ... Warum sind Sie hier?«

Romero lässt in absoluter Stille ein paar Sekunden verstreichen, ohne mit dem Streicheln der Waffe innezuhalten.

»Du hast jetzt neue Freundinnen, Irene.«

»Ich möchte nicht Irene genannt werden«, sagt Sere kopfschüttelnd. »Damit sind schlechte Erinnerungen verbunden.«

»Aber das ist doch dein Name, oder?« Romero zuckt mit den Schultern. »Es ist, wie es ist.«

Sere spielt mit etwas. Romero kann nicht erkennen, um was es sich handelt.

»Du hattest den Auftrag, ein Programm zu schreiben, und einen Vertrag mit einem sehr hohen Honorar.«

Sere spielt weiter mit dem, was sie in Händen hält. Etwas Kleines aus Plastik. Romero vermutet, dass es keine Bedrohung darstellt, und zieht die Schrauben weiter an.

»Diese Wohnung ... hast du mit diesem Geld bezahlt, stimmt's?«

»Fast.«

»Und jetzt hast du diese Wohnung, und wer dich bezahlt hat, hat das, womit er dich beauftragt hat. Unter einer Bedingung: Du darfst mit niemandem darüber reden. Hast du mit jemandem darüber gesprochen, Irene?«

»Ich habe nichts zu sagen.«

Kurze Antworten, ausweichender Blick. Die Zeugin hat ihre Situation erfasst und die Taktik geändert.

»Vor ein paar Tagen ist Aura Reyes bei dir gewesen. Hattest du ihr auch nichts zu sagen?«

»Ich habe ihr nichts von dem Programm erzählt.«

»Und worüber habt ihr dann gesprochen? Habt ihr

einen Lesekreis eröffnet oder so was? Denn ihr scheint inzwischen unzertrennlich zu sein.«

»Das kann ich Ihnen nicht sagen.«

Die Comisaria lächelt. Es ist kein zufriedenes Lächeln.

»Du kennst doch Ponzano, oder?«

»Ich habe ihn im Fernsehen gesehen«, bestätigt Sere.

»Dann kannst du dir keine Vorstellung machen. Das kannst du erst, wenn er persönlich vor dir steht.«

Die linke Hand hört auf, die Pistole zu streicheln.

»Wenn er redet, wirkt er absolut überzeugt davon, alles zu bekommen, was er will. Und man kann sich leicht vorstellen, warum.«

Sere schluckt und steht auf, was besagen soll, dass der Besuch jetzt beendet ist.

»Wünsche sind der rote Teppich für die Frustration.«

»Hast du das auf einem T-Shirt gelesen?«

»Nee, nee. Das habe ich mir gerade ausgedacht. Solche Dinge gehen mir dauernd durch den Kopf. Ich behaupte dann immer, sie seien von Konfuzius. Oder meinem Onkel Jacinto.«

Jetzt reicht es aber.

Romero steht ebenfalls auf und geht zu Sere, als wolle sie sie umarmen. Dann schlägt sie ihr mit dem Pistolengriff in den Magen.

Trocken, hart.

Ein Hieb, der dir die Luft nimmt.

Nach Luft schnappend knickt Sere ein, umklammert ihren Bauch und fällt rückwärts in den Sessel.

»Hör mir gut zu, du Spinnerin …«

»Nicht konkludent«, protestiert Sere keuchend.

»Was?«

»Das Gutachten damals. Nicht konkludent.«

Romero hält einen Augenblick inne, sie muss sich sammeln. Sie, die sich immer mit ihrer Unerschütterlichkeit gebrüstet hat und damit, in den schwierigsten Situationen die Ruhe zu bewahren. Sie, deren Puls bei Schießereien nie über fünfundneunzig gestiegen ist – was stimmt, Fitbit hat es bestätigt. Sie, die so vielen anderen das Selbstvertrauen genommen hat, versteht nicht, wie eine bedeutungslose Frau sie derart aus der Fassung bringen kann.

»Mach den Mund auf«, sagt sie und hält ihr die Waffe vors Gesicht. Sere gehorcht.

Romero steckt ihr den Lauf in den Mund. Nicht ohne eine gewisse Beschämung. Nicht ohne eine gewisse Abscheu sich selbst gegenüber.

»Na endlich«, sagt Romero erleichtert angesichts der verstummten Frau. »Mal sehen, ob ich dir die Botschaft jetzt klar und deutlich überbringen kann. Ich weiß, dass deine Freundinnen und du etwas aushecken. Und ich will wissen was. Hast du verstanden?«

Aus Seres Mund mit dem Lauf der Heckler & Koch USP Compact dringen unverständliche Laute.

»Ich werde Ihnen alles erzählen«, sagt Sere, als die Comisaria endlich die Waffe zurückgezogen hat. »Wenn ich eine Sieben habe.«

Vierter Teil

Romero

Willst du einen Todessprung wagen
oder ein Alter voller Gewissensbisse werden
und darauf warten, allein zu sterben?

Inception von Christopher Nolan

1

Ein Kleid

Je näher Aura der Villa kommt, desto nervöser wird sie.

Die Gegend wirkt seit ihrem letzten Besuch vollkommen verändert. In der tagsüber halb verwaisten Wohnanlage brodelt das Leben. Der Weg zu den beiden Villen in der Sackgasse ist mit gelb fluoreszierenden Barrieren abgesperrt. Zwei Platzanweiser in roten Jacken leiten die Gäste, die ausschließlich mit Luxuswagen vorfahren: Bentley, Maserati, Ferrari – alle in zweiter und dritter Reihe geparkt, der Rest auf den Gehwegen. Darunter ein bescheidener Porsche Cayenne, aus dem gerade ein Mann im Smoking und eine halb so alte Frau in einem unmöglich kurzen Kleid steigen.

Aura muss an die Banane denken, die sie einmal in der Küche vergessen hat. Nach wenigen Tagen schwirrten unzählige Fliegen um sie herum, angezogen vom Duft der langsam faulenden Frucht. Alle wollten einen Bissen von dieser Delikatesse.

Hier sind wir nun. Zwei unschuldige Fliegen. Nur dass wir uns die ganze Banane einverleiben werden.

»Es war gut, so weit weg zu parken, Blondi«, sagt Mari Paz.

»Du wolltest doch diesen Männern nicht den Škoda-Schlüssel aushändigen, oder?«

»Das zu sehen wäre bestimmt lustig gewesen. Und außerdem hätte ich mir diese Tortur erspart. Ich sterbe gleich, Schätzchen«, sagt sie und zeigt auf ihre Füße in den neuen Schuhen.

»Nun übertreib mal nicht. Es könnte schlimmer sein«, erwidert Aura und zeigt verstohlen auf die Frau mit dem unmöglichen Kleid, die unsicher auf ihren noch unmöglicheren, zehn Zentimeter hohen Louboutins vor ihnen her stöckelt.

»Dann mache ich lieber Fallschirmspringen«, erwidert Mari Paz. »Würde grässlich aussehen, wenn ich so was anhätte. Aber diese Tussi ist ziemlich knusprig.«

»Du bist viel hübscher«, erwidert Aura lächelnd.

Und das ist sie. Was nicht billig war.

Am Vortag waren sie einkaufen. Sie sprengten alle Ketten und ließen die Kreditkarte glühen.

Erster Halt: die Bank. Zweiter Halt: Calle Serrano.

»Ich dachte, du bist pleite?«, hatte Mari Paz gefragt, als sie sah, wo Aura sie hinführte.

»Das Geheimnis des guten Geschmacks ist, nicht zu viel auszugeben. Das muss man können«, erklärte Aura.

Auf dem Weg kamen sie an der Parfümerie vorbei, deren Schaufenster Aura eingeschlagen hatte. Wegen eines Shampoos, wie wir wissen. Sie warf einen flüchtigen Blick hinein wie jemand auf ein beschämendes Foto vom Junggesellinnenabschied, das nie auf Facebook hätte auftauchen dürfen.

Aura ging mit Mari Paz zu Kenzo und nahm ein schwarzes Midikleid aus Chenille mit rundem Kragen aus dem Ständer. Su-per-bil-lig.

»Du spinnst«, sagte die Legionärin.

»Probiere es an.«

Sie musste sie regelrecht in die Kabine schieben. Dasselbe mit den Schuhen von Mango, die aussahen, als stammten sie von einer bekannten Marke. Trotz allem eine übertriebene Ausgabe, die sie sich eigentlich nicht leisten konnte.

Noch eine.

Aura ist sich bewusst, wie hoch ihr Einsatz für diesen Wahnsinn ist. Und dass er noch steigen wird.

Das Ergebnis hat sich trotzdem gelohnt. In dem neuen Kleid und mit ein wenig Make-up ist Mari Paz eine andere Frau.

Als Aura wenige Stunden zuvor aus dem Badezimmer kam, hatte Sere ihr applaudiert, und das aus gutem Grund. Die Chefin trug ein altes Valentino-Kleid, das einzige, das sie noch nicht verscherbelt hatte. Es war ein bisschen eng, aber sie trug es mit der ihr typischen Eleganz. Denn Aura kann man in einen Sack stecken, sie landet trotzdem auf dem Catwalk der Cibeles Fashion-show.

Keine Überraschung. Die folgte erst, als die Legionä-rin herauskam. Sere blieb der Mund offen stehen.

»Das ist wie bei Vorher-Nachher in der Glotze, wenn sie dich als hässliches Entlein in den Fahrstuhl sperren, ein wenig Rauch aufsteigen lassen und dich anschlie-ßend als Prinzessin wieder rausholen.«

Aura legte Mari Paz die Hand auf die Schulter.

»Ganz ruhig. Und denk dran, dass wir sie brauchen, zumindest bis heute Abend«, sagte sie.

»Wenn das alles vorbei ist, erinnere mich bitte daran, dass ich sie mit dem größten Vergnügen erwürge.«

2

Ein Umschlag

Sosehr sich Mari Paz auch anstellt, Sere hat recht.

Denn die Veränderung ist spektakulär. Das schwarze Kleid unterstreicht die richtigen Stellen und kaschiert die Schultern eines Hafenarbeiters, und die Sandalen mit dem kleinen Absatz bringen ihre muskulösen Beine zur Geltung.

Sie steuern die Villen an und stellen sich in die kleine Schlange vor dem Gebäude, in dem die Bank untergebracht ist. Mehrere festlich gekleidete Paare warten ungeduldig vor der Gartentür. Als Türsteher fungiert ein Mann im Anzug, der zwei Größen zu klein ist für das Muskelpaket.

»Wir können noch umkehren«, flüstert Mari Paz und holt das Zigarettenetui – in Form einer silbernen Muschel, Leihgabe von Aura – aus der Handtasche.

»Darüber haben wir schon gesprochen«, erwidert Aura leise.

»Ja, aber zu den Spielregeln gehörte nicht, dass man uns erschießt.«

»Seit wann machst du dir darüber Sorgen?«

»Dann würden wenigstens die verfluchten Sandalen nicht mehr drücken.«

Nach kurzer Pause fügt sie hinzu: »Warum dieser Ort? Und nicht, was weiß ich, ein Kiosk? Das wäre einfacher.«

»Erstens wegen der Menge des Geldes. Zweitens … Wegen der Leute, die hierherkommen. Es ist gewissermaßen auch eine Rache an meinem früheren Leben.«

Nach zwei Zigaretten von Mari Paz – im gewohnten Dreißig-Minuten-Rhythmus – sind sie kurz davor, die Casino-Bank zu betreten. Vor ihnen ist nur noch das Paar von vorhin, der Mann im Smoking hält einen dicken Umschlag in der Hand. Aura blickt nervös auf die Uhr. Wenn das so weitergeht, kommen sie zu spät.

»Und wie soll ich mich jetzt verhalten, Blondi?«

»Schön den Mund halten und lächeln.«

Mari Paz lächelt gequält.

»Ich sagte, du sollst lächeln, nicht saure Gurken verkaufen.«

Das Paar vor ihnen betritt das Gebäude. Gleich sind sie dran.

Der Türsteher wendet sich ihnen zu. In seinem Blick steht eine Mischung aus Agilität und Konzentration, wie bei einem Boxer, der noch nicht allzu viele Prügel einstecken musste. An seinem Ohr hängt ein Spiralkabel, das im Hemdkragen unter unzähligen Metern Anzugstoff verschwindet.

»Ihre Einladung, bitte«, sagt er und streckt die Hand aus.

Aura holt sie aus ihrer Handtasche – eine rote Karte mit perlweißen Lettern – und reicht sie ihm.

Genau in dem Moment knackt es unter dem Anzug. Der Türsteher greift sich ans Ohr.

»Tür eins am Apparat.«

Es folgt eine Pause, in der man nur von fern den Trubel im Casino hört.

»Sie ist alt, Señor, aber gültig. Ich wollte sie gerade einlassen.«

Aura schaut Mari Paz an, die mit dem Blick nach oben zeigt. Über dem Eingang hängt eine Sicherheitskamera. Das rote Lämpchen blinkt bedrohlich.

»Ich bringe die Mission in Gefahr«, flüstert sie. »Ich hätte nicht mitkommen sollen.«

»Das bildest du dir nur ein. Mach schon, sei ein bisschen optimistischer.«

Der Türsteher spricht noch immer, diesmal leiser.

»In Ordnung, Señor. So mache ich das.«

Er geht zur Seite und lässt sie eintreten. Als Aura Mari Paz folgen will, hebt der Türsteher die Hand, damit sie stehen bleibt. Mari Paz dreht sich auf dem Absatz um – ihre Augen funkeln aggressiv –, aber Aura macht ihr ein verstohlenes Zeichen, sich zusammenzureißen.

»Señor Toulour lässt ausrichten«, sagt der Mann

monoton und sachlich, »er sei hocherfreut, Sie zu sehen, und dass es ihm ein Vergnügen wäre, Sie später zu empfangen, Señora Reyes. Hier ist Ihr erster Einsatz, er geht aufs Haus.«

In der Pranke des Türstehers liegen wie durch Zauberhand zwei schwarze Jetons.

Aura nimmt sie etwas verlegen und steckt sie zusammen mit der Einladung in ihre Handtasche.

»Vielen Dank. Richten Sie Señor Toulour bitte meinen Dank aus.«

Lächelnd holt sie Mari Paz ein, und gemeinsam gehen sie zur Tür der Villa.

»Ich hab's dir gesagt.«

»Okay, der geile Bock hat dich auf den Monitoren gesehen. Ist das wichtig?«

»Du verstehst das nicht. Er ist fixiert auf mich. Er würde alles tun, um mir an die Wäsche zu gehen, wie du es nennst.«

»Übertreibst du nicht ein bisschen?«

Aura holt die beiden schwarzen Jetons aus der Tasche und legt sie ihr in die Hand.

»Fürs Erste hat er jeder von uns tausend Euro geschenkt.«

Mari Paz wiegt die beiden Plastikmünzen in der Hand und berechnet, wie viele Flaschen Bier sie damit kaufen könnte.

»Dann hast du wohl recht, Blondi. Vielleicht kann ich ihm ja in die Eier treten.«

»Ganz ruhig, ich kann selber auf mich aufpassen. Meine Wäsche ist gerade nicht meine größte Sorge.«

»Was dann?«

»Dass wir ihn die ganze Nacht am Hals haben.«

Mari Paz runzelt die Stirn.

»Das ist ein anderes Paar Schuhe, Schätzchen.«

Sie sind vor der Tür angekommen, hier ist der Weg aus Schieferplatten zu Ende. Ein sehr gepflegter japanischer Garten von überragender Schönheit. Ein friedlicher, ruhiger Ort.

Der im Kontrast steht zum Empfang im Innern der Villa. Weit weg von neugierigen Blicken gibt es keinen Grund mehr, den Schein zu wahren. Die beiden Gestalten, die sie empfangen, verdienen die Bezeichnung Security nicht. Höchstens die von Schlägern, aber nur, wenn man großzügig sein will. Nichts mit prall gefülltem Sakko. Lederjacken und verbissene Gesichter. Gut sichtbare Waffen und Tattoos.

»An die Wand«, sagt einer.

Soll es wohl heißen, denn er nuschelt. Gut zu verstehen ist hingegen der wenig höfliche Schubs an besagte Wand.

»*Smiri se, prijatelju*«, sagt Mari Paz, als der andere sie abtastet.

»*Da li govoriš srpski?*«, fragt der Schläger überrascht.

»Ein bisschen.«

»Wo du lernen?«

»*Na Kosovu. Godine 1999.*«

Die beiden Schläger wechseln einen Blick, und die Kontrolle fällt etwas sanfter aus. Sie tasten sie zwar ab, aber weniger martialisch.

»KFOR?«, fragt einer und meint damit den internationalen Truppenverband der NATO, der am Krieg beteiligt war.

»Zwei Missionen.« Die Legionärin hebt zwei Finger. Jeder einzelne steht für eine andere Geschichte aus Schweiß, Blut und Tod.

»Sie können sich umdrehen«, sagt der erste Schläger. »Der Schalter ist am Ende des Ganges.«

»Meine Mutter stammte aus dem Kosovo«, sagt der andere.

»Hat sie überlebt?«

»Nein. Aber wenigstens hat es jemand versucht. *Hvala vam*«, erwidert er und gibt Mari Paz ihre Handtasche zurück.

Die nickt nur. Mehr gibt es nicht zu sagen, und den Dank für einen misslungenen Versuch kann sie auch nicht akzeptieren.

»Ich weiß nicht, ob das so schlau war«, sagt Aura leise, als sie den Flur entlanggehen. »Jetzt wissen sie, dass du gefährlich bist.«

»Was willst du? Hätten sie mich *damit* erwischen sollen?«, sagt Mari Paz und schiebt das Kleid zurecht, das beim Abtasten verrutscht war.

Aura will ihr schon recht geben, aber sie stehen inzwischen vor dem Bankschalter. Ein schlichter Tresen mit einem Computer und einer dicken Glasscheibe, deren kleine Luke sich öffnen lässt. Ob es sich um Panzerglas handelt, ist nicht klar, aber die Stärke – wie man an der Luke erkennen kann – lässt darauf schließen.

»Summe?«, fragt eine mechanische Stimme aus einem Lautsprecher.

Hinter der Glasscheibe sitzt ein glatzköpfiger, kleiner Mann auf einem Stuhl mit hoher Lehne.

»Ich möchte einen Anteil von Rheingold«, sagt Aura.

Der kleine Mann – taubstumm und mit Namen Jairo – schaut nicht mal auf, sein Blick ist starr auf den Monitor neben dem Tresen gerichtet. Mit zwei Fingern klopft er Buchstabe für Buchstabe in die Tastatur. Als er die Enter-Taste drückt, übersetzt der Computer das Geschriebene in Sprache, in eine unpersönliche Roboterstimme. Umgekehrt ist es genauso, was die Kunden ins Mikrofon sprechen, verwandelt sich auf dem Monitor in Text.

»Legen Sie« – Pause – »zwanzigtausend Euro« – Pause – »in das Fach.«

Aura muss schlucken. Sie wusste, dass dieser Moment kommen würde, sie wusste es ganz genau. Das ist der Teil des Plans, der ihr am schwersten fällt, das wusste sie schon vorher. Es war sehr viel leichter, als der Plan nichts weiter als großer Wahnsinn war, mit dem sie die Stunden im Morgengrauen füllen konnte. Wenn du nicht schlafen kannst, grübelst und die Decke zur Leinwand machst, auf die du Fantasien projizieren kannst, minderst du das Gewicht der bleiernen Stunden. Viele davon Rachefantasien. Fast alles Hirngespinste einer triumphalen Rückkehr. Und darunter die Illusion von Macht, die dich einen unmöglichen Diebstahl begehen lässt.

Vollkommen unmöglich.

Als das alles nur ein flüchtiger Traum war, der vor ihren schlaflosen Augen im Halbdunkel vorüberzog. Als diese Fantasien ihr noch Erleichterung verschafften, um die Entzugserscheinungen von den Schlaftabletten zu überwinden, desgleichen den Phantomschmerz der verheilten Wunde am Bauch, das Loch in ihrer Brust, das die Ermordung ihres Mannes hinterlassen hatte, auch das Kitzeln im Unterleib, die kalte Angst im Magen, die Furcht in der Kehle, die aufsteigenden Tränen. Solange es nur eine Ausflucht war, sagte sie sich immer, müsste sie das bekommen, was sie haben wollte. Würde sie den nötigen Mut aufbringen, um alles aufs Spiel zu setzen.

Jetzt ist es Wirklichkeit.

Jetzt muss sie das Geld aus der Handtasche nehmen, das sie vom Konto ihrer Mutter abgehoben hat. Mehr als sechs Monatsmieten für das Pflegeheim oder zwei Jahre Unterhalt der Zwillinge. Geld, das sie unter gar keinen Umständen verlieren darf.

»Die Chance, Rheingold zu gewinnen, steht eins zu dreitausendsiebenhundertfünfzig«, hatte Sere gesagt, immer hilfsbereit.

»Erzähl mir nichts von Chancen«, hatte Aura geantwortet. Diese Rechnung hatte sie schon selbst aufgemacht.

Als sie den Umschlag herausholt, ist sie sich jeder Bewegung auf schmerzliche Weise bewusst.

Am Morgen war er ihr noch klein und gehaltlos erschienen. Die Hundert-Euro-Scheine machten ihn in etwa so dick wie ein durchschnittliches Taschenbuch.

Jetzt scheint er angeschwollen zu sein, als würde er außer den zweihundert Geldnoten auch einen Teil von ihr enthalten.

Einen unverzichtbaren Teil.

»Beeilen Sie sich bitte«, drängt die Stimme aus dem Lautsprecher.

Aura gibt sich einen Ruck und reicht den Umschlag durch die Schalterluke.

Scheiß drauf.

3

Ein Casino

»Heilige Maria, was für ein pompöser Pomp und Trara«, sagt Mari Paz.

»Das verstehe ich jetzt nicht.«

»Ist auch nicht einfach«, brüllt Mari Paz, um sich über die laute Musik hinweg verständlich zu machen. »Das ist …«

Mari Paz kennt die Bedeutung einer Tautologie nicht, mit Worten und Wendungen jenseits der galicischen Sprache ist sie nicht sehr vertraut. Pompöser Pomp und Trara ist pompöser Pomp und Trara, Punkt. Also macht sie eine ausladende Armbewegung.

Die zweite Villa entpuppt sich als großer offener Saal. Das Erdgeschoss hat ungefähr fünfhundert Quadratmeter, Toiletten und Küche nicht mitgerechnet. Vollgestellt mit grün bezogenen Tischen, um die sich gut zweihundert Gäste drängeln. Baccara, Französisches Roulette, Blackjack. Kein einziger Spielautomat – es ist ein nobles Casino. Croupiers in extrem knappen Outfits – aufgepumpte Bizepse bei den Männern, zwei Kilo Silikon bei den Frauen – dämpfen den ersten Eindruck von Eleganz. Kellner tragen Tabletts voller bunter Cocktails umher, natürlich nur leichte, damit die Gäste nicht aus der Rolle fallen. Die Wandbeleuchtung gedimmt, die Tische im hellen Licht, ein Hinweis darauf, wo die Musik spielt. Alle paar Minuten senkt sich feiner Nebel herab, der die Gäste mit frischem Ozon berieselt, um die hitzige Ausgelassenheit zu dämpfen.

Und die Leute ... die Leute sind gekommen, um sich zu amüsieren. Auch wenn sie verlieren. Auch wenn das Lokal überfüllt ist. Auch wenn eine Technoversion von Charles Aznavour läuft. Auch wenn an den Wänden Hinweisschilder hängen, dass Fotografieren und Filmen verboten ist. Oder vielleicht gerade deshalb.

»Hallo, Mädels«, sagt eine junge Frau um die zwanzig, deren einzige Konzession an Kleidung ein goldener Tanga und zwei strategisch aufgeklebte Sterne ist: »Ein bisschen Schnee gefällig?«

Mari Paz und auch Aura wenden den Blick von den Sternen ab – der Körperteil verfügt über große Anziehungskraft – und richten ihn auf das Tablett. Sie trägt es an einem Gurt um den Hals, es wirkt wie ein Bauchladen aus der Prohibitionszeit. Nur dass sie anstelle von Zigaretten kleine Tütchen mit Kokain anbietet. Daneben kleine Spiegel mit dem Casino-Logo und vergoldete Röhrchen, deren Zweck unverkennbar ist.

»Kommt schon, ein Näschen, und ihr werdet sehen, dass das Glück auf eurer Seite ist«, versucht die Frau sie zu animieren, und singt dann: »*Was ist es, was ich habe, ich habe was …*«

»Sag mal, Kindchen, darfst du überhaupt schon hier sein?«, fragt Mari Paz. »Du bist doch noch grün hinter den Ohren.«

»Ach was. Das hat meine Großmutter immer gesungen, wenn sie Lottoscheine verkauft hat. Ihre Kunden fanden das witzig und kauften mehr.«

»Wir brauchen nichts, vielen Dank«, sagt Aura und verabschiedet die junge Frau mit einem freundlichen Lächeln. Und an Mari Paz gewandt: »Ich glaube, ich weiß jetzt, was du mit ›pompösem Pomp und Trara‹ gemeint hast.«

»Ich verstehe nicht, wie sie diesen ganzen Trubel so ungeschminkt darbieten können.«

»Siehst du die Frau in dem ziegelfarbenen Kleid, die am zweiten Tisch hinter mir Roulette spielt?«, fragt Aura, ohne sich umzudrehen.

Mari Paz schaut verstohlen in die Richtung.

»Ziegelfarben ist Rot, oder?«

»Bräunliches Rot, ja.«

»Toupiertes Haar, sechzig Lenze. Ja, die sehe ich.«

»Die ist Richterin am Nationalen Gerichtshof.«

»Woher weißt du das?«

»Ganz einfach: Weil sie meinen Fall bearbeitet.«

Die Richterin reißt vor Freude die Arme hoch, weil

die Kugel in dem roten Nummernfeld mit exakt der Zahl gelandet ist, auf die sie gesetzt hat.

»Sie gewinnt immer, wenn sie hier spielt, stimmt's?«

»Na, *immer* würde ich nicht sagen.«

Sie blickt sich um und scannt alles mit ihrem geschulten Auge, wie sie es in ihrem früheren Leben getan hat, wenn sie einen Raum voller wichtiger Menschen betrat. Menschen, die etwas von ihr wollten, Menschen, von denen sie etwas wollte. Dieser Sehmuskel hat nichts von seiner früheren Kraft verloren. Die Gesichter springen sie an. Unternehmer, hohe Beamte. Politiker jeglicher Couleur. Heiter und sorglos. Berauscht vom Champagner, vom Kokain und von sich selbst. Alle, die ihr früher wertvolle Ziele erschienen, sind jetzt nur noch graue Scharniere einer Maschinerie, in der sie gefangen ist, deren Zahnräder sie einklemmen und zermalmen.

»Wie sich alle anstrengen, Blondi«, sagt Mari Paz voller Bewunderung. Aura schaut auf ihre Armbanduhr. Es ist kurz vor dreiundzwanzig Uhr.

»Noch knapp acht Minuten, dann beginnt das Spiel. Steck den Kopfhörer rein«, sagt sie und tut es ebenfalls.

Mari Paz gehorcht.

Sere hat sie mit hautfarbenen Miniatur-Headsets versorgt, quasi unsichtbar. Sehr beliebt bei Studenten im Examen. Weniger als vierzig Euro das Paar.

»Wenn jemand nicht besteht, dann will er es auch nicht«, hatte sie gesagt.

Auras sind kabellos. Die von Mari Paz nicht. Diese beiden billigen Kabel, die aus ihren Ohren hängen, mindern die Glaubwürdigkeit der Maskerade etwas, aber Aura vertraut darauf, dass sie lange genug unbemerkt bleiben, bis sie ihren Plan ausgeführt haben.

Aura macht mit ihrem Handy den Test. Alle drei gleichzeitig. Sere antwortet sofort, Mari Paz ebenfalls.

»Hört ihr mich?«, fragt sie ins Telefon. Beide bestätigen.

»Jetzt müssen wir uns trennen.«

»Hast du die Karte?«, fragt die Legionärin.

Aura nickt und zeigt ihr die Plastikkarte mit Magnetstreifen und Logo des illegalen Casinos – ein schnörkeliges, kitschiges T –, auf der Toulours Schatzmeister ihre Teilnahme an Rheingold gespeichert hat.

»Hast du *deins*?«

Mari Paz hält etwas Längliches in Form und Aussehen eines Lippenstifts hoch.

»Auf in den Kampf.«

»Hör mal, Blondi«, Mari Paz ergreift sie am Arm. Sie hat kalte Hände. »Vielen Dank.«

»Wofür?«

»Dass du diesmal auf den Reim verzichtet hast.«

Aura lächelt schuldbewusst.

»Eigentlich …«

»Nein, Blondi, nein!«

»Wartet, wir sagen es alle gleichzeitig«, schlägt Sere vor.

IM LIEFERWAGEN

Sere aktiviert die Freisprechanlange, worauf die Stimmen der vier Legos gleichzeitig zu hören sind.

»Eins, Celeiro und Reyes getrennt, so scheint's.«

Es folgen ein paar Flüche auf Galicisch, die nicht zu übersetzen sind.

»Zum Teufel mit Celeiro«, sagt Málaga gedehnt. »Das Mädchen hat vielleicht ein Mundwerk. Und keine Kinderstube, verdammt.«

»Alles bereit«, bestätigt Sere. »Weitermachen, Ende.«

Der Lieferwagen, ein alter weißer Vito, steht dreihundert Meter vom Casino entfernt an der Zufahrt zur Wohnanlage. Auf dem Fahrersitz Chavea, der zwar nicht die hellste Kerze am Leuchter sein mag, aber ausgezeichnet mit dem Lenkrad umzugehen weiß. Daneben Málaga, dessen Arm mit der unvermeidlichen Zigarette zum Fenster hinaushängt.

Im Laderaum haben die Legos die Sitze herausgenommen und aus ein paar Holzkisten einen Tisch improvisiert. Darauf hat Sere zwei Laptops aufgebaut.

»Du weißt schon, was eine Konferenzschaltung ist, oder? Und das ›Ende‹ kannst du dir sparen«, protestiert Mari Paz.

»Lass sie doch«, verteidigt Aura Sere.

Málaga macht Angelo und Caballa, die an der offenen Seitentür des Vito stehen, das Zeichen.

»Los geht's, jetzt seid ihr dran.«

ERDGESCHOSS

Aura sieht, wie Mari Paz den großen Saal Richtung Treppe durchquert. So unauffällig, wie ihre Statur, die Sandalen und das Gewimmel es ihr erlauben.

»Langsam, langsam«, sagt Aura in den Airpod.

Die Legionärin wirkt wie ein amerikanischer Football-Spieler, der auf dem Weg zum Tor den Verteidigern ausweicht. Ein Spieler mit unsicherem Gang und elegantem Kleid.

»Verdammt viele Leute hier.«

Beide sprechen leise wie zu sich selbst. Spielerisch imitieren sie, was sie ihr Leben lang in der Glotze gesehen haben.

»Schön langsam. Tu so, als gehörst du dazu.«

»Du hast nicht zufällig zwei Sternchen, die ich mir auf die Möpse kleben kann?«

Aura muss lachen. Ein Mann in ihrer Nähe bezieht das auf sich und kommt näher. Sie wirft ihm einen Blick zu, der besagt: *Du warst nicht gemeint, Idiot*, und verschwindet in die entgegengesetzte Richtung.

Auch ihr fällt es schwer, in der Menschenmenge voranzukommen. Jetzt sind es deutlich mehr Gäste, bestimmt wegen des kurz bevorstehenden Höhepunkts des Abends. Die Atmosphäre ist lebhaft und aufgeheizt. Glänzende Stirnen, feuchte Achseln. Selbst Aura, deren Schweißdrüsen seit jeher träge arbeiten, spürt, wie ihr der Schweiß ausbricht.

Denn … Wie oft im Leben bekommst du die Chance, mit zehntausend Euro Einsatz möglicherweise drei Millionen zu gewinnen?

RICHTUNG ERSTE ETAGE

Auras kristallklares Lachen hallt in den Kopfhörern wider, und Mari Paz spürt ihre Knie weich werden.

Verdammt noch mal, und das in meinem Alter. Wer hätte das gedacht.

Sie bahnt sich weiter ihren Weg durch die Masse. Die Häppchen, die ein Kellner offeriert, lehnt sie ab, kippt stattdessen ein Glas Champagner eines anderen hinunter und stört das angeregte Gespräch zweier Männer, die den Absturz eines dritten planen.

Selbst sie, die nur selten im Internet ist und sich seit Jahren von der Welt abschottet, erkennt das eine oder andere Gesicht in der Menge, die sich heute Abend im illegalen Casino eingefunden hat. Gesichter, die auf der Suche nach dem Glück bündelweise Geldscheine auf den Tisch werfen, die bei Rouge, Impair oder Manque aufgeregt reagieren, die ungeniert gewisse Körperstellen ihrer Geliebten streicheln.

Die Treppe in die erste Etage ist abgesperrt.

Offensichtlich darf man sie nur mit Einladung betreten. Und um diese Offensichtlichkeit zu unterstreichen, hat Toulour einen neunzig Kilo schweren Serbokroaten davor postiert.

»Ich bin bei der Treppe.«

»Frei?«, fragt Aura.

»Da steht ein Hornochse.«

»Willst du dich auf eine Diskussion mit ihm einlassen?«

Mari Paz mustert ihn von oben bis unten. Vielleicht, aber nicht, ohne Aufmerksamkeit zu erregen.

»Nicht vor all diesen Leuten.«

»In Ordnung. Jetzt bist du dran, Sere.«

IM LIEFERWAGEN

Sere öffnet auf dem Laptop eine App und sieht Mari Paz' Handy. Bluetooth ist aktiviert und kommuniziert mit den Geräten in ihrer unmittelbaren Umgebung.

Die Technologie funktioniert – um es etwas dilettantisch zu formulieren – wie ein Radar. Sie gibt ein Signal ab und erhält eines zurück. Das ermöglicht Sere, in der App die Smartphones der fremden Menschen wie auf einer eindimensionalen Karte zu sehen. Das Signal hat eine Reichweite von zehn Metern, weshalb sie mehr als vierzig verschiedene Empfänger erfassen und sie fast präzise ihrem Standort zuordnen kann. Einige bewegen sich, anderen stehen nah beieinander. Viele von ihnen senden ihre ID, eine Art Etikett wie »iPhone von Paco«. Sie sortiert alle mit spanischen Namen aus, übrig bleibt nur eine Handvoll Kandidaten.

Immer noch zu viele.

Sere ist versucht, ihre Pfeile zu werfen. Keine Zeit.

»Du musst näher rangehen, Ende.«

»Das ist leichter gesagt als getan.«

»Zwei Schritte nach vorn.«

Auf der anderen Seite Stille.

»*Mach schon, Mausilein, das Leben ist ein Abenteuer fein*«, trällert Sere.

»Da ist mir dein ›Ende‹ lieber!«

Auf dem Monitor kann Sere nun ein Signal in kyrillischen Schriftzeichen isolieren.

Зпатаоb тепеcboн

»Ich glaube, ich habe ihn. Frag ihn, ob er Zlatan heißt, Ende.«

»Und dann geh ich mit ihm einen trinken, oder was?«

RICHTUNG ERSTE ETAGE

»Ich muss wissen, ob es sein Handy ist. Es könnte ja das Signal eines anderen sein, Ende.«

»Das soll Blondi übernehmen.«

»Ich kann nicht. Das musst du machen«, erwidert Aura.

Mari Paz flucht leise und löst sich aus dem Schutz der Herde.

Ein paar Schritte, und sie steht vor dem Mann. Jung, groß, gestutzter Bart. Viel gepflegter als die Typen, die sie in der Bank angetroffen haben. Er steht vor der Absperrung Wache.

»Ohne Einladung darf niemand rauf«, sagt er.

»Verzeihung, bist du nicht Pedja?«

»Nein, Señora«, antwortet er misstrauisch.

Das war's mit Mari Paz' ausgezeichnetem Plan.

»War mir ein Vergnügen.« Sie wendet sich ab.

»Schmier ihm Honig ums Maul«, schlägt Aura vor.

»Nicht der richtige Moment für Schweinereien, Blondi.«

»Du sagst ihm, was ich dir vorsage, ja?«

Mari Paz wendet sich wieder an den Mann im Anzug und wiederholt, was Aura ihr einflüstert.

»Hör mal, hab doch etwas Mitleid mit einer Frau, die gerade von ihrem Freund versetzt wurde. Ein hübscher Junge wie du ... Wenn ich herausfinde, wie du heißt, schenkst du mir ein Lächeln, einverstanden?«

Der Mann schweigt, sein Blick wird aber freundlicher.

»Darko. Zoran. Dimitar … Nein, jetzt weiß ich es: Zlatan. Du heißt Zlatan.«

Der Mann lächelt. Ein überraschend sanftes Lächeln.

»Wusste ich's doch, Zlatan.«

Da klingelt das Handy des Mannes.

ERDGESCHOSS

Aura beobachtet, wie Zlatan seinen Posten verlässt und Richtung Tür geht.

»Was hast du ihm geschrieben?«

»Dass er seine Mutter anrufen soll«, sagt Sere.

»Und wenn er keine Mutter hat?«

»Alle Welt hat eine Mutter, Aura.«

Aura versucht, nicht an Sere zu verzweifeln. Schließlich hat ihr Kunstgriff funktioniert, wenn auch wieder einmal aus purem Zufall.

Ich frage mich, wie lange das noch gutgeht.

Mari Paz hatte so getan, als würde sie zu den anderen Gästen zurückkehren, hatte eine Runde gedreht und war wieder zur Treppe zurückgegangen. Aura sieht, wie sie rasch unter der Absperrung durchschlüpft und in Richtung erste Etage verschwindet.

»Bin auf dem Weg«, bestätigt sie.

Aura zweifelt kurz, ob es richtig war, diese Aufgabe Mari Paz zu überlassen. Sie muss aber einsehen, dass sie selbst da oben – mit wenig Publikum so nahe an Toulour – wesentlich exponierter wäre. Erst recht, weil der Alte schon weiß, dass sie da ist.

»Beginnen wir mit Phase zwei.«

»Diesmal ohne Reim und Klimbim, ja?«

Aura runzelt die Stirn. Aber es ist das Mindeste, was sie für Mari Paz tun kann. Jetzt gibt es kein Zurück mehr. Der kleinste Fehler könnte den Plan zunichtemachen.

»Alle still«, befiehlt sie. »Jetzt hängt alles von Mari Paz ab.«

ERSTE ETAGE

Die Treppe – aus schwebendem Sichtbeton mit integrierten LED-Lampen, die die Stufen noch leichter wirken lassen – führt in einen viel kleineren Raum als der Saal unten. Vor Mari Paz stehen zwölf oder dreizehn Tische. Hier wird nur Poker gespielt. Die Hälfte der Tische ist besetzt, an jedem ungefähr sieben Personen. Sie spielen Texas Hold'em, und die Einsätze sind hoch. Bei einem flüchtigen Blick sieht Mari Paz die hohen Stapel in der Tischmitte. Viele schwarze Jetons.

Jeder zu tausend Euro …

Sie geht zügig weiter zum hinteren Teil des Raumes.

»Tu so, als wärst du die Besitzerin, dann lassen dich alle in Ruhe«, hatte Aura ihr geraten.

Mari Paz versucht, Unsicherheit und Zweifel auszublenden. Es sind nur ein paar Meter. Wenige Schritte.

Sie hat das Gefühl – oder bildet es sich ein –, dass alle Blicke auf sie gerichtet sind. Als gäbe es auf dieser Etage nur sie, als hätten die hohen Einsätze ihren Wert verloren und alle Spieler und Croupiers aufgehört, Paare, Trios und Farben zu zählen, um sie anzustarren.

Das kennt sie von früher. An der Front.

Wenn ich doch nur einen Schluck trinken könnte.

»Blondi, sing was für mich.«

Bevor ich kehrtmache und davonlaufe.

»Jetzt?«

»In der Not frisst der Teufel Fliegen.«

ERDGESCHOSS

Aura ist ununterbrochen zwischen den Menschen umhergeschlendert und hat dabei einen Kreis um das Podium im hinteren Teil des großen Saals gezogen. Ein paar Leute haben sie erkannt und ihr zugenickt. Andere haben sie erkannt und weggeschaut. Keiner hat versucht, mit ihr ins Gespräch zu kommen, aber das wäre auch ein Risiko, das sie nicht eingehen kann. Und es wäre noch riskanter, stehen zu bleiben.

Also geht sie immer weiter.

Und deshalb fühlt sie sich noch lächerlicher – und das Ganze wirkt noch irrealer –, als sie leise zu trällern beginnt:

Wer wohnt in der Kiefer
unten am Meer?

Wir werden nie erfahren, wer da wohnt, denn noch bevor sie zur zweiten Strophe ansetzen kann, stößt sie an eine Mauer aus Fleisch und billiger Baumwolle. Als sie aufblickt, werden ihre schlimmsten Befürchtungen wahr.

Einer von Toulours Schlägern.

»Señora Reyes«, begrüßt er sie. »Wenn Sie mich bitte begleiten. Monsieur Toulour möchte Sie auf einen Drink einladen.«

Aura dreht leicht den Kopf. Hinter ihr hat sich ein weiterer Schläger postiert, was klar signalisiert, dass sie diese Einladung nicht ablehnen kann.

»Oh, selbstverständlich«, sagt sie laut, damit ihre Gefährtinnen sie auch hören. »Wie könnte ich Monsieur Toulour einen solchen Wunsch abschlagen?«

IM LIEFERWAGEN

»Was ist das bloß für eine verdammte Scheiße!«, schimpft Mari Paz. Zwar leise, aber Sere hat die Lautsprecher auf volle Lautstärke gestellt, weshalb ihr Fluchen im ganzen Lieferwagen widerhallt.

»Was ist passiert?«, fragt sie.

»Passiert ist, dass ich gleich eine Panikattacke kriege.«

»Hast du versucht, ganz langsam von zehn rückwärtszuzählen?«

»Himmel, Arsch! Ich versau es heute! Ich versau es, und dann bring ich sie um.«

»Jemand muss ihr was vorsingen«, flüstert Aura. »Das beruhigt sie.«

»Aber bestimmt nicht ich«, erwidert Sere. »Das wollt ihr wirklich nicht hören.«

»Wer auch immer ...«

Aura kann den Satz nicht beenden, denn Chavea ist schon aufgesprungen und stürzt zum Laptop.

»Wo muss ich reinsprechen?«, fragt er Sere lächelnd.

Sere zeigt auf das Mikrofon am Laptop. Chavea beugt sich vor und beginnt zu singen:

Heute verlässt uns ein Bruder,
heute geht ein Mutiger.

»Eine Colombiana? Kennst du kein anderes Lied, Chavea?«, mault Mari Paz.

ERDGESCHOSS

Das Maulen vergeht Mari Paz schnell. Denn es ist gut möglich, dass Chavea das hässlichste Wesen auf der Erde ist, aber er besitzt eine Engelsstimme und hat im Gesangsunterricht gut, wirklich sehr gut aufgepasst. Málaga schließt sich an, er ist ebenfalls aufgestanden und klopft rhythmisch

(*pum, pumperum*, Pause, *pum pumperumpum*)

und im Takt auf eine Holzkiste wie zur Semana Santa in seiner Heimatstadt Málaga. Und Chaveas Stimme, auch wenn er einen gefallenen Kameraden besingt …

Heute geht er voller Stolz,
obgleich mit gebrochener Seele.
Kamerad Legionär,
möge Gott dich begleiten auf deinem Wege.

… wirkt auf Mari Paz' Herz und Bauch wie Balsam. Ihr hektisches Atmen beruhigt sich, sie ignoriert die Blicke – die echten, die eingebildeten – und geht weiter bis zum Ende des Raumes.

4

Ein Spiel

Während Chavea singt, während Málaga rhythmisch trommelt, während Mari Paz sich überwindet und weitergeht, hat Aura ein Problem.

Ein ernstes Problem.

Die Schläger haben sie zum Podium geführt, wo Toulour sie erwartet. Geblümtes Hemd, Seidenjackett, Röhrenhose, Goldkette um den Hals. Dieser Aufzug, eher für einen jungen Mann geeignet, lässt ihn älter und lächerlich wirken. Das lockige, nach hinten gekämmte Haar, die Falten um die Augen und das Colgate-Lächeln haben sich nicht verändert, seit sie ihn zum letzten Mal gesehen hat.

»Aura, meine liebe Aura. Schön wie immer. Noch schöner gar«, säuselt er, bevor er ihr – wie in seiner Heimatstadt Montpellier üblich – drei Küsse auf die Wangen schmatzt.

»Henri, du schmeichelst mir wirklich sehr«, sagt sie und kräuselt die Nase wegen der exzessiven Parfümwolke. Sandelholz, Holz und Koriander. Caron Poivre Sacré, sechshundert Euro pro Flasche. Früher hat sie so was geschätzt.

Früher.

Neben Toulour steht ein Partytisch mit zwei Champagnergläsern und einem Teller Erdbeeren mit Sahne. Der Alte greift zu der Flasche Armand de Brignac Brut Gold im Sektkübel. Aura wühlt in ihrer Handtasche, als suche sie etwas, und nutzt diese Gelegenheit, um das Mikrofon abzustellen, damit Mari Paz alle Ruhe hat, die sie braucht. Dann wendet sie sich wieder ihm zu, sicherheitshalber mit dem freien Ohr.

»Mit Blattgold, zu Ehren deines Namens«, sagt Toulour und klopft mit dem Fingernagel auf die Flasche.

»Du bist immer so aufmerksam«, sagt Aura bemüht, nicht laut über diesen billigen und falschen Vergleich aufzulachen.

»Ich kann nicht glauben, dass du nur wegen des Spiels gekommen bist«, sagt er beim Einschenken. »Du hast deinen alten Freund Toulour nicht vergessen, stimmt's?«

»Wie sollte ich dich vergessen, Henri?«

»Und ich fasse es immer noch nicht, dass du so lange meinen Reizen widerstanden hast.«

»Das ist ganz einfach, Henri«, erwidert Aura und nippt an ihrem Champagner. »Ich muss nur daran denken, was meine Mutter immer gesagt hat. Der Schwanz eines Schürzenjägers schmerzt beim Rausziehen mehr als beim Reinstecken.«

Toulour lacht schallend auf. Möglich, dass er ein

Süßholzraspler und Lebemann ist, aber er hatte immer einen ausgezeichneten Sinn für Humor.

»Ah, *ma chérie*. Wie habe ich diesen kleinen Schlagabtausch vermisst. Was gibt es Neues in deinem Leben?«

Tod, Armut und Verzweiflung.

»Das Übliche. Hier ein Projekt, dort eins … Keine Zeit für nichts.«

Toulour mustert sie aufmerksam.

»Du ahnst nicht, wie sehr ich mich freue, das zu hören. Mir sind boshafte … *rumeurs* zu Ohren gekommen.«

»Welche Art boshafter Gerüchte?«

»Du weißt schon, was so in den Zeitungen steht.«

Aura schnaubt sarkastisch.

»Die einzigen Zeitungen, die heutzutage Erfolg haben, sind die, die genau das schreiben, was du hören willst. Oder was jemand möchte, das du hören sollst.«

»Soweit ich weiß, hast du lange zu Letzteren gehört, *chérie*.«

»Es ist nie zu spät, ein Arschloch zu werden.«

Toulour lächelt, einigermaßen überrascht.

»Ich muss einräumen, dass die neue Aura höchst erfrischend ist. *Très magnifique!*«

»Wie dein Champagner, Henri. Du hast noch immer einen exzellenten Geschmack«, pariert sie und trinkt einen Schluck.

Allerdings nicht bei Kleidung und Parfüm.

»Aber du hast meine Frage nicht beantwortet. Was führt dich in mein bescheidenes Haus?«

Dich zu rupfen.

»Vermutlich hatte ich das Gefühl, heute Glück zu haben«, sagt sie und zeigt ihm die Karte mit dem Casino-Logo.

Man darf hier nicht mit Bargeld spielen, für den Fall, dass ein ambitionierter Polizist die Anweisungen seines Chefs ignoriert und diesem Ort einen Besuch abstattet. Deshalb kann man hier nur mit Jetons spielen oder seine Teilnahme in einer Karte wie dieser registrieren lassen. Die Super-Combo-Karte ist wegen des hohen Einsatzes goldfarben statt wie üblich schwarz. Toulour nickt zustimmend.

»Ich sehe, die Gerüchte waren in der Tat unbegründet und boshaft. Oder vielleicht nur … falsch platziert. *N'est-ce pas?*«

Toulours Schweinsäuglein haben sich in zwei perverse Brunnen der Gier verwandelt.

Aura begreift, dass der Alte ist wie alle anderen. Er hat keinen Moment an ihrer Schuld gezweifelt. Warum sollte er auch? Jemand wie er, der sich mit Kalkulationen und Wahrscheinlichkeiten beschäftigt, der die Schwäche anderer ausnutzt und aus den geheimen Lastern der Mächtigen Kapital schlägt. Toulour kann an nichts anderes denken als an den größten Profit. In seinem Kopf gibt es keinen Platz für den Zweifel, ob Aura wirklich Geld unterschlagen hat, denn er an ihrer Stelle hätte es getan.

Jetzt überlegt er, wie er dieses Wissen nutzen kann, mutmaßt Aura. *Und das sollte ich ausnutzen.*

»Die Leute verdrehen die Dinge oft«, sagt Aura mit einem Lächeln, das strahlend wirken soll.

Die Äuglein verengen sich noch mehr, wenn das möglich ist.

»Vermutlich, *chérie*. Aber manchmal werden Dinge, die verdreht werden, ziemlich ungemütlich. Und bedürfen einer gewissen … Einordnung.«

Aura kann nicht umhin zu lächeln.

»Du kennst bestimmt die richtige Person dafür.«

Der alte Truthahn glaubt natürlich, ich hätte das Geld. Und er glaubt auch, dass ich hier bin, um ihn zu sehen, und dass ich den Einsatz für das teuerste Spiel des Casinos nur gemacht habe, um seine Aufmerksamkeit zu erregen und ihm eine Botschaft zu senden.

Schlau, der Schweinehund.

Denn wenn das stimmen würde, wäre Toulours Hilfe bei der späteren Geldwäsche Gold wert. Mit seinen Kontakten auf allen Ebenen der Macht verfügt der Casinobesitzer über Instrumente und Dienstleistungen, von denen Aura nur träumen kann.

Toulour könnte ein außergewöhnlicher Verbündeter sein. Aber auch ein sehr gefährlicher Feind, den man niemals verärgern sollte.

Aura blickt auf die Uhr und stellt fest, dass »niemals« in ungefähr einer Viertelstunde sein wird.

»So, meine Liebe, lass uns später weiterreden. Dein Spiel fängt gleich an.«

Wie recht du doch hast.

ERSTE ETAGE
(EIN PAAR MINUTEN FRÜHER)

Nachdem sie den misstrauischen Croupiers aus dem Weg gegangen ist und mithilfe von Chaveas Gesang ihre Angst beschwichtigt hat, ist Mari Paz am Ende des Raumes angekommen.

Die noble Tür aus Stahl und Wengeholz führt zu einem Flur, in dem sich auch die Toiletten befinden. Im Gegensatz zu denen im ganz legalen Gran Madrid Casino Torrelodones werden sie hier nicht von den Leuten genutzt, um eine Linie Koks zu ziehen, denn das können sie ja in aller Öffentlichkeit unten im Saal. Weshalb diese Toiletten ziemlich sauber und unbenutzt sind.

Mari Paz geht in die Damentoilette, wäscht sich Hände und Gesicht, um den Kopf klar zu kriegen, und bedauert beim Anblick ihres Spiegelbilds – das Makeup ist hinüber – ihre Verletzlichkeit und das komplizierte Leben, bevor sie weiter den Flur entlanggeht.

»Die Tür am Ende des Flurs«, sagt Sere.

»Da bin ich jetzt.«

Als hätten sie das nicht tausend Mal besprochen. Als wäre diese Tür nicht die einzige, die kein Figürchen für Damen oder Herren hat, sondern ein Schild mit der Aufschrift: *Nur für Personal.*

Mari Paz klopft zweimal. Und streift dabei die Sandalen ab.

»Wer ist da?«, erklingt eine Stimme von drinnen.

»Zlatan schickt mich«, sagt sie in einem Anfall von Inspiration. Die Tür öffnet sich ein paar Zentimeter.

Das wird reichen, denkt Mari Paz und nimmt Anlauf.

IM LIEFERWAGEN

Aus den Lautsprechern des Laptops dringen gedämpft Geräusche und Schreie.

»Ich würde sagen, das sind mindestens zwei«, sagt Málaga, der mit gespitzten Ohren versucht, die Kampfgeräusche einzuordnen.

»Das war garantiert ein Stoß mit dem Knie«, sagt Chavea.

Klirren von Glas.

»Und eine Flasche.«

»Da wird abgerechnet.«

ERSTE ETAGE

»Könnt ihr endlich das Mikrofon abstellen, verdammt?«

Mari Paz bückt sich, um dem Hieb eines der Schläger auszuweichen, der noch auf den Beinen ist. Es waren drei, doch der erste liegt schon bewusstlos auf dem Boden, nachdem Mari Paz ihm eine Glasflasche über den Schädel gezogen hat.

Der zweite umklammert ihren rechten Arm, um sie kampfunfähig zu machen. Nummer drei hat ausgeholt, der Schlag hat aber nicht sie, sondern die Wand getroffen, mit den entsprechenden Folgen.

Lautes Knacken.

Während sich Nummer drei vor Schmerz windet und seine gebrochenen Knöchel anstarrt, tritt Mari Paz nach hinten und trifft die Wade von Nummer zwei. Barfuß ist das nicht so effektiv wie mit Militärstiefeln, weshalb Nummer zwei kaum etwas spürt. Er ist sehr stark, und sie kämpft mit dem linken Arm nicht besonders gut. Aber sie kann nicht warten, bis Nummer drei sich wieder aufgerappelt hat. Also wirft sie ihren Kopf mit aller Kraft nach hinten und trifft damit die Nase des Mannes, der sie festgehalten hat und jetzt ausgeknockt zu Boden geht.

Als Mari Paz sich um Nummer drei kümmert, hat der so große Schmerzen in der Hand, dass er ihr fast dankbar ist für den Hieb, der ihn ebenfalls niederstreckt.

»Das wäre geschafft«, sagt die Legionärin keuchend.

IM LIEFERWAGEN

»Wie viele waren es?«, fragt Chavea, der mit Málaga gewettet hat.

»Pssst, Herrschaften. Das ist eine ernste Sache«, schimpft Sere. »Mach schon, Mausilein. Erzähl uns, was du siehst.«

»Ein Sofa, einen Kühlschrank, einen Tisch.«

»Das ist der Pausenraum fürs Personal. Aura hatte recht. Kein Computer?«

»Nein. Aber warte mal, da hinten ist eine Tür.«

»Mach sie auf.«

»Sie ist verschlossen.«

»Dann gib ihr ... Keine Ahnung, versuch's mit Karate, Mari.«

»Ich kann kein Karate. Und ich heiße nicht Mari.«

»Verzeihung, Mausilein.«

»So heiße ich erst recht nicht.«

»Dann sag mir, wie ich dich ansprechen soll.«

»Am besten gar nicht.«

Es folgen ein erstickter Schrei und ein Fluch, der ungefähr so klingt: VerfluchteScheißezumTeufelnochmal.

»Was ist passiert?«

ERSTE ETAGE

»Für so was braucht man die richtigen Schuhe, verdammt«, schimpft Mari Paz und reibt sich die Ferse.

Das Schloss war keine große Sache, aber barfuß eine Tür einzutreten war nicht einfach. Die Sandalen liegen im Flur, damit sie keinen Schaden nehmen.

Und weil sie nur stören.

Die Tür ist zwar offen, doch Mari Paz wird aus diesem zweiten Abenteuer wieder als Hinkebein herauskommen.

Wenn sie rauskommt.

Jetzt geht sie erst mal hinein.

»Was siehst du?«, fragt Sere.

Es handelt sich um einen kleinen Raum, in dem drei riesige 42HE-Serverschränke mit Aktiv-Ventilatoren stehen. Sie sind prall gefüllt mit Netzwerkservern, LAN-Kabeln und einem 10 GB SFP-Transceiver.

»Viele bunte Lämpchen«, beschreibt Mari Paz.

»Aber gibt es Racks oder einen CPU-Kühlerturm, was siehst du?«

»Also, drei riesige Kisten mit durchsichtigen Deckeln.«

»Definiere riesig.«

»Größer als ich und kleiner als Xaquina.«

»Wer ist Xaquina?«

»Die Lieblingskuh von Großmutter Celeiro.«

IM LIEFERWAGEN

Sere erkennt, dass es für diese Aufgabe eine gewisse Geduld und Fantasie braucht, also krempelt sie geistig und körperlich die Ärmel hoch.

»Was du vor dir siehst, sind drei Serverschränke. Kannst du sie öffnen, oder sind sie verschlossen?«

Sie hört Geräusche von Gewaltanwendung und dann splitterndes Glas.

»Ich habe einen geöffnet.«

»Gut. Jetzt musst du einen USB-Anschluss suchen.«

Sere presst die Lippen zusammen und schließt die Augen in Erwartung eines unpassenden Kommentars, aber diesmal scheint Mari Paz sofort verstanden zu haben.

»Das ist ein rechteckiges kleines Loch, oder? Daran kann ich mich erinnern.«

»Klar, ich habe es dir ja auch elf Mal erklärt.«

»Es sind wenige. Hier ist einer.«

»Gut, dann zieh jetzt den Deckel vom Lippenstift und steck ihn rein.«

Sere hört Mari Paz mit dem als Lippenstift getarnten USB-Stick hantieren.

»Er passt nicht.«

»Dann dreh ihn mal um, Mausilein. Ich sage dir aber gleich, dass er so auch nicht reinpasst.«

»Nein, passt nicht. Warum hast du dann gesagt, dass …«

»Dreh ihn noch einmal um.«

»Jetzt passt er! Was ist denn das für Hexenwerk?«

»Eine meiner Fähigkeiten. Warte mal, ich schau gleich, ob ich ins System reinkomme …«

RICHTUNG ERDGESCHOSS

»Ich bin drin«, erklingt Seres Stimme. »Jetzt bist du frei wie ein Vogel in den Lüften.«

Auf keinen Fall, denkt Mari Paz. Das war doch erst der Anfang.

Sie hinkt zurück in den Pausenraum und sucht im Kühlschrank nach Eiswürfeln. Keine da, dafür aber eine Dose eiskaltes Bier.

Zehn Sekunden Erleichterung für die Ferse und dann die Kehle hinunter. Sie rülpst laut, zerdrückt die Dose und wirft sie auf einen von Toulours Schlägern. Anschließend verlässt sie den Raum.

»In China, Indien und Saudi-Arabien wird das, was du getan hast, als Gefälligkeit angesehen«, sagt Sere, die Mari Paz in einem Affenzahn tippen hört.

»War nicht meine Absicht. Brauchst du noch lange?«

»Als du ein Hammer warst, kanntest du keine Gnade, jetzt bist du Amboss …«

Mari Paz ist wieder im Flur mit den Toiletten. Zwei Männer verschwinden gerade in der Herrentoilette, sie unterhalten sich angeregt (über River und Jack-pot) und beachten sie nicht.

»Was?«

»Wie was?«

»Jetzt bist du Amboss, und was?«

»Nur Geduld. Ist das nicht offensichtlich?«

Mari Paz schnappt sich ihre Sandalen und macht sich barfuß auf den Weg ins Erdgeschoss. Was sie trotz des Schmerzes vorantreibt?

Der Gedanke, dass jeder Schritt sie zu Sere führt, um sie eigenhändig zu erwürgen.

5

Die Verlosung

Aura schaut zum Podium hinauf, auf das Toulour mit dem Finger zeigt. Dort heizen ein Mann und eine Frau – ihre nackten Körper sind mit funkelndem Gold überzogen – das Publikum für die Rheingold-Verlosung an.

Uns läuft die Zeit davon, denkt Aura, als sie Sere und Mari Paz über Serverschränke und Kühe reden hört. Sie konnte ihnen nicht richtig folgen, weil Toulour ununterbrochen redete, die goldenen Animatoren ihn übertönten und die Leute im Saal auch immer lauter wurden. Das Spiel an den Tischen wurde unterbrochen, denn keiner wollte die Verlosung verpassen, für die fast alle Gäste einen Anteil erworben hatten. Manche sogar mehrere.

»Wie lautet deine Nummer, *chérie*?«

»Wenn ich ehrlich bin« – und das ist sie –, »weiß ich es nicht. Ich habe deinen Schatzmeister um eine Zufallsnummer gebeten.«

»Dieser Mann ist wirklich ein Schatz«, sagt Toulour und lacht über seinen eigenen schlechten Witz. »Ich habe ihm dieses Jahr schon dreimal den Lohn erhöht.«

»Freut mich, dass deine Geschäfte so gut laufen.«

»Du weißt ja, welcher Typus Mensch hier herkommt«, sagt er und zeigt um sich. Auf die Betrunkenen, die Drogenseligen, die kreischenden Frauen mit ihren Papageienstimmen, die Männer, die ihre Krawatte um den Kopf gebunden haben.

Die Euphorie der Teilnehmenden in diesem Sanktuarium des Lasters und Exzesses steht proportional zu der Zurückhaltung, mit der sie im Alltagsleben glänzen. In ihren Kanzleien, in ihren Vorständen, in ihren Ministerien. Die Schwänze in den Hosen, die Spitzendessous unter den Röcken, die Stimmen gedämpft. Das Spanien, das morgens aufsteht, um seine Brieftaschen zu füllen. So prall, dass sie abends fast bersten und über Toulour noch mehr glänzendes Gold und zähflüssigen Schweiß niedergehen lassen.

»Und wenn es bei denen gut läuft, dann ... *Jeter l'argent par les fenêtres*. Wie heißt das noch bei euch?«

»Das Geld zum Fenster hinauswerfen.«

Der Champagner in Auras Glas ist warm geworden. Sie hat feuchte Hände, nicht nur wegen der Verlosung, die gleich beginnt. Auch wegen der fehlenden Informationen und dem daraus folgenden Kontrollverlust. Sie weiß nicht, wie es Mari Paz ergangen ist, und das belastet sie am meisten.

Vor gut einer Woche kannte ich sie noch gar nicht.

Und jetzt macht sie sich Sorgen um sie.

Sie widersteht der Versuchung, Toulour abzuschütteln. Außerdem bildet die Menschenmenge vor dem Podium eine undurchdringliche Wand. Und der Casinobesitzer würde misstrauisch werden, wenn sie sich kurz vor dem Höhepunkt des Abends entschuldigen würde.

So schwer es ihr auch fallen mag, sie muss ihren Gefährtinnen vertrauen. Allerdings hat sie in den letzten Jahren ziemlich viel Vertrauen eingebüßt; Ponzano hatte es ihr mit einem einzigen Biss aus dem Leib gerissen.

Doch es bleibt ihr nichts anderes übrig.

Auf dem Podium sind jetzt die Monitore eingeschaltet. Die beiden Nackedeis erinnern zum dritten Mal daran, dass der Super-Combo

»… absolut automatisiert ist und nicht einmal Señor Toulour …«

Sie zeigen auf den Casinobesitzer. Tosender und enthusiastischer Applaus brandet auf. Ein paar Pfiffe. Toulour lächelt und hebt affektiert sein Glas.

»… kennt die heutigen Ergebnisse. Also … Los geht's!« Erneuter Applaus, diesmal noch lauter.

Auf dem großen Monitor in der Mitte der Bühne tauchen nacheinander die Nummern der Teilnehmer auf. Alle Nummern. Und dazwischen bewegt sich eine goldene Kugel. Auf den zwei Monitoren rechts und links stehen die Regeln, nach denen die Nummern eingegrenzt werden. Ausdrücke wie »Multiplikator drei«, »Gerade« oder »Primzahlen« werden nacheinander aktiviert und schränken die Optionen auf dem mittleren Monitor ein. Je mehr Nummern erlöschen, desto leiser wird die Menge, bis nur noch Grabesstille herrscht.

»Jetzt sind wir bei der ersten Runde von Rheingold angekommen«, verkündet der männliche Nackedei und wedelt mit den Händen. »Es sind noch hundert Nummern im Spiel.«

»Ihr kennt ja die Regeln«, sagt der weibliche Nackedei. »Sollten diese hundert Teilnehmer entscheiden, jetzt aufzuhören, gewinnt jeder von ihnen dreißigtausend Euro. Die Entscheidung muss aber einstimmig fallen …«

»Weitermachen«, ruft jemand.

»Jemand stimmt für Weitermachen!«

Nackedei schirmt sich die Augen ab, um im grellen Scheinwerferlicht diesen Jemand ausmachen zu können, und zeigt auf einen Mann mit erhobenem Arm.

»Kommen Sie hoch, mein Herr, dann überprüfen wir Ihr Votum.«

Ein glatzköpfiger Mann mit perfekt gestutztem Bart bahnt sich einen Weg durch die Menschenmenge. Mithilfe von Nackedei – die dabei seinen Smoking mit Goldstaub pudert – klettert er auf das Podium und hält seine goldene Karte hoch.

»Ziehen Sie Ihre Karte bitte hier durch, mein Herr.« Nackedei hält ihm ein Lesegerät hin.

Der Mann macht eine affektierte Handbewegung, zieht seine Karte durch das Gerät, und der Monitor färbt sich grün.

»Wir machen weiter mit Rheingold«, ruft Nackedei.

Die Menge klatscht wie verrückt, und die Zahlen setzen sich wieder in Bewegung.

Beeilt euch schon, denkt Aura.

RICHTUNG ERDGESCHOSS

Die Pokertische sind verwaist, als Mari Paz den Raum durchquert. Selbst die unermüdlichsten Spieler haben das Spiel unterbrochen, obwohl es auf diesem Niveau höchst anspruchsvoll ist, und haben sich zu der lärmenden Menge im Erdgeschoss gesellt.

Mari Paz spürt, wie sich ihr Körper entspannt, weil sie keine Rolle mehr spielen muss, zumindest für den Moment. Die Croupiers haben alle Jetons eingesammelt und sind ebenfalls nach unten gegangen. So schlendert sie mit den Sandalen in der Hand durch den Raum. Selbst die Ferse tut beim Auftreten nicht mehr so weh.

Die Treppe ist ebenfalls verwaist. Doch beim Hinabgehen muss Mari Paz zu ihrem Missfallen feststellen, dass Zlatan wieder auf seinem Posten vor der Absperrung steht.

»Wir haben ein Problem«, sagt sie leise.

»Du sagst es. *Es bleibt ihnen keine Zeit*«, trällert Sere, die ununterbrochen tippt.

»Was meinst du? Du bist doch supergut darin?«

»Ich bin auch supergut darin, mit Lego zu bauen, und für den Todesstern habe ich eine Woche gebraucht.«

»Und was machen wir jetzt? Zu Plan B übergehen?«

»Du gehst jetzt zu Aura, Mausilein.«

Mari Paz, mit dem beachtlich breiten Rücken von Zlatan vor sich, verdreht die Augen.

Mal sehen, wie ich da jetzt rauskomme.

IM LIEFERWAGEN

Sere kämpft noch immer mit Toulours Software. Denn das ist eine der sehr komplizierten.

Für sie ist ein Computerprogramm nicht dasselbe wie für jeden anderen Menschen. Wo andere hochkomplexe Verschlüsselungen, Codes und Nummern sehen, stellt sich Sere ganze Figuren und Formen vor. Knöpfe, die es zu drücken, und Probleme, die es zu lösen gilt.

Und wer den Quellcode für Toulours Casino entwickelt hat, wusste genau, was er tat. Wenn sie erst mal läuft, lässt sich die Software von Rheingold nicht mehr stoppen. Der Code ist in sich geschlossen und wird automatisch und zufallsbedingt generiert. Zumindest bei Rheingold stellt Toulour keine Fallen.

Sere hat alles ausprobiert, jeden ihr bekannten Trick, oder zumindest alle, die in der kurzen Zeit zu schaffen waren. Sie hat Hintertüren gesucht, hat versucht, die Programmaktionen zu duplizieren, sogar, in die Monitore einzudringen und das Signal zu verändern, das sie senden.

Fehlschlag, Fehlschlag, Fehlschlag.

Das Programm läuft weiter, und es gibt keine Möglichkeit, darauf einzuwirken.

Zu erreichen, dass Auras Karte Rheingold gewinnt, wird nicht funktionieren.

Doch Aura hat auch das berücksichtigt.

Deshalb gibt es einen Plan B. Der viel komplizierter und noch riskanter ist.

Das Einfachste daran? Dass Mari Paz es schafft, noch vor Ende der Verlosung bei Aura anzukommen.

RICHTUNG ERDGESCHOSS

Doch die findet das überhaupt nicht einfach. Die Treppe verläuft vertikal zum Podium, weshalb Zlatan fast in der Menge der Spieler verschwindet. Die Chance, an ihm vorbeizukommen, ist gleich null.

»Er wird ihnen keeeine Zeeeit lassen«, trällert Sere und macht sie damit noch nervöser.

»Meine Nerven benötigen dringend, dass du mindestens einen Monat lang den Mund hältst.«

»Und ich, dass du dich beeilst.«

Mari Paz hat zwei Möglichkeiten. Alles auf eine Karte zu setzen oder zu versuchen, ihn anzulocken und darauf zu vertrauen, dass er näher kommt, ohne Aufsehen zu erregen.

Eine echte Wahl ist das nicht, denn Ersteres ist unmöglich.

Also beugt sie sich vor und versucht, Zlatans Aufmerksamkeit zu erregen. Zuerst zischt sie etwas, dann nennt sie ihn beim Namen. Er reagiert nicht.

Es ist zu laut.

»Wir kommen nicht weiter, verdammt.«

Jetzt ist sie mit ihrer Geduld am Ende, sie wirft eine Sandale nach ihm.

Zlatan dreht sich irritiert um, sieht aber nur noch ihre Beine treppauf verschwinden. Er folgt ihr. Auf halber Treppe erinnert er sich daran, was er beim Verlassen seines Postens tun muss, also greift er sich ans Ohr und gibt seinem Kollegen Bescheid. Genau das wollte Mari Paz vermeiden. Zum Glück sind die Stufen durchsichtig und nach oben hin offen, was es leichter macht, Zlatan mit einem Stuhl

(Klatsch)

außer Gefecht zu setzen.

IM LIEFERWAGEN

Sere rührt sich nicht und starrt verärgert auf den Monitor. Das benutzte Programm hat sie wieder rausgeworfen, aber zumindest ist sie zum Quellcode vorgedrungen. Das ist theoretisch das Wertvollste und Nützlichste für jemanden, der versucht, ein System zu hacken …

Solange du Zeit genug hast. Die ich aber nicht habe. Was für ein Pfuscher hat denn das entwickelt …

Wenn sie etwas programmiert, geht sie nach dem Prinzip einer Schweizer Uhr vor: Ein Minimum an Energie muss zur größtmöglichen Leistungsfähigkeit und Präzision führen. Aber derjenige, der Toulours Software entwickelte, hat ziemlich geschlampt. Seine Syntax wiederholt sich endlos, und er hat überall geflickt. Das Programm wirkt wie ein Schuh der Größe siebenundvierzig – mehrmals ausgebessert –, für einen Fuß mit Schuhgröße achtunddreißig.

Es muss einen Weg geben.

Und plötzlich hat sie eine Idee.

Sie kann den Pfusch gegen ihn verwenden.

Bei einem vielfach geflickten System mit so vielen Stopfstellen fällt eine mehr gar nicht weiter auf.

»So hat er das gestrickt, so, so«, murmelt sie. Ihre Finger klopfen auf die Tastatur wie ein Specht in den Baumstamm. »Bitte Aura um die Karte, Mausilein.«

»Was? Wozu denn?«

»Das sage ich dir, wenn du sie hast.«

6

Eine Freiwillige

»Wie oft hast du das schon gemacht, Henri?«

»Die Rheingold-Verlosung?«

Nein, die gymnastische Brücke.

»Ich weiß nicht genau«, sagt der Alte nach kurzem Überlegen. »Bestimmt schon zehn Mal. Es soll ja ein Ereignis bleiben.«

»Und ... Ist die Verlosung irgendwann mal abgebrochen worden? Gab es schon Teilnehmer, die den Preis teilen wollten?«

Toulour grinst wölfisch.

»Was glaubst du?«

»Ich habe da so eine Ahnung«, sagt Aura und stellt ihr Glas auf den Tisch.

»Bei der Entscheidung, etwas zu teilen oder das ganze Hauptgericht abzuräumen, würde jeder dieser guten Bürger ... Was für Fragen du stellst!«

»Der Egoismus siegt.«

Toulour schüttelt den Kopf.

»Nein, meine Liebe. Du irrst dich. Es handelt sich nie, niemals darum, mehr zu bekommen. Das gilt für alle Menschen. Aber Leute wie diese ...«

Er macht eine Pause und sieht Aura an, dann besinnt er sich eines anderen und sagt: »Für Leute wie uns ... ist es nicht das Wichtigste, den *grand prix* zu gewinnen. Das Wichtigste ist, dass ihn kein anderer gewinnt.«

Aura bleibt keine Zeit, darüber nachzudenken, was das über sie selbst aussagt, denn sie sieht, wie Mari Paz sich einen Weg durch die Menschenmenge bahnt und auf sie zusteuert.

»Entschuldige mich einen Moment, Henri ... Ich möchte eine Freundin begrüßen.«

Henri nickt zerstreut, er ist wieder auf die Verlosung konzentriert.

»Was ist los?«

Verschwitzt, zerzaust und humpelnd kommt Mari Paz bei ihr an. Um diese Uhrzeit und bei der ganzen Aufregung fällt sie unter den übrigen Gästen im illegalen Casino kaum auf.

»Ich brauche die Karte, Blondi.«

Aura holt sie aus ihrer Handtasche und drückt sie ihr verstohlen in die Hand.

»Wozu brauchst du sie?«

»Wir sind bei Plan B.«

»Für Plan B braucht ihr die Karte nicht.«

»Jetzt schon«, mischt sich Sere ein. »Ich werde sie

reprogrammieren, aber dafür muss Mari Paz auf die Bühne gehen.«

Mari Paz reißt die Augen auf.

Sie, die große Angst davor hat, im Mittelpunkt zu stehen, die fast eine Panikattacke erlitt, als sie die erste Etage durchqueren musste. Sie soll auf das Podium, wo sie Hunderte Menschen anstarren können?

»Kommt nicht infrage, hörst du? Ohne Scheiß, wirklich.«

»Dann mach du es, Chefin«, sagt Sere.

Aura wägt ab. Einerseits wäre es viel einfacher, und sie könnte Mari Paz diesen Wermutstropfen ersparen. Andererseits würde das Toulour misstrauisch machen, besonders, wenn sie Plan B bis zur letzten Konsequenz durchführen müssen.

»MP macht das«, antwortet sie, ergreift ihre Hand und drückt sie herzlich. Mit einem aufmunternden Lächeln, was heißen soll: Du kannst das. »Nicht wahr, MP?«

»Mein Name ist genauso kurz«, mault die Legionärin und seufzt resigniert.

Denn sie hat Auras Blick entnommen, dass sie keine andere Wahl hat.

Inzwischen läuft die Verlosung auf Hochtouren. Es bleiben noch fünf Zahlen. Auf dem Podium hüpft und klatscht Nackedei und verteilt dabei wieder funkelnden Goldregen.

»Wir nennen jetzt die Besitzer der letzten fünf Nummern. Der Moment der großen Entscheidung! Sie müs-

435

sen wählen, ob Sie jeder sechshunderttausend Euro gewinnen wollen … oder lieber das Risiko eingehen für daaas …«, ruft er und dehnt den Artikel ein paar Sekunden, wobei er mit dem Mikrofon auf das Publikum zeigt, das den Satz tobend beendet: »Rheingold!«

Nur drei der Glücklichen sind auf die Bühne gekommen, um ihre Teilnahme zu bestätigen.

»Was ist mit den anderen?«, fragt Aura, ohne Mari Paz aus den Augen zu lassen. Deren Gesicht ist jetzt grünlich und entstellt, was möglicherweise bedeutet, dass sie das Gefühl hat, sich ohne Munition an vorderster Front im Schützengraben zu befinden. Aura hätte denselben Ausdruck anlässlich einer Steuerprüfung.

»Wenn du nicht hochgehst, wird das Spiel weitergehen«, erklärt Toulour. »Obwohl das sehr schade wäre. Das würde dem Ereignis viel Glanz nehmen.«

»Es geht doch nichts über eine Show der entfesselten Habgier.«

»Einmal waren alle Spieler kurz davor, die letzte Runde zu spielen. Zwei von ihnen hatten eine Pechsträhne, und die anderen drei hatten Mitleid mit ihnen. Ahnst du, was passiert ist?«

Aura wirft einen Blick auf die erwartungsvolle und lärmende Menschenmenge und kann es sich vorstellen.

Toulour lächelt melancholisch. Oder vielleicht nostalgisch. Schwer zu sagen bei dem vielen Botox.

»Sie haben sie fast zerfleischt. Sie wurden mit Gläsern

und Schuhen beworfen. Sie haben sie mit Schimpfwörtern überzogen, die ich noch nie gehört hatte.«

Toulour seufzt, als hätte er eine tiefschürfende Wahrheit ausgesprochen, die aus tiefstem Herzen kommt, bevor er hinzufügt: »*Ma chérie*, der Mensch ist dem Menschen ein Wolf.«

»Das sagst du immer, nicht wahr?«

Aura macht Mari Paz ein Zeichen, die sich nicht durchringen kann.

»Kommen Sie, Señoras und Señores«, ruft Nackedei mit dem Mikrofon in der Hand, wobei sie wie eine Ausruferin in der Schießbude klingt, die verkündet, dass der Hauptgewinn ein Plüschbär ist.

Plötzlich schießt Mari Paz' Arm in die Höhe. Es wirkt, als gehöre er zu einer Schwingfigur. Aura ist sich nicht sicher, ob das absichtlich oder nur ein Reflex war.

»Kommen Sie herauf, kommen Sie zu uns!«

GANG AUF DAS PODIUM

Mari Paz macht einen Schritt auf das Podium zu. Dann noch einen. Dann keinen mehr, denn ihre Füße sind wie Bleigewichte, sie lassen sich nicht mehr bewegen.

»Kommen Sie, Señora, keine Angst!«, schreit Nackedei und ermuntert sie mit einer Handbewegung.

Jeder scheißt sich mal vor Angst fast in die Hose, denkt sie.

In ihrer Nervosität hatte Mari Paz nicht bemerkt, dass Nackedei nichts anhat, erst, als sie ganz nah vor ihr steht. Was ihr wie ein eng anliegendes Kleid erschienen war, ist lediglich Körperbemalung. Was aus der Nähe deutlich zu sehen ist, auch, dass die junge Frau friert.

Meine Güte, die hat ja richtige Kirchenglocken, denkt Mari Paz.

In ihrer Nervosität macht sie das jedoch nicht scharf, sondern sie konzentriert sich darauf, einen distanzierten Blick zu behalten, als würde sie die Auftaktmusik von *El Hombre y la Tierra* des Naturfilmers Félix Rodríguez de la Fuente im Off hören.

Diese Tiere mit goldenem Gefieder springen und hüpfen vor Aufregung bei der Ankunft eines Fremden …

»Ziehen Sie Ihre Karte hier durch«, sagt Nackedei und hält ihr das Lesegerät hin.

»Mach es nicht!«, warnt Sere.

»Verarsch mich nicht«, sagt Mari Paz laut.

»Verzeihung?«, fragt Nackedei, die glaubt, sich verhört zu haben.

AUF DEM PODIUM

»Du musst es noch etwas hinauszögern«, sagt Sere.

»Verzeihung, was haben Sie gesagt?«, fragt Mari Paz.

»Ich sagte, Sie sollen Ihre Karte hier durchziehen«, wiederholt Nackedei.

»Gib mir noch zehn Sekunden«, fleht Sere, die wild in die Tastatur klopft.

»Und wie funktioniert das?«

»Geben Sie mir Ihre Karte, ich mache es für Sie«, sagt Nackedei unisono mit Sere in ihrem Ohr: »Stell dich dumm.«

»Aber natürlich«, sagt Mari Paz, die nicht so genau weiß, welcher der beiden Frauen sie gerade antwortet, vielleicht beiden. »Warten Sie, ich muss die Karte erst suchen.«

»Aber Sie haben sie doch in der Hand«, sagt Nackedei.

Mari Paz starrt auf die Karte, als sähe sie sie zum ersten Mal.

Das nutzt Nackedei, um sie ihr wegzunehmen.

»Du versaust mir die Show, Schätzchen«, zischelt sie Mari Paz ins Ohr. »Ein paar von uns arbeiten hier nämlich.«

»Es geht los«, verkündet Mari Paz.

»Noch nicht!«, fleht Sere. »Noch drei Sekunden!«

Aber Nackedei hat es eilig und kann die Bitte der Frau, die versucht, das System ihres Chefs zu hacken, auch gar nicht hören. Sie hält die Karte in die Höhe und zieht sie dann durch das Lesegerät.

Der Monitor färbt sich rot.

»Ooohhhh! Offensichtlich hat jemand zu viel Champagner getrunken«, sagt sie ins Publikum.

Dann wendet sie sich an Mari Paz und gibt ihr unwirsch die Karte zurück. »Runter von der Bühne, dumme Kuh.«

VERLASSEN DES PODIUMS

»Sag mir, dass es funktioniert hat«, sagt Mari Paz, als sie das Podium verlässt.

»Ich weiß es nicht, ich weiß es wirklich nicht«, schnaubt Sere mit angsterfüllter Stimme. »Ich habe den Befehl abgeschickt, weiß aber nicht, ob er angekommen ist, bevor die Karte durchgezogen wurde.«

»Wenn das alles umsonst war, ich schwöre dir, ich …«

Sie bricht ab, als sie sieht, dass Aura verstohlen zur

Treppe zeigt, während sie weiter vorgibt, sich für Toulours Geschwätz zu interessieren.

Als Mari Paz zur Treppe hinüberschaut, erwartet sie eine böse Überraschung.

Am Fußende stehen zwei von Toulours uniformierten Security-Männern, die heftig diskutieren und gestikulieren.

Möglich, dass sie den bewusstlosen Zlatan bereits gefunden haben, den Mari Paz unter einem Tisch abgelegt hatte.

Oder dass einer aus dem Pausenraum aufgewacht ist.

Was auch immer es sein mag, es ist etwas in Bewegung geraten, und das ist nicht gut für sie.

»Lasst uns gehen, los, wir müssen weg.«

ERDGESCHOSS

Aura hat verstanden. Also lauscht sie weiter Toulour, der sich in überholten Theorien zum mechanistischen Materialismus ergeht (als wäre der seine Erfindung) und mit Entzücken verfolgt, was auf der Bühne vor sich geht, wo die Teilnehmer fast handgreiflich werden, weil (welch Überraschung) einer von ihnen weiterspielen will und die anderen beiden nicht.

»Lieber Henri, ich fürchte, es wird Zeit, meine Kutsche wartet.«

Toulour starrt sie verständnislos an, bis er sieht, dass sie ihr Glas austrinkt und aufsteht.

»Aber *chérie* ... Du wirst das Ende von Rheingold verpassen!«

»Meine Töchter sind allein zu Haus, und jemand muss aufpassen, dass sie es nicht anzünden. Außerdem denke ich, dass das Wichtigste, was mich hierhergeführt hat, bereits erledigt ist.«

Sie zwinkert Toulour zu, der für einen kurzen Moment zu glauben scheint, sie flirte mit ihm. Als er aufhört, mit dem Schwanz zu denken, beginnt er mit einem anderen, wichtigeren Teil seines Körpers zu denken: dem Geldbeutel.

»Ah, natürlich. Wir müssen über die ... Übereinkunft reden.«

»Wäre es dir recht, wenn ich morgen zu dir komme und wir alles in Ruhe besprechen?«

»*Ma chérie*, wann immer du kommst, es wird immer zu spät sein«, sagt er kokett. »Aber komm nicht zu früh.«

7
Regen

»Was ein Glück«, sagt Aura, als sie zu Mari Paz am Casino-Eingang stößt. »Ich hatte es schon satt, dass er ein Bonbon in mir sieht.«

»*Oh, là, là, madame.* Wie sagt man auf Französisch: Beeil dich, Blondi, bevor sie uns erwischen?« Mari Paz wirft einen Blick über Auras Schulter.

»Was weiß denn ich«, erwidert sie und dreht sich ebenfalls um.

Auf der Bühne ist inzwischen das Rheingold gefallen. Eine Frau, die wie eine Escort Lady aussieht, streckt im Siegestaumel die Arme in die Luft. Die Gäste grölen und jaulen, sie feiern die drei Millionen Euro des Preises, als hätten sie ihn selbst gewonnen.

Doch das macht der Legionärin wenig Sorgen, eher die drei Männer, die mit verkniffenem Gesicht die Treppe herunterkommen. Einer hat eine ziemliche Schramme auf der Stirn, wo ihn der Stuhl getroffen hat.

»Zlatan ist hart im Nehmen«, sagt sie anerkennend.

»Ob sie dich wiedererkennen?«

»Ich denke schon.«

»Wenn sie die anderen oben entdeckt haben, sind wir am Arsch.«

»Und wenn die Spinnerin nicht schnell genug war mit der Karte, sind wir doppelt am Arsch, Blondi.«

»Nicht konkludent!«, schallt Seres Stimme durch das Headset.

»Jetzt aber schnell«, sagt Aura und macht sich auf den Weg zum Gartentor.

Mari Paz schaut ihre Gefährtin an, die jetzt wieder ihr Verarbeitungsprozess-Gesicht aufgesetzt hat, an das sie sich langsam gewöhnt.

»Gleich wirst du mir sagen, dass wir die Mission abbrechen, dass es deine Entscheidung ist und den ganzen Mist«, sagt Aura keuchend. Sie haben den Ausgang fast erreicht, wo ein paar Gäste lärmend darauf warten, dass ihre Wagen vorgefahren werden.

»Auch der schlimmste Regen geht mal vorbei«, sagt Mari Paz, vor allem, um sie zu ärgern.

»Wie das?«, wundert sich Aura überrascht. »Ein positiver, hoffnungsvoller Gedanke mitten im Gewitter?«

Mari Paz starrt auf die Straße, die zu ihrem Škoda, zur Freiheit, zu einem warmen Bett und einem üppigen Abendessen mit einem kalten Bier führt.

Dann schaut sie zur Casino-Bank hinüber, deren Versprechen deutlich weniger reizvoll klingen.

Sie seufzt.

Sie seufzt und schnaubt.

Sie wollte nur eine weniger vorhersehbare Antwort. Sie wollte eigentlich etwas ganz Ähnliches sagen wie Aura, und das geht ihr mächtig auf die Eier. Deshalb hat sie sich ohne nachzudenken in die entgegengesetzte Richtung bewegt. Und das Schlechte von nicht durchdachten Bauchentscheidungen ist, dass man hinterher das Gesicht wahren muss.

»Also, wenn wir schon so angezogen und geschminkt sind …«

Aura lächelt und ahnt, worauf sie hinauswill. Ist aber keineswegs bereit, die Zielrichtung zu ändern.

»Die letzte Runde, und wir gehen?«

»Die letzte, dann gehen wir nach Hause.«

Beide machen sich auf den Weg zur Bank. Vor der Tür steht derselbe Security-Mann wie zuvor, nur gibt es jetzt keine Schlange mehr, weshalb sie direkt den Japanischen Garten betreten.

Als sie vor der kugelsicheren Tür stehen, drückt Mari Paz die Klingel und dreht sich zu Aura um.

»Obwohl noch Zeit ist, zurück…«

»Nein, wirklich nicht.«

Es bleibt ihnen tatsächlich keine Zeit mehr, denn die Tür geht auf, und beide treten ein, bereit, sich noch einmal der würdelosen Behandlung zu unterziehen.

Die beiden Schläger sind jetzt allerdings freundlicher. Sie stellen sie zwar wieder an die Wand, aber nicht so

445

barsch wie vorher, und das Abtasten ist diesmal auch schneller erledigt.

»*Hvala vam*«, sagt Mari Paz, denn jetzt ist es an ihr, Danke zu sagen. Die beiden Männer machen ein zweideutiges Gesicht und lassen sie eintreten.

Sieben Meter. Nach sieben Metern wissen wir, ob wir hier mit dem Geld oder einer Kugel im Kopf rauskommen.

Aura macht sich bezüglich Toulour und seinem Verhältnis zu ihr keine Illusionen. Wenn etwas schiefläuft, ruft er nicht gleich die Polizei. Und sie weiß aus Gerüchten, was passiert, wenn jemand versucht, ihn zu betrügen. An diesem Ort, einem Steinwurf von der Casa de Campo entfernt, ist es ganz einfach, nachts eine Leiche zu entsorgen.

Für die sieben Meter braucht sie neun große Schritte und wünscht sich, diese Ungewissheit schnellstmöglich zu beenden.

»Hallo, ich möchte meinen Preis abholen«, sagt sie in die Sprechanlage am Schalter.

Der Schatzmeister wirkt müde und gelangweilt. Um ehrlich zu sein, ist dieser Gedanke eher der Intuition geschuldet, denn das zerfurchte Gesicht des Mannes verändert seinen Ausdruck nie (Aura muss innerlich lachen).

Es ist, als würde man eine Wachsfigur anblicken.

»Legen Sie [Pause] Ihre Karte ins Fach«, tönt es aus dem Lautsprecher, nachdem der gute Mann den Text eingetippt hat.

Aura gehorcht, der Schatzmeister nimmt sie und führt sie durch das Lesegerät.

Feierlich starrt er auf den Monitor. Und zieht die Karte noch einmal durch.

»Gibt es ein Problem?«, fragt Aura.

»Warten Sie«, sagt die Roboterstimme.

Der Schatzmeister holt aus seiner Hosentasche eine Karte, zieht sie durch das Gerät und tippt erneut in den Computer.

»Hundert, zweihundert oder fünfhundert«, sagt die Stimme.

»Verzeihung, was meinen Sie?«

Der Schatzmeister sieht sie an – Aura würde sagen, zum ersten Mal –, blinzelt vorwurfsvoll und tippt weiter.

»Die Scheine, [Pause] wie sollen [Pause] die sein?«

Ach …

»Fünfhunderter, bitte«, sagt sie mit gespielter Gelassenheit. »Ich habe eine Muskelzerrung.«

Es wird viel schwieriger werden, das Geld zu waschen und unter die Leute zu bringen, ja. Aber mit großen Scheinen wiegen drei Millionen Euro nur sieben Kilo. In zwei Taschen verteilt dürfte das kein Problem sein.

Das Problem liegt woanders. Genauer gesagt, am anderen Ende des Eingangsbereiches.

Mari Paz, die beim Einzahltresen stehen geblieben ist, tut so, als sei sie in ihr Handy vertieft. In Wirklichkeit lässt sie jedoch die beiden Männer am Eingang nicht aus den Augen.

Die beiden wirken ebenfalls müde und gelangweilt, aber dafür braucht es keine Intuition.

Der größere ist in jeder Hinsicht ein kräftiger Mann: abgehärtet, dichtes weißes Haar, riesige Hände, hängende Wangen und glänzende blaue Augen unter buschigen Brauen. Der andere ist fast gleich groß, nur dass das einzig sichtbare Haar unter der Nase wächst, in Form eines dieser modernen zotteligen und sehr teuren Bärte.

Buschige Augenbraue gähnt ungeniert, und Zottelbart tut es ihm gleich, wobei er anständig die Hand vor den Mund hält.

Zwei gelangweilte, gähnende Schränke sind ein gutes Zeichen. Zwei Muskelpakete, die plötzlich strammstehen, weil sie etwas in den Knöpfen im Ohr vernehmen, schon weniger.

Buschige Augenbraue macht Zottelbart ein Zeichen. Beide kommen näher, eher neugierig als bedrohlich. Aber sie kommen auf sie zu.

»Jetzt sind wir dran«, flüstert Mari Paz, ohne von ihrem Handy aufzublicken.

Aura dreht sich nicht um. Sie steht neben der Glastür, in der sich ein Teil des Flurs und die beiden Schläger reflektieren, nicht unbedingt repräsentativ für serbische Männer, denn ihre Tätowierungen, Waffen und Haltung lassen erkennen, dass sie Mari Paz keineswegs zu einem köstlichen Slibowitz einladen wollen.

»Kümmere dich um sie, MP.«

»Sie haben ein Gewehr.«

»Beachte sie einfach nicht«, schlägt Sere mutig vor. »Töten wir sie mit unserer Gleichgültigkeit.«

»Das wird schwierig«, erwidert Mari Paz und hebt die Hände.

Weil Buschige Augenbraue ihr schon sehr nahe gekommen ist und das Gewehr angelegt hat – genauer gesagt, auf Mari Paz' Gesicht zielt –, und es sehr unhöflich wäre, darauf nicht genauso höflich zu reagieren.

»Wer bist du? *Ko si ti?*«

»Das wäre doch der ideale Moment für etwas Ablenkung«, sagt Mari Paz und grinst von einem Ohr zum anderen. »*Ja sam prijateljica.* Eine Freundin, ich bin eine Freundin.«

»Lass uns den Ereignissen nicht vorgreifen«, sagt Sere.

»Die Ereignisse greifen selbst vor«, murmelt Mari Paz und wendet das Gesicht ab, weil der Gewehrlauf immer näher kommt.

»Los geht's, Sere,« befiehlt Aura.

IM LIEFERWAGEN

Sere dreht sich zu Málaga um und schreit: »Feuer frei!«

Was gar nicht nötig ist, denn der Sargento hat Aura gehört und schon das Telefon in der Hand.

»Mal sehen, ob er abnimmt«, sagt er.

Das Handy klingelt, aber keiner geht ran.

»Es eilt«, drängt Sere.

»Das tut es immer, Señora«, erwidert Málaga nach hinten. Und dann in den Kopfhörer: »Feuer frei, Angelo.«

Am anderen Ende der Leitung erfolgt ein unverständlicher Wortschwall. Málaga lauscht geduldig und sagt dann: »Los, Angelo, es eilt. Wenn die Señora sagt, Feuer frei, dann gibst du Feu…«

Er kann den Satz nicht beenden, denn seine Pupillen sind plötzlich in gelbes Licht getaucht. Die Nacht wird verschlungen vom Feuer.

Dem Feuer folgt eine ohrenbetäubende Explosion. Ein kurzer, sehr kurzer Moment des Friedens.

Und dann ein unerträgliches Konzert von Alarmanlagen.

Málaga betrachtet einen Augenblick verzückt die Rauchsäule, die in den Himmel steigt, und erinnert sich daran, dass er etwas klarstellen muss.

»Wir haben nichts von Bumm-Bumm gesagt, Angelo. Nur Bumm.«

Angelo und Caballa

(kurz zuvor)

Als Málaga Angelo und Caballa endlich das erwartete Zeichen gab, war Angelo überglücklich.

»Ich wollte mir schon längst die Beine vertreten.«

Caballa eher nicht.

»Es gehört sich nicht für einen Dichter, mit einem Rollstuhl bergab zu rasen, Compañero.«

»Bergauf ist schlimmer, Caballa«, versuchte Angelo ihn zu animieren.

Caballa seufzte mit christlicher Resignation, wobei er darauf achtete, dass der Rollstuhl nicht vom Weg abkam. Auch ohne Beine trainierte Angelo seinen Bizeps sehr intensiv, weshalb er genauso viel wog, als hätte er sie noch. Und die Tasche voller Werkzeuge sowie »andere Sächelchen« im Korb unter dem Sitz machten es nicht leichter.

Ungefähr in der Mitte des Abhangs legten sie die erste Pause ein.

»Der ist gut geeignet«, sagte Angelo und zeigte auf einen orangefarbenen Sportwagen.

»Bugatti Chiron.« Wobei Caballa »Kiron« sagte, weil er von Automarken keine Ahnung hat. »Der sieht aber teuer aus.«

»Was weiß ich. In meinem Land gibt es jede Menge Autohersteller.«

Angelo nahm die Werkzeugtasche, öffnete den Tank und schob einen kleinen blinkenden Apparat in das Loch.

»Reich mir mal den Akkubohrer, sei so gut, Caballa.«

Damit bohrte Angelo vom Tank bis zu den Radkappen in unregelmäßiger Reihe Löcher in die Karosserie.

Als der Zünder bereit war, holte er aus einer Plastikbox – die ihrem Geruch nach einmal gebratenen Speck enthalten haben dürfte – eine Art grünblaue Frikadellen. Ein Produkt aus eigener Herstellung, nicht im Handel erhältlich. Zwei Frikadellen befestigte er an der Tanköffnung und eine weitere am anderen Ende der Karosserie, damit das Chassis zerstört würde und der Tank in die richtige Richtung explodierte.

Nach wenigen Minuten war er fertig. Von außen war abgesehen von dem seitlich herabhängenden Kabel kaum etwas zu sehen, nur dass der Sportwagen – mit all diesen Löchern – jetzt weniger aerodynamisch wirkte.

Um sicherzugehen, präparierte Angelo noch drei weitere Wagen.

Einen Ferrari 812, einen Rolls Royce Phantom und einen Bentley Mulsanne. Alle vier waren nah genug nebeneinander geparkt, dass er sie im Blick behalten konnte.

»Nicht, dass es *bumm*, *bumm* macht, wenn jemand in

der Nähe ist. Oder schlimmer noch, im Wagen sitzt«, sagte Angelo.

»Denk an die Warnung des Sargento. Nur ein Bumm, kein Bumm-Bumm«, schimpfte Caballa.

»Diese Dinger sind unberechenbar«, entgegnete Angelo, während er Sprengstoffreste unter seinen Nägeln hervorpulte. »Aber lass uns ein Stückchen weggehen, wo der Schrotthagel nicht so groß ist.«

Doch plötzlich hält Caballa an. Und Angelo logischerweise ebenfalls.

»Warte mal. Und was, wenn es gar nicht nötig wird, sie in die Luft zu jagen?«, fragt Caballa. »Wir wollen doch nicht, dass jemand mit dem Zeug da drin wegfahren will, das ist schon ein großes Risiko.«

»Beim Kontakt mit Luft löst sich die Mischung auf. In drei oder vier Tagen ...«

»Viel zu lange, mein Pyrotechnikfreund.«

Er insistierte derart hartnäckig, dass Angelo schließlich nachgab. Er riss ein Blatt aus seinem Notizbuch, befestigte es mit vier Schrauben (nach vorherigem Bohren mit dem Akkuschrauber) an der Windschutzscheibe in der Höhe des Lenkrads und wandte sich wieder an seinen Kumpel.

»Zufrieden?«

»Jetzt ja.«

Was auf dem Zettel stehen sollte und was man nur von innen lesen konnte, war Gegenstand einer hitzigen Diskussion gewesen. Nach Einvernehmen beider Seiten lautete der Text schließlich:

Señor, nicht starten! Rufen Sie die 091 und verlangen
Sie den Kampfmittelräumdienst.
Wir bitten die Unannehmlichkeiten zu entschuldigen.
MfG Anonymus

Jetzt befinden sie sich einen Steinwurf vom Lieferwagen und den präparierten Autos entfernt. Mitten auf dem Gehweg hält Angelo grinsend den Zeitzünder in der Hand. Caballa duckt sich hinter einem Laternenmast und hat größere Angst als ein Veganer beim Stierkampf.

Dann klingelt das Telefon. Caballa klopft seine Taschen ab und findet es nicht.

»Immer das Gleiche mit dir.«

»Nerv nicht, Angelo, du weißt, das macht mich nur noch nervöser.«

Dann hat er es gefunden, drückt auf Annahme und Lautsprecher.

Angelo protestiert, als er Málagas Befehl hört.

»Sie sind doch dafür gedacht, ihre Flucht zu decken.«

»Angelo, es eilt. Wenn die Señora sagt, du sollst ihnen Feuer unterm Arsch machen, dann machst du ihnen Feu…«

Er lässt ihn nicht ausreden, sondern drückt die Knöpfe eins und drei des Zeitzünders. Die zwei und die vier hebt er sich für den Fall der Fälle noch auf.

Bumm, bumm.

8

Ein Flur

Während dieses Einschubs stand Mari Paz die ganze Zeit mit erhobenen Händen da. Es sind knapp dreiundvierzig Sekunden vergangen, aber für sie waren es lange dreiundvierzig Sekunden. Sehr lange. Sie hätte ihr Leben vorüberziehen sehen können, wäre ihr Blick nicht vom Lauf eines Gewehrs getrübt gewesen.

Ein SPAS-12. Sieben oder acht Patronen. Große Lauföffnung. In einem so schmalen Flur wie diesem triffst du sogar mit nur einem Auge.

Und Buschige Augenbraue hört nicht auf, sie anzubrüllen, während sie mit erhobenen Armen dasteht und den Flur blockiert, damit sie nicht in den Schalterraum vordringen, in dem Aura ihrerseits schreit, dass sie eine Freundin sei und sie nicht schießen sollen.

Bei diesem ganzen Geschrei macht es plötzlich *bumm, bumm*.

Drinnen im Haus, das aus Beton und verstärkten

Türen besteht, lassen die beiden Explosionen weder Gipswolken von der Decke rieseln noch die Fenster erzittern, wie es in vielen Gebäuden der Wohnanlage geschieht. Aber sie sind zu hören, und wie sie zu hören sind. So deutlich, dass selbst die beiden – in mehreren Kriegen abgehärteten – Schläger reagieren, wie die Legionärin es vorhergesehen hat. Beide ducken sich instinktiv.

Mehr braucht sie nicht.

Mit der rechten Hand packt sie den Gewehrlauf und drückt ihn zur Seite. Das provoziert sofort eine Reaktion bei Buschige Augenbraue, der abdrückt. Doch die Waffe ist jetzt auf die Wand gerichtet, und der Schuss – zweihundertvierzehn Schrotkugeln Nr. 8 – reißt ein Loch von sechzig Zentimetern Durchmesser in die Gipskartonbeschichtung.

Mari Paz' linke Hand war auf dem Weg ins Gesicht des Mannes, aber der Rückstoß hat ihn an die gegenüberliegende Wand geschleudert, weshalb sein Gesicht nicht mehr an der erwarteten Stelle ist. Sie trifft ihn an der Schulter.

Ein schwacher, nutzloser Hieb.

Und Struppiger Bart will gerade seine Pistole ziehen.

Es gibt schlechte und gute Nachrichten.

Die schlechten: Nachdem sie den ersten Gegner nicht überwältigen konnte, der noch immer bewaffnet ist, und der zweite ebenfalls zur Waffe greifen will, sind ihre Überlebenschancen in der nächsten Minute gleich null.

Die guten: Wenn eine Pistole mit Schlitten im Gürtel steckt, kann es passieren, dass sie dort hängenbleibt und nicht schnell gezogen werden kann.

Mari Paz nutzt diese Gelegenheit, um Buschiger Augenbraue einen zweiten Schlag ins Gesicht zu verpassen, als der gerade versucht, sein Gewehr wieder anzulegen.

Diesmal trifft sie ihn am unteren Wangenknochen.

Es knackt und klingt, als würde ein Zahn brechen.

Der Mann lässt das Gewehr fallen, und Mari Paz kann es mit einem triumphierenden Schrei an sich reißen.

Ihre Oberhand währt nur kurz. Sie hat die Waffe am Lauf ergriffen und keine Zeit, sie anzulegen. Struppiger Bart hat inzwischen die Pistole gezogen und auf sie gerichtet.

Mari Paz bleibt keine Zeit, sie schwingt das Gewehr wie einen Schlagstock und lässt ihn auf seinen kahlen Schädel niedersausen. Sie trifft ihn nicht am Kopf, sondern streift ihn nur und landet auf dem Arm, den der Mann instinktiv gehoben hatte. Das verhindert, dass sie ihm den Schädel einschlägt, reicht aber aus, ihn außer Gefecht zu setzen.

Und leider auch dafür, dass der Gewehrkolben bricht.

Ach nein.

Die Waffe ist jetzt nicht mehr zum Schießen geeignet, aber Mari Paz lässt nichts unversucht, weshalb sie das Magazin öffnet

(klick-klack),

457

ein, zwei, drei, acht Mal, und die Patronen zu Boden fallen lässt.

Dann setzt sie das restliche Gewehr erneut als Schlagstock ein. Gerade rechtzeitig, weil Buschige Augenbraue – der fast zwei Meter groß ist und hundertzwanzig Kilo wiegen dürfte und dessen Arme den Durchmesser einer russischen Gaspipeline haben – soeben wieder das Bewusstsein erlangt. Zumindest so weit, um die Fäuste zu ballen, Kampfhaltung einzunehmen, die ausgeschlagenen Zähne auszuspucken und Mari Paz mit ingrimmiger Lust, es ihr zu vergelten, anzustarren.

»Blondi, wir müssen jetzt die Segel streichen, okay?«

Keine vier Meter entfernt von der Stelle im Flur, wo Mari Paz sich im Kampf mit den beiden freundlichen serbischen Mitbürgern verausgabt, ficht Aura eine andere Schlacht aus.

Der Schatzmeister hat dicke Bündel Geldscheine unter dem Tresen hervorgeholt und lässt sie jetzt durch die Zählmaschine laufen, um sicherzugehen, dass Auras Gewinn auch bis auf den letzten Cent stimmt.

»Sie müssen nicht nachzählen«, sagt sie in den Lautsprecher, während hinter ihr die Schrotkugeln fliegen. »Ich vertraue Ihnen.«

Der Schatzmeister, weil taub, hat weder die Explosionen gehört noch etwas von dem Kampf im nahen Flur mitgekriegt. Doch wenn er aufstünde und einen Schritt zur Seite ginge, könnte er den Flur vollständig einsehen.

Und das wollen wir doch nicht, oder?

»Señora«, tippt er in den Computer. »Das ist [Pause] ein ehrenwertes Haus.«

Freut mich zu hören, dass in diesem illegalen Casino die Vorschriften so streng eingehalten werden, denkt Aura, die sich sehr zusammennehmen muss, um sich nicht umzudrehen und nachzusehen, wie sich Mari Paz schlägt.

Solange es laut ist, gibt es noch Hoffnung.

Als sie Sere den Befehl zur Ablenkung gab, war sie vorsichtig genug, die Hand vor das Mikrofon zu halten, damit ihre Worte nicht in den Computer des Schatzmeisters gelangten. Zusätzlich zu ihren Anstrengungen, sich nicht umzudrehen, muss sie sich jetzt auch noch bei jedem Schlag und jedem Aufschrei zusammenreißen. Und sich dazu noch immer jedes Wort genau überlegen.

Er kann mich nicht hören. Er kann nichts von alldem hören, wiederholt sie sich in Gedanken.

Doch die kognitive Dissonanz zwischen dem, was hinter ihrem Rücken geschieht, und dem gleichgültigen Lächeln, das sie glaubt, dem Schatzmeister zeigen zu müssen, während er die sechstausend Geldscheine zählt, belastet ihr Nervenkostüm stark.

Mach schon, mach schon, mach schon.

»Blondi, wir müssen jetzt die Segel streichen, okay?«, schreit Mari Paz im Flur.

Was will ich mehr.

»Was sagten Sie?«, tippt der Schatzmeister, denn das Mikrofon scheint Mari Paz' Stimme übertragen zu haben.

»Verzeihung, ich habe nur laut gedacht.«

Er schenkt ihr einen seiner leeren Blicke – in diesem Fall ist Aura überzeugt, ein gewisses Missfallen darin zu lesen – und zählt weiter.

»Wir sind fertig«, tippt er. »Wollen Sie [Pause], dass ich [Pause] noch einmal nachzähle?«

»Nein, vielen Dank. Alles perfekt«, erwidert Aura, der vor lauter Lächeln schon das Gesicht wehtut.

»Wollen Sie eine Tüte?«

Aura starrt auf die dreißig großen Bündel und dann auf ihre kleine Handtasche.

»Wenn es nicht zu viel verlangt ist.«

»Das sind fünf Cent.«

Selbstverständlich.

Aura sucht in ihrem Portemonnaie, findet aber keine Kupfermünze. Nur einen Fünf-Euro-Schein, zerknittert und mit Eselsohr.

»Hier, der Rest ist für Sie.«

Der Schatzmeister nimmt den Schein, den Aura ihm durchschiebt, und steht auf.

Sogleich macht Aura einen Schritt in die gleiche Richtung, um ihm die Sicht zu versperren. Der Mann schaut sie irritiert an und verschwindet dann hinter dem Tresen, bis er die Schachtel mit den blauen Plastiktüten gefunden hat. Er zieht vorsichtig eine heraus und legt sie in das Schalterfach.

Ihr folgen einer nach dem anderen die dicken Geld-
bündel, die Aura eiligst in die Plastiktüte stopft.

»Danke«, sagt sie, als das letzte Bündel in der Lade
liegt.

Bevor sie es ebenfalls in die Tüte steckt, zieht sie einen
Fünfhundert-Euro-Schein heraus und legt ihn in das
leere Fach.

»*Pourboire*«, sagt sie lächelnd.

Der Schatzmeister nickt höflich zum Dank für das
Trinkgeld und schaut dann über Auras Schulter hinweg in den Flur.

Er kann also doch Gefühle ausdrücken, denkt sie, als
er Augen und Mund aufreißt und schlagartig zurück-
weicht.

9

Eine Menschenmenge

Aura fackelt nicht lange, schnappt sich die Tüte – die viel schwerer ist, als sie dachte – und läuft in den Flur.

Wo sie abrupt stehen bleibt.

Auf dem Boden liegen fünf Männer. Zwei von ihnen winden sich heftig. Mari Paz hat sie geschickt mit den eigenen Gürteln und Schnürsenkeln gefesselt, aber die Lust am Kämpfen ist ihnen noch nicht vergangen. Die anderen drei befinden sich in unterschiedlichen Stadien der Bewusstlosigkeit, vom benommenen Stöhnen bis zur tiefsten Ohnmacht.

Mitten auf dem Flur lehnt Mari Paz mit aufgeplatzter Lippe, einem halb zugeschwollenen Auge und blutigen Knöcheln an der Wand und raucht, als würde sie auf den Bus warten, der sich mal wieder verspätet.

»Du nimmst dir alle Zeit der Welt, was, Blondi?«, sagt sie, nachdem sie einen Zug genommen und den Rauch ausgeblasen hat.

Aura zeigt auf die Männer und weiß nicht, was sie sagen soll.

»Die sind einer nach dem anderen aufgetaucht«, erklärt Mari Paz achselzuckend. Worauf sie sich sogleich schmerzerfüllt an die Seite greift. Bestimmt eine gebrochene Rippe.

»Und es werden noch mehr«, sagt Aura und zeigt zum Kassenraum.

»Dann lass uns mal schnell von hier verschwinden.«

Schon beim ersten Schritt verzieht sie wieder schmerzerfüllt das Gesicht.

»Die haben mir ganz schön zugesetzt, Blondi.«

Aura reicht ihr den Arm, damit sie sich aufstützen kann.

»Kannst du gehen?«

»Ich kann hinken.«

»Dann hinken wir schnell.«

Sie machen sich auf den Weg in den verwaisten Garten. Der Pförtner steht nicht mehr vor der Tür.

Beim Verlassen des Hauses begreifen sie sofort, warum. Draußen herrscht Chaos.

Im Casino waren die explodierenden Wagen deutlich lauter zu hören, ein echtes Bumm-Bumm. Und die Gäste rannten aufgelöst und erschrocken hinaus, um zu sehen, was los war.

Beim Anblick des Rauches und der Flammen machte sich Hysterie in unterschiedlichen Stadien breit.

Eine Gruppe Idioten, betrunken und zugedröhnt bis

zum Anschlag, brüllte, Al Qaida – oder ETA! – sei zurück, man müsse sich bewaffnen und es diesen Arschlöchern heimzahlen. Sie liefen zurück ins Casino, zerschlugen ein paar Möbel und kamen mit Stuhlbeinen und Champagnerflaschen gerüstet wieder heraus.

Ein anderes Grüppchen Männer reagierte maßvoller und lief zu den jeweiligen Wagen, um zu überprüfen, ob sie in Ordnung waren.

Ein paar wenige spielten einfach weiter, weil sie glaubten, der Aufruhr sei lediglich falscher Alarm oder die Dummheit der Masse oder eine Mischung aus beidem.

Der Besitzer des zwei Millionen teuren Bugatti Chiron warf sich mitten auf die Straße und begann zu heulen und zu strampeln wie ein Kind, dem man die Fernbedienung der Playstation weggenommen hat.

Niemand, absolut niemand hatte die Polizei gerufen. Möglich, dass sie nur ein Haufen alkoholisierte und lasterhafte, drogen- und spielsüchtige Hurensöhne sind, aber keiner von ihnen ist völlig verblödet. Und alle wissen ganz genau, dass es wirklich keine gute Idee ist, sich in einem illegalen Casino, in dem Kokain wie Schokobonbons konsumiert wird, erwischen zu lassen.

Sie tun, was jede Ratte täte, die auf sich hält, wenn das Schiff kentert.

Deshalb das ganze Chaos.

In diesen Tumult von Menschen, die schreien, nach ihren Autoschlüsseln verlangen oder strampelnd auf dem Boden liegen, mischen sich zwei frischgebackene Diebinnen.

Als Aura erkennt, dass sie irgendwie durch diese Menge gehen müssen, erinnert sie sich plötzlich an ein Zitat aus einem Buch über römische Geschichte, das Ponzano unterstrichen hatte, bevor er es ihr schenkte. Sueton oder vielleicht Titus Livius.

»Eine Menschenmenge ist wie das Meer. Ruhig oder stürmisch, je nachdem, wie der Wind weht«, rezitiert sie.

Mari Paz knurrt sarkastisch und schubst einen Mann weg, der sie anschreit, als sie an ihm vorbeigehen.

»Und was soll das heißen?«

»Dass die Menschen einen anwidern können. Hat irgendein Römer gesagt, ich erinnere mich nicht an den Namen.«

Die Legionärin nickt.

»Großmutter Celeiro hat immer gesagt: Zu viele Köche verderben den Brei. Vielleicht stammt das auch von den Römern.«

»Vielleicht«, sagt Aura lachend.

10

Eine Rückfahrt

»Ihr könnt jetzt abfahren«, meldet Aura.

»Kann ich mich noch verabschieden?«

»Wenn es sein muss ...«

»Hilfsteam, Abfahrt, Ende der Durchsage«, sagt Sere und legt auf.

Aura schaut Mari Paz an, in der Erwartung – oder Hoffnung – auf irgendeine Reaktion bezüglich Seres typischer Extravaganz, aber die Legionärin scheint bereits im Stand-by-Modus zu sein. Natürlich mit einer Zigarette im Mund. Sie lehnt am Wagen, zu dem sie mit Schmerzen, aber ohne Zwischenfälle gelangt sind.

Auch wenn sie weit genug entfernt von der Villa stehen, ist der Tumult noch gedämpft zu hören. Das Heulen einer Sirene, der Feuerwehr oder Polizei, kommt näher.

»Die Schlägertypen deines Franzosenfreundes werden ordentlich zu tun haben, diesen ganzen Zirkus unter den Teppich zu kehren«, sagt Mari Paz unvermittelt.

»Du meinst wohl diejenigen, die du nicht k. o. geschlagen hast.«

»Er wird noch ein paar mehr haben. Wir sind nur durch ein Wunder davongekommen. Aber das macht mir am wenigsten Sorgen.«

Aura weiß, was sie meint. Toulour kennt sie. Er weiß zwar nicht, wo sie jetzt wohnt, aber es dürfte ihm nicht schwerfallen, das herauszufinden. Sere ist es gelungen, an die Sicherheitsaufnahmen des Casinos zu kommen, und hat jede Spur ihres Aufenthaltes gelöscht. Doch wenn Toulour eins und eins zusammenzählt und dem Schatzmeister oder den Muskelprotzen im Flur ein Foto von ihr zeigt, wird er schon bald wissen, wer ihn so schamlos ausgenommen hat.

»Wir müssen in ein Hotel umziehen, solange ich darüber nachdenke, wie wir das Problem lösen können.«

Sie hält die Plastiktüte mit dem Geld in die Höhe.

»Ein sündhaft teures Hotel«, fügt sie hinzu.

Mari Paz lächelt trotz der aufgeplatzten Lippe. Trotz der möglicherweise gebrochenen Rippe. Es ist ein erschöpftes und schmerzverzerrtes Lächeln, aber das schönste und ehrlichste, das Aura je gesehen hat.

»Ich freue mich sehr für dich«, sagt Mari Paz. »Und für die beiden Mädels.«

Aura bleibt an diesem Lächeln hängen. Auch ohne diese Worte wäre die Botschaft dieselbe gewesen.

»Danke. Ohne dich hätte ich es nicht geschafft.«

Mari Paz neigt den Kopf, sie wirkt aufgewühlt, bläst den Rauch aus und schnippt die Zigarette weg.

Sie denkt nach.

Wo sie bis vor zwei Wochen war. Was sie mit ihrem Leben gemacht hat. Wie sie die Zeit rumgebracht hatte von einem knappen Monatssold bis zum nächsten. Wie nie genug Geld da war. Wie nie genug Alkohol da war. Wie er nie reichte, um sie auszufüllen, weil in ihr ein tiefes Loch klaffte, wie ein Brunnen der Verzweiflung, der alles Gute und alles Bier aufsaugte. Wie das Zusammentreffen mit Aura und den Zwillingen alles verändert hatte. Wie sie eine Orientierung, einen Sinn gefunden hatte. Ein Ziel, als es vielleicht noch nicht zu spät war. Ein Weg, der auf Dankbarkeit basierte.

»Nein, das hättest du wirklich nicht«, fasst sie zusammen.

Aura lächelt und setzt sich in den Škoda.

»Lass uns fahren. Wir haben noch viel zu tun heute Abend, bevor wir uns ausruhen können.«

Zuerst die Mädchen in ein Taxi setzen und sie in ein abgelegenes Hotel bringen, am besten außerhalb der Stadt. Auf falschen Namen reservieren. Und morgen mit dem Waschen und Verteilen des Geldes beginnen, um die Kaution rechtzeitig zu bezahlen …

Während Mari Paz losfährt, wird die Liste der dringlichen Erledigungen in ihrem Kopf immer länger, eine schwieriger als die andere.

Ein Schritt nach dem anderen. Erst ein Problem, dann das nächste.

Sie lehnt sich zurück und schließt die Augen. Müde kann man nicht gut denken, erinnert sie sich. *Jetzt besser ein wenig entspannen, das haben wir uns verdient.*

Die Ruhe hält exakt anderthalb Minuten vor. So lange dauert es, bis Mari Paz plötzlich lospoltert: »Was, verdammt …« Sie tritt abrupt auf die Bremse. »Weg da!«

Vor ihnen steht quer auf der Fahrbahn ein schwarzer Range Rover mit eingeschaltetem Warnblinker.

»Was ist los?«

»Was weiß denn ich. Irgendein Schwachkopf steht einfach mitten auf der Straße.«

Mari Paz lässt das Fenster herunter und will schon einen Schrei ausstoßen, doch der bleibt ihr im Hals stecken. Aus der Dunkelheit tritt eine Gestalt und hält ihr eine Marke vor die Nase.

»Policía Nacional, steigen Sie aus.«

Mari Paz schluckt den Schrei hinunter, zusammen mit jeder Menge Spucke vor lauter Angst und Überraschung. Sie will in den ersten Gang schalten. Aber auch diese Absicht wird vereitelt, als der Marke eine Pistole folgt.

»Machen Sie den Motor aus«, befiehlt die Stimme. Eine Frauenstimme. »Entweder Sie steigen hier aus, oder ich hole Sie später aus der Calle Abtao ab, wo um diese Zeit Ihre Töchter bestimmt schon schlafen, Señora Reyes.«

Aura glaubte, es sei unmöglich, noch mehr Angst zu haben, aber es ist möglich.

»Lass uns aussteigen«, sagt sie zu Mari Paz.

»Und vergessen Sie die Tüte nicht«, fügt die Polizistin hinzu.

Das passiert jetzt nicht wirklich.

Besagte Tüte liegt unter dem Beifahrersitz, Aura hat sie verstohlen mit den Füßen darunter geschoben. Weshalb es jetzt doppelte Arbeit ist, sie hervorzuziehen.

Beide steigen mit erhobenen Händen aus, obwohl es niemand verlangt hat – vierzig Jahre Kino gehen nicht unbeschadet an einem vorbei, man weiß, wie man sich in gewisser Gesellschaft verhalten muss.

Die Frau ist langsam zurückgetreten, ohne die Waffe zu senken, und hält kluge Distanz zu Mari Paz. Als sie mit dem Rücken an den Range Rover stößt, holt sie den Autoschlüssel heraus und öffnet den Kofferraum.

»Legen Sie die Tüte in meinen Wagen, Señora Reyes.«

Im Scheinwerferlicht des Škoda kann Aura sie jetzt sehen. Eine Frau mit schwarzem Mantel und Handschuhen, dunklem Pullover und Hose. Mit ernstem Gesicht und einem so strammen Haarknoten, dass schon der Anblick wehtut. Die Pistole in der linken Hand. Aura fragt sich, ob sie Linkshänderin ist. Sie fragt sich auch, ob Mari Paz sie überwältigen könnte, wenn sie ihr die Möglichkeit dazu verschafft.

Sie geht auf sie zu, in der Absicht, sich zwischen Pistole und Gefährtin zu stellen, aber die Frau ist zu wachsam, um auf einen solch billigen Trick hereinzufallen.

»Gehen Sie dort entlang zum Kofferraum«, sagt sie, ohne sich umzudrehen. »Und nehmen Sie den Gegenstand darin heraus.«

Unter dem bedrohlichen roten Licht im großen Kofferraum erkennt Aura etwas metallisch Glänzendes auf grauem Stoff. Handschellen.

Mit diesen Dingern begann diese Geschichte einmal, denkt sie. Wie traurig, dass sie genauso endet.

»Jetzt gehen Sie zurück zu Ihrer Freundin und legen ihr die Handschellen an«, sagt sie und drückt die Fernbedienung, worauf sich der Kofferraum langsam schließt. »Hände auf den Rücken.«

Aura geht zu Mari Paz, die todernst dreinblickt.

»Hast du eine Idee?«, flüstert sie.

»Nur die, dass wir am Arsch sind.«

»Ruhe. Das Einzige, was ich hören will, ist das Zuschnappen der Handschellen.«

Und genau das hört sie. Ein Doppelklick, das böse Erinnerungen wachruft.

»Jetzt gehen Sie drei Schritte nach links, Señora Reyes. Und Sie, Señora Celeiro, drehen sich um und knien sich nieder.«

Die Polizistin geht zu ihr, vergewissert sich, dass die Handschellen richtig sitzen, und weicht rückwärts ein paar Schritte zurück.

»Für mich haben Sie keine Handschellen?«, fragt Aura empört.

»Sie sind keine Bedrohung, Señora Reyes«, erwidert

die Frau und scheint sich langsam zu entspannen, weil Mari Paz jetzt außer Gefecht gesetzt ist.

Was für ein Schwachkopf, denkt Aura.

»Sie können wieder aufstehen, Señora Celeiro.«

Mari Paz versucht es, aber Schmerz und Erschöpfung lassen sie wanken.

»Wer sind Sie?«

»Alles zu seiner Zeit, Señora Reyes. Wenn Sie jetzt so freundlich wären und in diese Richtung gehen würden, wir sind gleich da.«

11
Schaukeln

Die Frau führt sie – mit der Pistole im Anschlag und sechs Schritte hinter ihnen – über einen gepflasterten Weg, den Aura sehr gut kennt. Selbst ohne das schwache Laternenlicht könnte sie diesen Weg entlanggehen, denn sie hat ihn schon Tausende Male zurückgelegt.

Er führt zum Spielplatz der Wohnanlage. Ein eingezäuntes Gelände mit einem knallbunten Tartanboden und modernen Schaukeln.

Hier hat sie den Mädchen die Flasche gegeben, ihnen das Laufen beigebracht, Essen verteilt und auf Blasen gepustet, die beim Herumtoben entstanden sind. An diesem Ort hat sie die Zwillinge heranwachsen, lachen, Freundschaften schließen und lernen gesehen.

An diesem Ort hat sie ihren Gefährtinnen von ihrem Plan erzählt. Von dem unmöglichen Diebstahl, der entgegen allen Prognosen gutgegangen war.

Dieser Ort ist ihr vertraut. Eine Herzensangelegenheit voller schöner Erinnerungen.

»Setzen Sie sich dort auf die Bank«, sagt Romero.

Sie schaltet ihre Taschenlampe ein, eine kräftige Mag-Lite, und leuchtet damit besagte Bank an.

Im Lichtkegel – kalt und pathologisch – ist der unappetitliche Inhalt des Papierkorbs daneben zu erkennen. Saftflaschen, Keksschachteln, eine halb volle Filipino-Packung und andere Schweinereien, mit denen erschöpfte Mütter ihre Kinder vergiften. Aura kennt das gut, denn wenn sie überarbeitet war, half ihr meist eine Packung Müsliriegel durch den Nachmittag.

All das würde ich wieder machen, wenn ich könnte, denkt sie. Wie viele andere Frauen vor ihr und viele, die noch kommen werden.

»Um Ihre Frage zu beantworten, Señora Reyes, mein Name ist Comisaria Romero.«

»Wie gemein von Ihren Eltern«, entfährt es Mari Paz. »Wo es doch viel schönere Namen gibt.«

Die Comisaria beißt sich auf die Lippe, um Geduld bemüht.

»Warum sitzen wir nicht in einem Streifenwagen?«

»Das ist eine sehr gute Frage, Señora Reyes. Sagen wir mal, wir haben einen gemeinsamen Freund.«

Sie schweigt und lässt die Botschaft erst einmal ankommen. Als sie es tut, wirkt es, als würde eine Tonne Geröll über Aura niedergehen.

Unter dem Gewicht dieser Enthüllung schließt sie die Augen. Eher erbost als bekümmert.

Wie konnte ich nur so dumm sein? Wie konnte ich glauben, dass das Ganze gut ausgehen würde? Wie konnte ich glauben, gegen jemanden wie ihn eine Chance zu haben? Mit all seinen Mitteln und seiner absoluten Skrupellosigkeit …

»Was bin ich nur für eine dumme Nuss«, sagt sie kopfschüttelnd.

»Blondi, erklär das mal einer noch dümmeren Nuss.«

»Ponzano«, spuckt Aura ihr hasserfüllt hin.

Und es stürzt eine weitere Tonne herab, diesmal über Mari Paz.

»Ach«, erwidert sie traurig. »Klar.«

Romero geht einen Schritt zurück und setzt sich auf eine der Schaukeln in Form einer Raupe. Die Pistole hat sie gesenkt, aber nicht weggesteckt.

»Ihr Plan war sehr gut, das muss ich zugeben«, sagt sie anerkennend. »Einer der besten, die ich je gesehen habe, und ich habe viele gesehen. Der Mann, den Sie gerade erwähnten, hatte recht, als er sagte, Sie seien die beste Strategin, die er kennt.«

Sie zieht eine kleine Wasserflasche aus der Manteltasche und öffnet sie mit derselben Hand – ohne die Pistole loszulassen. Dann nimmt sie einen Schluck.

»Von außen betrachtet etwas mit der heißen Nadel gestrickt. Zu viel Vertrauen auf Ihr Glück, wenn Sie meine Meinung hören wollen. Aber Sie scheinen ja mehr als genug Glück zu haben.«

Sie nimmt einen weiteren Schluck, spült den Mund aus und spuckt es wieder aus. Ein kurzer, präziser Strahl auf den Tartanboden, wo er eine winzige Pfütze bildet, in der sich der Schein der Straßenlaterne spiegelt.

»Zumindest bis jetzt, natürlich«, schließt sie und steckt die Flasche wieder ein.

»Wie viel bezahlt Ihnen Ponzano?«, fragt Aura, die sich trotz des Gefühls der Niederlage und Frustration fürs Verhandeln entschieden hat. »Denn in der Tüte in Ihrem Kofferraum befinden sich drei Millionen Euro.«

Romero lächelt gekünstelt.

»Sie wollen mir etwas anbieten, das schon in *meinem* Kofferraum liegt, während ich die Pistole auf Sie richte? Respekt, Señora Reyes, Sie haben wirklich Eier in der Hose.«

»Heißt das Nein?«, fragt Mari Paz.

»Das frage ich mich auch«, ergänzt Aura.

Die Comisaria verändert ihre Sitzhaltung und schlägt den Mantel über den Beinen zusammen. Es ist feucht und kalt. Ganz besonders den beiden Frauen in ihrer Abendgarderobe, dünn wie Papiertaschentücher.

»Diese Tüte, von der Sie reden, wandert noch heute Nacht wieder in Toulours Tresor. Ist gar nicht schlecht, wenn ein Mann wie er mir einen Gefallen schuldet. Aber vor allem verhindern wir damit, dass er Ihnen morgen früh seine Serben schickt, um Ihnen die Beine zu brechen.«

»Sieh mal an, ein Problem weniger«, kommentiert Aura sarkastisch.

»Wenn ihn das nicht tröstet, will er auch nicht getröstet werden«, bestätigt Mari Paz.

Romero beißt sich wieder auf die Lippen, ihr reißt gleich der Geduldsfaden.

»Auf diese Weise können wir sichergehen, dass Sie Ihre Verpflichtung gegenüber der Justiz einhalten«, fährt Romero fort.

Aura und Mari Paz merken, dass sie die Comisaria langsam aus der Fassung bringen – das ist alles, was sie in dieser Situation erreichen können –, und beschließen, noch einen draufzusetzen.

»Sie sind ausgezeichnet darin, den Terminplan anderer Leute auszuhebeln, Comisaria«, sagt Aura.

»Gibt es einen Orden dafür?«

»Sie finden sich wohl sehr witzig, was?«, kontert Romero mit einem Lächeln bar jeder Freude.

»Mein alter Mentor, Ihr jetziger Chef«, sagt Aura und schnalzt mit der Zunge, »sagte einmal zu mir, dass man lachen soll, solange man noch am Leben ist, denn hinterher ist es zu spät.«

»Wie gut, dass Sie das zur Sprache bringen, Señora Reyes.«

Romero steht auf und geht ein paar Meter nach links. Ganz hinten auf dem Spielplatz, jenseits der Straßenlaternen, hockt eine Gestalt, die keine von ihnen bisher wahrgenommen hat. Romero leuchtet mit der Taschenlampe eine Hand an, die mit Handschellen an eine Schaukel gefesselt ist. Sie hören das metallische Klicken und Klirren, als die Handschellen abgenommen werden.

»Aufstehen.«

Die Gestalt taumelt stöhnend auf die Bank mit Aura und Mari Paz zu. Es folgt ein schmerzlicher Klagelaut, als er vor ihnen auf die Knie fällt.

Jetzt erkennt Aura ihn.

»Ginés.«

»Der Scheißkerl«, sagt Mari Paz ebenso überrascht.

Ginés sieht schlecht aus. Er trägt einen Pyjama, das Gesicht voller blauer Flecken, und er würde bestimmt viel lauter klagen, wenn in seinem Mund nicht einer dieser Sado-Maso-Bälle stecken würde, die man für vierzehn Euro in jedem Sexshop kaufen kann.

In Ginés' Augen steht Panik. Sie flehen Aura an. Er will etwas sagen, aber wir werden nie erfahren, was.

Denn Romero greift in ihre rechte Manteltasche, zieht eine zweite Waffe – diesmal einen Revolver, glänzend und kleiner als die Neun-Millimeter-Pistole in der linken Hand – und zielt damit auf Ginés' Schädel.

»Eine Lektion für Sie«, sagt Romero.

Und drückt ab, einfach so.

Die Kugel .38er Kaliber durchschlägt den Schädel des Mannes, als wäre er aus Pappe. Blut, Knochensplitter und Gehirnmasse spritzen in alle Richtungen.

Aura und Mari Paz ist das Lachen vergangen.

Mit blutverschmierten Gesichtern müssen beide an

den Moment denken, in dem sie jeweils den größten Fehler ihres Lebens begangen haben.

In der Zelle 11a im Untersuchungsgefängnis an der Plaza Castilla von Madrid.

In der Calle Abtao vor einer Gegensprechanlage.

Während sich das Entsetzen in ihnen breitmacht, kommt Romero näher. Sie geht um die Bank herum, gibt Mari Paz einen Schubs und drückt ihr den Revolver in die Hand, wobei sie die andere Waffe auf sie richtet.

»Machen Sie die Hand auf. Und keinen Blödsinn machen, er ist nicht geladen. Ja, so ist es gut«, sagt sie und nimmt ihr den Revolver wieder ab.

Dann baut sie sich vor den beiden Frauen auf.

Sie hat eine Plastiktüte aus der Manteltasche gezogen, die aussieht wie ein Gefrierbeutel, lässt den Revolver hineingleiten und verschließt sie.

»Meinen Glückwunsch, Señora Celeiro. Sie haben soeben Patricio Ginés getötet.«

Mari Paz schweigt. Ihr Gesicht ist wie versteinert.

»Verdammtes Arschloch«, entfährt es Aura. »Das können Sie ihr nicht antun.«

»Ich würde sagen, ich habe es soeben getan, Señora Reyes. Und fasse mal zusammen, worauf Sie bestimmt schon von selbst gekommen sind.«

Sie zeigt auf die Leiche am Boden.

»In ein paar Stunden wird jemand die Leiche von Señor Ginés finden, und ich werde mit dem Fall beauftragt. Es wird keine Verdächtigen geben, denn hier gibt es keine Überwachungskameras, und das Opfer hatte auch keine Feinde. Von Ihrem Besuch kürzlich an Ihrem früheren Arbeitsplatz gibt es allerdings Bilder, die nur ich habe und aufbewahren werde.«

Sie lässt die Plastiktüte mit dem Revolver vor ihren Nasen hin und her baumeln.

»Entweder gehen Sie in zwei Tagen ins Gefängnis und liefern Señor Ponzano die nötigen Schlagzeilen, oder diese Waffe taucht plötzlich in einem Gebüsch auf, und dann wandert Ihre Freundin ins Gefängnis.«

Romero steckt die Tüte in die Manteltasche und holt stattdessen einen Schlüssel heraus, den sie vorsichtig auf die Schaukel legt.

»Wenn ich weg bin, zählen Sie bis hundert und öffnen danach mit diesem Schlüssel die Handschellen. Es ist schon sehr spät, die Zwillinge sollten nicht so lange allein sein.«

Und dann ist sie verschwunden und lässt die beiden Frauen zutiefst verzweifelt zurück.

Fünfter Teil

Ponzano

*Ich werde der sein, der zuletzt lacht;
denn ich habe diese verdammte Sache
von Anfang an beherrscht.*

Robert Louis Stevenson

*Das Geheimnis des Gewinnens
besteht aus einem guten Blatt
vor dem Abnehmen.*

Julio Llamazares

Angst

Mari Paz hat eine halbe Stunde geschlafen, die aus fünf Minuten bestand.

Diesmal nicht auf Auras Sofa. Nach den Ereignissen in der Nacht konnte sie unmöglich bei ihr bleiben.

Als Romero gegangen war, hatten sie kein einziges Wort gewechselt.

Aura hatte ihr die Handschellen abgenommen. Mari Paz hatte sie nach Hause gebracht und war weitergefahren. An einer Tankstelle hatte sie eine Flasche billigen Whiskey gekauft, sich damit auf die Rückbank gesetzt (wo sie es sich inmitten ihrer Habseligkeiten gemütlich machte) und sich langsam betrunken.

Sie wusste nicht einmal, wie sie es den Legos sagen sollte. Wie sie ihnen das große Desaster erklären sollte, in das ihr Abenteuer gemündet war.

Mari Paz trank und rauchte gemächlich. Es folgte das

typische, immerwährende Ritual: Das Streichholz flackerte eine Zeit lang, bis sie die Zigarette anzündete. Für diese Zigarette vor dem ersten Schluck brauchte sie Monate.

Nachdem sie sie ausgedrückt hatte, nahm sie den nächsten Schluck, schloss die Augen und legte sich hin ... Und einen Augenblick später war sie wieder im Libanon, in Fötus-Haltung, eingeschlossen im brennenden Panzer. Neben ihr der tote González. Am Lenkrad Valderrama im Todeskampf. Auf dem Beifahrersitz der Sargento, aus dessen Mund Blut auf seine Brust tropfte.

Und der Lärm.

Der höllische Lärm.

Das Dröhnen der Explosion in den Ohren, das Knattern der feindlichen Maschinengewehre, das Prasseln der Kugeln auf den Panzer, das Zurückfeuern der Kameraden eines anderen Panzers.

Und vor allem das Sprudeln des Bluts aus Valderramas aufgerissener Kehle. Das Zischeln von González' verbrannter Haut. Das letzte Röcheln des Sargento, bevor er ...

Sie schlug die Augen auf, hielt sich die Ohren zu und wartete darauf, dass es vorbeiging. Es ging immer vorbei, aber es kam auch immer wieder zurück.

Jede Nacht.

Vielleicht schätzt sie deshalb das Schweigen. Es ist regelrecht zur Sucht geworden. Es staut sich in ihrer Brust und bemächtigt sich ihrer, sie kann es nicht verhindern. Es bildet eine Schutzmauer, durch die kein Gespräch dringt. Wenn sie es doch einmal brechen will, um eine Lüge oder eine Dummheit zu widerlegen, schafft sie es nicht. Das kennen wir schon. Das Schweigen neigt dazu, sich endlos fortzusetzen, sich hinter spitzen, ausweichenden Worten, falsch platzierten Scherzen und traditionellen Vorurteilen zu verschanzen, die in einem Topf auf kleiner Flamme vor sich hin köcheln.

Sie nahm einen weiteren Schluck aus der Flasche und wunderte sich darüber, mit jedem Schluck nüchterner und hellsichtiger zu werden.

Sie grübelte.

Mari Paz hat eine halbe Stunde geschlafen, die aus fünf Minuten bestand, haben wir gesagt.

Sie schlägt die Augen auf (die Augen einer Leiche) und sieht alles in Sepia, flirrend und spitz, wie Dornen, die sich überall hineinbohren.

In ihrem Kopf findet ein Begräbnis statt. Eine einsame Totenwache, bei der sie sich selbst zu Grabe trägt, beweint und betrauert. Suchend tastet sie über die Sitzfläche nach der Wasserflasche. Die Zunge im Mund lastet schwer wie ein Feldrucksack. Als sie sie endlich vom Gaumen gelöst hat, was sich anfühlt, wie Tapete abzureißen, murmelt sie: »Auweia, was für ein Kater.«

Tallón, ihr (toter) Sargento sagte immer, einen Kater müsse man sehr vorsichtig behandeln, damit er nicht ausartet. Der Kater ist eine Mine, in die du soeben getreten bist. Du musst dich sehr langsam und ganz vorsichtig bewegen.

Mari Paz' unerträglicher Kopfschmerz ist einer der besten Freunde einer Ex-Soldatin mit Posttraumatischer Belastungsstörung. Wenn er wieder verschwunden ist, hinterlässt er eine wertvolle Lektion in Bescheidenheit: Sie ist am Leben, das ist genug. Sie braucht keine Wohnung, auch kein warmes Bett, weder weiche, warme Haut neben sich beim Aufwachen noch andere Probleme außer Kopfschmerzen.

Mari Paz liebt den Kater, denn er verschwindet wieder, und wenn er das tut, fühlt es sich an wie eine Wiedergeburt von Körper und Seele, was mit nichts zu überbieten ist.

Es ist heldenhaft, dem Schmerz nicht auszuweichen, sagte ihr Sargento einmal, als er sah, dass sie eine Kopfschmerztablette nehmen wollte.

Was uns zur nächsten Frage führt, denkt sie auf dem Weg zur Tankstellentoilette. Einer Frage, die sie die ganze Nacht wach gehalten hat. Über die sie jetzt, auf der Kloschüssel sitzend, nachdenkt, wobei sie mit beiden Händen ihren Kopf umklammert, um zu verhindern, dass ihr das Gehirn zu den Ohren rauskommt.

Was sollen wir jetzt machen, verflucht noch mal?

Denn ihr Körper verlangt von ihr, der Angst nachzugeben. Den Wagen zu starten, nach Süden zu fahren und nicht anzuhalten, bis sie Ceuta im Rückspiegel verschwinden sieht.

Alle Probleme hinter sich zu lassen, wenn sie nicht von selbst verschwinden, oder im schlimmsten Fall mit Schmerzmitteln zu betäuben.

Wieder im Auto zu leben.

Den unausweichlich wiederkehrenden Lärm mit den vertrauten Mitteln zu beschwichtigen: Einsamkeit und warmem Bier.

Als sie die Toilette verlässt, hält sie den Mund unter den Wasserhahn und trinkt in etwa die Menge eines Putzeimers. Dann wäscht sie sich die getrockneten Blutspritzer von Ginés aus dem Gesicht.

Sie hat eine Entscheidung getroffen. Die einzig mögliche.

Sie setzt sich wieder in den Škoda, startet den Motor und drückt aufs Gaspedal.

Wut

Aura schlägt die Augen auf. Der Schock über Ginés' Tod und die große Erschöpfung haben sie fast sechs Stunden durchschlafen lassen. Die Zwillinge sind noch im Land Oz, und sie will sie noch nicht zurückholen.

Sie fühlt sich gut. Ausgeruht und frisch.

Körperlich zumindest.

Ihr geistiges Befinden ist eine andere Sache.

Sie ist auf die Ausgangsposition zurückgefallen, an den Beginn der ganzen Geschichte. Aber jetzt kommt noch eine Art metaphorische Pistole hinzu, die auf ihren Kopf gerichtet ist.

Die beste Gelegenheit, verbleibende Möglichkeiten abzuwägen.

Wenn das Leben ein Gefängnis ist, wirkt nichts so befreiend wie die Gefangenschaft.

Wenn ich mich hätte treiben lassen, hätte ich die Zeit wenigstens mit den Mädchen verbringen können.

Wenn ich doch nur eingesehen hätte, dass der Einsatz zu hoch ist, dass der Feind zu stark, zu schlau ist. Dann hätte ich wenigstens diese Zeit gehabt.

Und der immer wiederkehrende Gedanke, dass Ginés möglicherweise noch leben würde, wenn sie dieses lächerliche Abenteuer nicht initiiert hätte. Bei diesem Gedanken muss sie sich im Geiste stets maßregeln. Sie ist nicht verantwortlich für die rohe Gewalt der Comisaria gestern Nacht, aber wir Menschen sind eben, wie wir sind.

Themistokles hatte recht, als er nach dem zweiten Peloponnesischen Krieg sagte, dass die Niederlage uns vor einer noch größeren Niederlage bewahrt.

Bei ihrer Arbeit mit Investmentfonds – ebenfalls eine Art Casino mit anderen Einsätzen – lernte sie als Erstes, dass es eine schlechte Phase nicht ausgleicht, wenn man den Einsatz erhöht. Verlorenes ist verloren und lässt sich nicht zurückholen.

Und es gibt momentan keinen Menschen, der niedergeschmetterter wäre als Aura Reyes.

Trotzdem ist sie nicht traurig.

Jeden Tag gibt es diesen Moment, in dem du nur blinzeln musst und beim Öffnen der Augen tausend Kilometer entfernt bist. Auch wenn du dich damit zufriedengibst, lediglich in einem anderen Zimmer zu sein.

In diesem Moment möchte Aura mit niemandem tauschen.

Mit dem ersten Kaffee in der Hand beugt sie sich aus

dem Fenster. Auf den Gehwegen die Leute mit ihren Sorgen und ihrem Kleinkram. Mit ihrem Gang der Leute, ihrem Lächeln der Leute und ihren Fehlern der Leute. Nur wenigen hat das Leben so schlechte Karten zugeteilt wie ihr. Und noch weniger können von sich behaupten, dass sie für die, die sie lieben, so weit gehen würden.

Sehr wenige Träume gehen in Erfüllung. Den Rest verschlafen wir. Wenn du versuchst, vor dem eigenen Schatten zu fliehen, wirst du bestimmt auf die Schnauze fallen. Wenn du kein besserer Mensch sein kannst, bleibt dir nur, du selbst zu sein und darauf zu vertrauen, dass das ausreicht.

Im Zimmer der Mädchen sind erst ein Schrei und dann Schritte im Flur zu hören. Früher hätte die alte Aura geseufzt, dass sie nicht einmal in Ruhe eine Tasse Kaffee trinken konnte. Die spätere Aura, die der letzten zwei Jahre, hätte besorgt nach den Mädchen geschaut.

Diese neue Aura nicht.

Sie lächelt.

Ein starkes, unerschütterliches Lächeln.

Ein eisernes, starkes Lächeln.

So sieht es aus. Dann mal los.

Sie steckt den Kopf in das Zimmer der Mädchen, die sich wie zwei nach Streicheleinheiten lechzende Doggen auf sie stürzen. Aura verteilt Küsse, umarmt sie, legt die Abfolge im Bad fest und eröffnet ihnen, dass sie an diesem Tag nicht zur Schule müssen.

»Warum nicht, Mama?«, fragt Alex.

»Aus dem wichtigsten aller Gründe.«

»Und welcher?«

»Weil ich heute nicht will.«

Beiden Mädchen blicken erst einander und dann sie an wie die Protagonisten am Ende des Films *The Thing*, wenn sie beim Alien nach menschlichen Zügen suchen. Als sie feststellen, dass kein außerirdisches Wesen von ihrer Mutter Besitz ergriffen hat, feiern sie das mit einem Tanz, der irgendwo zwischen Jungsteinzeit und TikTok angesiedelt ist.

Aura geht ins Wohnzimmer zurück, um ihren jetzt kalten Kaffee auszutrinken.

In dem Moment klingelt das Telefon.

Es ist Sere.

Sie ist versucht, das Handy stumm zu stellen, weiter zu philosophieren und den Morgen ohne jegliches Drama verstreichen zu lassen.

Aber Sere hat es verdient, die Wahrheit zu erfahren.

»Hör mal, es gibt da etwas, das du wissen solltest …«, sagt sie, als sie abnimmt.

»Ich weiß es schon«, erwidert Sere.

»Von Mari Paz?«

Schweigen am anderen Ende der Leitung.

Dann spricht Sere, und Aura hört zu.

Und je länger das vorhält, desto größer wird Auras Wut. Eine kalte, unerbittliche Wut.

Und ihre ganze Freude, ihre Resignation und alle guten Vorsätze verflüchtigen sich durchs Fenster.

Chaos

Sere hat in der Nacht kein Auge zugetan, nicht mal eine halbe Stunde von fünf Minuten. Sere war die ganze Nacht wach, stand vor der Küchenablage und hat Pfeile geworfen.

Die Sigille, die sie diesmal gezeichnet hat, ist ganz schlicht. Sie hat sie der Frage entnommen, die in ihrem Kopf hin und her sprang wie Roland Garros' Ball im Tischtennis-Finale – aber mit weniger Geschrei. Sie hat die Vokale und die Leerstellen eliminiert. Dreizehn Konsonanten, ohne die sich wiederholenden wegzulassen.

(Sllt ch r d Whrht sgn)

Sie hat sie in drei Vierergruppen eingeteilt und auf der Achse in einem fünfundvierzig Grad Winkel gedreht. Den letzten Buchstaben setzte sie in die Mitte der drei Gruppen.

Sie hat keinen Kreis um sie gezogen, sie auch nicht

mit Salz bestreut, auch keine Weintropfen in der Mitte platziert, wie Sepher Raziel HaMalach empfiehlt. Sie hat sie offen und sauber stehen gelassen, wie den Zauber.

Reuben und Winslow warnen vor Sigillen in Form einer Frage. Wenn du sie aktivierst, kannst du den Schleier zum Jenseits zerreißen, und vielleicht antwortet nicht derjenige, den zu erwartest.

Dilettantisch ausgedrückt ist diese Beschwörung der Chaosmagie das Äquivalent zum mitternächtlichen Ouija zu Allerseelen auf einem Friedhof.

Sere ist das egal. Heute ist ihr alles egal.

Es ist eitel zu glauben, dass wir den Weltraum beherrschen, wenn wir lediglich den Kurven folgen, die am wenigsten Mühe machen, denkt sie, während sie unablässig die Pfeile wirft.

Heute nicht.

Um die Sigille zu aktivieren, hat sie eine Regel festgelegt. Die Pfeile müssen dreimal hintereinander eine Drei ergeben.

Nur so kann das Vertrauen wiederhergestellt werden.

Sie verbringt damit Stunden.

Die Sonne lugt schon über die Dächer, als die Pfeile endlich ihren Wünschen entsprechen. Drei Mal hintereinander, eine Eins und eine Zwei, eine Zwei und eine Eins, eine Eins und eine Zwei. Diesmal ohne Tricks, nicht wie damals, als sie das Universum bat, dass ihr Ex-Mann an Eiterblasen am Schwanz leiden möge. Damals hatte sie beim letzten Wurf den Pfeil kräftiger geworfen. Noch heute ist sie davon überzeugt, dass es funktionierte.

Diesmal hat sie nicht getrickst. Diesmal ist es ihr ernst mit der Magie.

Als die Pfeile an der richtigen Stelle landen, antwortet das Universum – oder wer auch immer sich die Mühe macht – endlich mit Ja.

Die Frage: Sollte ich Aura die Wahrheit sagen?

Erschöpft greift Sere zum Telefon und ruft sie an.

»Hör mal, es gibt da etwas, das du wissen solltest …«, sagt Aura, als sie abnimmt.

»Ich weiß es schon«, erwidert Sere.

»Von Mari Paz?«

Schweigen am anderen Ende der Leitung.

Dann spricht Sere, und Aura hört zu.

Und hört zu.

Aura benötigt für ihre Antwort in etwa so viel Zeit, die es braucht, diese Erklärung unter eine Leselampe zu legen und ein halbes Dutzend Löcher hineinzustanzen.

»Du hättest zu mir kommen können«, sagt sie. »Das bist du mir schuldig.«

Sere weiß, dass sie recht hat. Zumindest aus ihrem Blickwinkel.

»Sie hat mich bedroht. Sie hat mir einen Pistolenlauf in den Mund gesteckt.«

»Und Ginés hat sie das Ding heute Nacht an den Schädel gehalten.« Auras Stimme verhärtet sich zum letzten Schlag. »Und abgedrückt.«

Sere spürt, wie sich unter ihren Füßen ein riesiges schwarzes Loch auftut, ein Maul voller spitzer Zähne, bereit sie zu verschlingen. Sie klammert sich an die Arbeitsplatte, um nicht hineinzustürzen.

»Also das …« Mehr bringt sie nicht heraus.

»Also das, was?«

»Das hätte sie auch mit mir machen können.«

Vielleicht ist Sere auch ein wenig im Recht. Zumindest aus ihrem Blickwinkel.

»Komm her«, sagt Aura nach kurzem Schweigen. »Wir müssen reden.«

1

Ein Gespräch

Es klingelt zum zweiten Mal an der Tür. Diesmal lässt Aura sie nicht offen stehen. Sie vermutet, dass es die Legionärin ist.

Mari Paz hat Schatten in Farbe und Größe von Pflaumen unter den Augen. Aura nimmt sie lächelnd in Empfang und umarmt sie.

Ohne ein Wort.

Auch Mari Paz sagt nichts.

Sie ist gekleidet wie gewohnt. Twill-Jacke, neue Doc Martens-Imitation – ein Geschenk von Aura –, Jeans. Und sie hinkt noch. Ihr Gesicht ist grau und ein Augenlid noch immer geschwollen und blutunterlaufen.

Sie betritt das Wohnzimmer, wo die Zwillinge bei ihrem Anblick aufspringen, sich auf sie stürzen, sie abküssen und mit Fragen löchern.

»Ist ja gut, meine Mädchen. Für heute habe ich genug Küsschen.«

Alex zeigt ihr ein Bild von Mr Krabs, der mit einer Geldtasche in einem Hubschrauber flieht, in dem Captain Amerika festgehalten wird. Cris zeigt ihr eine Verletzung an der Hand, weil sie sich an einer Kartonkante geschnitten hat.

»Und was ist mit deinem Auge passiert, MP?«, fragt Cris.

»Ich bin gestolpert.«

»Und an der Lippe? Bist du da auch gestolpert? Denn das sieht eher nach einem Faustschlag aus.«

»Wir kennen uns damit aus. Wir haben *Rocky* gesehen.«

Aura schickt die Mädchen zum Frühstücken vor den Fernseher und geht mit Mari Paz in die Küche.

»Ich bräuchte dringend eine Dusche«, fleht die Legionärin.

»Später. Zuerst müssen wir reden.«

In der Küche warten zwei Scheiben Toast auf sie und ein starker Kaffee, der Tote wecken könnte.

Genau das brauche ich jetzt, denkt Mari Paz.

Sere ist auch da, sie lehnt am Kühlschrank, stumm.

Fast.

»Hast du es ihr schon gesagt?«, fragt Mari Paz.

»Später. Trink erst mal deinen Kaffee aus.«

Gesagt, getan.

»Zuerst musst du mir sagen, warum du zurückgekommen bist. Nach allem, was gestern Nacht passiert ist, dachte ich, ich würde dich nie wiedersehen.«

Das wüsste Mari Paz auch gern. Als ihr Körper sie

drängte, sie möge das Gaspedal durchtreten und nach Ceuta oder Melilla fahren, den Grenzzaun überwinden und sich in Casablanca oder Chefchaouen verlieren. Wo sie als Türsteherin in einer Diskothek arbeiten, aber nicht hinter Gittern landen würde.

Sie trat aufs Gaspedal, das schon, und landete in der Calle Abtao vor Auras Haus.

Mari Paz erklärt Aura nicht, dass die Angst ein Pauschalbetrag ist, während die Liebe eine unendliche Schnittmenge an Lösungen darstellt.

Zu dieser Erkenntnis ist sie gekommen, aber nicht, weil Aura ihr im Untersuchungsgefängnis den Arsch rettete, auch nicht, weil sie sich in sie verliebte, sondern genau in diesem Wohnzimmer, wo sie nur durch eine Wand getrennt waren. Auf diesem Sofa, als sie die Zwillinge zusammenbrechen sah, weil sie begriffen – vielleicht zum ersten Mal und dazu noch in ihrem Beisein –, dass ihr Vater für immer verschwunden ist. Dass er nicht an ihrer Hochzeit teilnehmen würde.

Als sie diese beiden Mädchen vorbehaltlos in die Arme geschlossen hatte, hatte sie damit auch die innere, jahrelang errichtete Mauer zum Einsturz gebracht. Verblüfft hatte sie buchstäblich gespürt, wie sie einstürzte. Sie war auch von sich selbst enttäuscht. All die Jahre des Selbstschutzes, in denen sie alle fernhielt, die auch nur ansatzweise liebenswert erschienen, all die Jahre, in denen sie sich täglich in Angst und Alkohol flüchtete, damit der Lärm sie nicht einholte. Um nicht in den Panzer zurückkehren und zusammen mit Valderrama, González und dem Sargento sterben zu müssen.

Stopp, verdammt noch mal. So viel Energie hatte sie in das Errichten der Mauer gesteckt, nur um sie dann binnen Sekunden einzureißen. *Zwei Rotz und Wasser heulende kleine Mädchen und* bumm!

Angst ist ein Pauschalbetrag.

Liebe eine unendliche Schnittmenge an Lösungen.

»Das afrikanische Bier schmeckt scheiße«, lautet ihre Zusammenfassung.

Aura sieht sie verständnislos an, und das ist durchaus verständlich, denn Mari Paz versteht sich ja selbst nicht.

Oder vielleicht doch, aber egal.

Denn es braucht kein Verständnis, es reicht, es mit aller Kraft zu versuchen und zuzulassen, dass das Leben und ein frisch gekochter Kaffee den Rest übernehmen.

Mari Paz trinkt den letzten Schluck, ohne dass der Kater auch nur einen Zentimeter gewichen wäre oder die Waffen gestreckt hätte.

Aber immerhin habe ich ihn ein bisschen erschreckt.

Sie stellt die Tasse sanft auf die Untertasse und schaut Aura argwöhnisch in die Augen.

»Und jetzt? Erzählst du mir endlich, was los ist? Denn hier ist was los, Blondi.«

»Ich werde es dir erzählen, aber du musst mir vorher etwas versprechen. Wenn ich alles erzählt habe, gehst du unter die Dusche, hältst deinen Kopf unter die Brause und kommst erst eine halbe Stunde später wieder raus.«

Mari Paz hat beruhigenden Worten schon immer eher misstraut als direkten Angriffen. Von Verhaltensratschlägen ganz zu schweigen. Also macht sie eine zwiespältige, diplomatische Geste mit dem Kopf, ohne allzu große Verpflichtungen einzugehen.

Und zu Recht.

Denn Aura erzählt ihr von Sere und Romero, und als sie zum saftigsten Teil kommt – das mit dem Pistolenlauf im Mund –, sieht Mari Paz plötzlich rot, springt auf und wirft den Stuhl um. Bevor sie es gewahr wird, hat sie Sere mit einer Hand am Hals gepackt und mit der anderen ausgeholt, um ihr ins Gesicht zu schlagen.

»Du Arschloch. Ich mach dich fertig …«

Sere reagiert nicht, sie rührt sich kein Stück. Sie weicht weder zurück, noch macht sie eine unpassende Bemerkung. Das ist nicht Sere. Sie schließt lediglich die Augen, presst die Lippen zusammen und wartet auf den Schlag.

Was noch verwirrender ist.

»Mari Paz«, sagt Aura sanft.

»Verarsch mich nicht, Blondi. Du weißt, was wir durchgemacht haben, oder? Du weißt, was ich an Schlägen im Flur einstecken musste, ja? Und alles wofür?«

»Lass sie los«, sagt Aura in diesem Tonfall wie Erdbeermarmelade, den sie in Situationen wie dieser einsetzt.

»Und was ist mit den Legos? Was ist mit Angelos Rollstuhl? Und mit Chaveas Zähnen?«

»Sie hat mich schon zum zweiten Mal verraten. Und

ich habe ihr inzwischen verziehen. Warum kannst du das nicht auch?«

»Weil ...«

Sie weiß nicht weiter.

»Schau sie dir an.«

Wegen des Klammergriffs um ihren Hals ist Sere inzwischen rot angelaufen. Sie scheint gleich ohnmächtig zu werden.

»Verdammt noch mal«, schnaubt Mari Paz und lässt sie los.

Dann sackt sie zu Boden und bricht in Tränen aus.

Hoffentlich richten sie uns nicht für das, was wir tun, sondern für das, was wir verlieren, denkt Aura, als sie sich niederkniet, um sie zu trösten.

2

Eine Bar

Dieses Gespräch konnten sie nicht in Auras Wohnung weiterführen, denn die Zwillinge hatten bereits die Antennen ausgefahren. Weshalb sie, nachdem Mari Paz geduscht hatte, in die Bar an der Ecke runtergingen. Eine dieser Bars, die unglaublicherweise noch immer existieren, wie eingefroren in der Zeit, als die Leute noch *Interviú* lasen und darüber diskutierten, wen sie beim NATO-Referendum wählen sollten. Wo man immer denselben Opa sieht, der seinen Sol y Sombra schwenkt, und wo die Wände nach frittierten Calamares riechen.

Sie bestellten Kaffee und schwiegen lange, wobei sie es vermieden, sich anzublicken.

»Verdammte Schlampe«, platzt Mari Paz heraus.

Unnötig zu erwähnen, wen sie damit meint.

»Ginés hat dieses Ende nicht verdient«, ergänzt Sere und trinkt einen Schluck Kaffee.

Die beiden anderen nicken bedächtig.

»Nein. Er war ein mieser Kerl, ausgesprochen hinterlistig, und schuld daran, dass ich ins Gefängnis muss. Aber das ...«

In Aura hat sich das Bild von Ginés' Kopf, wie er sich in rote Gelatine verwandelte, tief eingebrannt. Sie fährt sich übers Gesicht, um es loszuwerden. Doch es laufen nur die Tränen.

Mari Paz versteht, was sie gerade sieht. Vielleicht, weil auf ihrer Festplatte ganz ähnliche Bilder gespeichert sind. Und sie weiß, wie schwer sie sich löschen lassen.

»Das geht vorbei, Blondi. Es geht vorbei«, lügt sie und legt ihr eine Hand auf die Schulter.

Aura atmet aus, schnäuzt sich in die Serviette, sieht, dass die sich sofort in Wohlgefallen auflöst, und nimmt ein Papiertaschentuch.

»Alles in Ordnung«, lügt auch sie. »Es wird schon wieder.«

»Diesbezüglich will ich dir mal was sagen, Blondi. Ich habe auch niemanden ... Du musst auf die Erpressung dieses Drachens nicht eingehen.«

Aura lächelt durch den Tränenschleier hindurch, dankbar für das selbstlose Angebot.

»Was sollte das nützen? Ich habe nicht die Mittel, die Kaution zusammenzukriegen. Dann werden wir beide im Gefängnis landen. Und bei wem soll ich dann die Mädchen lassen?«

Beide schauen Sere an, die den Kaffeelöffel als kleine

Schleuder benutzt und Serviettenkügelchen auf unsichtbare Feinde schießt.

»Ich kann sehr gut mit Kindern«, behauptet sie unumwunden.

Eines der Projektile landet in Mari Paz' Kaffeetasse, aber die beachtet es nicht weiter. Denn ihr ist plötzlich klar geworden, was Aura von ihr erwartet.

»Du willst doch damit nicht sagen, was ich glaube?«

»Es wäre ein guter Deal. Du hättest eine Wohnung und zu essen. Und die beiden machen kaum Stress.«

»Das stimmt nicht«, erwidert Mari Paz.

»Okay, das stimmt nicht. Aber meine Töchter mögen dich, und ich kann nicht zulassen, dass sie dem Jugendamt in die Hände fallen.«

»Aber du kennst mich doch gar nicht.«

Auras Blick schweift in die Ferne. Soweit die Bar es erlaubt, soll heißen, bis zu den ausgeblichenen Speisen-Fotos über dem Tresen.

»Ich kenne dich noch nicht lange, aber ich kenne dich inzwischen ganz gut. Aber darum geht es gar nicht. Der Vorschlag stammt nicht von mir.«

Sie lässt ein paar Sekunden verstreichen, damit Mari Paz die Leerstellen füllen kann.

»*Sie* haben dich darum gebeten?«, fragt sie ungläubig.

»Sie sind sehr schlaue Mädchen. Und sie können Menschen gut einschätzen.«

Mari Paz schaut aus wie ein ängstlicher Rekrut, dem befohlen wird, nackt und mit Erdnussbutter beschmiert den Schützengraben zu verlassen und auf den Feind zu-zulaufen.

»Du weißt nicht, worum du mich da bittest, Blondi.«

»Nein. Aber ich weiß, wen ich darum bitte.«

»Ich bin kein guter Mensch.«

»Wer hat das denn behauptet?«

Die Legionärin lehnt sich zurück, verschränkt die Arme und schweigt.

Die beiden anderen schließen sich dem Schweigen an, das nur vom gelegentlichen Gebimmel der Spielautomaten unterbrochen wird. Sie sitzen allein in der Bar, so allein, dass der Kellner ihnen mitteilt, er müsse kurz was besorgen, und verschwindet.

»Bitte sagt etwas«, bricht Sere letztendlich die Stille, gelangweilt von ihrer Papierschleuder.

»Was schaut ihr mich so an? Ich brauche doch nur den Mund aufzumachen, und schon trete ich in irgendein Fettnäpfchen«, sagt Aura.

Mari Paz schüttelt den Kopf, als hätte Aura gerade den größten Blödsinn verzapft.

»Ich hätte viel zu sagen, aber ich kann es nicht in Worte fassen. Sie sind in meinem Kopf, ich denke die ganze Zeit darüber nach, aber wenn sie aus meinem Mund kommen sollen, entgleiten sie mir. Du hingegen, Blondi …«

Aura starrt in ihre Tasse und bedauert, dass sie leer ist. Sie bedauert, dass der Kellner weg ist. Sie bedauert, dass die Croissants auf dem Tresen schon vier Wochen dort stehen.

»Du solltest die Stimmen in deinem Kopf nicht beachten«, sagt Sere. »Sie sagen meist nichts Gutes.«

»Abgesehen vom Problem der geistigen Gesundheit …«, erwidert Aura.

»Nicht konkludent«, wirft Sere ein.

»… reflektieren Stimmen im Kopf fast immer die Ideen anderer. Es stimmt, du solltest nicht auf sie hören.«

»Was sagst du da, Blondi? Meine Gedanken gehören mir, und nur mir.«

In dem Moment kommt der Kellner mit Einkaufstüten zurück, und Aura bestellt drei weitere Kaffees.

Nachdem Aura einen Schluck getrunken hat, sagt sie: »Ich werde dir beweisen, dass ich im Kopf eines anderen Menschen sofort eine Antwort generieren kann. Sere, wenn ich zu dir sage: Nicht nur sauber, sondern rein, das kann nur …«

Sere lächelt und sagt sofort: »Ariel sein.«

»So weich, so frisch …«

»Vernel.«

Jetzt zeigt sie auf Mari Paz.

»Ein guter Rat …«

»Somat«, ergänzt Mari Paz zähneknirschend.

Sie zeigt auf Sere.

»Waschmaschinen leben länger …«

»Mit Calgon.«

Mari Paz schüttelt verzweifelt den Kopf.

»Hör auf mit dem Scheiß.«

Aura lächelt, trinkt einen Schluck und beginnt leise

vor sich hinzuträllern. Unvermittelt stimmen die drei – laut und falsch – das Barbie-Lied an.

»Menschen zu manipulieren ist ganz einfach«, sagt sie schließlich.

»Hat Ponzano dir das beigebracht?«, fragt die Legionärin.

Aura zuckt mit den Schultern.

»Für ihn ist das wie Atmen. Er ist einer der Schlechten, der sich als Guter sieht.«

»Das Problem haben wir auch.«

»Aber du machst dir keine Vorstellung, welche Ressourcen er hat. Sogar eine eigene korrupte Comisaria«, sagt Aura düster.

»Verdammte Schlampe.«

»Wenn sie leiden müsste, würde ich mich freuen,« gesteht Sere. »Vermutlich macht mich das zu einem schlechten Menschen.«

»Es macht dich zum Menschen«, korrigiert Mari Paz. »Schlechte Menschen müssen einen Preis bezahlen. Und der sollte möglichst hoch sein.«

Aura macht einen Satz, als sie das hört.

»Natürlich!!!«

Sie steht auf, geht in der Bar auf und ab, legt die Hände an den Kopf und streicht das Haar zurück, als würde es sie beim Denken stören.

»Was hat dich denn gebissen, Mausilein?«, fragt Sere befremdet.

Mari Paz sieht in Auras unruhigen, traurigen Augen

einen bestimmten Ausdruck, sie wirken jetzt wie kleine, sich drehende Rädchen. Diese Rädchen hat sie schon einmal gesehen.

Um ihre Nerven zu beruhigen, greift sie zum Tabakpäckchen und dreht sich eine Zigarette.

»Sie heckt gerade irgendetwas aus.«

3

Dritter unfehlbarer Plan

Sie hört nichts, sie sagt nichts. Sie geht mit furiosen Schritten in der Bar auf und ab, als wolle sie Furchen in den Boden ziehen. Denn mehrere Bestandteile des soeben geführten Gesprächs haben sich in ihrem Kopf aneinandergereiht. Das Gesagte könnte nicht abwegiger und willkürlicher sein.

Und doch ist er da, er dröhnt in ihrem Kopf.

Der Plan.

Zumindest der Ansatz eines Plans.

Im Gehen murmelt sie ununterbrochen vor sich hin.

»Und wenn ... Aber es müsste ... Und dann ...«

Sie beendet keinen dieser Sätze. Sie überzieht den Boden mit Auslassungspunkten, die sich zu den zerknüllten Servietten und Olivensteinen gesellen, die dort schon ewig ausharren und mit dem Linoleum verschmolzen scheinen. Fragestellungen, die im Mund beginnen und woanders enden. Aura Reyes' Verstand ist kein Com-

puter, auch kein Dschungel voller Affen. Aura Reyes'
Verstand ist eher eine Dampfwalze. Langsam, gründlich
und unerbittlich.

»Ist was mit ihr?«, fragt der Kellner Mari Paz.

»Ach was. Sie denkt nur nach. Bis sie fertig ist, gehe
ich draußen eine rauchen.«

»Du kannst hier drin rauchen, wenn du willst. Mir
ist das egal.«

»Und die Asche?«

»In die Tasse. Sie wandert ja sowieso in die Spül-
maschine.«

Mari Paz nimmt ihn beim Wort und freut sich, für
einen Moment wieder ins Jahr 1996 zurückzukehren.

»Dein Tabak riecht sehr gut«, sagt Sere und schnüffelt
dem Rauchkringel hinterher.

»Aber du rauchst doch gar nicht.«

»Manche Tabaksorten finde ich ziemlich eklig, andere
mag ich. Ist wie bei den Außerirdischen. E.T. ist auch
kein richtiger Alien.«

»Albern und fantastisch.«

»Was soll das heißen, Mausilein? Die Außerirdischen
sind schon lange unter uns. Willst du einen Beweis dafür?«

Mari Paz würde ihr das normalerweise nicht erlauben, aber weil Sere immer noch die roten Abdrücke von
ihren Fingern am Hals hat, geht sie darauf ein.

»Na los, überrasche mich.«

»Was sagt die Regierung über Außerirdische?«

»Dass sie nicht existieren.«

»Und seit wann glaubst du der Regierung?«

Mari Paz schnalzt – zu ihrem Leidwesen – amüsiert mit der Zunge. Sie glaubt ja nicht unbedingt an grüne Männchen, muss aber einräumen, dass das Argument nicht einer gewissen Logik entbehrt. Zwar völlig verdreht, aber dennoch.

Einen Moment fragt sie sich, ob Sere womöglich vernünftiger ist, als sie wirkt.

Dann balanciert Sere den Kaffeelöffel auf ihrer Nase, und Mari Paz seufzt erleichtert. Es ist immer beruhigend, wenn dein Blick auf die Welt bestätigt wird.

»Ich habe eine Idee«, verkündet Aura, als sie an den Tisch zurückkehrt.

»Ach, ist uns gar nicht aufgefallen«, bemerkt Mari Paz.

»War es eine Stimme in deinem Kopf? Was haben wir gerade über Stimmen im Kopf gesagt?«, sagt Sere.

Aura nimmt sich einen Moment Zeit, um ihre Gedanken zu ordnen.

»Nach allem, was wir erlebt haben …«

»Angst, Wut und Chaos«, sagt Sere, die den Löffel wieder als Schleuder einsetzt und jetzt ungeniert Mari Paz' Tasse attackiert.

Die beiden anderen starren sie verständnislos an.

»Mein Spleen«, sagt sie, ohne aufzuschauen. Dann wedelt sie mit der Hand, weil die Blicke der anderen schwer auf ihr lasten. »Erzähl schon.«

»Unsere Geschichte war zu Ende.«

»Das stimmt, Blondi.«

»Ich meine nicht den Diebstahl. Ich meine unsere Geschichte. Habt ihr die *Schatzinsel* gelesen?«

»Ich habe alle Verfilmungen gesehen«, sagt Sere und hebt plötzlich interessiert den Kopf. »Meine Lieblingsversion ist die mit den Muppets.«

Die Legionärin schüttelt den Kopf.

Das kann ja was werden, denkt Aura und krempelt in Gedanken die Ärmel hoch.

»Am Ende des vierten Teils, als Jim Hawkins glaubt, er sei im Vorteil, fällt er schutzlos in feindliche Hände. Genau das ist uns auch passiert. Und davon können wir profitieren«, behauptet sie selbstgefällig. Als würde das alles erklären.

Mari Paz starrt sie wortlos an.

»Hast du aus der Tasse der Spinnerin getrunken?«, fragt sie dann und zeigt auf Sere. »Denn entweder hat sie dich angesteckt, oder ich habe gestern die meisten Prügel eingesteckt, Blondi.«

Aura atmet tief ein und lässt die Luft langsam entweichen, während sie überlegt, wie sie das, was sie fühlt, am besten vermitteln könnte. Dass die Erzählung ihres Abenteuers nicht so enden kann, weil sie schon als Kind nicht verstanden hat, wie Robert Luis Stevenson zulassen konnte, dass Long John Silver Jim ausgerechnet in dem Moment schnappen konnte, als es dem blonden Jungen mit seiner Schläue und seinem Erfindungsgeist gelungen war, sich durchzusetzen. Wie Silver, der Verräter und Manipulator, die Saat seiner eigenen Zerstörung ausgebracht hatte. Wie das Ende überstürzt wirkte, obwohl die ganze Geschichte in Wirklichkeit subtil darauf zusteuerte.

»Vergesst die *Schatzinsel*. Lasst mich von meinem Plan erzählen.«

Aura redet mindestens eine Minute lang.

Höchstens zwei.

Als sie fertig ist, erwartet sie eine Reaktion. Die lässt auf sich warten.

Mari Paz wägt das Gehörte sorgfältig ab und schüttet anschließend einen Kübel kalten Wassers über Aura aus.

»Arg mit der heißen Nadel gestrickt, Blondi«, sagt sie skeptisch.

»Das eine oder andere muss noch nachjustiert werden«, räumt die Strategin ein.

»Und es fehlt der Reim«, fügt Sere hinzu.

»Pipifax. Dein Plan passt genau hier drauf, verdammt«, schimpft Mari Paz und wedelt so heftig mit der Serviette vor Auras Nase herum, dass die Aufschrift *Gracias por su visita* unleserlich wird.

»Der Plan basiert darauf …«

»… dass wir uns in die Höhle des Löwen begeben.«

Aura lässt sie mit einer Handbewegung verstummen.

»Warte mal. Bevor wir weiterreden, möchte ich, dass Sere mir sagt, ob sie glaubt, das zu können.«

Diesmal antwortet die Angesprochene nicht so schnell wie üblich. Eine Folge davon, einen Pistolenlauf im Mund gehabt zu haben. Die Pistole einer Frau, von der sie jetzt weiß, dass sie auch abdrückt.

»Das Hacken, ja. Ich kenne das System sehr gut. Schließlich habe ich es entwickelt. Wenn du den anderen Teil übernimmst. Den schwierigen Teil.«

»Das ist meine Sache«, erwidert Aura. »Und das andere?«

»Ist das wirklich nötig?«, sagt sie, streicht sich über den Rock und wagt es nicht, aufzublicken.

»In allen möglichen Zukünften können wir nur in einer siegreich sein«, sagt Aura ernst und hebt den Zeigefinger.

Sere lächelt.

»Du weißt wenigstens, wie man mit einer Frau spricht.«

Mari Paz grunzt besorgt. Auch ein wenig eifersüchtig, machen wir uns nichts vor.

»Werden die Legos mitmachen?«

»Wenn sie jemand überzeugen kann, dann ich«, sagt Mari Paz. »Sobald sie wissen, was zu tun ist.«

»Ihr Part ist schwierig.«

»Schlimmer ist es für die Bekloppte da«, sagt sie und zeigt auf Sere, die ihr Handy rausgeholt hat und anscheinend bereits in ein komplexes Dokument mit Programmiersprache vertieft ist.

»Das macht dir aber keine Sorgen, oder?«, fragt Aura.

»Nein, tut es nicht.«

Mari Paz dreht sich eine Zigarette, um ihre Hände zu beschäftigen und den Worten den Weg zu ebnen. Wie immer vergeblich.

»Ich werde es nicht tun«, sagt sie schließlich.

4

Ein Shampoo

Sere scheint von Mari Paz' Ablehnung überrascht zu sein: Sie blickt auf und starrt sie schweigend an. Was nicht häufig vorkommt.

Aura versteht sie.

Sie haben genug gelitten. Sie haben genug gekämpft. Und was haben sie erreicht?

Nichts.

Und jetzt bittet sie ausgerechnet Mari Paz darum, ihre einzige Möglichkeit, damit die Zwillinge ein einigermaßen normales Leben führen können, zu gefährden.

Wenn dieser Plan misslingt, ist es aus.

Und um ehrlich zu sein, kann vieles misslingen. Vieles, aber vor allem eins. Und darauf hat sie keinen Einfluss.

»Schalte mal deinen Verstand ein, Blondi. Du weißt, mit wem wir uns anlegen. Vorhin wolltest du, dass ich mich um die Zwillinge kümmere, und jetzt … das?«

»Weil ich keinen anderen Ausweg gesehen habe.«

Mari Paz kneift die Augen zusammen.

»Was hast du mir noch nicht erzählt?«

Vor ein paar Stunden hatte Aura mit dem Gedanken gespielt, sich zu stellen und die Strafe anzutreten. Glücklich war sie damit nicht, aber wenigstens im Frieden mit sich selbst.

Sie hatte gekämpft, und sie hatte verloren.

Dann kam der Anruf von Sere. Und sie erfuhr, dass die Karten von Anfang an gezinkt waren. Das konnte sie nicht akzeptieren.

Aura fragt sich, wann sie logisches Denken und gesunden Menschenverstand zum Teufel gejagt hat. Warum sie die Entscheidung, kein weiteres Risiko einzugehen, um nicht alles zu verlieren, verworfen hat. Wo Themistokles' Weisheit geblieben ist, dass die Niederlage uns vor einer noch größeren Niederlage bewahrt. Warum eine Mutter mit zwei Töchtern beschließt, gegen den Strom zu schwimmen. Alles zu verdrängen, was die Vernunft, der soziale Druck und die Gesetze (Strafgesetzbuch, Murphys Gesetz und das vom Minimalprinzip) diktieren. Jeder andere in ihrer Situation hätte die Medien, ein Gericht oder irgendeine Anwaltskanzlei eingeschaltet. Und wäre nach einem Scheitern wie ein Lamm ins Gefängnis gegangen. Oder geflohen, wenn er die Mittel dazu hätte.

Nicht das.

Nicht diese Rebellion.

Nicht diesen Strich auf dem Boden.

Drei Mal nachgezogen.

Aura kennt den Grund dafür, weiß aber nicht, ob sie bereit ist, davon zu erzählen.

Es ist ein Gefühl, das am Morgen in ihr aufstieg, als Sere ihr die Wahrheit sagte.

Dasselbe Gefühl, das sie mit den beiden Shampoo-Flaschen in der Hand unter der Dusche hatte. Das sie in den Laden in der Calle Serrano geführt hatte und damit eine teuflische Spirale in Gang setzte. Und jetzt wieder in die Zelle im Untersuchungsgefängnis an der Plaza Castilla führt.

Das Gefühl ist unmöglich zu beschreiben. Vielleicht doch, aber dafür bräuchte es eine Million Worte. Oder nur vier Buchstaben. Eine Silbe.

Nein.

Ein *So weit sind wir gekommen*, was begann …

Ach verdammt. Was habe ich noch zu verlieren?

»Es begann mit einer Shampoo-Flasche von Merca-dona«, sagt sie und räuspert sich. »Eigentlich zwei Flaschen. Eine von Mercadona und eine von Molton Brown …«

Auras Stimme klingt, als würde sie ein Märchen vorlesen, wie die Stimme aus dem Off zu Beginn eines Disney-Films.

Sie erzählt, wie sie mit der leeren Flasche ihres Lieblings-Shampoos unter der Dusche stand. *Purifying Sham-*

poo Indian Cress und Mandarine. Ein frisches, belebendes Aroma mit Sandelholz- und Geißblattnoten. Hundert Euro der Liter, plus Versandkosten.

»Hundert Eurolein? Das muss das Haar ja wirklich schönmachen«, spottet Mari Paz und schnalzt mit der Zunge.

»Beim Schütteln des Haares hast du das Gefühl, in einer Wolke exotischen Parfüms zu schweben, habe ich eine Influencerin sagen hören«, ergänzt Sere und greift sich an die roten Locken. »In meinem Fall wäre es eher, wie einen Busch zu schütteln.«

»Red keinen Unsinn. Du hast wunderschönes Haar«, erwidern die beiden Frauen unisono.

Aura erzählt weiter. Da stand sie also unter der Dusche, mit dieser Shampoo-Flasche in der Hand, einem Relikt aus ihrem früheren Leben, das sie bis zum letzten Tropfen verbraucht hatte. Sie hatte den Rest sogar mit Wasser verdünnt, um ja nichts zu verschwenden.

»Das hat Großmutter Celeiro mit dem Spülmittel auch immer gemacht: Ein bisschen Wasser dazu, und du hast mehr davon, sagte sie. Am Ende war es nur noch Schaum ...«

Als sie Auras Blick wahrnimmt, verstummt sie.

»Entschuldigung.«

Da stand sie also unter der Dusche, haben wir gesagt, mit der leeren Molton-Brown-Flasche in der einen Hand und dem Shampoo von Mercadona in der anderen. *Deliplus Körper und Haar*, drei Euro der Liter. Sie setzte die Öffnung vorsichtig auf die der Molton-Brown-Flasche und füllte es um. Und beim Anblick des feinen Strahls hatte sie eine tiefgreifende Erkenntnis.

Mit brutaler Wirkung.

Eine Erkenntnis, die nur einer von Millionen Menschen einmal in seinem Leben hat.

Sie hatte sich selbst ganz deutlich vor Augen. Die Aura vor Jaumes Tod vor zwei Jahren. Eine Frau, die Molton-Brown-Shampoo für hundert Euro, Creed-Aventus-Parfüms für tausendsechshundert Euro und Augenpflegecreme von La Mer für siebenundzwanzigtausend Euro kauft, Preis pro Liter.

»Eine Tube von dieser Größe«, unterbricht Sere und zeigt mit Daumen und Zeigefinger etwa sechs Zentimeter, »kostet vierhundert Mäuse.«

Mari Paz fährt sich mit der Hand über die Krähenfüße, eine Folge der vielen Stunden unter der gnadenlosen Sonne im Baltikum, in al-Qurnat as-Sauda, am Hindukusch. Wo du immer die Augen zusammenkneifen musst, um zu erkennen, ob das in drei Kilometern Entfernung ein Stein oder ein Mensch ist, der dich töten will. Dazu Sandstürme, Sintfluten, eisiger Wind im Morgengrauen. Zu einem Monatssold von tausend Euro.

»Und die bewirkt was?«

»Leichte Anti-Aging-Augenpflege. Mildert Augenschatten und bindet Feuchtigkeit. Wirkt abschwellend.

Mit kühlendem Keramikapplikator. Reduziert die Ausprägung von Fältchen am Auge. Lichtreflektierende Pigmente sorgen für eine sofortige Aufhellung«, liest Sere vor, die das Produkt inzwischen auf der Internetseite der Marke gefunden hat.

»Stimmt, Blondi hat keine einzige Falte, das Luder.«

»Die Scheißcreme ist wirklich nicht schlecht. Lasst ihr mich jetzt bitte weitererzählen?«

Aura sah also die alte Aura. Eine gut situierte Frau mit viel Geld. Eine Frau, die gewohnt war, eine obszöne Summe für ein Shampoo oder ein Parfüm auszugeben. Sie hatte dieses Leben derart verinnerlicht, dass das Gegenteil ihr ungerecht erschien. Wir alle kompensieren unsere Frustrationen im Leben mittels immer größeren Konsums, weshalb wir doppelt so viel arbeiten müssen und noch unzufriedener sind. So will es das System.

Sie hatte ihr Geld durch eigene Leistung und Talent verdient. Sie befolgte die Gesetze, zahlte – mehr oder weniger – ihre Steuern. Es war ihr gutes Recht, es nach eigenem Belieben auszugeben und zu genießen.

Alles richtig.

Aber dann war Jaume tot. Sie wurde niedergestochen. Ihr Chef hatte sie wegen eines Verbrechens angezeigt, das sie nicht begangen hatte. Ihre Mutter war krank geworden und brauchte Hilfe.

Alles hatte sich in Luft aufgelöst.

Und dann hatte sie diese Erkenntnis. Mit der Shampoo-Flasche in der Hand wurde ihr bewusst, dass diese kleine Flasche ihre Selbstzweifel symbolisierte und sie zu einer schrecklichen Person gemacht hatte. Eine Person, die ihr Vermögen für selbstverständlich hielt, für ihr gutes Recht. Eine Person, die gleichgültig nach unten und voller Bewunderung nach oben schaute.

Die unbequeme Wahrheit lautete, dass das Leben nur ein paar Breitseiten austeilen musste, und alles ist weg.

»Ich habe mir eingebildet, ein großer Fisch zu sein, ein Hai«, sagt Aura. »Während mein Chef am Tag so viel verdiente wie ich im Jahr.«

»Echt?«

»Und ohne einen Schritt ins Büro zu machen.«

Es ist viel schlimmer, zu besitzen und zu verlieren, als nie etwas zu haben, heißt es. Aura hat ihre eigene Meinung dazu. Aber die Erkenntnis – und die Mathematik – war eindeutig. Sie hatte begriffen, dass sie, so weit sie auch aufsteigen mochte, der Obdachlosigkeit unter einer Brücke immer näher war als ein Sebastián Ponzano.

»Dieses Märchen erzählt man uns immer«, sagt Mari Paz in einem seltenen Anfall von Gesprächigkeit, weil sie sich angesprochen fühlt. »Wenn es den vielen Millionären gut geht, geht es allen anderen auch gut. Wenn sie sich vollstopfen, werden sie früher oder später platzen, und es regnet Bonbons für alle anderen, die wir wie Schafe gebannt nach oben starren. Wie die bunten Pappmaché-Figuren zu Ostern in meinem Dorf.«

Sie verstummt, und ihr Blick schweift ab. Über fünfhundert Kilometer nach Vilariño.

»Großmutter Celeiro ist jedes Jahr mit mir zum Karneval nach Verín gefahren. Dort habe ich etwas Wichtiges gelernt.«

Sie ballt die Fäuste so heftig, dass die Knöchel knacken.

»Auf die Pappmaché-Figuren muss man mit dem Stock einschlagen, damit die Süßigkeiten rausfallen.«

Aura nickt und lächelt traurig, bevor sie zu Ende erzählt.

Dieses Leben ist nicht gerecht, fährt sie fort. Aber es gibt Regeln, die machen es erträglich. Als sie das Shampoo in der Hand hielt, war große Wut in ihr aufgestiegen. Auf sich selbst, weil sie die eigene Verletzlichkeit nicht früher erkannt hatte. Weil sie derart leichtgläubig gewesen war.

Um dieser Wut Luft zu machen, war sie auf die Straße gelaufen, und da sei ihr etwas eingefallen. In der Parfümerie in der Calle Serrano hatte sie mit ihrer Kundenkarte immer Punkte gesammelt. Nicht viele, aber genug für eine Flasche Molton Brown. Als bitterer Abschied von ihrem früheren Leben.

Nach einer kurzen Busfahrt stand sie vor dem Laden ...

5

Ein Flashback

Aura betritt die Parfümerie. In ihrem besten Outfit. Ein Geschäft in der Calle Serrano kann man nur im Jogging-anzug betreten, wenn man Kim Kardashian heißt, aber Auras Hintern hat eine normale Größe.

Selbstsicher und guten Mutes tritt sie ein. Sie war zwar schon längere Zeit nicht mehr in dem Laden, ist aber Stammkundin. Von der Verkäuferin lässt sie sich nicht einschüchtern, und deren Stirnrunzeln weicht einem Lächeln, als sie sie erkennt. Aura geht an den Aufstellern der aktuellsten Parfüms vorbei. Allzu lange kann sie sich nicht aufhalten, wenn sie rechtzeitig zu Hause sein will, um den Zwillingen das Abendessen zu machen.

Auf dem Weg zur Kasse greift sie zu der Molton-Brown-Flasche.

Sie stellt sich geduldig in die Schlange. Vor ihr zwei Kundinnen, beide mit vollen Einkaufskörben. Zehn Minuten Wartezeit, in der sie in dem Buch liest, das sie in der Wohnung ihrer Eltern gefunden hat. *Huckleberry Finn*, eines ihrer Lieblingsbücher. Sie kann sich noch gut an die Bemühungen ihrer Mutter erinnern, sie mit Mädchenlektüre von den Jungenbüchern abzubringen.

»Die Nächste bitte«, sagt die Verkäuferin.

Sie wirkt müde. Es ist Samstag kurz vor Ladenschluss. Aura überlegt, ob sie ein andermal wiederkommen soll, aber jetzt hat sie schon gewartet und will nicht mit leeren Händen gehen.

»Heute nur die«, sagt sie und stellt die Shampoo-Flasche auf den Tresen.

Die Frau, dankbar für den kleinen Einkauf, zieht sie über den Scanner.

»Neunundzwanzig fünfundneunzig«, sagt sie und steckt das Shampoo in eine Papiertüte.

»Ich würde gern mit den Bonuspunkten meiner Kundenkarte zahlen.«

Die Verkäuferin verzieht missmutig das Gesicht.

»Das hätten Sie mir gleich sagen müssen.«

Sie storniert den Einkauf, es piept und bimmelt.

»Geben Sie mir bitte Ihre Karte.«

Aura gehorcht. Die Frau zieht die Kundenkarte durch das Lesegerät.

»Tut mir leid, aber Sie haben nicht genügend Punkte.«

»Wie bitte? Ich habe doch in der App nachgesehen. Es waren über vierzig Euro an Punkten darauf.«

»Die Punkte verfallen, wenn Sie nicht mindestens einmal im Monat einkaufen, Señora, tut mir leid. Sie hätten früher kommen müssen.«

Aura schnappt nach Luft. Wir dürfen nicht vergessen, dass diese Aura noch nicht die neue Aura ist. Diese Aura war noch nicht im Gefängnis, hat noch kein Technologie-Unternehmen überfallen, hat auch noch keine Soldatin bei sich aufgenommen und nicht (zweimal) einer Gefährtin verziehen, die sie (ebenfalls zweimal) hintergangen hat.

Diese Aura ist die gebrochene Aura, die noch nicht im Kampfmodus ist. Noch steckt viel von der alten Aura in ihr. Und die alte Aura …

»Du warst ein bisschen Karen«, unterbricht Sere ihre Erzählung.

Angesichts des negativen Begriffs, der für privilegierte weiße Frauen mittleren Alters steht, die sich als was Besseres fühlen, muss Aura irritiert blinzeln.

»Ja, ein bisschen.«

… *und ein bisschen dumm.* Weshalb ihr auf die Erklärung der Verkäuferin nichts anderes einfällt als: »Kann ich mit der Geschäftsführerin sprechen?«

Die Frau verdreht die Augen, es folgt ein Aufruf durch den Lautsprecher.

Die Geschäftsführerin kommt in den Laden, verschanzt hinter einem stahlharten Lächeln.

»Gibt es ein Problem?«

Aura erklärt es ihr, während die Frau zu jedem Wort lächelnd nickt. Und am Ende sagt: »Verstehe, aber da ist leider nichts zu machen.«

Dieses verhasste *nichts* hallt schrill in Auras Ohren nach. Es soll das Gespräch beenden und der nervigen Kundin die Tür weisen.

Nicht so schnell, denkt Aura.

»Ich habe Tausende von Euro in diesem Geschäft gelassen. Und weil ich einmal das mit den Punkten versäumt habe …«

»Aber so sind die Regeln. Wir können nichts tun.«

»Niemand hat mir gesagt, dass die Bonuspunkte verfallen können.«

»Das steht aber im Vertrag für die Kundenkarte, den Sie unterschrieben haben«, sagt die Geschäftsführerin.

Sie zieht unter dem Tresen einen achtzigseitigen Schinken mit Spiralbindung hervor. Irgendwo in der Mitte und sehr klein gedruckt steht der Satz, auf den die Verkäuferin mit triumphierendem Lächeln zeigt.

»Können Sie keine Ausnahme machen?«, fleht Aura, was ein Fehler ist.

»Wir können leider nichts tun«, wiederholt die Geschäftsführerin, die inzwischen grausam lächelt.

Die Taktik der hängenden Schallplatte, stellt Aura fest. Die hat sie selbst oft genug angewandt. Vor tausend Jahren, als ihre Überzeugungskraft noch funktionierte. Als sie fähig war, bei ein paar Gläsern Wein und einer

Ration Schinken einen Millionär davon zu überzeugen, in ihren Fonds zu investieren.

Sie gibt auf.

Sie dreht sich um und geht resigniert zur Tür. Und hier hätte die Geschichte zu Ende sein können, und es wäre auch nie zu den nachfolgenden Abenteuern gekommen, wenn die Geschäftsführerin nicht hinzugefügt hätte: »Die kommt nicht wieder.« Halblaut, damit es Aura noch hören kann. »Ihr Mann ist tot, der hat immer alles bezahlt …«

»Ich reiß ihr den Kopf ab!«, explodiert Mari Paz und haut auf den Tisch, dass die Kaffeelöffel hochfliegen und klirrend wieder auf den Untertassen landen. »Ich schwör dir, ich reiß ihr den Kopf ab.«

»Genau das Gefühl hatte ich auch. Ein klares Nein, bis hierher und nicht weiter, über mich selbst hinauszuwachsen angesichts dieser Ungerechtigkeit, und so weiter.«

»Und was hast du gemacht?«, fragt Sere.

»Ich glaube, meine Reaktion war ziemlich gut.«

Aura holt erst tief Luft und dann mit ihrer Handtasche aus. Sie reißt jede Menge Parfümflakons von den Regalen. Mit lautem Geklirre verwandeln sie sich in duftende Scherben von Hunderten Euro pro Flasche.

»Lassen Sie das!«, ruft die Geschäftsführerin.

»Meine Güte, wie ungeschickt ich bin«, erwidert Aura mit Blick auf den Scherbenhaufen.

Es handelt sich um gute Parfüms von normalen Marken. Im nächsten Gang lassen sich größere Schäden anrichten, schätzt sie. Beim Anblick des Logos von La Prairie auf den schönen hellblauen Flakons muss sie lächeln.

»Vielleicht nehme ich besser diesen hier«, sagt sie und greift zu einem Concealer für zweihundert Euro. »Andererseits, ich nehme einfach alle.«

Sie schiebt ihren Arm über das Regal, mehrere Produkte landen auf dem Boden.

Die Geschäftsführerin steht inzwischen vor ihr und versucht, sie davon abzuhalten.

»Das können Sie nicht machen, Señora. Lassen Sie das sein!«

Aura beugt sich etwas nach hinten. Sie hasst Gewalt und hat nicht die Absicht, die Frau anzurühren. Auf dem oberen Regal lächelt sie eine Anti-Aging-Creme geradezu an. Ein metallic-fliederfarbenes Töpfchen zeigt an, dass der Preis vierstellig ist.

»Uiii, jetzt ist sie mir runtergefallen«, sagt sie und schmettert das Töpfchen auf den kitschigen Marmorboden, als wäre es eine Granate. Und dann noch eins, und noch eins, bis der Boden übersät ist mit einer Summe, von der sie sich einen SUV kaufen könnte.

»Rufen Sie die Polizei«, sagt die Geschäftsführerin. »Diese verrückte Schlampe wird was erleben.«

»Ich bin nicht verrückt«, erwidert Aura sanft. »Ich habe die Schnauze gestrichen voll.«

Die Geschäftsführerin wringt die Ärmel ihres schwarzen Jacketts und schnaubt: »Verdammtes Dreckstück …«

Angesichts dieser Beleidigung muss Aura lächeln und beugt sich zu ihr vor.

»Tut mir leid, ich glaube, ich bin zu weit gegangen. Aber keine Sorge, ich hebe alles wieder auf.«

Sie geht zur Tür und schnappt sich den Mülleimer neben der Alarmanlage. Sie leert ihn aus – jede Menge Starbucks-Becher –, geht zu dem halb leeren Regal zurück und füllt den Mülleimer mit den restlichen Flakons.

»Aber was machen Sie denn? Sind Sie jetzt vollkommen übergeschnappt?«

»Ich bringe den Müll raus«, sagt Aura.

Sie hebt den Mülleimer hoch – der jetzt viel schwerer ist –und schleudert ihn ins Schaufenster.

Er zertrümmert die Scheibe – sie zerspringt – und landet auf dem Bürgersteig, wo sich sein Inhalt verteilt. Ein paar Frauen in Pelzmanteln machen sich über die Produkte her wie Tauben über einen Haufen Brotkrümel und stopfen sich die Handtaschen voll.

6

Eine Bilanz

»Wie eine Pappmaché-Figur«, sagt Mari Paz und lacht schallend.

»Dann kam die Polizei, hat mich festgenommen und in einen Streifenwagen gesetzt. Anschließend haben sie dich eingeladen, und jetzt sitzen wir hier«, beendet Aura ihre Geschichte.

»Ich würde sagen, du hast gut reagiert«, lautet Seres Urteil nach kurzem Abwägen des Gehörten.

»Nein, das habe ich nicht. Es war eine kindische und instinktive Reaktion, die ich bereue«, lügt Aura.

»Was du zerstört hat, wird von der Versicherung abgedeckt. Aber dich lassen sie dafür bluten, Blondi«, sagt Mari Paz und fährt sich über das schmerzende Kinn.

»Ich weiß. Aber diese blöde Kuh hat das nicht verdient. So satt ich es auch habe, dass immer dieselben gewinnen, sollte ich doch wissen, wann und gegen wen ich mich auflehne. Gegen wen ich meine Wut richte.«

Die Legionärin nickt nachdenklich. Auch sie wägt das Gehörte ab.

»Und das alles ... wegen einer Flasche Shampoo?«, murmelt sie ungläubig.

»Das alles ... weil es einfach genug war.«

»Schon, Blondi. Aber was du wegen eines Shampoos abgezogen hast, heilige Scheiße.«

Aura will etwas erwidern, doch da erregt etwas im Fernseher ihre Aufmerksamkeit.

»Verzeihung, könnten Sie das mal kurz lauter stellen?«

Der Kellner freut sich, den Ton auf volle Lautstärke zu drehen, so mag er es am liebsten.

Alle drei lauschen der Moderatorin.

Nach einer Weile sagt Aura zu ihren Gefährtinnen: »Ihr habt es ja gehört. Wenn wir nichts tun, gewinnt die Bank. Wie immer.«

Mari Paz schließt die Augen, streckt die Beine aus und lehnt sich zurück. Ihre übermenschliche Fähigkeit, eine viel größere Raumfläche zu beanspruchen, als ihr den physikalischen Gesetzen nach zusteht, ist bewundernswert.

Sie ist nachdenklich. Ein Weilchen ist nur das Nippen am dritten Kaffee zu hören, die der Kellner ihnen gebracht hat. Und der Fernseher, der weiter ohrenbetäubend laut Meldungen ausspuckt.

Als sie irgendwann wieder die Augen öffnet, sagt sie: »Vielleicht war es etwas überstürzt, als ich vorhin gesagt habe, nicht so schnell.«

Gerührt presst Aura die Lippen zusammen.

Auch voller Angst.

Ein Teil von ihr – der größte – hatte sich an Mari Paz' Ablehnung geklammert wie das Klettband eines billigen Kissenbezugs an sein Gegenstück. Denn es wäre einfacher gewesen, sicherer. Wie beim Solitär zu schummeln.

Aber so darf die Geschichte selbstverständlich nicht ausgehen, denkt Aura. Eine abschließende, kurze und verzweifelte Attacke. Voller Einsatz, alles oder nichts. Oder, wie sie vor Toulours Casino verschwörerisch zu Mari Paz gesagt hat:

»Die letzte Runde, und wir gehen?«, wiederholt sie.

Mari Paz hebt den Daumen.

»Die letzte, dann gehen wir nach Hause.«

Ponzano

»Danke, das ist alles«, sagt er lächelnd zu seiner Sekretärin.

Er darf nicht vergessen, ihr ein passendes Weihnachtsgeschenk zu besorgen. Letztes Jahr war es eine wunderschöne rosafarbene Chartier-Armbanduhr. Da er sie auf den letzten Drücker besorgt hatte, konnte er keine Inschrift mehr eingravieren lassen und hatte ein schlechtes Gewissen. Das wird dieses Jahr nicht passieren, nimmt er sich vor.

Produktionsmittel sollten gut gepflegt werden.

Er schaltet den Fernseher ein und zappt durch die Kanäle, deren Angestellte von der Konkurrenz bezahlt werden, bis er den Sender findet, den er bezahlt. Da ist sie mit ihrem halblangen Haar und der Hornbrille, so schön wie zu ihrem Debüt vor zwanzig Jahren, ebenfalls in einem Morgenmagazin.

Das jetzige trägt ihren Vornamen. Der Familienname

ist unwichtig, denn es gibt ihn nur einmal in ganz Spanien.

Ponzano schaut auf die Uhr. Kurz vor eins, das perfekte Timing, damit es die Meldung noch rechtzeitig in die Drei-Uhr-Nachrichten schafft.

Der Text liegt vor ihm auf dem Tisch. Er setzt die Brille auf. Seine Augen sind auch nicht mehr das, was sie mal waren. Nach mehrmaligem Vor und Zurück hat er die richtige Entfernung gefunden.

Er liest.

Seine brüchige, schrille Stimme lässt sich nicht vergleichen mit der Stimme der schönen Moderatorin. Trotzdem sind sie im Einklang. Ponzanos Stimme vielleicht eine Silbe schneller.

»... Der Bank nahestehende Quellen bestätigen, dass der Konzern von Laura Trueba heute Abend zu Börsenschluss ein öffentliches Angebot für die Übernahme der Value Bank vorlegen wird. Die Bank von Sebastián Ponzano, dem Erben von ...«

Ponzano verstummt. Jetzt kommt die unvermeidliche Heiligen-Vita seines Vaters. Dem großen Banker der Transición. Dem Mann, der Adolfo Suárez unterstützte und dazu beitrug, die Demokratie in Gang zu bringen.

Was für unterbelichtete Spinner, denkt Ponzano. Papa kaufte immer Tippzettel für alle Pferde. Und stand am Zieleinlauf, um zu sehen, welches Pferd als Erstes ankam, bevor er den Gewinner beglückwünschte.

Er geht zur Nespresso-Maschine und macht sich einen entkoffeinierten Kaffee. Mit Milch und ein paar Keksen. Bei der Nahrungsaufnahme lässt sein Geschmack eher zu wünschen übrig.

Während die Maschine brummend das Getränk zubereitet, schaut Ponzano wieder auf die Uhr. Es wundert ihn, dass sie noch nicht angerufen hat. Jetzt, wo es publik geworden ist, hat sie jedes Recht dazu, ohne dass die Behörden etwas einwenden könnten.

Die Tasse ist noch nicht voll, als das Telefon klingelt.

»Ich hatte guten Grund, dir zu misstrauen, Sebastián«, schnaubt Laura Trueba anstelle eines Grußes.

»Ich habe nichts damit zu tun«, erwidert er und tut empört.

Im Hintergrund sind die Lobhudeleien über seinen Vater und die Bank zu hören.

»Lüg mich nicht an, Sebastián«, schimpft sie wutschnaubend. »Deine Finger stecken so tief in dieser Marionette, dass sie dir mit den Zähnen die Nägel schneiden könnte.«

Ponzano lächelt geschmeichelt. Laura Trueba pflegt sich gewöhnlich nicht so plastisch auszudrücken, was bedeutet, dass er sie überrumpelt hat. Die erbarmungslose Bankerin beim Tricksen zu erwischen, können nicht viele von sich behaupten.

»Ich schwöre dir, dass das nicht aus meinem Büro stammt«, sagt er und zerknüllt den Text, den die Moderatorin soeben verlesen hat, zu einem Ball. Dann wirft er ihn in den Papierkorb. Daneben. »Es gibt bestimmt eine undichte Stelle bei deinen Leuten.«

Es ist tatsächlich ein Wunder, dass bis jetzt nichts durchgesickert war. Vielleicht im Wirtschaftsteil, den aber sowieso niemand liest.

»Solange es nicht im Fernseher kommt, existiert es nicht«, pflegte sein Vater zu sagen. Und behielt recht.

»Ich glaube dir kein Wort, Sebastián. Ist aber jetzt auch schon egal, stimmt's?«

»Scheint so«, erwidert Ponzano und trinkt einen Schluck Kaffee.

Zu heiß.

Trueba schweigt, und Ponzano will sie nicht drängen.

Er weiß ganz genau, ist das Spiel erst einmal so weit fortgeschritten, zieht kein Argument mehr. Alles andere ist eine Frage der Wünsche und Absichten.

Seine und Laura Truebas passen perfekt zusammen.

Sie ist jünger als er, aber viel mehr unterscheidet sie nicht. Beide wuchsen im Schatten von erbarmungslosen und unnahbaren Giganten auf. Beide konnten rechnen, bevor sie schreiben konnten. Beiden mangelte es in der Kindheit an echter Elternliebe, stattdessen gab es Geld und Forderungen.

Beide wissen, dass eine Fusion beider Banken bedeutet, auf die Gräber der Väter zu pissen.

Aber niemand kann ohne Spritzer auf den eigenen Schuhen auf ein Grab pinkeln.

»Ich hatte dich um etwas gebeten«, sagt sie schließlich.

»Das Foto. In zwei Tagen hast du es.«

»Und für deinen Geldbeutel wäre es von Vorteil, wenn das Übernahmeangebot dann schon erfolgt ist, stimmt's?«

Ponzano lächelt zufrieden. Die Aktien der Bank stehen gerade bei dreiundvierzig Euro. Die aktuelle Meldung wird sie steigen lassen. Aber wenn Laura Trueba sie mit der vorbereiteten Pressenotiz bestätigt und das Übernahmeangebot die nächste Hürde nimmt, dürften die Aktien am nächsten Morgen bei Börsenöffnung durch die Decke schießen.

Außer, Trueba lanciert ihr Angebot zu vierunddreißig Euro, wie sie vereinbart hatten. Das würde die Investoren sehr, sehr nervös machen. Ponzano würde auf dem Markt so viele Aktien kaufen, wie er kann, und auf die Ankündigung der Jahresbilanz der Bank warten.

Trueba würde sich öffentlich wundern und einräumen, dass sie falsch kalkuliert hätte, und dann das Angebot auf fünfundvierzig Euro pro Aktie erhöhen.

Die Fusion beider Banken wäre perfekt.

Kleinanleger, die mit Verlust verkauft hatten, hätten sehr viel Geld verloren.

Und Ponzano wäre noch reicher.

»Das Timing kommt meinen Interessen zugute, ja. Aber auch deinen. Wir haben immer auch die Möglichkeit eines Lecks in Betracht gezogen.«

Laura Trueba schweigt erneut, sie kämpft mit ihrer Habgier und ihrer tiefen Abscheu gegenüber Ponzano.

»Werde ich bekommen, was ich will?«, fragt sie schließlich.

Der Banker denkt an Aura Reyes. Wie sie sich nach ihrem gescheiterten Versuch die Wunden leckt.

Am Morgen war Romero da gewesen. Sie hat ihm nicht alles gesagt, sondern nur Halbwahrheiten, Andeutungen und Anspielungen fallen lassen.

Sie vertraut ihm nicht. Und zu Recht, denn Ponzano nimmt alle Gespräche mit ihr auf. Man weiß ja nie, wann man Erpresser auch mal erpressen muss.

Wichtig ist nur, dass Romero die Effizienz in Person ist. Sehr, sehr teuer. Aber sie macht ihre Arbeit gut.

»Du wirst bekommen, was du willst, Laura. Versprochen.«

»Das will ich dir auch geraten haben, Sebastián. Denn wenn du mich hierbei bescheißt …«

Sie lässt das Ende des Satzes in der Luft hängen, mehr braucht es auch nicht. Ponzano spürt schon durchs Telefon den eisigen Wind.

Eine Laura Trueba lässt sich nicht verarschen.

Es gibt einen Haufen Leichen, die bestätigen, was geschieht, wenn jemand diesen Fehler begeht. Fast alle metaphorische.

Fast alle.

»Vierunddreißig«, sagt sie und legt auf.

Ponzano legt das Smartphone auf den Schreibtisch

und öffnet den Laptop. Vierunddreißig pro Aktie ist der Preis, mit dem sie das Übernahmeangebot lancieren. Genau wie sie es vereinbart haben.

Er bereitet auf seinem Konto die Aktienkäufe vor. Er muss so viele wie möglich kaufen, wenn die Börse öffnet. Für alle, die nicht wissen, was er weiß, wird es ein Gemetzel …

Ponzano würde zur Feier des Tages gern eine Zigarre rauchen, aber sie schmecken ihm nicht. Also tunkt er einen Keks in seinen Kaffee und trinkt einen großen Schluck. Der Kaffee ist lauwarm.

Genau richtig, denkt er zufrieden.

Romero

Sie klingelt an Seres Wohnungstür und wartet geduldig.

Ehrlich gesagt hatte sie deren Anruf nicht überrascht.

Sie hat ihre Freundinnen schon einmal verraten.

Nicht verwunderlich, wenn sie es ein zweites oder gar ein drittes Mal tut.

»Sie haben gesagt, ich soll anrufen, wenn etwas passiert. Jetzt ist etwas passiert. Aber diesmal will ich im Gegenzug etwas dafür haben«, hatte Sere am Telefon gesagt.

Und das ist gut so. Gut und angemessen.

Die Menschen haben eine Reihe tiefster Überzeugungen, aber wenn sie sie auf das eigene Leben anwenden sollen, finden sie das höchst unpassend.

Nur wenige Menschen halten Moral für angemessen. Schon gar nicht für passend. Der Mensch, der an etwas, wenn auch Unpassendes glaubt, ist merkwürdig und gefährlich.

Das ist das Schlechte an guten Menschen. Sie sind immer sehr teuer.

Im Gegensatz dazu ist jemand, der nur Geld kostet, greifbar. Er ist lenkbar.

Und sehr billig.

»Haben Sie mitgebracht, worum ich Sie gebeten habe?«, fragt Sere, als sie die Tür öffnet.

Romero greift in ihre Manteltasche und zeigt ihr einen dicken Umschlag, steckt ihn aber gleich wieder ein.

Sere bittet sie ins Wohnzimmer. Diesmal hat sie Biskuits und Erfrischungsgetränke bereitgestellt.

Die Comisaria ignoriert das und setzt sich auf denselben Platz wie beim letzten Mal.

»Als Erstes möchte ich darüber sprechen, was letzte Nacht passiert ist.«

Romero blinzelt irritiert. Sie weiß nicht, was Sere meint.

Nicht, dass sie es vergessen hätte.

Der Weg zu der Frau, die Romero jetzt ist, wurde schrittweise vollzogen, wie das Schneiden von Salami. Zuerst war sie eine respektable Inspectora der Policía Nacional. Du baust dir eine Karriere auf, bis dir jemand einen kleinen Handel anbietet. Einen Verdächtigen laufen zu lassen für eine Information, die dir dazu verhilft, einen noch wichtigeren zu schnappen. Du wägst ab, was das Beste für dich, deine Karriere und die Gerechtigkeit ist. In dieser Reihenfolge. Also ist es keine große Überraschung, dass du dich auf den Handel einlässt.

Eine Woche später liegt in deinem Briefkasten ein Umschlag ohne Absender oder Poststempel. Darin eine Handvoll Hundert-Euro-Scheine. Keine große Sache. Du hast keine Beweise dafür, von wem der Umschlag stammt, zögerst aber auch nicht.

Die Vorschriften?

Den Comisario informieren, einen Bericht schreiben, das Geld abliefern.

Das echte Leben?

Ein neuer Fernseher.

Du steigst weiter auf. Bekämpfst das organisierte Verbrechen, Leute mit den besten Waffen, Kontakten und Technologien. Millionäre.

Und du?

Du musst dein Leben und deine Zeit aufs Spiel setzen, Kopf und Kragen für ein paar Brotkrumen riskieren. Und immer lächelnd und tadellos gekleidet durch einen Fluss voller Scheiße waten.

Natürlich.

Sie hatte die Hand nie zu weit aufgehalten. Nicht über das normale Maß hinaus. Die Vorschriften waren eindeutig. Sich nicht erwischen lassen, kein Aufsehen erregen. Es nicht zur Gewohnheit werden lassen. Alles unter dieser Prämisse ist dein Problem. Zum Teufel mit dir und deinem Gewissen. Niemand wird auch nur mit der Wimper zucken.

Alles, was sie wollte, war, ihre Arbeit gut zu machen.

Aber nach und nach entdeckst du, dass das unmöglich ist. Du überschreitest Linien, indem du ganz feine Scheiben Salami abschneidest.

Dafür bin ich nicht Polizistin geworden, denkst du jedes Mal, obwohl das auch nicht weiterhilft.

Während du die sichtbaren Linien überschreitest, während du dich veränderst und die Haut wechselst und deine endgültige Form annimmst, entwickelst du Strategien. Am besten eignet sich die der Schubladen. Du legst deine schlimmsten Schandtaten, deine schrecklichsten Grenzüberschreitungen in die nächstbeste. Du weißt, dass sie darin zur Hand und gleichzeitig weit weg sind.

Alles, worum du bittest, ist, dass sie niemand öffnen möge.

»Ginés' Tod«, erklärt Sere, als sie sieht, dass die Antwort auf sich warten lässt.

»Wir ermitteln mit allen uns verfügbaren Mitteln«, sagt Romero bedächtig.

»Es würde mir nicht gefallen, wenn so etwas einer meiner Freundinnen passiert«, legt Sere nach.

Aha, verstehe. Sie will ihr Gewissen reinwaschen.

Das hat sie schon erlebt. Will ein Informant seine restliche Würde wahren, verlangt er eine Sicherheitsgarantie für diejenigen, die er betrügt. »Ich sage dir das, aber du musst mir versichern, dass …« Was so viel wert ist wie alle Versprechen, ob in die Luft geschrieben oder nach Gewicht gekauft.

»Ich bin allein der Sicherheit verpflichtet«, sagt sie ernst.

Sere nickt bedächtig, als wäre das schon was, aber nicht genug.

»Dennoch ...«

Sie wirft unruhig die Pfeile. Diese verfluchten Pfeilchen. Sie rasseln über den Kaffeetisch, prallen an die Getränkedosen. Lästig, unerträglich.

»Reden Sie schon«, verlangt Romero, die jetzt ihre Ernsthaftigkeit gegen Aggression eingetauscht hat.

»Nur noch ein Wurf ...«

»Willst du, dass wir das von neulich wiederholen?«, blafft Romero gereizt und greift in ihre Manteltasche. Wobei sie genau darauf achtet, dass es nicht die mit dem Umschlag ist.

»Nein, nein. Vielen Dank, sehr freundlich, aber einmal hat mir gereicht.«

»Was ist denn so wichtig?«

»Morgen früh ... wird etwas passieren.«

»Was genau?«

»Ein Dump.«

»Wie, ein Dump? Was soll das heißen?«, fragt Romero und richtet sich auf.

»Das Hackerprogramm SATAn konvertiert die Festplatte in einen Sender und ermöglicht damit, deren Inhalt zu kopieren, ohne den PC einzuschalten, was ...«

Die Comisaria verdreht die Augen.

»Komm endlich zum Punkt, verdammt noch mal. Ich habe nicht den ganzen Tag Zeit.«

Romero lauscht Seres Ausführungen so geduldig wie möglich. Die technischen Details versteht sie nicht, bekommt aber eine vage Vorstellung.

Aura Reyes will töten und dabei sterben.

Ein letztes Aufbäumen, kurz und unerwartet.

Aus Romeros Sicht eine Riesendummheit. Obwohl, seit sie diesen Auftrag angenommen hat, überrascht sie eigentlich gar nichts mehr.

Reyes ist ein verzweifelter weiblicher Don Quijote, für Argumente nicht mehr zugänglich. Zudem glaubt sie schlauer zu sein, als sie in Wirklichkeit ist. Gewiss, bisher hatte sie übermäßiges Glück, aber Romero ist darauf spezialisiert, glücklichen Phasen ein Ende zu bereiten.

Celeiro ist eine der wenigen guten Menschen, die sehr teuer sind. Sie hält Reyes eisern die Treue, was sich aber leicht manipulieren lässt, wie Romero letzte Nacht feststellen konnte. Gewiss, auf kurze Distanz ist sie sehr gefährlich, aber Romero ist darauf spezialisiert, die Distanz zu wahren.

Und schließlich die Bekloppte. Geschickt im Umgang mit Computern, nutzlos in allem anderen. Es war ein Volltreffer, sie als Schwachpunkt der Gruppe auszumachen. Gewiss, sie ist einer der wenigen Menschen, die es schaffen, sie aus der Fassung zu bringen, aber Romero ist darauf spezialisiert, die Leute auf ihren Platz zu verweisen.

Niemand hätte auch nur einen Pfifferling darauf gewettet, dass diese drei Nieten so weit kommen. Romero am allerwenigsten. Sie hat sich schon mehrmals in ihrer Analyse der Situation geirrt und dennoch die Partie immer gewonnen.

Das Konzert ist zu Ende. Das sind die Schlussakkorde.

Dass die drei so unvernünftig sind und nicht wissen, wann sie besser aufgeben sollten, ist eine fantastische Nachricht für Romero. Ponzano wird für diese Information sehr gut bezahlen.

Und sie sollte seinem Beispiel folgen.

Sie holt den Umschlag aus der Manteltasche und legt ihn auf das Tablett mit dem Gebäck.

»Wenn es Neuigkeiten gibt, rufst du mich sofort an. Verstanden?«

Sere starrt auf ihre dreißig Silbermünzen und nickt schuldbewusst.

Romero eilt die Treppe hinunter, so schnell ihr chronisches Hinken es zulässt, hektisch und vorsichtig zugleich. Es gibt viel zu tun, bevor das Fest morgen zu Ende geht.

Auf der Straße kommt sie an einem weißen Lieferwagen vorbei, einem alten Mercedes Vito.

Auf den Fahrer achtet sie nicht.

Hätte sie es getan, hätte sie festgestellt, dass es sich

um den hässlichsten Mann der Welt handelt. Glatze, schmächtig, von unbestimmtem Alter. Mit Mandelaugen und weniger Zähnen als eine Plastikschlange.

Worauf sie jedoch achtet, ist die Musik, die aus den Lautsprechern des Lieferwagens dröhnt. Flamenco mit der unvergleichlichen Stimme von José Mercé. Seltsam fröhlich gestimmt lässt sie sich von der Musik zu ihrem Wagen begleiten.

7

Ein Abend zuvor

Es war ein langer Tag mit vielen Vorbereitungen für den nächsten Tag.

Und er ist anstrengend zu Ende gegangen.

Die Mädchen waren nervös und haben Theater gemacht. Obwohl sie nichts wissen – oder zumindest so tun –, verhalten sie sich wie zwei Hündchen. Sie wittern die Nervosität und Anspannung, sosehr die Frauen auch versuchen, sie zu verbergen, und multiplizieren sie mit drei.

Als sie endlich eingeschlafen sind, versucht Aura es ihnen gleichzutun. Der Wecker wird um fünf Uhr früh klingeln. Nachdem sie sich eine kleine Ewigkeit hin und her gewälzt hat, steht sie auf, vielleicht hilft ein Glas warme Milch …

In der Küche sitzt Mari Paz, über den Küchentisch gebeugt.

»Kannst du auch nicht schlafen?«

Mari Paz zuckt heftig zusammen.

»Ich werde dir ein Glöckchen umhängen, Blondi.«

»Das sagte meine Großmutter auch immer. Was machst du da?«

Mari Paz macht sich über einen Topf Eiscreme her, von dem Aura vermutet, dass sie ihn im Supermarkt geklaut hat. Fünf Liter Schokoladeneis mit Stückchen. Woraus die Stückchen bestehen, hat der Hersteller nicht gekennzeichnet, aber Mari Paz ist fest entschlossen, es herauszufinden, denn der Löffel steckt mitten im halb leeren Topf.

»Mari Paz, das ist kein Betthupferl, das ist ein Hochzeitsbankett.«

Die Legionärin erledigt ihre Aufgabe mit größter Sorgfalt. Sie kratzt mit dem Löffel an den Plastikwänden entlang und hinterlässt feine braune Rillen.

»Ja, ich will«, sagt sie.

Aura schaut ihr ins Gesicht, auch dort sind blasse Rillen zu erkennen. Sie hat geweint, und die Tränen haben Spuren hinterlassen.

Besser als Biertrinken, vor allem angesichts dessen, was sie in ein paar Stunden tun muss.

»Warum bist du traurig?«

Mari Paz kratzt nachdenklich weiter im Topf. Als sie mit der Zunge über die Backenzähne fährt, wölbt sich ihre Wange.

Die Frage, die Aura soeben gestellt hat, ist eine dieser Fragen, die man nie stellen sollte, denn nicht mal Gott kann sie beantworten.

Erst recht nicht Mari Paz.

Sie lauscht in sich hinein und wird gewahr, dass sie nicht traurig ist, auch wenn sie geweint hat. Eigentlich ganz im Gegenteil. Trotz des Wissens, was sie im Morgengrauen erwartet, trotz des Wissens, dass der Plan scheitern muss, hat sie keine Angst vor den Konsequenzen.

Sie weiß nicht mehr, wie alt sie war – über zwanzig, unter dreißig –, als sie sich bei der BOEL bewarb. Der *Bandera de Operaciones Especiales de la Legión*, der härtesten militärischen Spezialeinheit der Welt.

»Eine Frau«, sagte der Sargento mit Blick in ihre Bewerbung.

Sie schwieg.

Jetzt gehen ihr all die Strapazen, die sie durchgestanden hat, durch den Kopf.

Die unzähligen Male, die sie um vier Uhr im Morgengrauen aufstehen musste. Um vor dem Frühstück zwölf Kilometer zu laufen.

Die unzähligen Nächte, die sie im Freien schlief, ohne Nahrung, ohne vernünftige Kleidung oder gar einen Kompass zur Orientierung, in denen sie mitten im Winter Wälder und Schluchten, Sümpfe und Flüsse durchqueren musste.

Die tausend Anwärter in der Ausbildung, von denen nur sieben bestanden.

Die tausend Schläge des Ausbildungsoffiziers in die Rippen: »Damit du dich daran gewöhnst.«

Die tausend Stücke, in die sie zerbrach, um sich dann wieder zusammenzusetzen.

Sie wird es wieder durchstehen, ja. Dazu kommen die tausend Male, als sie aufgeben wollte. Die tausend Gelegenheiten, bei denen sie »Ich kann nicht« flüsterte. Die tausend Male, die sie allein in der Dunkelheit aufgegeben hatte. Genug für ein ganzes Leben.

Es gab tausend Momente des Verzichts und internen Verrats. Und jeden einzelnen hatte sie bereits überwunden, noch bevor der erste begangen wurde.

Eines Nachts, als sie die Schläge und das Frühaufstehen, den Hunger und die Kälte und das ständige Gebrochen-Werden satthatte, rief sie Großmutter Celeiro an.

Die Großmutter brauchte lange, bis sie abnahm. Es war drei Uhr nachts, und sie hatte einen tiefen Schlaf. Dabei schnarchte sie wie eine verrostete Türangel im Wind.

»Ich kann nicht mehr, *avoa*«, sagte Mari Paz mit gebrochener Stimme.

Sie hatte nicht einmal mehr Kraft zum Weinen.

Die Großmutter nahm sich für die Antwort Zeit. Um diese Uhrzeit war sie nicht sehr redselig.

»Natürlich kannst du.«

»Es ist zu viel, Großmutter.«

Sie räusperte sich und sagte dann in diesem Tonfall, demselben, mit dem sie sie ein Leben lang zum Zähneputzen, zum Lernen und ins Bett geschickt hatte: »Wenn man weiß, warum, hält man alles aus.«

Sie nuschelte sehr stark, denn ohne Gebiss, das wohl im Wasserglas auf dem Nachttisch lag, ließ ihre Aussprache zu wünschen übrig. Aber Mari Paz hatte sie genau verstanden. Das einzig Wichtige war der Sinn. Und den hatte Aura ihr zurückgegeben.

Man muss das Unglück sehr sorgfältig auswählen. Das ist das einzige Glück in diesem Leben: das beste Unglück zu wählen.

Es ist schwierig, Aura zu erklären, warum sie geweint hatte. Denn zum ersten Mal seit vielen Jahren ist sie im Moment der Gefahr wieder glücklich.

»Mir geht's gut«, fasst sie zusammen.

Aura runzelt die Stirn.

»Machst du dir deswegen Sorgen?«, fragt sie und zeigt auf den großen bunten Rucksack auf dem Boden. Sie erwartet ein ehrliches Nein. Denn er war wahnsinnig teuer.

Was den Einsatz noch erhöhte.

Mari Paz lächelt und leckt den Löffel ab, bis er blitzblank ist, bevor sie erwidert: »Du willst mich verarschen, oder?«

»Ich hätte Angst davor.«

Der Löffel verschwindet wieder im Eis, das Ablecken hat sich nicht gelohnt. Oder es war schlicht ein Akt des grundlosen Genusses.

»Hör mal, Blondi. Ich bin bei null Sicht und extremer Kälte aus dem Tiefflug über unebenem Gelände gesprungen, mit vierundzwanzig Kilo Material auf dem Rücken.«

Sie fährt sich mit der Zunge über den linken Mundwinkel, wo eines dieser undefinierbaren Stückchen hängen geblieben ist.

»Das ist für mich wie Brotholen gehen«, schließt sie, als sie das Stück entfernt hat.

»Ich habe wahnsinnige Angst.«

Mari Paz legt das Tabakpäckchen auf den Tisch, schließt die Küchentür und öffnet das Fenster, um eine Zigarette zu rauchen. Aura sagt nichts. Es stört sie inzwischen nicht mehr, wenn es in der Wohnung nach Rauch riecht.

»Weißt du, was mich überrascht, Blondi? Wenn du so viel Angst hast, solltest du keine verrückten Pläne schmieden, die deine Freundinnen mit dir in den Abgrund reißen.«

Da ist es, denkt Aura. Das verbotene Wort.

Das mit F beginnt und das sie sich nie wieder auszusprechen geschworen hat. Nachdem alle, die diese Bezeichnung verdienten, sie fallen gelassen haben.

»Eine Sache ist das Planen und eine andere die Ausführung«, sagt Aura, holt einen Suppenlöffel aus der Schublade und steckt ihn in den Eisbecher.

Wenn sie sich schon mit diesem Wort und seiner Bedeutung auseinandersetzen muss, dann besser mit Eis.

»Hey, hey, Schätzchen. Mach mal langsam, es ist nicht mehr viel übrig«, sagt Mari Paz und versenkt ihren Löffel wieder in den Schützengraben.

»Weil du schon den halben Becher geleert hast, du Naschkatze.«

Mari Paz will protestieren, vergisst aber, dass sie noch Eis im Mund hat. Flüssige Schokolade läuft ihr übers Kinn. Aura muss lachen, und Mari Paz fällt in ihr Lachen ein.

Was auch immer morgen passieren wird, denkt sie, überrascht und dankbar. Das hier kann uns niemand mehr nehmen.

8

Plaza de Colón

»Gleich ist es so weit«, sagt Aura und kuschelt sich in ihren Mantel. »Gerade noch rechtzeitig, um es zu schaffen.«

Der Morgen ist kalt, besonders auf der großen Plaza de Colón, wo es kaum geschützte Stellen gibt.

Aura, Sere und Mari Paz sitzen auf einer Bank neben dem Centro Cultural de la Villa. Es ist noch dunkel, und die Kreuzung zwischen Calle de Goya und Génova sowie Paseo de la Castellana ist verstopft, ein Inferno aus Hupen und Flüchen.

»Wir haben ein Problem«, sagt Mari Paz, als sie aufstehen.

Während die anderen beiden den Plan noch einmal Schritt für Schritt durchgingen, schwieg sie ernst.

»Wieso?«

»Es ist zu windig«, sagt sie und zeigt hoch zu den Wipfeln der Platanen.

»Aber das ist doch kaum zu spüren«, meint Aura.

Es ist ein konstanter Wind. Er fährt ihnen ins Haar, ist aber nicht lästig.

»Hier unten vielleicht, Blondi. Auf dem Dach sieht das anders aus. Dort oben weht es ziemlich heftig.«

Die Bäume neigen sich nach Norden. Ganz schlechte Richtung. Und sie hat recht, die Äste in der Baumkrone neigen sich viel stärker.

»Vom Hotel aus geht es schon mal nicht«, fährt Mari Paz fort. »Wir müssen uns einen anderen Ort suchen.«

Aura folgt ihrem Blick.

»Dort oben? Dort wirst du wie eine verdammte Ziege herumspringen.«

Mari Paz starrt auf die Türme der Plaza de Colón.

Waren sie früher zwei berühmte Geschäftshäuser an der Ecke zur Calle Génova, existiert nach einer sehr umstrittenen Modernisierung heute nur noch ein Turm, obwohl alle weiter von zwei Türmen reden.

Seit Langem eine Baustelle. Jahre, in denen die hinfällige Fassade, die grässlichen rotbraunen Glasscheiben und die grünen Giebel in Form eines Schornsteins entfernt wurden.

Jetzt erheben sie sich wie zwei Betonskelette ohne jegliche Verzierung in den Himmel. Gerüste mit türkisblauen Netzen bilden die einzige Ummantelung ihrer gräulichen Nacktheit. Dazu ein Riesenplakat für ein sündhaft teures Parfüm.

In einer Art ironischem Déjà-vu erkennt Aura die Marke eines der Flakons, die sie bei ihrem Wutanfall in der Parfümerie vom Regal gefegt hatte. Damit hatte das ganze Desaster angefangen …

Aber dieser kurze Moment der Genugtuung verschleiert nicht, dass Mari Paz' Vorschlag an absoluten Wahnsinn grenzt.

»Das sind dreiundzwanzig Stockwerke.«

»Das ist der einzig mögliche Ort.«

»Wie wär's denn von dort?«, sagt Aura und zeigt auf das Dach des Archäologischen Museums.

»Zu tief. Ich brauche mehr Höhe«, sagt Mari Paz und zeigt wieder auf die Türme.

»Über hundert Meter?«

»Ist mir egal, Blondi.«

»Wenn du abstürzt …«

»Ob ich nun aus einem achten oder einem dreiundzwanzigsten Stock stürze, kommt aufs selbe raus.«

Unschlagbare Logik, denkt Aura. Und trotzdem …

»Das kann ich nicht zulassen«, sagt sie kopfschüttelnd. »Wenn dir was passiert, würde ich mir das nie verzeihen.«

»Das ist die einzige Möglichkeit. Lass mich nur machen, ja?«

Aura schießt alles durch den Kopf, was sie in den letzten Wochen über Vertrauen und Kontrollverlust gelernt hat. Wie oft sie Letzteren akzeptieren musste, um Ersteres zu gewinnen.

Es ist natürlich ein Weg mit zwei Richtungen.

Aura muss zu ihrem Leidwesen erkennen, was viele Anführer schon vor ihr entdeckt haben. Dass beide Wege nicht gleichermaßen leicht zurückzulegen sind.

»Sei vorsichtig.«

Mari Paz nickt und schultert den riesigen Rucksack.

»Los geht's, Spinnerin.«

»Wir rufen dich gleich an«, sagt Sere und gibt Aura einen Klaps auf die Schulter. »Halt die Leitung frei.«

»Mit wem sollte ich um diese Uhrzeit schon telefonieren?«

»Vielleicht ruft ja jemand von Yoigo an. Wenn ich von denen angerufen werde, erzähle ich ihnen mein ganzes Leben, bis sie auflegen. Das machst du nicht, okay?«

Dann trottet sie hinter Mari Paz her, die schon an der Ampel steht.

9

Eine Haarklemme

Die Baustelle ist über die gesamte Länge eingezäunt, und der einzige Zugang ist eine Tür, die von einem Security-Mann bewacht wird. Der Mann raucht gelangweilt und wartet darauf, dass etwas geschieht.

Sere grüßt ihn überschwänglich mit einem Lächeln wie jemand, der dir auf dem Flughafen eine Kreditkarte andrehen will.

»Guten Tag. Ich möchte in den neunzehnten.«

»Guten Tag. Deine Mitarbeiterkarte, bitte.«

»Ich habe noch keine, heute ist mein erster Tag.«

»Dann kann ich euch nicht reinlassen.«

»Aber dann schmeißen die mich gleich wieder raus!«

»Tut mir sehr leid, aber ohne Ausweis kommt hier niemand rein.«

»Ich bin die Bauingenieurin. Wir sollen Struktur und Stabilität der Pfeiler überprüfen. Das sollte eigentlich schon gestern geschehen.«

»Und die da?«

»Das ist meine Assistentin.«

»Nach Assistentin sieht sie aber nicht aus. Was ist in diesem großen Rucksack?«

»Mein Werkzeug«, sagt die Assistentin.

»Kommt morgen wieder.«

»Also, irgendeine Möglichkeit muss es doch geben, meine ich«, übernimmt wieder Sere.

»Ja, mit Ausweis.«

»Vielleicht hilft ja das hier weiter, Moment mal.«

Sere sucht in ihrer Umhängetasche nach einem Hundert-Euro-Schein.

Der Mann starrt ihn irritiert an.

In dem kurzen Augenblick läuft in Seres Kopf ein Film ab, das Gespräch eines Mannes mit zwei winzigen Figuren, die auf seinen Schultern hocken. Zwei Repliken im Maßstab 1:12 des Wachmannes. Eine mit Tunika, Heiligenschein, goldener Harfe und dazu passenden Flügeln. Die andere mit Hörnern, Schwanz und der nächsten Hypothekenrate in der Hand.

Gleich darauf wird deutlich, wer gewonnen hat.

»Das ist dein Ausweis. Und der von ihr?«

»Den habe ich auch«, sagt Sere und zieht einen weiteren Hundert-Euro-Schein aus der Tasche.

Der Mann lässt beide Scheine in seiner Jackentasche verschwinden.

»Ich würde sagen, jetzt ist alles in Ordnung. Wie lange braucht ihr?«

»Nicht mehr als eine Stunde, versprochen.«

»Da bin ich ja mal gespannt«, erwidert der Mann und tritt zur Seite.

»Wir haben nicht die Absicht, jemanden zu täuschen«, sagt Sere, als sie entschlossen die Baustelle betritt.

Überall Paletten mit Material, Staub und Lärm. Viele Bauarbeiter sind noch nicht zu sehen, aber die wenigen sind tatkräftig bei der Arbeit. Metall schlägt dröhnend auf Beton.

Hinter dem Zugang steht ein großer Container mit Helmen in verschiedenen Farben. Mari Paz greift sich aufs Geratewohl zwei orangefarbene und reicht einen davon Sere.

»Gibst du mir einen blauen?«

»Sie schützen deinen Schädel alle gleich, wenn ein Brocken runterfällt.«

»Ja, aber orange passt nicht zu meiner Haarfarbe.«

Mari Paz tauscht den Helm aus und murmelt dabei vor sich hin: »Fällt eh nichts runter.«

»Wie war das … Struktur und Stabilität der Pfeiler?«, sagt sie laut, als sie sich weit genug von dem Security-Mann entfernt haben.

»Ist das Erste, was mir eingefallen ist.«

»Tu mir einen Gefallen und erzähl das nicht Aura, ja? Wenn sie erfährt, wie leicht das mit dem Wachmann war, flippt sie aus.«

»Keine Sorge, ich erzähle anderen nie etwas«, erwidert Sere.

Die Legionärin ballt die Fäuste und reißt sich zusammen.

Schließlich befinden wir uns auf einer gefährlichen Baustelle. *Vielleicht haben wir ja Glück.*

Ganz hinten auf der Baustelle stoßen sie auf einen dieser Gitteraufzüge. Quietschgelb und überzogen mit Schildern, die auf alle möglichen Unfall- und Todesgefahren hinweisen, die an diesem Ort drohen.

Sie steigen ein und schließen die Tür. Mari Paz drückt auf den großen grünen Knopf mit dem Pfeil nach oben.

Nichts.

»Verfluchte Scheiße«, schimpft sie nach genauerer Überprüfung. »Funktioniert nur mit Schlüssel!«

»Nicht gleich nervös werden.«

»Wie soll ich denn nicht nervös werden, wenn das Ding nicht funktioniert? Wir müssen jemanden suchen, der …«

Sere legt ihr sanft den Finger auf die Lippen. Ihre Haut fühlt sich kalt und zart an, wie die eines Porzellanfigürchens. Mari Paz beruhigt sich sofort.

»Vertraue mir«, sagt die Ingenieurin.

Dann kniet sie sich hin und fischt aus ihrer Tasche ein Etui mit Reißverschluss. Beim Öffnen kommen jede Menge Präzisionswerkzeuge zum Vorschein. Zangen, Schraubenzieher, ein Akku-Lötkolben, Zinn und eine Haarklemme mit Hello-Kitty-Motiv.

»Hmmm«, murmelt Mari Paz anerkennend.

Sere schraubt die Dose mit dem Pfeil auf, die an

einem dicken Kabel hängt. Im Inneren des Geräts ist der Hauptschaltkreis mit einer weiteren Dose geschützt. Im Gegensatz zum grauen Plastikgehäuse ist diese aus Stahl. Alles baustellengerecht verschweißt, damit kein Idiot sie mitnimmt oder ohne Schlüssel betätigt. Sere wirft den Lötkolben an, lässt auf eine Stelle ein wenig Zinn tropfen und befestigt die Haarklemme an einer anderen Stelle.

»Mit Geduld und Spucke …«

Sie zieht an einem winzigen Kabel, legt es zwischen die beiden Hälfen der Klemme und benutzt den Deckel eines Kugelschreibers, um beide Enden der Klemme miteinander zu verbinden.

»… fängt der Elefant eine Mücke.«

Mit einem metallischen Schnappgeräusch setzt sich der Elefant in Bewegung.

»Wo hast du denn das gelernt? Auf TikTok?«

Sere richtet sich auf und streicht ihr geblümtes Kleid glatt. Der Wind fährt ihnen durchs Haar, als der große Gitteraufzug langsam und ruckelnd nach oben fährt.

»Ich bin doch Bauingenieurin, oder?«

»Uiii, Verzeihung.«

Es folgt eine ungemütliche Pause.

»Hab ich auf YouTube gesehen«, gibt die Ingenieurin schließlich zu.

10

Warten

»Es ist schon acht«, sagt Chavea nervös.

Nicht nur wegen der Uhrzeit. Diese Frau hat etwas an sich, das einem die Haare zu Berge stehen lässt. Die an den Armen, versteht sich.

»Sie wird gleich kommen«, versucht Málaga ihn zu beruhigen.

»Aber es ist schon spät, Sargento.«

Málaga zupft an seinem Schnurrbart, er flucht innerlich und auch ein wenig in seinen Bart.

»Ruhe in den Reihen, Legos.«

In der Wohnanlage Cruz de Rayo in der Calle Loriga ist es noch dunkel. Eine Gegend mit Einfamilienhäusern, die wenig bis gar nichts mit der Siedlung Cuatro Vientos gemein hat, wo unsere Legionäre wohnen. Schmale, mit Bäumen gesäumte Straßen, sündhaft teure Quadratmeterpreise, dörfliche Ruhe, eine Metrostation von der Avenida de América entfernt.

»Ich flipp gleich aus, Sargento.«

»Und ich erst, mein Junge.«

Nicht dass Málaga und Chavea die Nacht im Lieferwagen genossen hätten. Im Vito lässt es sich nicht bequem schlafen, egal, wo man ihn abstellt. Obwohl sich die Legionäre beim Schlafen und Austreten abgewechselt haben, wie damals auf Mission, aber der Körper ist auch nicht mehr, was er einmal war.

Tatsächlich muss Málaga schon wieder pissen.

»Junge, die Flasche.«

»Die Wasserflasche, Sargento?«

»Nein, die andere.«

Chavea reicht ihm die Flasche, die einmal Aquarius-Wasser enthielt. Sie ist für diese Nutzung besser geeignet, weil sie einen großen Hals hat. Málaga klemmt sie sich zwischen die Beine, öffnet den Reißverschluss und kann mit Mühe und Not ein paar Tropfen herausquetschen.

»Scheißprostata«, schimpft er missmutig, als er seinen Pimmel wieder wegsteckt. »Der Sensenmann ist schon nah, Junge.«

»Sie essen zu fett, Sargento. Zu viel Frittiertes.«

Málaga gibt Chavea einen Klaps auf den Hinterkopf. Einen väterlichen Klaps. Der nicht wehtut, aber die Botschaft übermittelt. Trotzdem hallt das Klatschen auf die Glatze volltönend im Inneren des Lieferwagens wider.

»Willst du mir jetzt etwa den Speiseplan diktieren? Wo ist dein Gehorsam geblieben, Lego? Die Welt geht wirklich den Bach runter.«

»Entschuldigen Sie, Sargento«, sagt Chavea geknickt.

Málaga lehnt sich zurück und dreht das Radio etwas lauter. Nachdem er Ordnung und Befehlskette wiederhergestellt hat, überlegt er, dass der Bursche recht hat. Wenn man auf die sechzig zugeht, sollte man ein bisschen aufpassen. Vielleicht die Kroketten mit Salat servieren, wie in den feinen Restaurants.

Plötzlich lenkt ihn etwas von seinen guten Vorsätzen ab.

Im Obergeschoss ist soeben das Licht ausgegangen.

Sie haben die ganze Nacht das Haus der Comisaria bewacht. Eine Doppelhaushälfte mit arabischen Stilelementen, cremefarben gestrichen. Romero war spätabends heimgekehrt und nicht mehr aus dem Haus gegangen. Um sieben Uhr haben sie den Wecker klingeln hören. Oder das Handy, wer weiß das schon bei diesem modernen Zeugs, das niemandem von Nutzen ist und alle nur überfordert. Sofort war das Licht angegangen, bis eben.

»Sie wird gleich herauskommen«, sagt Chavea.

»Scheint so.«

»Was machen wir mit den anderen, Sargento?«

»Sie werden schon kommen.«

Romero von Seres Wohnung aus zu folgen war einfach gewesen. Gegenüber ihrem Haus einen Parkplatz zu finden ebenfalls. Ein ruhiges Viertel mit leeren Straßen. Die Überwachung war anstrengend, aber nicht kompliziert.

Wirklich hart war nur, die Nerven zu behalten.

Sie wussten, dass sie es mit einer skrupellosen Mörderin zu tun hatten. Die Floskel traf zu, so abgedroschen sie auch sein mochte. Um ihre eigenen Ziele zu verfolgen, hatte Romero eiskalt einen Mann getötet.

Und da standen sie nun – unbewaffnet – vor ihrer Haustür. Und vertrauten darauf, dass sie rechtzeitig herauskäme. Denn das war für ihren Plan wichtig. Die andere Möglichkeit, in ihr Haus einzudringen, gefiel niemandem.

Zum Glück scheint das auch nicht nötig zu sein.

»Da rührt sich was, Sargento.«

»Duck dich, damit sie uns nicht sieht.«

Málaga und Chavea machen sich im Wagen so klein wie möglich. Ein Autofenster war trotz der Kälte geöffnet, weil der Sargento in der Nacht vor lauter Langeweile eine halbe Schachtel geraucht hatte und die Alternative absoluter Sauerstoffmangel gewesen wäre, was auf längere Sicht gesundheitsschädlicher ist.

Romero verlässt das Haus in ihrem ewig gleichen schwarzen Mantel, um den Hals hat sie sich wegen der kalten Luft einen Schal gebunden. Sie verschließt zweimal die Gartentür und macht sich auf den Weg zu ihrem Auto. Als sie an dem Lieferwagen vorbeikommt, ducken sich die beiden Legionäre noch etwas mehr.

»Sie hat uns nicht gesehen«, flüstert Chavea.

»Bestens. Dann fahren wir jetzt …«

Er kann den Satz nicht beenden, weil sein Universum

plötzlich in Licht und Schmerz getaucht ist. Bevor er begreift, dass er geschlagen wurde (von einer Faust auf seine rechte Schläfe), hört er in seinem Taumel die trockene Stimme einer Frau.

»Guten Morgen, die Herrschaften. Neu hier im Viertel?«

11

Zweifel

Die Aussicht ist natürlich beeindruckend.

Von den Colón-Türmen aus überblickt man ganz Madrid, die rötlichen Dächer leuchten im Sonnenaufgang.

Sere hätte sich nie vorstellen können, einmal die Sierra de Guadarrama und den Fernsehturm gleichzeitig zu sehen. Mit einer leichten Kopfdrehung gesellt sich der Torre de Valencia und das ausgedehnte Grün des Retiro-Parks mit dem See hinzu.

»Ich bin die Königin der Welt!«, ruft sie aus vollem Halse.

»Eher die Königin des Asphalts, wenn du nicht aufpasst, Schätzchen.«

Mari Paz hält sie am Mantel fest, weil Sere sich weit über das Gerüst beugt, die Arme ausgestreckt, trunken und berauscht von der Höhe in einer Art *Titanic*-Syndrom. Und ohne daran zu denken, dass es zwischen ihr und der Straße, ein vertikales Fußballfeld entfernt, kein Schutzgeländer gibt.

Einen Augenblick schwebt Seres Körper in einem Vakuum, nur von Mari Paz' festem Griff gehalten. Jeder Mensch würde in einem solchen Augenblick große Angst verspüren, wohl wissend, dass ihn lediglich das Krümmen eines Fingers – oder ein kaputter Reißverschluss – vor einem tiefen Absturz und dem sicheren Tod bewahrt.

Nur Sere nicht.

»Unglaublich, Mausilein!«, jubelt sie.

Mari Paz verdreht die Augen und zieht sie brüsk zurück. Sere landet mit dem Hintern auf dem kalten Beton.

»Du weißt schon noch, warum wir hier sind, oder?«

Sere steht auf und reibt sich den schmerzenden Po.

»Es war nicht nötig, so brutal zu sein.«

»Es war auch nicht nötig, so bekloppt zu sein.«

»Wie oft muss ich dir noch sagen …«

»Nicht konkludent, ja, ja. Sei konklusiv, oder wie das heißt, und einen halben Meter weiter nach rechts.«

Sere bemüht sich nicht, Mari Paz zu korrigieren. Stattdessen geht sie, sich das Hinterteil massierend, zum Aufzug zurück.

Sie befinden sich auf dem Dach des westlichen Turms, der früher mit grässlichen grünen Acrylplatten überzogen war und jetzt vollkommen nackt in den Himmel ragt. Hier oben bläst der Wind viel kräftiger, so wie es Mari Paz vorausgesagt hatte.

Sie hat inzwischen den Inhalt des Rucksacks über den Boden verteilt. Sere hat den Laptop und eine Art weißes Plastikquadrat herausgeholt, dem Deckel einer Eisverpackung ähnlich, aber dicker.

Sie legt es an die Dachkante und befestigt es mit Flanschen am oberen Ende des Gerüsts. Es wirkt ein wenig behelfsmäßig, scheint aber zu halten. Am unteren Ende hängt ein Kabel, das sie mit dem Laptop verbindet.

Der WLAN-Verstärker – hundert Euro in jedem PC-Laden – ist bereit und auf das Gebäude gegenüber gerichtet.

Sie wirft prüfend einen Blick in den Computer. Ein klares, starkes Signal. Auf dem Monitor das Bank-Netzwerk, in das sie ohne Passwort aber unmöglich eindringen kann.

Jetzt fehlt nur noch, dass andere ihr den Zugang ermöglichen.

»Kannst du das von hier aus machen?«, fragt Mari Paz.

»Nun ja, wenn man Entfernung, Signalstärke und Winkel berücksichtigt …«

Sere redet weiter, während Mari Paz ihre Vorbereitungen abschließt.

»Ich höre dich reden, verstehe aber nur Bahnhof.«

»Damit«, fasst Sere zusammen und zeigt auf die Antenne, »könnte ich es aus viel größerer Distanz schaffen.«

»Scheint kein großes Ding zu sein«, erwidert die Legionärin mit skeptischem Blick.

»Zweifel sind die Steine auf dem Weg zur Liebe, sagte Konfuzius.«

»Dein Weg zur Liebe braucht keine Steine.«

»Was soll das heißen?«

Mari Paz übergeht die Frage, denn sie ist darauf konzentriert, nicht in den sicheren Tod zu springen.

»Los, hilf mir mal, Spinnerin.«

Sie reicht Sere einen Zipfel des feuerroten Stoffs und lässt sie damit rückwärtsgehen, damit sie den Gleitschirm vollständig ausrollen kann, ohne dass sich der Stoff in den Leinen verheddert. Jeder noch so kleine Fehler könnte tödlich sein. Fehler sind nicht einprogrammiert.

»Bist du dir sicher? Willst du das wirklich tun, Mausilein?«

Mari Paz erinnert sich genau an die Worte, mit denen sie Aura vor ein paar Stunden erklärt hat, wie einfach die ganze Operation sei. Aber hier oben kommt ihr der Sprung nicht mehr so einfach vor, wie Brot kaufen zu gehen. Wie es scheint, ist ihr Equipment, das weniger als fünftausend Euro gekostet hat, einen Scheiß wert. Wie es scheint, wird sie auf dem Boden aufprallen, und man wird ihren Körper vom Gehweg kratzen müssen.

Mutig ist, wer Angst hat und sie überwindet, sagt sie sich.

Plötzlich verlangt der halbe Pott Eiscreme vom Abend, rausgelassen zu werden.

Das muss jetzt warten.

Der Wind frischt auf und fährt in den Stoff des Gleit-schirms. Sie kann Sere kaum noch verstehen.

»Was hast du gesagt?«

»Ob du dir sicher bist.«

»Zweifel sind Steine, oder was weiß ich.«

Sie macht Sere ein Zeichen, das Stoffende loszulassen, und der Gleitschirm öffnet sich vollständig. Dann geht sie zur Dachkante.

»Hey, das ist nicht die richtige Stelle!«

Mari Paz bleibt keine Zeit, ihr zu erklären, dass sie mit Rücksicht auf den Wind in Richtung Wachsfigurenmu-seum springen muss, um sich so weit wie möglich vom Turm zu entfernen – im Vertrauen darauf, dass der Stoff nicht am Gerüst hängenbleibt.

Ihr bleibt keine Zeit dazu, weil ihre Füße schon in der Luft schweben.

Vielleicht erwischt es mich jetzt.

12

Ein Anruf

Aura wendet den Blick nicht vom Smartphone ab.

Das Warten macht sie hilflos, es fesselt sie an eine seltsame Vorhölle zwischen Pause und Aktion. Und da das Erwartete nicht eintritt, beginnt sie Selbstgespräche zu führen. Ein unablässiges, sinnloses *Komm schon, komm schon, komm schon!* Mit jedem Appell wächst die Bedrohung, verrinnt die Zeit.

Es bleibt wenig Zeit, um ihr Ziel zu erreichen, und kein Stein auf ihrer Seite des Spielbretts steht am richtigen Platz. Aura denkt, dass sie jetzt eigentlich vor Angst zittern und ihr Herz bis zum Hals klopfen müsste. Wie bei Jim Hawkins, als er mit Ben Gunns kleinem Boot aufs Meer hinausfuhr, mitten in der Dunkelheit und ohne die leiseste Ahnung, was er tat. Mit einem Anflug von Hoffnung in der einen und allen Gegenargumenten in der anderen Waagschale.

Dem ist nicht so.

Sie fühlt das Gleiche wie im Fahrstuhl, als sie die Wachmänner mit der Fanta-Flasche ablenkte, oder in Toulours Casino, als sie einen Anteil von Rheingold kaufte. Diesen Schwindel zu ebener Erde, diese totale Freiheit, diesen Wind unter den Armen.

Sie fragt sich, ob sie langsam süchtig danach wird.

Auch schon egal, lautet die Antwort.

Mangels einer anderen Beschäftigung überfliegt sie auf dem Handy die Nachrichten. Die wichtigsten berichten von der Banken-Fusion und Laura Truebas unerhört niedrigem Angebot. Die Schlagzeilen klingen so alarmistisch, wie es zu erwarten gewesen war. Für die Aktien der Value Bank erwartet man ein Desaster. Alle Aktionäre, die heute verkaufen, ahnen nicht, dass sie nur in eine geschickt gelegte Falle laufen.

Komm schon, komm schon, komm schon!

Das Handy klingelt. Aura nimmt sofort ab.

»Sie ist auf dem Weg«, sagt Sere.

»Ich sehe sie schon«, antwortet Aura, als sie hochblickt. Nahe dem Ost-Turm wiegt sich eine Gestalt im Wind.

Aura widersteht der Versuchung, das Ergebnis von Mari Paz' Abenteuer abzuwarten.

Die Zeit ist essenziell.

Sie legt auf und betritt das Bankgebäude, darauf vertrauend, dass ihre Verkleidung sich bewährt.

Sie hat sich das Haar dunkel gefärbt, eine Brille mit dicker Fassung aufgesetzt und legerere Kleidung als üblich angezogen. Auf mittlere Distanz ist sie nicht zu erkennen.

Sie nähert sich der Sicherheitskontrolle und zieht ihre alte Mitarbeiterkarte durch das Lesegerät. Das Display leuchtet grün, und die Schranke öffnet sich.

Aura kann nicht glauben, so viel Glück zu haben.

Sie geht weiter ins Atrium und steuert Ponzanos Büro an, wobei sie allerdings feststellen muss, dass ihr Glück nicht lange anhält.

Zwanzig Schritte.

So lange hat es gedauert, bis sich zwei bewaffnete Wachmänner auf sie stürzen. In Begleitung von Flaschenboden, wer hätte das gedacht.

Ponzanos Sicherheitschefin trägt diesmal nicht den schwarzen Schutzanzug, in dem Aura sie kennenlernte, sondern ein Kostüm. Die Brille mit den dicken Gläsern ist dieselbe, der Gesichtsausdruck noch überdrüssiger.

»Das war zu erwarten, Señora Reyes. Ist Ihnen wirklich nichts Besseres eingefallen?«

13

Ein Lieferwagen

Chavea hatte keine andere Wahl.

Die Frau hielt dem Sargento die Pistole an den Kopf, da musste er nun mal die Schiebetür des Wagens öffnen. Und sogleich zielte die Pistole auf seinen Kopf, was die Situation noch schlimmer machte.

Jetzt befinden sich alle drei im Lieferwagen, der Sargento und er sind mit Handschellen an eine Stange gefesselt.

Die Comisaria sitzt ihnen gegenüber auf denselben Holzkisten, auf denen am Abend zuvor Seres Laptops standen. Sie hat die Tür geschlossen, um etwas mehr Privatsphäre zu haben, und sich einen der Gurte geschnappt, mit denen Chavea die Ware befestigt, wenn er einen Transport oder eine Reparatur machen muss. Es handelt sich um einen stabilen Spanngurt mit Ratsche, wie man sie auch auf Lastschiffen verwendet. Mit dem sie ihn jetzt schlägt, damit er den Mund aufmacht.

Die Situation ist fatal.

Romero lässt das Foltergerät kreisen. Im Schwingen verursacht es ein leises, anhaltendes Surren. Das macht ihn wahnsinnig.

Wenn sie damit aufhört, ist es noch schlimmer.

Wenn sie damit aufhört, knallt der Gurt mit einem dumpfen Geräusch auf Chaveas Haut.

Seit einer Weile bearbeitet sie sein Bein, immer dieselbe Stelle, um den Schmerz und seine Vorwegnahme zu vergrößern. Doch vergeblich.

Chavea hält durch. Die Tränen laufen ihm über die Wangen wie zwei offene Wasserhähne. Seine Augen sind gerötet und die Zähne zusammengebissen.

Aber er macht den Mund nicht auf.

Und der andere mit dem Schnurrbart, ein gewisser Málaga, bleibt ebenfalls standhaft. Er leidet innerlich Qualen, das ist ihm anzusehen. Bei jedem Schlag zuckt es bedrohlich in seinen Augen. Ihn schmerzen die Schläge mehr als seinen Freund, könnte man sagen.

Romero tut natürlich nichts weh. Sie verspürt nur Überdruss, großen, zermürbenden Überdruss.

Wäre nicht die Flamenco-Musik gewesen, wäre Romero unweigerlich in die Falle der Legos getappt. Denn wir dürfen nicht vergessen, dass Romero Andalusierin ist und stolz auf ihre Heimat und deren Kunst. Sie kann mühelos dreißig unterschiedliche Flamenco-Stile erkennen, und wenn sie sich anstrengt, noch ein paar mehr.

Obwohl sie gestern, siegesgewiss, dem Lieferwagen oder seinem Fahrer keine große Beachtung geschenkt hatte, war das Lied hängengeblieben, und sie hatte es auf dem Nachhauseweg mit ihrer rauen, klaren Stimme vor sich hin gesungen. Wenn Romero allein ist, singt sie, und zwar gut. Vor Publikum würde sie das natürlich nie tun.

Als sie vor ein paar Minuten das Haus verlassen und sich auf den Weg zu ihrem Auto gemacht hat, hörte sie ein anderes Lied. Ganz leise aus dem offenen Fenster des Mercedes Vito.

Aus Feuerstein
habe ich ein Licht entfacht,
es schimmert sanft,
mehr brauch ich nicht,
denn ich lebe in Finsternis.

Romero hörte diese Strophe im Vorbeigehen und wusste sofort, welches Lied das ist. Einmal konnte noch Zufall sein. Ein zweites Mal, noch dazu vor ihrer Haustür – obwohl niemand ihre Adresse kannte –, wäre schon ein großer Zufall.

Und hier sitzt sie nun und schlägt den hässlichsten Kerl, den sie je gesehen hat, mit einem Gurt. Während der andere, offenbar der Boss, sie mit tödlichem Blick beobachtet.

»Das alles müsste wirklich nicht sein«, sagt Romero

sanft, fast zärtlich. Soll heißen: Schaut nur, wozu ihr mich zwingt.

Der nächste Hieb, diesmal in die Eier.

Chavea heult kurz auf. Mehr lässt der abrupte Luftmangel in der Lunge, hervorgerufen von Schmerz und Überraschung, nicht zu.

Sie schaut zu Málaga hinüber, ihrem eigentlichen Ziel. Ihn hofft sie früher oder später zu erweichen.

Das Problem ist, dass ihr für später keine Zeit bleibt. Romero braucht jetzt eine Antwort. Das alles stinkt zum Himmel. Denn diese Blödmänner wirken – trotz ihres zerlumpten Aussehens –, als wüssten sie genau, was sie tun.

»Ihr seid Legionäre«, sagt sie und beugt sich zu Chavea vor, um sich eine seiner Tätowierungen anzusehen.

»Für Sie noch immer Caballeros Legionarios, Señora«, keucht Chavea.

Beim nächsten Schlag trifft der Gurt die Rippe, und das trockene Geräusch erstickt sein plötzliches Aufbegehren im Keim.

»Und ihr seid offensichtlich Freunde von Celeiro. Was sollt ihr für sie machen?«

Hieb.

»Hat sie euch geschickt, um für sie die Pistole mit ihren Fingerabdrücken zu besorgen?«

Hieb.

»Das ist es doch, oder?«

Chavea heult wieder auf vor lauter Schmerz. Und

Málaga scheint gleich zu explodieren. Sein Gesichtsausdruck erinnert Romero an die Luftbläschen, die sich kurz vor dem Kochen des Wassers am Topfboden bilden.

Aber er schweigt.

Und es ist wichtig, ihn zum Reden zu bringen. Wie auch immer.

Obwohl sie den Gurt und die Pistole hat und obwohl die beiden Männer gefesselt sind, beschleicht Romero das ungute Gefühl, dass eine Bedrohung über ihr schwebt.

»Du scheinst der Schlaue von euch beiden zu sein«, sagt sie zu Málaga in ihrem süßesten Tonfall. »Willst du, dass dein Kamerad weiter leidet?«

Hieb.

»Du musst mir nur sagen, wie du heißt.«

Hieb.

»Sag mir, was ihr hier verloren habt.«

Hieb.

»Sagen Sie ihr nichts, Sargento.«

Die Comisaria zielt sehr genau – der enge Innenraum nötigt sie dazu –, und der nächste Hieb trifft Chavea unter der Nase. Einer der neuralgischsten Punkte am Körper, eine Stelle, die bei einer Folter am meisten schmerzt.

Laut heulend vor Schmerz kippt er um. Nur sein rechter Arm, an die Metallstange des Fahrzeugs gefesselt, ragt nach oben.

»Bleib liegen und sei still«, sagt Romero.

Sie schaut Málaga an und hebt den Gurt.

Málaga starrt auf den malträtierten Körper des Mannes, den er wie einen einfältigen Sohn liebt, um den er sich kümmert, seit er ihn vor Jahren von der Straße aufgelesen hat, und ihm ist klar, dass Romero ihn umbringen wird, wenn sie ihn weiter schlägt.

Er öffnet den Mund, bereit zu reden. Was auch immer, damit …

»Nein!«, erklingt Chaveas gebrochene Stimme vom Boden aus.

Und der Idiot versucht sich entgegen jeglichen gesunden Menschenverstands aufzurichten.

»Ich halte das noch den ganzen Tag durch«, sagt er und spuckt Blut.

»Scheint mir auch so«, sagt Romero beunruhigt.

Vielleicht sollten wir das Gespräch an einem ruhigeren Ort fortsetzen, denkt sie. Obwohl das bedeuten würde, dass sie nicht rechtzeitig zu ihrem Termin käme, den sie in der Chefetage einer Bank hat.

Ponzano und seine Leute werden mit Reyes und Celeiro schon fertig. Aber die Tatsache, dass diese beiden Einfaltspinsel vor ihrer Tür standen, ist wahrlich besorgniserregend.

Es gibt etwas, das ihr entgangen ist. Ein Puzzleteil, das sie nicht sieht.

Sie bräuchte Zeit, um es herauszufinden. Und auch eine ruhigere Umgebung, damit die Schreie nicht in die falschen Ohren gelangen.

Sie nimmt sich ein paar Minuten für die Organisation des Ortswechsels, der mit größter Vorsicht vonstattengehen muss.

Erstens, größtmöglichen Abstand zu den Gefangenen halten und einem von beiden den Schlüssel für die Handschellen zuwerfen, während sie weiter die Waffe auf den Kopf des anderen richtet.

Zweitens, ihnen befehlen, sich nacheinander von der Stange loszumachen und sich dann gegenseitig die Hände auf dem Rücken zu fesseln.

Drittens, die Handschellen überprüfen. Dieser Schritt ist besonders gefährlich, aber Chavea wirkt schon reichlich mitgenommen. Und der Sargento – mit einem Körper in Form eines Fasses – dürfte kein sonderlich agiler Gegner sein.

Viertens, hinausschauen, ob jemand in der Nähe ist.

Fünftens, die beiden Arschlöcher in ihr Haus bugsieren.

»Los jetzt«, sagt sie mit der Waffe an Chaveas Kopf. »Raus aus dem Wagen.«

14

Ein Dach

Als Mari Paz' Leben am Segel des Gleitschirms hängt, schärfen sich ihre Sinne. Die Beine sind entspannt, ihre ganze Konzentration ist auf die Hände an den Steuerleinen gerichtet.

Hier oben weht der Wind kräftig. Viel kräftiger, als sie vermutet hat. Nicht kräftig genug, um sie wegzutragen oder die Leinen zu verwirren, aber viel fehlt nicht. Der über dem Gleitschirm kreisende Luftstrom verursacht beängstigende Pfeifgeräusche und ein lautes Rauschen.

Mari Paz muss einen engen Gleitwinkel nehmen, um sich auf den Landepunkt zu fokussieren. Sobald sie ein paar Meter gesunken ist, fliegt sie eine Kurve um den Turm herum.

Zum Glück wird sie nie erfahren, dass sich der Gleitschirm beinahe am Gerüst verfangen hätte. Er glitt nur wenige Zentimeter an der Eisenkonstruktion voller Schrauben und Haken vorbei, die den Stoff bei der geringsten Berührung zerfetzt hätten.

Jetzt kann sie hinter der verkehrsreichen Straße das Bankgebäude erkennen. Aber der kräftige Südwind lässt ihr bei diesem kleinen Ziel wenig Spielraum.

In einem selbstmörderischen Manöver gleitet sie über den verstopften Paseo de la Castellana.

Mir bleibt nur eine Bruchlandung.

Sie zieht ein S, um die Geschwindigkeit auf die Anflugschneise zu verringern. Noch eines. Trotzdem ist es für den Anflug viel zu eng. Viel zu gefährlich. Der Wind schüttelt ihren Körper, schneidet in ihre Lippen und lässt sie kaum atmen.

Mari Paz wird klar, dass sie ihr Ziel ganz knapp erreichen oder vorbeigleiten und mitten im Verkehr unter einem Bus landen wird.

Könnten wir uns ihr im freien Fall nähern, würden wir sehen, dass ihr Gesicht höchste Konzentration ausstrahlt. Möglich, dass Mari Paz nicht gut mit Worten umgehen kann, auch keinen begnadeten Verstand hat, aber beim Absprung mit einem Gleit- oder Fallschirm ist sie unschlagbar.

In ihrem Gesicht steht absolute Konzentration, sagten wir. Aber auch großer Stolz. Und ein angedeutetes Lächeln.

Mit großer Geschwindigkeit ziehen die Fenster an ihr vorüber, als sie vertikal das Hotel Fénix überfliegt. Für die letzte Entscheidung bleibt ihr eine Sekunde. Sie beschließt, den Angriffswinkel zu optimieren, um die Fallhöhe zu vergrößern und mit dem Gleitschirm auf dem Dach zu landen.

Aber das Dach ist klein und schmal.

Für einen Augenblick glaubt sie, es nicht zu schaffen. Ihr Ziel zu verfehlen und in der Calle de Goya zu enden.

Zehn Meter.

Fünf Meter.

Kurz vor der Dachkante der Bank zieht sie abrupt beide Bremsleinen, was ihren Flug in einen vertikalen Absturz verwandelt.

Es gelingt ihr nur knapp, mit eng zusammengepressten Füßen zu landen, sodass beide Beine das Aufsetzen abfedern, sie lässt sich fallen und rollt über das Dach. Doch ihr Körper kommt nicht zum Stillstand. Die Geschwindigkeit war zu hoch, und sie rollt bis zur kleinen Mauer an der Dachkante. Dass glücklicherweise der Sitz – und nicht ihr Kopf oder Hals – an die Ziegelwand prallt, rettet ihr das Leben.

Ich hab's geschafft, schreit sie innerlich. Ich hab's geschafft, *avoa*!

Was würde sie dafür geben, wenn die Großmutter sie jetzt sehen könnte. Obwohl sie weiß, dass sie ihr etwas näher gekommen ist, als sie so weit oben war. Nicht wie damals bei jenem Manöver in Polen, als sie in einer Höhe von zehntausend Metern aus dem Flugzeug sprang. Am heutigen Tag, nach diesem Sprung mit einer Miniatur-welt zu ihren Füßen, spürte sie die Großmutter an ihrer Seite, vielleicht zum letzten Mal.

Das war ein Sprung aus geringerer Höhe, allerdings mit einem Spielzeug-Equipment, avoa. *Und das Ziel war sehr klein, Großmutter.*

Das Spielzeug-Equipment bildet jetzt ein Knäuel aus Stoff und Leinen um sie herum, weshalb sie einige Zeit braucht, bis sie sich herausgeschält und die Schlaufen an Beinen und Schultern gelöst hat und sich endlich aufrichten kann.

Kaum steht sie, krümmt sie sich und muss sich erst mal heftig erbrechen. Die neuen Stiefel kann sie jetzt ver-gessen – es klebt Schokoeis mit Stückchen darauf –, aber was soll's.

Uff.

Sie richtet sich wieder auf.

Sie erbricht sich erneut.

Viel hat sie nicht mehr im Magen, zurück bleibt ein bitterer Geschmack und eine innere Unruhe, aber ihr Körper braucht eben, was er braucht.

Als er sich langsam beruhigt, wird sich Mari Paz be-wusst, welchen Wahnsinn sie gerade begangen hat. Das hatte nichts mehr mit Brotholen zu tun. Das ähnelte eher dem Spielen von Russisch Roulette.

Jetzt kommt der schwierige Teil.

Sie blickt sich um. Das Dach, auf dem bei gutem Wet-ter Veranstaltungen der Bank stattfinden, ist schmutzig und unwirtlich. Die Stühle aufeinandergestapelt und abgedeckt, die Tische voller Dreck.

Sie schenkt alldem keine Beachtung. Ihr Blick ruht auf den Zugängen.

»Es gibt zwei Türen«, hatte Aura gesagt. »Die silberfarbene mit einer Metallstange ist der Notausgang. Die kannst du ignorieren.«

Links davon eine zweite Tür. Sie ist dunkelbraun. Aus Ipé-Holz und außen verstärkt. Nur ein schlichter Knopf, ohne Schloss.

Die führt direkt in Ponzanos Büro.

»Dahinter gibt es eine kurze Treppe. Und am Ende eine weitere Tür, die ist abgeschlossen. Ich glaube aber nicht, dass es dir schwerfallen wird, sie zu öffnen.«

Mari Paz geht auf die dunkelbraune Tür zu. Nach der prekären Landung hinkt sie wieder.

Sie legt die Hand auf den Türknopf.

Das war's jetzt, denkt sie.

Und irrt sich nicht.

Denn als sie die Tür öffnet, sind zwei Automatikpistolen auf ihren Kopf gerichtet.

Die Legionärin kämpft nicht und flieht nicht. Sie versucht weder, ihre Feinde zu entwaffnen, noch die Tür zu schließen und die Treppe hinunter zu fliehen.

Es gibt kein Entkommen, das weiß sie genau.

Sie hebt einfach die Arme und geht auf die Knie, wie es Ponzanos Bodyguards befehlen, und lässt alles mit einem traurigen Lächeln über sich ergehen.

Ihr letzter Gedanke, bevor man ihr Gesicht auf den Boden drückt, gilt ihren Legionärskameraden und deren komplizierter Mission.

Jetzt hängt alles von euch ab, Legos.

15

Ein Rollstuhl

Nur fünfzig Meter entfernt ist die Situation eine ganz andere.

Gewalt gibt es auch, aber von anderer Art.

Angelo und Caballa gehen streitend die Straße entlang. Zum Glück hat sich Caballa in den letzten Jahren angewöhnt, während eines Streitgesprächs die Stimme zu senken, womit er es dominiert und immer droht, es zu beenden. Denn Angelos dritte Lieblingsbeschäftigung – die erste sind Explosionen, die zweite entfällt – besteht darin, lautstark mit Caballa zu streiten, weshalb der zu dieser Strategie übergegangen ist.

»Ich fasse es nicht, das behauptest du immer. Die Tomate kommt zuerst aufs Brot, ist doch völlig logisch, Caballa.«

»Nein, das Öl«, beharrt der. »Jegliche fettige Materie bewirkt aufgrund ihrer Beschaffenheit eine Resistenz gegen Durchlässigkeit, die …«

Das heutige Thema, ein Klassiker, ist das Frühstück. Sehr passend, denn sie haben gerade in der nächstgelegenen Bar für eine ganze Kompanie eingekauft. Zwei prall gefüllte Plastiktüten mit Bocadillos, Kaffee und einer Stange Zigaretten für Málaga, der nie genug Vorrat haben kann.

Streitthema ist das perfekte Frühstück. Toasts, erst Espresso und dann eine Kanne Milchkaffee ist der Minimalkonsens in den gemeinsamen Jahren. Doch wenn es um die Toasts geht, landen sie irgendwann immer beim katalanischen *pan y tomate*, dann wird es kompliziert. Angelo behauptet, dass das mit dem Brot, der Tomate und weiteren Zutaten aus seiner angeblichen Heimat Italien stammt und nur in dieser Reihenfolge korrekt ist. Caballa glaubt, die Ölschicht auf dem Brot verhindere, dass die Tomate sich einsaugt. Was er soeben ausführen wollte, als er sich mitten im Satz unterbrach.

Denn sie sind in die Calle Loriga eingebogen, und was sie dort sehen, hat den Streit schlagartig beendet.

Eine Frau. Eine Pistole. Zwei Legionäre in Handschellen, die aus dem Lieferwagen gezerrt werden.

Caballa zieht Angelo rasch zurück und verschanzt sich mit ihm hinter einer Hausecke. Sie wechseln einen Blick.

»Kanonenkugel!«, sagt er und stellt die Tüten mit dem Frühstück ab.

»Bist du verrückt geworden, Angelo? Sie hat eine Pistole!«

»Wir haben keine andere Wahl, Caballa. Kanonenkugel.«

Caballa entfährt eine Reihe an Seufzern, die dem Dichter Miguel Hernández gefallen hätten. Aber die Situation ist kritisch, und sie haben kaum eine andere Möglichkeit. In Caballa steigt Wut auf, ausgelöst vom Hunger, der Müdigkeit und dem Ende der nächtlichen Lektüre eines Gedichtbands – beim Schein einer Taschenlampe. Es gibt wenige Dinge, die ihn wütender machen.

Caballa schiebt Angelos Rollstuhl wieder um die Ecke und läuft trotz seiner alten Beine immer schneller.

Dabei hilft

a. die Wut

b. die Tatsache, dass die Straße abschüssig ist

c. und dass Romero derart konzentriert auf die beiden Männer ist, dass sie nicht darauf achtet, was hinter ihr geschieht, bis sie Caballas Laufschritt dicht hinter sich hört, der in dem Moment

d. die Rollstuhlbremse betätigt.

Angelo schießt nach vorn wie eine Kanonenkugel, die dem Spiel auch ihren Namen gibt. Bisher hatten sie es eher theoretisch durchgespielt – natürlich eine Idee von Angelo selbst. Der praktische Teil beschränkte sich auf ein paar Versuche im Wohnungsflur, wo immer eine Matratze für seine Landung bereitlag.

Diesmal ist es ernst.

Und am Ende des Fluges erwartet ihn keine Matratze, sondern eine Comisaria der Polizei, die sich mit gezogener Waffe umdreht.

Angelo sieht nicht sein Leben vorüberziehen, denn der Flug ist kurz, und er hat schon viel Leben auf dem Buckel. Aber es bleibt ihm Zeit für ein reuevolles »Uiii!«, was als Kriegsgeschrei eindeutig verbesserungswürdig ist.

Und ihm bleibt noch Zeit – obwohl ihm das nicht bewusst ist –, den seltsamen Blick in Romeros Augen aufzufangen.

Der besagt: *Ich kann nicht glauben, dass mir das noch einmal passiert*, was Angelo nicht versteht, ihn aber mit großer Zufriedenheit erfüllt.

Angelo prallt mit seinem ganzen Gewicht auf den Oberkörper der Comisaria. Mit solcher Wucht, dass beide zu Boden stürzen. Natürlich hat sie das Nachsehen. Doch obwohl Angelo sie rücklings niederreißt, obwohl er auf ihr liegt, obwohl der Sturz ihr die Luft abschnürt, gibt Romero nicht auf. Sie versucht sich mit den Ellenbogen zu befreien, und in einem Knäuel aus vier Armen und zwei Beinen rollen sie über die Straße.

Angelo schafft es mit seinen durchtrainierten Armen, ihr zwei Schläge zu versetzen, bevor sie ihm die Pistole an den Kopf halten kann.

Sie drückt ab.

Der Schuss hätte Angelo getötet, wäre Málaga nicht rechtzeitig da gewesen, um Romero gegen das Handgelenk mit der Waffe zu treten. Die Kugel reißt Putz und Ziegelsteine aus der Hausfassade.

Um Angelo vor ihr zu schützen, stürzt sich Chavea ohne zu zögern auf Romero. Angesichts seines Zustands nach deren Misshandlung wirkt es eher wie das Niederknien eines Kamels, damit ein Achtzigjähriger aufsteigen kann. Es folgt ein Gerangel mit verkeilten Knien und noch mehr Knurren. Trotzdem gelingt es ihm, ihr seinen Bauch aufs Gesicht zu drücken, und sie muss den Kopf abwenden, um noch Luft zu bekommen. Als Caballa seinen Fuß auf ihren Arm mit der Waffe stellt, sieht das Ganze schon besser aus.

Aber.

Ein Mann öffnet das Fenster des Nachbarhauses. Ein Rentner im Pyjama, mit leichtem Schlaf und dem richtigen Riecher.

»Alles in Ordnung?«

Von seiner Position aus kann er die beiden, mit der Frau ringenden Legionäre nicht sehen, dafür müsste er sich nur ein wenig vorbeugen. Und in diesem Viertel ist die Polizei sehr schnell zur Stelle. Was sie nicht riskieren können, wenn sie die Pistole mit Mari Paz' Fingerabdrücken finden wollen.

Málaga macht Caballa ein Zeichen, während Angelo seine Hand fest auf Romeros Mund presst, die sich unter Chavea windet.

»Ja, vielen Dank«, ruft Caballa im Tonfall eines respektablen Bürgers. »Uns ist nur ein Reifen geplatzt.«

Der Alte mustert ihn argwöhnisch. Schließlich bewirken sein Aussehen eines armen Mannes und seine Stimme eines Professors (wenn auch nur an der Universität des Lebens) ein Wunder.

»Brauchen Sie Hilfe? Ich war früher Automechaniker.«

»Nichts, was ein Abschleppwagen nicht beheben könnte. Vielen Dank für Ihr Angebot, Señor.«

Als das Fenster wieder geschlossen wird, atmen die Legos erleichtert auf. Caballa entreißt Romero die Pistole, und Angelo durchsucht ihre Jackentaschen. Zum Dank bekommt er einen Schlag ins Gesicht und den Schlüssel für die Handschellen.

Caballa befreit erst Chavea und dann Málaga.

Der Sargento schaut besorgt auf die Uhr.

Sie sind spät dran, sehr spät.

Vielleicht schon zu spät.

»Wir beide unterhalten uns drinnen im Haus weiter, das hatten Sie ja eh vor«, sagt er zu Romero, die sich noch immer windet, den Blick voller Wut und Angst. »Nur, dass es etwas anders ablaufen wird.«

16
Ein Büro

»Wir haben sie dabei erwischt, wie sie sich mit einer gefälschten Karte Zugang verschaffen wollte«, erklärt die Sicherheitschefin Ponzano.

Der Banker nimmt die Plastikkarte mit dem schmutzigen Tesafilm entgegen.

»Ein lächerlicher Klebestreifen«, betont Flaschenboden. »Selbst wenn wir nicht gewusst hätten, dass sie kommt, hätte das keiner Kontrolle standgehalten.«

Die Frau schüttelt verdrossen den Kopf.

»Wirklich nicht sehr einfallsreich«, fügt sie hinzu. »Mir scheint, dass diese Frau Ihren hohen Ansprüchen nicht gerecht wird, Herr Präsident.«

»Irren Sie sich da mal nicht«, sagt Ponzano mit erhobenem Zeigefinger. »Sie ist keinesfalls zu unterschätzen.«

Sie befinden sich in Ponzanos Büro, wo das orangefarbene Licht der aufgehenden Sonne die altmodische und dekadente Einrichtung noch hervorhebt. Die ausgestopften Auerhähne zeigen ihr wahres Gesicht, Leichen in unnatürlicher Pose. Die Bilder an den Wänden haben Risse, an den Lampen kleben unzählige Insektenkadaver.

Der Teppich ist hingegen ziemlich sauber.

Auf dem steht barfuß und in schwarzem Overall – der genauso kratzt wie beim letzten Mal – Aura Reyes und macht gute Miene zum bösen Spiel.

Ponzano wandert mit den Armen auf dem Rücken um sie herum und erwägt seinen nächsten Schachzug.

»Dass Señora Reyes versucht hat, mit ihrem alten Mitarbeiterausweis durch den Haupteingang die Bank zu betreten, war schlicht dumm. Sie hatte keinen Grund zu glauben, dass die Karte noch funktioniert.«

Er gibt ihr mit der Karte einen Nasenstüber, was bewirkt, dass in Aura eine Welle der Wut und Demütigung aufsteigt.

»Sie hat tatsächlich nicht mehr funktioniert«, erklärt er. »Sie wurde lediglich für heute aktiviert, um zu verhindern, dass sich Señora Reyes bei Nichtfunktionieren sofort umdreht und verschwindet. Wir wollten ein bisschen mit ihr plaudern.«

Ponzano geht zum Schachbrett und bewegt ein paar Figuren. Die weißen Bauern schaffen Platz.

»Eine kleine Öffnung in den Reihen, um den wertvollen Läufer zu umringen, der zum Schachmatt strebt. Direkt zum Sieg, ohne Angst vor dem Tod.«

Er stellt den gegnerischen Läufer in das zweite Feld, diagonal zum König.

»Ein selbstmörderischer Zug, der niemanden täuschen kann«, sagt Ponzano, dessen Blick zwischen Schachbrett und Auras gequältem Gesichtsausdruck hin- und herwandert.

»Es reicht, Sebastián«, sagt sie.

Was Ponzano einfach überhört. Er genießt seinen Triumph wie ein ausgehungerter Köter einen Knochen.

»Vorzugeben, in die Falle zu tappen, ist die beste Strategie«, fährt er fort. »Denn dieses selbstmörderische Manöver sollte nicht zum Ziel führen. Es war nichts weiter als eine Ablenkung vor dem wahren Angriff.«

Er ruft etwas Richtung Tür, die auf die Dachterrasse führt, und macht eine theatralische Handbewegung.

Die Tür geht auf, und zwei Security-Männer schleppen Mari Paz herein. Sie trägt ebenfalls einen schwarzen Overall.

»Señora Reyes war nur das Ablenkungsmanöver. Das hier ist der echte Angriff.«

Die beiden Männer führen sie zu Aura, die ihrer Gefährtin vor lauter Scham über das eigene Versagen nicht in die Augen schauen kann.

Mari Paz hingegen hat keinerlei Skrupel, sich ausführlich umzusehen, und scheißt auf alles, auf das man scheißen kann.

»Ich habe dir gesagt, dass der Plan mit der heißen Nadel gestrickt ist.«

Aura schweigt.

»Ich rede mit dir, Blondi.« Mari Paz stupst sie mit der Schulter.

Aura lässt kummervoll den Kopf hängen.

»Es tut mir leid«, flüstert sie kaum hörbar.

»Es tut dir leid?«, erwidert Mari Paz. »*Mir* tut es leid, Blondi.«

»Señoras, ich bitte Sie«, fällt Ponzano ein, der sich ein Grinsen nicht verkneifen kann. »Ein bisschen Würde in der Niederlage.«

»Wie du sie bei einem Sieg zeigst, was, Sebastián?«, entfährt es Aura.

Ponzano macht ein zerknirschtes Gesicht.

»Hab ein wenig Nachsicht mit einem armen Alten. In meiner Lebensphase bleiben mir nur noch wenige genussvolle Momente. Mach mir diesen hier nicht zunichte.«

Mari Paz spuckt auf den Teppich. Zu mehr reicht es nicht, denn ihr Mund ist nach dem Erbrechen und dem vielen Wind, den sie auf dem Flug geschluckt hat, wie ausgetrocknet.

Ponzanos Lächeln wird breiter.

»Noch so eine Sauerei, und ich lasse dich von meinen Männern zusammenschlagen, du Mannweib.«

Jetzt muss Mari Paz grinsen.

»Mannweib? Wie ich sehe, bist du so alt, wie du aussiehst.«

Ponzano bleibt ungerührt.

»Nenn mich alten Mann, wenn du willst. Für mich ist es tröstlich zu wissen, dass du selbst nach meinem Tod noch viele Jahre im Gefängnis verrotten wirst. Dafür werde ich sorgen.«

Die Legionärin zerrt an ihren Handschellen und will einen Schritt nach vorn treten, doch Aura hält sie zurück.

»Mach es nicht noch schlimmer, bitte.«

Mari Paz atmet aus und entspannt sich ein wenig.

Ponzano lächelt unerschütterlich.

»Wer weiß, vielleicht könnt ihr euch als gute Freundinnen eine Zelle teilen. Kleine Hafterleichterung sozusagen. Aber vergessen wir nicht das Wichtigste.«

Er streckt die Hand aus.

»Die Beweise«, sagt er.

Aura wendet den Blick ab.

»Ich weiß nicht, wovon du sprichst.«

»Stell dich nicht dumm, Aura. Das konntest du noch nie. Erinnerst du dich an die vielen Nachmittage, die wir gespielt haben?«, sagt er und zeigt auf das Schachbrett. »Ich bin deinen Zügen immer zuvorgekommen.«

Er macht eine ausholende Geste.

»Diese ganze Legende von Aura Reyes, unserem Goldesel. Fähig, den Pinguinen einen Kühlschrank zu verkaufen. ›Wenn du einen Raum mit ihr betrittst, bist du geliefert‹, hieß es hinter deinem Rücken. Das alles … hat mit mir nie funktioniert, Aura.«

Er geht zu ihr und streicht ihr mit dem Finger übers

Kinn. Es ist zärtlich gemeint, hat aber eine verheerende Wirkung.

»Alles, was du kannst, habe ich dir beigebracht. Deshalb weiß ich auch, wann du lügst.«

Aura wendet den Kopf bei Ponzanos Berührung nicht ab. Sein Finger ist kalt wie ein Leichentuch.

»Ich habe keine Beweise gegen dich, Sebastián. Dafür hast du ja gesorgt. Aber wenn ich welche hätte … könnten wir vielleicht eine Übereinkunft finden.«

Ponzano tritt unruhig einen Schritt zurück.

Aura will weitersprechen, kommt aber nicht mehr dazu, weil in dem Moment auf Ponzanos Handy eine Nachricht eingeht.

Nicht auf dem normalen. Auf dem anderen.

Dem für bestimmte Machenschaften.

Dessen Nummer nur ein Mensch kennt.

Der Banker hatte auf ein Zeichen von Comisaria Romero gewartet, weshalb er die Nachricht rasch überfliegt.

Als er wieder aufblickt, ist die Unruhe aus seinem Gesicht verschwunden.

Jetzt ist sein Blick wieder triumphierend.

»Aura, Aura, wie konntest du nur so einen kindischen Fehler machen?«

17

Eine Gefriertruhe

(kurz zuvor)

Schlecht im Sinne des Wortes wird sie nicht behandelt.

Nach einer schnellen Runde durch das Haus befindet Málaga, dass die Toilette im Keller der geeignete Ort sei, um Romero festzusetzen. Eine Rohrleitung, die vom Boden bis zur Decke führt, sieht ziemlich stabil aus. Wenn sie darauf eintritt, wird sie platzen, aber erst nach einer guten Weile.

Also fesselt er sie mit der Handschelle ans Rohr und lässt sie von Chavea bewachen, der nicht viel Trara macht, während die anderen bei ihrer Suche nach der Pistole das ganze Haus auf den Kopf stellen.

Romero starrt ihn provozierend an.

Er schweigt.

Sie erwartet die unvermeidliche Retourkutsche für die Prügel, die sie ihm verabreicht hat. Einen gerechten Ausgleich.

Der nicht erfolgt.

Chavea beschränkt sich darauf, sie zu bewachen. Die eine Hand auf die Rippen gepresst – die ziemlich schmerzen –, drückt er mit der anderen ein Taschentuch auf seine blutigen Lippen – die geschwollen sind.

Keiner von beiden sagt etwas. Sie, weil sie innerlich vor Wut schäumt wegen ihrer Niederlage. Er, weil er wegen ihrer Schläge große Schmerzen hat.

»Geschafft, Chavea«, sagt Málaga, als er in die Toilette zurückkommt.

In der Hand hat er eine Packung Pescanova-Fischstäbchen, überzogen mit einer dicken Reifschicht. Als Caballa sie aus der Gefriertruhe holte, fiel ihm ihr ungewöhnliches Gewicht auf. Als würde eine Pistole drinstecken.

»Sie sollten sich was schämen«, sagt er und hält ihr die Packung unter die Nase. Es ist nicht ganz klar, ob er die Pistole oder die Fischstäbchen meint.

Romeros Augen blitzen hasserfüllt, als sie die Packung erkennt. Sie rüttelt an den Handschellen und flucht ohnmächtig.

»Vorsicht, Sie tun sich noch weh.«

Er übergibt die Fischpackung mit Pistole Chavea, der damit davonhumpelt.

Málaga geht vor der Comisaria in die Hocke und zeigt ihr das Handy, das er in ihrem Mantel gefunden hat. Romero begreift sofort, was der Sargento vorhat, und wendet schnell das Gesicht ab, aber zu spät. Das Smartphone verfügt über eine Gesichtserkennung und ist entsperrt.

Mühsam richtet sich Málaga wieder auf. Auch wenn er keine Prügel bezogen hat, machen sich sein Alter und die lange Nacht im Lieferwagen bemerkbar.

Der Verprügelte kommt mit einem Tablett zurück. Darauf liegen eine Wasserflasche aus dem Kühlschrank und Schokoladenkekse, die er in irgendeinem Schrank gefunden hat.

»Falls es länger dauert, bis Sie das Rohr zerstört haben, Señora«, sagt er und stellt das Tablett vor der verdatterten Comisaria auf den Boden.

Für Romero ist diese menschliche, mitleidige Geste des Mannes, den sie gerade gefoltert hat, wie eine schallende Ohrfeige. Ihr Zorn verwandelt sich in Magensäure und Bleigewicht in der Seele. Prügel wären ihr tausend Mal lieber gewesen.

»Damit kommt ihr nicht durch«, faucht sie. »Ich werde euch bis ans Ende der Welt jagen, ihr Arschlöcher.«

»Schon möglich, Señora«, sagt der Sargento achselzuckend. »Aber erst ab morgen.«

Er gibt Caballa das Smartphone.

»Mach du das, du kannst besser schreiben.«

Der Cabo grinst theatralisch und zieht einen Zettel aus der Hosentasche.

»Ich hoffe, es ist noch nicht zu spät, Sargento.«

Málaga kaut nervös auf seinem Schnurrbart herum.

»Ich auch, Caballa. Ich auch.«

18

Zinseszinsen

Ponzano liest Romeros Nachricht ein zweites Mal und kann sich ein Lächeln nicht verkneifen.

> Ich habe die Informantin.
> Beweise sind auf USB-Stick,
> im Boden von Reyes' Handtasche eingenäht.
> Bin auf dem Weg zu Ihnen.

»Bringen Sie mir die Handtasche von Señora Reyes«, sagt er zur Sicherheitschefin.

Die Frau wirkt besorgt.

»Das ist keine gute Idee.«

Ponzano, nicht an Widerspruch gewöhnt, erstarrt.

»Ich bin mir nicht sicher, ob ich Sie richtig verstanden habe.«

»Das ist gegen die Vorschriften, Herr Präsident.«

Was glaubt diese Frau eigentlich, wer sie ist? Bewegt

etwa nicht er, Sebastián Ponzano, alle Figuren auf dem Schachbrett, allen immer drei Schritte voraus und von Anfang an feststehender Sieger?

Dieser ... alte Hasenfuß. Wie kann sie es wagen?

»Ich weiß genau, was ich tue.«

»Wir haben den Inhalt noch nicht überprüft ...«

»Dann leeren Sie ihn aus. Ist mir egal.«

»Aber ich ...«

Bei Ponzanos Blick bleiben ihr die Worte im Hals stecken.

Dieser Blick verbittet sich jede Diskussion, und die Sicherheitschefin hat oft genug erlebt, was bei einem Wutanfall des Präsidenten herauskommt.

Mit gesenktem Kopf verlässt sie den Raum und ist gleich darauf mit der leeren Handtasche zurück.

»Ich muss Ihnen sagen, dass ich beim ersten Abtasten ...«

Ungeduldig reißt Ponzano ihr die Tasche aus der Hand.

»Dass Sie einen USB-Stick im Boden der Handtasche gefunden haben. Ich weiß, ich weiß. Immer drei Schritte voraus«, sagt er, genervt davon, dass nie jemand auf seiner Höhe zu sein scheint.

Er stellt die Tasche auf den Schreibtisch und holt eine Schere aus der Schublade. Eine dieser alten rostfreien und sehr scharfen aus Edelstahl. Sie hat seinem Vater gehört.

Wenn du mich jetzt sehen könntest, Papa.

Entschlossen beginnt er, die Tasche zu zerlegen, er zerschneidet Futter und Leder der letzten Prada-Handtasche, die Aura geblieben ist.

»Nein«, sagt sie hilflos, als würde der Anblick sie schmerzen, als wäre das Leder die eigene Haut. »Bitte Sebastián, tu das nicht.«

Ponzano grinst boshaft. Was für ein Triumph! Er kann sich nicht daran erinnern, wann er sich zuletzt so gut gefühlt hat.

»Aber ... Was haben wir denn da?«

Er zieht den kleinen USB-Stick heraus und hält ihn ins Licht. Dann schiebt er die Brille auf die Nase und begutachtet ihn.

»Sebastián, bitte, hör mir zu. Lass uns reden ...«, fleht Aura.

Der Banker geht nicht darauf ein. Zum Entsetzen seiner Sicherheitschefin steckt er den Stick in seinen Laptop.

»Herr Präsident ...«

»Ruhe. Alle.«

Ponzano öffnet den heruntergeladenen Ordner und schaut sich seinen Inhalt genauer an. Dann lacht er schallend auf und dreht den Laptop um, damit alle mitlachen können.

»Ernsthaft? Das ist alles?«

Auf dem Monitor ist nur ein Foto zu sehen. Sebastián Ponzano verlässt die Bank, in der einen Hand seinen Aktenkoffer und in der anderen ein paar Bücher.

Einen Schritt hinter ihm Aura Reyes. Die alte Aura, die von früher. Die vertrauensvoll und glücklich dem Weg folgte, den ihr Mentor ihr vorgezeichnet hatte. Nicht ahnend, dass sie schon in naher Zukunft nicht nur den Tod ihres Mannes verkraften muss, sondern auch den Verrat des Mannes, den sie bewundert und liebt wie einen Vater.

Das Foto ist von schlechter Qualität, es stammt aus einer Datenbank der Presseagentur EFE. Das einzige Foto, das von ihnen beiden je veröffentlicht wurde. Und der Präsident der Bank hatte dafür gesorgt, dass keine einzige Zeile bezüglich des Betrugs von Auras Investmentfonds darunter auftauchte.

Das Bild ist ein wenig peinlich.

Mehr nicht.

»Ich fass es nicht«, sagt Ponzano. »Ein schlechtes Foto, das der Presseabteilung durchgerutscht ist. Das wolltest du gegen mich verwenden?«

Er knallt den Laptop zu.

Ohne zu bemerken, dass der USB-Stick noch blinkt.

»Was hattest du damit vor, Aura?«

Ponzano kommt kopfschüttelnd und enttäuscht näher.

Aura schaut auf die Wanduhr.

Sie ist das einzige modernere Element der Einrichtung. Eine Digitaluhr mit roten Ziffern.

Sie hat drei Sphären mit der Uhrzeit von New York (zwei Uhr siebenundfünfzig nachts), von London

(sieben Uhr siebenundfünfzig morgens)

und Madrid

(acht Uhr siebenundfünfzig).

Was heißt, dass sie noch drei Minuten durchhalten muss. Drei volle Minuten muss sie dem Blick des besten Schachspielers standhalten, den sie je kennengelernt hat.

Drei Minuten, in denen sie hofft, dass Sere ihren Part rechtzeitig erfüllt.

»Wie lange brauchst du, wenn er den Stick eingesteckt hat?«, hatte sie sie am vergangenen Nachmittag in der Bar gefragt.

Sere warf ihre Pfeile, bevor sie antwortete.

»Kommt auf den Computer an. Kannst du mir Modell und System nennen?«

»Was weiß denn ich. Ich glaube, er hat einen HP. Keine Ahnung.«

Sere warf noch ein paar Pfeile.

»Ungefähr fünf Minuten.«

»Es muss unbedingt vor neun Uhr passieren«, hatte Aura sorgenvoll gemahnt.

»Dann beeilt euch mal, Mausis.«

Aura und Mari Paz hatten ihren Part erfüllt. Mari Paz, ohne es zu wissen.

Jetzt hängt alles von Sere ab.

Aura kann nur noch Zeit schinden.

Und das gelingt paradoxerweise nur, wenn sie den Spieß umdreht. Sie darf ihm keine Zeit lassen, den USB-Stick wieder herauszuziehen.

Also schließt sie die Augen, als Ponzano enttäuscht und kopfschüttelnd auf sie zukommt, und macht ihren letzten Einsatz.

Sie lächelt.

Es ist ein seltsames Lächeln. Es enthält kein Glück, auch keine Freude.

Es ist ein geheimnisvolles Lächeln. Auch nicht das einer Mona Lisa, wir wollen ja nicht übertreiben. Aber es lädt zweifelsohne dazu ein, Fragen zu stellen. Sich selbst Fragen zu stellen.

Und wie sie ihren Mentor kennt, ist das die beste Art, Zeit zu schinden.

Viele Jahre der eisernen Disziplin und der Unnachgiebigkeit im Geschäftsgebaren auf höchstem Niveau haben Ponzano – und auch Aura – gelehrt, nie etwas preiszugeben, weder in der Mimik noch in den Fragen, aber jetzt fällt es ihm sichtlich schwer, seine Überraschung und Ungläubigkeit über dieses Lächeln zu verbergen.

Ich werde sie nichts fragen.

Die beste Verhörtaktik ist immer das Schweigen. Den Mund zu halten führt mit Sicherheit dazu, dass dem Gegenüber eine Information herausrutscht, nur um das Schweigen zu füllen.

Als Ponzano sieht, dass Aura schweigt, verspürt er im

Magen einen Stich des Zweifels, den er rasch verdrängt. Nein, er hat an alles gedacht.

Was, zum Teufel, spielt sie für ein Spiel?

Das ist doch alles schreckliche Zeitverschwendung.

Da macht Aura endlich den Mund auf.

»Du hattest von Anfang an recht, Sebastián.« Sie zeigt auf das Schachbrett.

Alles nur, um seine Aufmerksamkeit vom Computer auf dem Schreibtisch abzulenken.

Es ist acht Uhr achtundfünfzig. Und dreiundvierzig Sekunden.

»Es gab einen Läufer, das war ich«, sagt sie so gedehnt wie möglich. »Ich hätte nie gedacht, dass ich mit meiner alten Mitarbeiterkarte einfach so in die Bank spazieren kann. Wenn ich ehrlich bin, wäre es mir lieber gewesen, wenn man mich abgewiesen hätte und ich wieder hätte verschwinden können. Ich hatte große Angst davor, hier oben bei dir zu sein.«

Ponzano fordert sie mit einer ungeduldigen Handbewegung auf, weiterzusprechen.

»Mein Auftritt sollte nur die Sicherheitsleute ablenken, damit Mari Paz sich über das Dach Zugang verschaffen kann. Dafür ist sie ein großes persönliches Risiko eingegangen, wofür ich ihr sehr dankbar bin.«

Acht Uhr neunundfünfzig. Und elf Sekunden.

»Dafür nicht, Blondi«, sagt die Legionärin.

»Halt den Mund«, herrscht Ponzano sie an. Weil er konzentriert darauf ist, Auras geheimnisvolles Lächeln zu entschlüsseln, ist ihm glatt entgangen, dass sich Mari Paz' Tonfall verändert hat. Sie hat inzwischen ihre eigenen Berechnungen angestellt. Und sie dem hinzugefügt, was Aura ihr nicht erzählt hat.

»Mari Paz war natürlich der Turm. Ein Angriff von der Seite mit einem direkten entscheidenden Trick, in der Absicht, die Nachhut zu durchbrechen. Hätte es funktioniert, hätte ich mein Ziel erreicht«, sagt sie und blickt zu Boden.

»Du hattest nie die geringste Chance«, sagt Ponzano.

»Glaubst du, damit habe ich nicht gerechnet, Sebastián?«

Ponzano starrt sie an. Dann schaut er auf das Schachbrett.

»Kann ich?«, fragt Aura.

»Beeil dich«, befiehlt er.

Aura nimmt den Bauern, der den weißen König vor einem diagonalen Zug schützt, und stellt stattdessen einen der roten Bauern auf das Feld.

»Dein Fehler war, Sebastián, nicht zu wissen, für wen dein Läufer spielte. Aber das wundert mich nicht. Denn das wusste nicht einmal sie selbst.«

Ponzano starrt auf das Schachspiel.

Der König ist gefangen zwischen Läufer, Turm und der letzten Figur, die die Farbe gewechselt hat.

Schachmatt.

Verständnislos schaut er wieder Aura an.

Und da fällt es ihm wie Schuppen von den Augen.

Durch das leichte Vibrieren in der Jackentasche. In die er nach Romeros Nachricht das Handy gesteckt hat.

Die Comisaria hatte ihm von dem Plan berichtet, weil Sere ihre Freundinnen – angeblich – ein zweites Mal verraten hat.

Zumindest wollte Aura sie das glauben machen.

Der Bauer, der nicht weiß, für welche Seite er spielt.

Plötzlich versteht Ponzano alles – oder zumindest genug – und eilt mit erstaunlicher Agilität für einen Mann seines Alters zu seinem Laptop.

Er reißt den USB-Stick heraus.

Noch drei Sekunden.

»Was hast du getan?«, fragt er und hält den Stick in die Höhe.

Aura sagt nichts.

Nicht einmal sie kann sich sicher sein.

In dem Moment klingelt Ponzanos Smartphone.

Nicht das gute. Das andere.

Dessen Nummer nur eine Person hat.

Der Präsident nimmt den Anruf an und legt los: »Hören Sie, Romero, ich weiß nicht, ob man Sie auch getäuscht hat oder ...«

Plötzlich bricht er ab.

»Nein«, antwortet er.

Die Stimme am anderen Ende der Leitung wiederholt ihre Aufforderung.

Verwirrt stellt Ponzano das Handy auf Lautsprecher.

»Bin ich jetzt zu hören?«

»Laut und deutlich, Sere«, antwortet Aura, die jetzt die Kontrolle übernimmt.

»Ich rufe an, um zu bestätigen, dass alle Käufe des Herrn Präsidenten rechtzeitig getätigt wurden«, sagt Sere.

»Welche Käufe«, knurrt Ponzano.

Aura lächelt breit. Jetzt zeigt ihr Ausdruck nichts Geheimnisvolles mehr. Nur die genüssliche Erleichterung darüber, die letzten Sekunden des Laufs geschafft zu haben.

»Gestern hast du die Aktionäre der Bank ganz schön nervös gemacht, Sebastián. Du hast sie glauben lassen, das öffentliche Übernahmeangebot von Trueba sei das Beste für ihre Interessen. Weshalb viele Investoren heute Nacht erschrocken ihre Aktien verkauften, wie du es vorhergesehen hattest.«

Ponzano zuckt zusammen, als er begreift, was geschehen ist.

»Nein …«

»Vermutlich hast du deine Käufe so angelegt, dass du so viele Aktien wie möglich zum fallenden Preis erwerben kannst. Wir haben deine Kaufanweisungen nur ein wenig modifiziert.«

Ponzano loggt sich in sein Investitionskonto ein.

Aura lässt ihm Zeit.

Als die Seite geöffnet ist, verschlägt es ihm vor Wut die Sprache.

»Trueba hat vierunddreißig Euro pro Aktie geboten, obwohl du wusstest, dass sie mindestens neun Euro mehr wert sind. Wir haben bedacht, wie sehr du diese von deinem Vater gegründete Bank liebst, und haben das Dreifache geboten.«

Der Präsident bewegt hektisch die Maus, auf der Suche nach dem Tab für die Auftragsregistrierungen. Eine Liste mit Tausenden von Aufträgen öffnet sich und rattert vor seinen Augen herunter.

Er versucht, sie zu aktivieren und zu annullieren. Aber es ist zu spät. Die Transaktionen werden außerhalb der Bank getätigt, und erst einmal abgeschlossen, gibt es keinen Weg zurück.

Und mit der neuesten Technologie lassen sich diese Transaktionen in Millisekunden abschließen.

»Wie es aussieht, hat dein Wertpapier-Portfolio kein Kreditlimit, Sebastián«, spricht Aura laut aus, was er gerade gesehen hat. »Was dir erlaubt, dich bei deiner eigenen Bank so hoch zu verschulden, wie es dir beliebt. Auf welche Summe belaufen sich die Schulden, Sere?«

»Fünfundzwanzig Peseten für die richtige Antwort«, imitiert Sere die Fernsehmoderatorin Mayra Gómez Kemp. »Drei Milliarden Euro.«

Ponzanos Stöhnen ist zunächst lautlos, steigert sich dann aber zu einem wütenden Aufschrei.

Gut möglich, dass er kein Kreditlimit hat, aber das Geld gehört nicht ihm, sondern der Bank.

Weil diese Aktien den Preis nicht wert sind, den er dafür bezahlt hat.

Und weil nach allem, was gerade geschehen ist, Laura Trueba sich auf Französisch aus der Fusion empfehlen wird, und zwar schneller, als man »toxische Vermögenswerte« sagen kann.

Oder schlimmer, sie kassiert die Bank für ein paar Brotkrumen ein.

Ponzanos Schrei wird zum Wutanfall, als er die Kabel aus dem Laptop reißt und ihn auf den Schreibtisch schlägt, immer wieder, bis nur noch ein Haufen Plastikschrott übrig ist.

»Du«, keucht er, nachdem er den Rest auf den Boden geschleudert hat und mit erhobenem Zeigefinger auf Aura zugeht. »Du wirst ihnen sagen, was du getan hast.«

»Wie das, Sebastián? Die Software, die du von Sere hast entwickeln lassen, ist nicht zu knacken, und die Transaktionen wurden von deinem Computer aus getätigt«, erwidert Aura und zeigt auf den Schrotthaufen am Boden. »Hast du das in der Voruntersuchung zu meinem Prozess nicht unter Eid ausgesagt?«

Sein Finger hält inne, und er reißt den Mund auf, als sein Gehirn schlagartig das Ausmaß der ausgleichenden Gerechtigkeit begreift, die Aura ihm gerade geliefert hat.

»Verfluchte Schlampe. Das wirst du mir bezahlen.«

»Sebastián, bitte. Ein bisschen Würde in der Niederlage.«

»Ihr drei werdet mir das bezahlen.«

Ponzano dreht sich um und wankt zum Schreibtisch.

Wobei er mit der Schulter das Porträt seines Vaters streift, das nun schief hängt.

»Zunächst musst du der Bank das Geld zurückzahlen, das sie dir geliehen hat. Ich hoffe, du zahlst … mit Zinseszinsen.«

Epilog

Auf dass alles in Flammen aufgehen möge

Ursprung ist das Ziel.

Karl Kraus

Wer einen Freund findet,
findet einen Schatz.

Bud Spencer

Ein Abschied

Flaschenboden begleitete sie zum Ausgang.

Es gab nichts, wessen sie die beiden beschuldigen konnte. Höchstens des Hausfriedensbruchs und der Verschmutzung des Daches.

Ponzano hätte ihnen Schaden zufügen können, aber er weiß genau, dass das die Käufe nicht rückgängig macht, und etwas zu tun, was ihm keinen Nutzen bringt, macht ihm keinen Spaß. Er ist vor allem Schachspieler. Aura weiß, dass er das nicht auf sich beruhen lassen wird. Dass er sich rächen wird. Aber nicht heute.

Deshalb lässt man sie mit ihren Klamottenbündeln in der Hand gehen.

»Den Overall können Sie behalten«, sagt die Sicherheitschefin.

»Er kratzt am Po«, beschwert sich Mari Paz.

»Wem sagen Sie das. Ach, Señora Reyes, noch etwas«, sagt sie, als Aura durch die Sicherheitsschleuse geht.

Aura dreht sich neugierig um. Die Frau hat jetzt nicht mehr diesen gelangweilten Ausdruck im Gesicht.

»Ich arbeite seit fast vierzig Jahren in diesem Beruf und habe mit dem Gründer dieser Bank, er möge in Frieden ruhen, angefangen. Lassen Sie mich Ihnen sagen …«

Sie schiebt mit eleganter Geste die Brille hoch.

»In diesen vierzig Jahren ist es das erste Mal, dass ich den Finger in den Hintern gesteckt bekomme«, sagt sie sehr ernst.

»Ich erwarte nicht, dass Sie mir dafür dankbar sind«, antwortet Aura ebenso ernst.

Eine Schlappe

»Wie ist der Diebstahl gelaufen?«, fragt Alex als Erstes, als sie nach Hause kommen. »Musst du jetzt nicht mehr ins Gefängnis?«

»Welcher Diebstahl? Wovon redest du?«, erwidert ihre Mutter, nicht gerade eine gute Schauspielerin.

»Na von dem, was ihr für heute geplant habt«, sagt Cris. »Das, was *die Scheiße im Casino* wiedergutmachen soll.«

»Du sollst keine Schimpfwörter benutzen«, wird sie von ihrer Schwester getadelt.

»Es ist kein Schimpfwort, wenn ich Mama zitiere.«

»Das hat MP gesagt.«

»Gilt auch nicht.« So schnell gibt Cris nicht klein bei.

Es nützt auch nichts, dass Aura versucht, das Offensichtliche zu leugnen, um es dann in allen Farben auszumalen. Die Mädchen haben ihre gesamte Unterhaltung mit Mari Paz belauscht. Die fehlenden Informationen haben sie den Handy-Nachrichten der drei Frauen entnommen.

»Warum habe ich ihnen nur meine PIN gegeben?«, beklagt sich Aura.

»Deine Mädchen sind besser als der Geheimdienst«, sagt Mari Paz lachend. »Ich glaube, sie haben eine Erklärung verdient.«

»Ich weiß nicht, ob ich das will. Zumindest nicht diese.«

Mari Paz und Aura wechseln einen Blick. Dann schaut sie die beiden Mädchen an.

Es ist Zeit, ihnen die Wahrheit zu sagen. Aber das ist nicht so einfach.

»Ich glaube, wir lassen sie besser allein«, sagt Mari Paz und will Sere aus dem Raum schieben.

»Nein,« widerspricht Aura. »Bleibt bitte hier, beide.«

»Bist du dir sicher?«

»Wenn ich so lange weg bin, wirst du jede Hilfe gebrauchen können«, sagt Aura und zeigt auf Sere.

»Ich kann gut mit Kindern«, behauptet die.

Was stimmt.

Als sie Sere kennenlernten, haben die Mädchen sie sofort mit grenzenloser Liebe adoptiert. Mari Paz – die schnell eifersüchtig wird – meint, vollkommen zu Unrecht. Sere denkt sich Spiele aus und schummelt bei dem alten, abgegriffenen Scrabble, das es gibt, seit Aura laufen kann. Und sie kann die Dialoge fast aller Folgen von *SpongeBob* auswendig, wofür besonders Alex sie grenzenlos bewundert.

»In Ordnung«, gibt Mari Paz nach. »Hoffentlich werfe ich sie nicht zum Fenster raus.«

Aura legt beiden die Arme über die Schultern und führt sie zum Sofa, wo die Mädchen sie erwartungsvoll anblicken.

»Alex, Cris, wir müssen euch etwas erzählen …«

Die Zwillinge hören ernst und aufmerksam zu. Sie sind richtig groß geworden. Sie weinen nicht, sie protestieren nicht. Sie wollen stark sein. Für Mama und das, was noch kommt.

Was Besseres könnte ich mir nicht wünschen, denkt Aura.

Ein Schatz

Nachdem sie die Zwillinge beruhigt haben, gehen die Frauen runter, um ein letztes Glas zusammen zu trinken. Die Bar ist (wie immer) leer und riecht (noch immer) nach frittierten Calamares. Sie begehen den Fehler, Sere bestellen zu lassen.

»Was, zum Teufel, ist denn das?«, fragt Mari Paz, die ein Bier erwartet hat.

Sie hält sich das Glas mit der gelben Flüssigkeit und den drei angetauten Eiswürfeln vor die Nase.

»Malibu Ananas«, verkündet Sere selbstgefällig. »Die Königin der Longdrinks.«

»Königin der Plörre«, mault Mari Paz. »Ich will ein Estrella.«

»Hier gibt's nur Cruzcampo.« Freundlicher Hinweis von Aura.

»Konnten wir nicht in eine Bar gehen, wo es vernünftiges Bier gibt?«

»Warum trinkst du nicht mal einen Schluck?«, fragt Aura in einem Tonfall, der besagt: Woher weißt du, dass es dir nicht schmeckt, wenn du das Zeug noch gar nicht probiert hast? So redet sie oft mit den Zwillingen. Vor allem mit der sehr wählerischen Cris.

Also probiert Mari Paz gehorsam, aber misstrauisch einen Schluck. Ihre Augenbrauen schnellen in die Höhe. Dann trinkt sie einen weiteren großen Schluck, das Glas ist halb leer.

»Nicht schlecht«, räumt sie schließlich ein.

»Malibu Ananas eben«, erwidert Sere grinsend und hebt ihr Glas. »Worauf stoßen wir an?«

»Darauf, dass diesmal nicht immer die Gleichen gewonnen haben.«

»Oder, dass wir zumindest einen Ausgleich geschaffen haben.«

Der Grund für den Trinkspruch hängt wie ein dunkler Schatten über ihren Köpfen.

»Wenn du vielleicht mit Ponzano angefangen hättest …«, sagt Sere leise.

»Es gab keine guten Voraussetzungen dafür«, entgegnet Aura, die lange darüber nachgedacht hat. »Hätte Ponzano nicht Romero auf uns angesetzt, hätten wir Toulours Geld gehabt und gut.«

»Fall gelöst«, sagt Mari Paz. »Und ich hätte mit dem Gleitschirm nicht meine Haut aufs Spiel setzen müssen. Übrigens … Du hättest mir ruhig sagen können, dass es zu deinem Plan gehörte, dass sie mich erwischen.«

»Dann hättest du aber nicht authentisch reagiert.«

»Ich fühle mich ein wenig benutzt.«

Aura weiß das, mag sich aber nicht entschuldigen. Man debattiert nicht mitten im Spiel mit den Figuren. Und hinterher ist es nicht mehr nötig.

»Das war die einzige Möglichkeit. Dein Scheitern musste echt sein, um Ponzano bei seiner größten Schwäche zu packen. Tut mir leid.«

Jetzt hat sie es doch getan.

Irritiert und traurig wendet Mari Paz den Blick ab. Sie spürt, dass sie immer noch nicht alles weiß, beschwert sich aber nicht. Aus vielen Gründen – Jahrzehnte der gehorsamen Befehlserfüllung, geringes Selbstwertgefühl, ihre Gefühle für Aura. Nichts davon tut ihr gut.

Aura überspielt ihr Schuldgefühl mit der Geschwätzigkeit einer Jessica Fletcher.

»Sein zwanghaftes Bedürfnis, um jeden Preis zu gewinnen, hat ihn zum Verlierer gemacht«, fährt sie fort. »Jeder Schachzug führte zu einer größeren Schmach für ihn. Doch sein größter Fehler war, Sere zu zwingen, uns zu verraten.«

»Wofür die Spinnerin noch nicht bezahlt hat«, sagt Mari Paz und versucht, ihre Enttäuschung zu verbergen.

Sere lässt zerknirscht den Kopf hängen.

»Sühne ist ein Berg, den man langsam erklimmen muss, sagte ein weiser Mann.«

»Konfuzius?«, fragt Mari Paz.

»Nein, mein Onkel Jacinto. Der hatte auch einen Bart bis zur Brust.«

»Wie dem auch sei.« Aura hebt die Stimme, wie sie es immer tut, wenn sie unterbrochen wird. »Als Ponzano ...«

»Verdammt noch mal, man kann sie aber auch mit nichts aus dem Konzept bringen«, meint Mari Paz.

»Es ist, als würdest du bei ihr auf Pause drücken, und sie redet von selbst weiter.«

»Wie dem auch sei«, wiederholt Aura noch lauter. »Als Ponzano die Comisaria auf uns ansetzte, hat er uns ein Trojanisches Pferd von IKEA geschenkt. Wir mussten nur aufsteigen und es ihm zurückbringen.«

»Deine Metaphern lassen zu wünschen übrig, Blondi.«

»Wie die von meinem Onkel Jacinto. Der ist schon tot.«

»Ohne Romero hatten wir kaum eine Möglichkeit, an ihn heranzukommen. Und die geplante Übernahme durch Trueba war die perfekte Gelegenheit. Zumindest haben wir ihn vor uns hergetrieben, auch wenn mir das nicht viel genützt hat.«

Aura hatte darauf gehofft, dass ihr Sere beim Hacken von Ponzanos Computer auch einen Zugang zu seinen Geheimdokumenten ermöglichen und sie dort irgendwas finden würde, das sie entlastet. Aber so viel Glück hatte sie nicht.

Der Laptop in seinem Büro war absolut sauber. Sein Mail-Account ein Muster an Professionalität und Korrektheit. Kein einziger schlechter Witz noch sonst etwas Fragwürdiges.

Und da Ginés tot war, gab es niemanden mehr, der ihr helfen könnte, Beweise für Ponzanos Veruntreuung ihres Investmentfonds zu finden, wegen der Aura sich bald vor Gericht verantworten muss.

»Du könntest deine Unschuld noch beweisen«, sagt Sere vorsichtig.

»Ich mache mir keine großen Hoffnungen«, erwidert Aura düster. »Möglich, dass wir Ponzanos Finanzen den Todesstoß versetzt haben, und ich bezweifle stark, dass er sich davon erholt. Aber er hat genügend Freunde an den richtigen Stellen.«

»Es gibt noch eine wichtigere Frage«, sagt Mari Paz. »Welches Urteil wird es für den Überfall auf den Schuppen geben, was meinst du, Blondi?«

Aura kaut nachdenklich auf ihrer Unterlippe. Die Legionärin hat vollkommen recht. Es gibt Prozesse, die viel mehr sind als eine reine Abfolge von bewiesenen Tatsachen. Die über Schuld oder Unschuld hinausgehen.

Dass eine Bank unlautere Taktiken angewandt hat, um Tausende ihrer Kunden zu betrügen, wiegt schon schwer. Schlecht, ganz schlecht fürs Image. Ein weiterer Riss im bereits sehr baufälligen Deich. Ein Deich, der kaum noch vor Überschwemmung schützt.

Eine einzige Beschuldigte, habgierig und kriminell, ist da höchst praktisch.

»Andererseits könnte ich morgen auch nicht vor

Gericht erscheinen und stattdessen noch heute mit den Zwillingen in die Berge fahren.«

»Besser ans Meer, Blondi. Waren wir nicht Piratinnen?«

»Mir wird schon beim kleinsten Schaukeln schlecht«, erklärt Sere. »Ich habe auf einem Karussell mal jede Menge Cremetörtchen erbrochen. Ein fast perfekter Kreis aus rosa Kotze.«

»Wie eklig! Wie alt warst du da?«

»Sechsunddreißig.«

Aura suchte gerade im Schälchen mit den Süßigkeiten nach einem Gummibärchen, das noch nicht Mari Paz zum Opfer gefallen ist. Bei Seres Anekdote ist ihr die Lust darauf vergangen. Sie zieht ihre Hand zurück und wischt sie an ihrer Jeans ab.

»Es ist ein metaphorisches Meer. Wenn ich abhaue, müsste ich alles zurücklassen.«

»Ich komme mit«, fällt Mari Paz in ihren Scherz ein.

»Ich auch«, sagt Sere und saugt kräftig an ihrem Strohhalm. »Wenn Romero aus dem Krankenhaus kommt, wird sie als Erstes bei mir auftauchen. Das wird nicht lustig. Aber wovon sollen wir leben?«

»Wir müssten eine würdevolle Beschäftigung für diese drei Piratinnen finden«, schlägt Mari Paz vor.

»Glücksritter, sagte Long John Silver. In diesem Falle also Glücksritterinnen.«

»In welcher Serie wird das am Anfang gesagt? Da waren wir noch klein, oder?«

»Das waren keine Glücksritter. Es waren *Soldiers of Fortune*.«

»*Wenn Sie ein Problem haben und sie finden, könnte ich Sie vielleicht in meine Dienste nehmen.*«

Aura schießt eine Erinnerung aus frühester Kindheit durch den Kopf. Samstagnachmittag, Kekse und Saft. Und eine Fernsehmelodie, unmöglich zu vergessen.

Sie verrenkt den Hals, als hätte sie sie gerade gehört und suche nach ihrem Ursprung.

Alles, was geschehen wird – die Toten, die Flut der Schlagzeilen, die Veränderung, die das Land auf den Kopf stellt –, beginnt auf prosaische Weise, hatten wir gesagt.

Das ist nichts Ungewöhnliches. Die besten Geschichten beginnen harmlos.

Kekse und Saft. Eine Shampoo-Flasche. Eine Melodie, die du noch nie zuvor gehört hast.

Aura muss lächeln, als sie sie zuordnen kann. Sie hat gerade etwas über das Leben gelernt, etwas sehr Wichtiges.

Wenn du den Ort findest, der dir bestimmt ist, hörst du ein leises *Klick* wie beim Öffnen eines Tresors. Nicht im Kopf, sondern in der Seele. Du könntest dich taub stellen, aber wozu?

»Jetzt weiß ich, was wir machen. Dasselbe, was wir seit drei Wochen machen. Aber mit guten Absichten.«

»Gibt es eine bessere Absicht, als Geld zu scheffeln?«

»Das ist ein Nebeneffekt. Sag mal, Sere, was weißt du über das Fälschen von Dokumenten?«

»Du wirst lachen. Ich musste einmal irgendwo rein ...«

Mari Paz legt Sere die Hand auf den Arm, und sie verstummt sofort. Die Anekdote stirbt noch in ihrem Mund und wandert in den Geschichtenhimmel.

»Ein Wahnsinn. Meinst du das ernst, Blondi?«

»Sehr ernst.«

»Du würdest die Mädchen von der Schule nehmen, die Wohnung aufgeben und wirklich in die Berge gehen ...«

Aura nickt stumm.

»Sie würden nach dir fahnden.«

»Und würden ein paar Tage dazu benötigen. Genug Vorsprung, um meine Spuren zu verwischen.«

»Sie würden dich finden.«

»Es würde ein Weilchen dauern. Vielleicht habe ich ja Glück. Und jeder gewonnene Tag ist ein Tag mehr, den ich mit meinen beiden Schätzchen habe«, sagt sie und zeigt nach oben.

»Ein ruhiges Leben wäre das aber nicht«, wirft Mari Paz ein.

»Die Mädchen sind hart im Nehmen. Außerdem haben sie sich schon neue Namen gegeben, erinnerst du dich? Ein Neuanfang würde ihnen guttun nach dem Tod ihres Vaters.«

Mari Paz zieht ihre Hand zurück, und Aura stellt Sere noch einmal die Frage nach der Fälschung von Dokumenten.

»Ich habe Grundkenntnisse.«

»Wie schwierig ist es, uns allen neue Ausweise, Krankenkassenkarten … das ganze Paket zu besorgen?«

Die IT-Spezialistin denkt nach. Sie holt ihre roten Pfeile heraus und wirft sie auf den Tisch. Das Ergebnis scheint ihr nicht zu gefallen, denn sie wirft sie noch einmal. Jetzt nickt sie zufrieden.

»Ziemlich schwierig.«

»Aber nicht unmöglich.«

Sere klopft sich auf die Unterlippe.

»Der einfache Teil ist, das verbotene Grundmaterial zu besorgen. Einen Zebramax-Drucker, OVI-Toner, Zweikomponentenmischung zur Thermofusion, Kinegramm-Technologie … Dann erst kommt der schwierige Teil.«

»Und der ist?«

»Ein gutes Passfoto. Ich sehe auf allen aus wie eine Drogenbaronin.«

Mari Paz kratzt sich skeptisch am Kinn.

»Dafür braucht es aber viele Scheinchen.«

»Ganz ruhig, ich habe an alles gedacht«, sagt Aura, holt ihr rosa Büchlein aus der Tasche und macht sich ein paar Notizen.

»Sie hat an alles gedacht«, wiederholt die Legionärin.

»Mein Onkel Jacinto hat auch immer viel nachgedacht«, sagt Sere. »Er saß stundenlang da und dachte nach. Wir meinten immer, das sei ungesund, aber er versicherte uns, dass er es mit viel Sport kompensieren würde.«

»Was hast du denn heute mit deinem Onkel Jacinto?«, schimpft Mari Paz. »Der hat bestimmt nie existiert.«

Sere zuckt vielsagend mit den Schultern.

»Ich habe eine sehr große Familie, Mausilein.«

»Auch außerhalb deines Kopfes?«

Aura verdreht die Augen. »Ihr spinnt, ihr beiden.«

Sere und Mari Paz starren sie an, dann blicken sie sich gegenseitig an und geben ihr unisono das eigene Mantra zurück: »Wir spinnen nicht, wir haben die Schnauze gestrichen voll.«

Aura nimmt es mit Humor.

»Ist ja gut … Seid ihr nun dabei?«

Sie wartet gespannt auf eine Antwort. Die auf sich warten lässt, denn die beiden müssen erst einmal über ihren Vorschlag nachdenken.

»Fassen wir zusammen, Blondi. Du schlägst vor, dass wir mit dir verschwinden, uns neue Identitäten zulegen und auf Pappmaché-Figuren einschlagen.«

»Besonders hassenswerte Figuren«, betont Aura.

»Wie Ponzano, stimmt's?«

»Es gibt viel Schlimmere«, sagt sie geistesabwesend.

Ihr kommen etliche Namen in den Sinn, Leute, an die sie sich – heute voller Ekel und Scham über sich selbst – erinnert, bei denen sich jedoch die alte Aura für ein bisschen Aufmerksamkeit eingeschleimt hatte.

Gut, und jetzt werde ich meine Aufmerksamkeit auf sie richten.

»Und was springt dabei raus?«

Das ist eine wichtige Frage. Sie verlangt eine wohlüberlegte, entschlossene Antwort. Ein eisernes Versprechen.

»Da draußen gibt es viele Leute, denen wir helfen könnten.«

Die Legionärin verzieht das Gesicht.

»Mit ein paar Abzügen«, beginnt sie zu feilschen. »Für uns und die Legos. Die Freunde kommen immer zuerst. Mit Geld spielt man nicht.«

»Du hast es erfasst.«

Anstelle einer Antwort macht Mari Paz dem Kellner ein Zeichen, noch eine Runde zu bringen. Wie durch Zauberhand stehen drei weitere Malibu Ananas auf dem Tisch.

»Meine Wohnung ist sehr klein und das Parkett grässlich«, sagt Sere.

»Was willst du damit sagen?«

»Dass ich mich ebenfalls anschließe«, erklärt sie und breitet die Arme aus.

Aura verspürt einen seltsamen Schwindel, ein Gefühl der Euphorie und Freiheit, wie sie es noch nie empfunden hat.

So ein großer Aufwand, mit dem Blatt auf der Hand zu spielen, statt einfach aus dem Spiel auszusteigen.

»Trinkt aus. Wir müssen hoch und noch mal mit den Zwillingen sprechen.«

»Ich glaube, dieses Gespräch wird ihnen besser gefallen, Blondi.«

Daran gibt es keinen Zweifel.

»Wir brauchen einen Namen«, sagt Sere unvermittelt.

»Wozu?«, fragt die Legionärin kopfschüttelnd. »Wir haben doch schon drei.«

»Alle coolen Gangs haben einen Namen, Mausi.«

»Wir sind doch nicht mehr in der sechsten Klasse.«

»Aber ein Name verleiht Schlagkraft, Status. Die Rächer. El Atlético de Madrid, Los Sabandeños.«

Mari Paz seufzt ungehalten. Was nur teilweise vorgetäuscht ist. Sie legt Sere den Finger unters Kinn und betont jede Silbe der folgenden Wörter: »Kei-ne. Na-men.«

»Doch nur, um daran zu glauben«, sagt Aura.

Mit traurigem Lächeln hebt sie ihr Glas. Dieser Malibu Ananas hat die Fantasie angeregt.

Sie weiß das.

Sie weiß das, und ihre Freundinnen – die sie jetzt so nennen kann – wissen es auch.

Sie weiß, dass sie sich oben in der Wohnung nur von den Mädchen verabschieden wird, dass sie sie nicht aus egoistischen Gründen zu Flüchtigen machen wird.

Sie weiß, dass am Strand keine Hispaniola auf sie wartet, um sie zu einem unendlichen Horizont zu bringen.

Doch was für eine schöne Vorstellung, so kurz sie auch vorgehalten haben mag.

Und sie weiß noch etwas.

Dass es noch nicht zu Ende ist.

Sie hebt ihr Glas, und die beiden Freundinnen stoßen mit ihr an.

»Auf dass alles in Flammen aufgehen möge.«

Anmerkung des Autors

Aura Reyes und ich haben in der siebten Klasse *Die Schatzinsel* gelesen. Wenn ich die alte Ausgabe des Verlages Plaza Joven aufschlage, läuft mir immer ein Schauer über den Rücken. Sie erinnert mich daran, wie groß die Macht der Fiktion ist. Und ein letzter Zufluchtsort, wo immer dieselben gewinnen. Wo wir immer an den Sieg von ein paar wenigen Helden glauben können, zwar gering an der Zahl, aber nicht bezüglich ihrer Schläue und Ausdauer.

Das Lied »Colombiana Legionaria«, die Hymne, die Chavea Mari Paz vorsingt, als sie in Toulours Casino schwächelt, hat eine faszinierende Geschichte. Dieses Lied aus der Flamenco-Sammlung mit dem Titel *Cantes de ida y vuelta* (»Lieder des Weggehens und Wiederkehrens«), hat Pepe Marchena Ende der 1930er Jahre komponiert. Die erste Aufnahme einer Colombiana, die ich finden konnte, ist La Niña de los Peines' Gesang auf ihre

Flagge (1932 noch mit drei Farben). Von der »Colombiana Legionaria« gibt es viele Versionen mit unterschiedlichen Texten, die alle sehr gefühlvoll sind, falls du sie dir bei YouTube anhören willst.

Dieses Buch gehört zum selben Universum – nennen wir es der Einfachheit halber »Universum Rote Königin« –, in dem die Bücher *Zerrissen*, *Cicatriz* (nicht auf Deutsch erhältlich), *Die rote Jägerin*, *Die schwarze Wölfin* und *Der weiße Spieler* angesiedelt sind. In *Der weiße Spieler* erfährst du Genaueres über den Tod von Aura Reyes' Mann Jaume und dem ganz besonderen Menschen, der Aura das Leben rettete. Und wie diese Ereignisse zu Auras Abenteuer führten, das du gerade verfolgt hast. In *Die schwarze Wölfin* erfährst du mehr über die Vergangenheit von Comisaria Romero.

Alle meine Romane lassen sich unabhängig voneinander lesen, und für dieses Buch musst du nicht notwendigerweise *Der weiße Spieler* kennen (obwohl das Buch sehr amüsant ist und ich es dir sehr empfehle). Dennoch erzählen sie alle eine viel größere Geschichte. Der erste Zyklus dieser Geschichte besteht aus den fünf oben genannten Titeln, deren Handlung auf einem großen W basiert. Warum, darfst du selbst herausfinden.

Mit dieser Geschichte beginnt ein neuer Zyklus. Dafür hatte ich einen langen Absatz mit Hinweisen geschrieben, doch am Ende habe ich es bereut und ihn wieder gelöscht.

Nur ein Hinweis: Das nächste Buch ist sehr spannend, und ich kann kaum erwarten, dass du es liest.

Abschließend möchte ich erwähnen, dass – soweit ich weiß – in keiner Episode der Actionserie *El Equipo A* eine Bombe aus Salzsäure und Alufolie gebastelt wurde, obwohl es durchaus hätte sein können. Die vier Soldaten sind eher laut als gefährlich, weshalb keine Gefahr besteht, dass ein Kind aufgrund der Lektüre meines Buches zum Anarchisten wird. Trotz allem, haltet eure Kinder von Ein-Protonen-Säuren fern, nicht, dass sie sich und euch in Schwierigkeiten bringen.

Danksagung

Ich möchte mich bedanken:

Bei Antonia Kerrigan und ihrem ganzen Team: Hilde Gersen, Claudia Calva, Sofia Di Capita und allen anderen – ihr seid die Besten.

Bei Tom Colchie und seiner Frau Elaine, die seit achtzehn Jahren allzeit bereit sind. Ganz herzlichen Dank.

Bei Sydney Borjas von Scenic Rights für sein Wissen, seine Mühe und für das Trampolin.

Bei Aurelio Cabra, weil er immer da ist und mir viel zu ähnlich sieht.

Bei Carmen Romero für ihre üppigen Abendessen. Bei Juan Díaz für die hohen Decken. Beim Vertreterteam von Penguin Random House, das unermüdlich mit meinen Büchern durchs Land reist. Bei Rita López, Jimena Díez und Irene Pérez.

Bei der Grafikabteilung von Penguin Random House und ganz besonders bei Anna Puig und Carme Alcoverro, die nach fast sechs Monaten Arbeit wieder das perfekte Titelbild geschaffen haben.

Bei Elena Recasens, Korrektorin und Setzerin. Die dieses Mal besonders gefordert war, um die einzelnen Passagen auf jeweils eine Seite zu bringen. Herzlichen Dank.

Bei María José Rodríguez, Adriana Izquierdo, Chiti Rodríguez Donday und dem ganzen Team von Prime Video, die uns einen wunderschönen Sportwagen zur Verfügung stellten. Oder sollte ich besser sagen einen Audi A8?

Bei Amaya Muruzabal, die besagten Wagen gefahren hat.

Bei dem Dichter Juanjo Ginés, der in der Höhle der Verrückten lebt und sich im »Türkischen Garten« erholt und immer da ist, soviel Zeit auch vergehen mag.

Bei Alberto Chicote und Inmaculada Núñez, weil wir euch sehr mögen und wegen der besten *albóndigas* der Menschheitsgeschichte, die ihr uns im Restaurant Omeraki serviert.

Bei Dani Rovira, Mónica Carrillo, Alex O'Dogherty, Agustín Jiménez, Berta Collado, Ángel Martín, María Gómez, Manel Loureiro, Clara Lago, Raquel Martos, Roberto Leal, Carme Chaparro, Luis Piedrahíta, Miguel Lago, Goyo Jiménez und Berto Romero. Ihr alle verfügt über mehr Talent, mehr Liebenswürdigkeit und mehr Gemeinschaftssinn, als ich verdiene. Eure Freundschaft macht mich stolz.

Bei Arturo González-Campos, meinem Freund, meinem Partner. Das mit der »Dummheit ist übergreifend« stammt aus seinem wunderbaren Buch *Enhorabuena por tu fracaso*.

Bei Rodrigo Cortés, der mich zum Baden am Strand von Salamanca einlud und sich, wie üblich, beim Korrigieren des Buches verausgabt hat. Wenn du ihm einen Gefallen tun möchtest, schau dir *El amor en su lugar* an oder lies seinen wunderbaren Roman *Los años extraordinarios*, in dem du vielleicht einen Satz wiederfindest, den Mari Paz einem berühmten Astronauten geklaut hat.

Bei W. Glenn Duncan, ich schulde dir was.

Bei Javier Cansado, der uns alle überleben wird.

Bei Gorka Rojo, der aufgepasst hat, dass ich mir nicht wieder die Finger verbrenne.

Bei Manuel Soutiño und Eva Ramos. Wir lieben euch sehr, das wisst ihr.

Bei Víctor Reyes, der mir den Titelsong von *Im Zeichen des Bösen* gab und erklärte, was zum Teufel darin passierte. Hoffentlich schreibst du eines Tages einen genauso guten für die Serie.

Bei Sére Skuld, weil sie mir ihre Seele geliehen hat. Ich höre ihren wunderbaren Podcast *Misterios y Cubatas* seit vielen Jahren. Gebt ihr eine Chance.

Bei meinen Kindern Marco und Javi (die beiden Galicier), die mir geholfen haben, Mari Paz' seltsame Mischung aus Galicisch und Spanisch zu verfeinern.

Ihre Art zu sprechen soll ihre eigenwillige Persönlichkeit reflektieren, ergänzt mit unterschiedlichen Einflüssen durch meine bewunderten Kollegen Tallón, Conde, Loureiro, Cunqueiro und viele andere. Sie ist jedoch keinesfalls die Sprache Rosalía de Castros oder der Menschen dieses wunderschönen Landstrichs.

Und danke der Wichtigsten, Bárbara Montes. Meine Frau, Geliebte und beste Freundin. Noch immer lerne ich jeden Tag von dir, noch immer bin ich jeden Tag überrascht, dass du weiter an meiner Seite bist. Und ich habe die Absicht, diese Unvernunft so weit wie möglich auszukosten. Ich liebe dich.

Und bei euch, liebe Leserin, lieber Leser, weil ihr meine Bücher in vierzig Ländern erfolgreich gemacht habt. Herzlichen Dank. Es ist mir eine Ehre, meine Geschichten mit euch zu teilen.

Liebe Grüße und noch einmal Danke.

Juan

Unsere Leseempfehlung

Unsere Leseempfehlung

416 Seiten
Auch als E-Book
erhältlich

Ben Harpers Leben änderte sich für immer, als sein älterer Bruder scheinbar grundlos getötet wurde. Weder Ben noch seine Eltern kamen je über den Verlust hinweg. Zwanzig Jahre später ist Ben einer der besten Journalisten des Landes und lebt wieder in seiner Heimatstadt. Als ein Mordfall neue Hinweise zum Tod seines Bruders liefert, beschließt er, zusammen mit der Polizistin Dani Cash der Wahrheit auf die Spur zu kommen. Doch je mehr er in die Ermittlungen eintaucht, desto verdächtiger werden diejenigen, die ihm am nächsten stehen …

goldmann-verlag.de

 GOLDMANN

Unsere Leseempfehlung

512 Seiten
Auch als E-Book
erhältlich

Halb versteckt im Wald und überragt von dunkel drohen-den Gipfeln war Le Sommet schon immer ein unheimlicher Ort. Einst diente es als Sanatorium für Tuberkulosepatien-ten, dann verfiel es mit den Jahren. Nun hat man es zu einem Luxushotel umgebaut, doch seine düstere Vergangenheit ist noch immer spürbar. Als Detective Inspector Elin Warner zur Verlobungsfeier ihres Bruders anreist, beginnt der Alb-traum: Erst verschwindet Isaacs Verlobte, dann geschieht ein Mord. Schließlich schneidet auch noch ein Schneesturm das Hotel von der Außenwelt ab, und die Gäste sind mit einem Killer gefangen ...

LEO BORN
Eisige Stille

Über den Autor:

Leo Born ist das Pseudonym eines deutschen Krimi- und Thriller-Autors, der bereits zahlreiche Bücher veröffentlicht hat. Der Autor lebt mit seiner Familie in Frankfurt am Main. Dort ermittelt auch – auf recht unkonventionelle Weise – seine Kommissarin Mara Billinsky.